MICHEL TREMBLAY

미셸 트랑블레

1942년 캐나다 퀘벡주 몬트리올 출생. 1964년 국영방송 라디오캐나다가 주최한 젊은 작가 콘테스트에서 희곡 「기차」로 대상을 수상하면서 작가로 등단했고, 1965년 환상 문학 단편 모음집인 『늦게까지 술집에 머무는 술꾼을 위한 이야기』를 출간하면서 본격적으로 전업 작가의 길로 들어서게 된다. 그리고 1968년에 희곡 「의자매들」을 집필하고 상연하면서 본격적인 유명 작가의 반열에 오르게 된다.

미셸 트랑블레는 지금까지 희곡 33편, 소설 33편, 유년 시절의 기억을 담은 수필집 6편, 영화와 텔레비전 시나리오 7편, 외국 작가 희곡 작품의 번역과 번안 15편, 자신의 희곡에서 파생된 두 편의 오페라 극본, 두 편의 뮤지컬을 썼으며, 아직까지도 매년 몬트리올 국제도서전시회가 있는 11월에 소설이나 수필집을 발표하며 독자들과의 만남을 꾸준히 이어 가는 작가이다.

미셸 트랑블레는 "퀘벡의 발자크" 혹은 "퀘벡의 졸라"라고 종종 불리기도 하는데, 그것은 그의 모든 작품에 걸쳐 500명이 넘는 인물들이 등장하며, 서로 연결되고 이어져서 하나의 커다란 세계를 형성하는 특성이 19세기 프랑스 작가인 오노레 드 발자크의 『인간 희극』이나 에밀 졸라의 『루공·마카르』와 비견되기 때문이다. 그리고 이러한 특성 때문에 『트랑블레의 세계: 등장인물 사전』(1996)이 따로 편찬되기까지 했으며, 초판 이후로 네 배로 불어난 2000명의 등장인물을 추가한 개정판(2014)도 나왔다.

미셸 트랑블레는 1970년 「의자매들」로 <갈라 메리타스> 상을 받은 것을 필두로, 그의 작품 전체가 문학계에 끼친 공로를 인정받아 1976년 캐나다 온타리오주로부터 <리우트낭-구베르뇌르 상>을 받은 바 있으며, 1984년 <프랑스문학예술 기사> 서임, 1991년 <퀘벡주 기사> 서임, 2017년 <모나코 피에르 왕자 상> 수상, 2018년 아카데미 프랑세즈에서 지금까지 트랑블레가 발표해 왔던 작품 전체로 <불어권 대상>을 수상하며, 지금까지 여든 개가 넘는 상을 받았다.

옆집 뚱보 아줌마가 임신했대요

고혜선 옮김

프랑스어문학 번역가, 몬트리올 세종학당 한국어 강사.
서울대학교 불어불문학과 대학원에서 빌리에 드 릴아당의 환상 문학 연구로 박사학위를 받고, 캐나다 퀘벡의 맥길 대학교 불문학과 대학원에서 미셸 트랑블레의 환상 문학 연구로 박사과정을 수료했다.
옮긴 책으로 빌리에 드 릴아당의 『잔혹한 이야기』 『미래의 이브』, 페테르 센디의 『주크박스의 철학-히트곡』(공역)이 있고, 지은 책으로 『키워드로 풀어보는 퀘벡 이야기』(공저), 『퀘벡의 장소들』(공저)가 있다.

옆집 뚱보 아줌마가 임신했대요

1판 1쇄 펴냄 2022년 6월 24일
지은이 미셸 트랑블레
옮긴이 고혜선
디자인 강초록
제작 북팩토리

펴낸이 박진희
펴낸곳 ㈜파롤앤
출판등록 2020년 9월 10일 (제2020-000195호)
주소 서울시 서초구 서초대로 396, 217호
이메일 parolen307@parolen.co.kr

ISBN 979-11-979099-9-3 03860

옆집
뚱보 아줌마가
임신했대요

미셸 트랑블레 · 고혜선 옮김

파 롤 앤

일러두기

이 책은 Michel Tremblay, *La Grosse Femme d'à côté est enceinte*(LEMÉAC ÉDITEUR, 1978, 2019)를 번역 저본으로 삼았다.

* 원서에서 저자가 이탤릭체로 강조한 부분은 본문에서 진한 고딕체로 바꾸었다.
* 본문의 주는 옮긴이의 것이다.

1942년 5월 2일

로즈와 비올레트 그리고 모브가 뜨개질을 하고 있었다. 로즈(혹은 비올레트나 모브)는 가끔씩 뜨개질하던 것을 무릎에 올려놓고는 옆에서 동생들의 뜨개질을 반은 흥미로, 반은 엄격한 눈초리로 이따금씩 쳐다보면서 "너무 헐렁하게 뜨네." 혹은 "엄마가 나한테 준 뜨개실이 그 색깔이 아니라 천만 다행이야!" 따위의 말을 건네거나 그저 말없이 있었다.그러다 너무 오랫동안 손을 움직이지 않는 듯싶으면, 나머지 둘 중 하나가 고개를 돌려 쳐다보면서 "딴 생각 하지 말고 먼저 일이나 끝내시지!"라고 말했다. 그러면 로즈(혹은 비올레트나 모브)가 살짝 한숨을 쉬고는 다시 뜨개질을 시작했다. 침묵이 아늑하게 내려앉았다. 그런데 몇 분도 지나지 않아서 누군가가 또 입을 열었다. "오늘이 5월 2일인데 춥지도 않고 이렇게 밖에 나와 앉아 있을 수 있다니, 정말 드문 일 아니야? 그치?" "어 그러게… 이런 일 처음 아냐?" "에이 과장이 너무 심하네! 그때 왜…" "그래, 맞아. 빅투아르가 가브리엘을 낳았던 해에 날씨가 이랬던 거 기억나." 그러고는 또다시 침묵. 세 쌍의 대바늘이 맞부딪치며 나는 달그락거리는 소리만 들렸다. "어쨌든 그날도 5월 2일이었어." 로즈와 비올레트 그리고 모브는 등받이가 곧은 의자에 앉아 있었다. 흔들의자 같은 것은 게으름을 부추길 따름이다. 등받이가 곧은 의지에 등을 곧게 펴고 앉아, 팔꿈치를 몸통에 딱 붙이고 시선은 아래에 있는 파란 실로 향한다. 또는 분홍색 실 또는 노란색 실로. 세 자매들은 매일 아침 발코니에 의자를 내놓기 전에 먼저 발코니 바닥을 깨끗이 닦았다. 9월 초까지 그들은 매일같이 이렇게 청소를 할 터였다. 락스 세제를 잔뜩 풀어 넣은 물 양동이 하나랑 솔 세 개를 집어 들고. 전날 저녁 발코니 밑으로 기어들어가 쿨쿨 자고 있던 줄무늬 고양이 한 마리가 "하악" 하고 성질을 내며 몸을 일으켰다. 그 고양이는 3일 동안 먹지도 않고 사랑을 격하게 나누느라 녹초가 돼서 쿨쿨 자다가 깨어나서는, 결벽증 환자에게서나 날 법한 세제 냄새에 저주 섞인 온갖 욕을 퍼부으며 후다닥 자리를 피했다. "오늘 아침에 본 줄무늬 고양이 말이야, 마리 실비아네 고양이 맞지?" "응, 맞아." 그녀들이 앉아 있는 의자 뒤에 있는 문이 천천히 열렸다. 그러나 그녀들은 아랑곳하지 않고 뜨개질을 계속했다. 모든 게 정지된 풍경 속에서 유일하게 움직이는 것은 그녀들의 옴짝거리는 손과 소리 없이 열리는 문뿐이었다. 문에 붙은 유리창 위로 앞집 모습이 오른쪽에서 왼쪽으로 미끄러져 지나갔고, 그다음엔 문 손잡이를 붙들고 있는 사람, 또 그다음엔 발코니에 있던 나머지 사람들의 모습이 스쳐 지나갔다. 그리고 마지막으로, 길 끄트머리 구석에 자리 잡은 마리 실비아네 레스토랑의 모습이 파란 하늘 끝자락과 함께 창 위에 비쳤다. 월세 수입을 늘리기 위해 모두들 삼층집만 짓는 이 동네에서 딱 한 채만 사치를 부려 2층짜리 집을 지었다. 그리고 거기 1층에 "무지개 레스토랑"이라는 거창한 이름을 붙인 마리 실비아의 레스토랑이 자리 잡고 있었다. 그래서 그 위로 하늘이 빼꼼 보였던 것이었다. "뜨개질이 어느 정도 마무리가 되었으면 집 안으로 가져다 놓지 그래. 발코니에 굴러다니게 놔두지 말고. 더러워지잖아." 세 자매의 엄마인 플로랑스가 밖으로 스윽 나와 딸들이 뜨고 있던 뜨갯감 위로 몸을 숙여 살펴보며 말했다. "애야 너무 헐겁게 떴잖아." "이건 여름용으로 만드는 거예요!" 다른 두 딸들은 그 대답에 웃었다. 플로랑스도 미소를 지었다. "아가들한테 무슨 계절이 따로 있니!" 플로랑스는 몸을 다시 일으키더니 뒤로 돌아 집 안으로 들어갔다. 문은 살짝 열린 채였다. "엄마가 우리랑 같이 앉아 계시려고 나오실 거 같아." 로즈와 비올레트, 모브는 엄마가 앉을 자리를 마련하기 위해서 자리에서 일어나 의자 등받이를 잡고 번쩍 들어 옮겼다. 세 자매가 다시 각자의 자리에 앉기도 전에 플로랑스는 흔들의자를 들고 밖으로 나와 깨끗한 발코니 바닥에 내려놓았다. 다들 자리에 앉았다. 플로랑스의 흔들의자가 내는 삐걱대는 소리가 딸들의 대바늘이 서로 스치며 내는 달그락거리는 소리에 섞여 들었다. 세 자매들은 아기 덧신을 뜨고 있었다. 임신한 옆집 뚱보 여자를 위해서였다. "내일은 조두앵 부인네 아기 걸 뜨기 시작하자." 세 자매의 엄마인 플로랑스는 흔들의자에 앉아 자신의 몸을 어르고 있었다.

"뒤플레시!* 뒤플레시!" 아침 댓바람부터 벌써 외출이라도 할 듯이 잔뜩 치장을 한 마리 실비아는 레스토랑 문 앞에 놓인 세 단짜리 시멘트 계단 맨 아래로 내려와서 큰 소리로 뒤플레시를 불렀다. "뒤플레시!" 마리 실비아는 겨울이건 여름이건, 생 장 바티스트의 날**이건 주님 공현 대축일***이건, 심지어 성금요일****이건 간에 아침 7시부터 모조 다이아가 잔뜩 박힌 귀걸이와 유리구슬 목걸이를 걸치고 있었다. 마리 실비아는 앞니에 묻은 립스틱 얼룩 때문에 숨을 내쉴 때마다 달큼한 향기를 풍겼다. 온 동네 모르는 사람이 없던 그 향기는, 아이들 표현으로는 "마리 실비아한테서 나는 사탕 냄새"였고, 동네 여자들 표현으로는 "마리 실비아가 풍기는 고약한 냄새"였다. "뒤플레시!" 마리 실비아는 토요일 원피스를 입고 있었다. 그렇다, 그녀

* 뒤플레시Duplessis: 마리 실비아의 줄무늬 얼룩 수컷 고양이. 퀘벡주 총리를 했던 모리스 뒤플레시Maurice Duplessis(1890~1959)의 이름과 같다. 모리스 뒤플레시는 보수당의 당수로, 가톨릭 교권의 지나친 간섭, 정경 유착, 노조 금지 등으로 얼룩진 퀘벡의 "대 암흑기Grande Noirceur"(1944~1959)를 가져왔던 사람으로 평가되기도 한다. 작품 배경이 되는 1942년에는 전 총리(1936~1939)였으며, 앞으로 다시 총리로 당선될(1944~1959) 인물이다. 고양이 뒤플레시의 숙적이자 철천지원수인 고드부Godbout라는 개도 퀘벡주 총리를 두 번 지낸 정치가(1936년 6월부터 2개월, 1939~1944)이자 자유당 당수였던 아델라르 고드부Adélard Godbout와 이름이 같다.

** 생 장 바티스트의 날La Saint-Jean-Baptiste: 6월 24일, 세례자 성 요한 탄생 축일로 하지를 축하하는 날이기도 하다. 퀘벡에서는 1926년에 법정공휴일로 지정되었으며, 1977년에 이름을 "퀘벡기념일La fête nationale du Québec"로 바꾸고 퀘벡의 독자적인 문화를 축하하는 날로 삼았다.

*** 주님 공현 대축일La fête des Rois(또는 Épiphanie): 가톨릭 신앙에서는 세 명의 동방 박사가 아기 예수님을 찾아가 경배한 일을 경축하는 날이며 그 날짜가 매년 바뀌지만, 퀘벡에서는 날짜를 1월 6일로 고정해 놓고 법정공휴일로 만들었다.

**** 성금요일le Vendredi saint: 주님 부활 대축일 이틀 전 금요일로 예수의 수난과 죽음을 기념하는 날이며, 가톨릭 전통에서는 이날 금식과 금욕을 지킨다. 날짜는 춘분이 지나고 만월이 지난 다음 금요일로 매년 바뀌지만, 보통 3월 말에서 4월에 있다.

는 각각의 요일마다 입는 원피스가 있었다. 딱 한 벌씩만. 절대로 다른 옷으로 바꾸어 입지 않았다. 그래서 마리 실비아의 원피스를 보면 그날이 무슨 요일인지 알 수 있을 정도였는데, 실제로 동네 사람 몇몇은 그렇게 요일을 알아내곤 했다. 만약 마리 실비아가 새 원피스를 한 벌 더 사기라도 했더라면, 온 동네 사람들이 단번에 그 사실을 알아차릴 뿐 아니라 몇몇 사람들은 오늘이 무슨 요일인지 더 이상 알아낼 수가 없게 되었을 것이다. 화가 잔뜩 난 마리 실비아는 반쯤 망가진 낡은 슬리퍼를 마룻바닥 위로 질질 끌며 레스토랑으로 다시 돌아왔다. 마리 실비아는 딱 무릎 위까지만 멋쟁이였다. 마리 실비아는 구두가 주는 고통을 결코 참아낼 수가 없었고, 구두를 "발죽이개"라고 불렀다. "삐딱구두? 내 계산대 뒤에서는 그딴 거 필요 없어! 보이지도 않는 부분 때문에 기분 나빠 할 사람은 없다고! 일 년 내내 고작 지저분한 꼬맹이들한테 그까짓 몇 푼 되지도 않는 사탕이나 팔려고 그 끔찍한 고통을 참을 순 없지!" 마리 실비아는 문 정면에 놓인 유리 진열장을 빙 둘러 돌아간 다음에 가게 뒤편으로 쓰윽 들어갔다. 가게 뒤편은 그녀의 왕국이자, 리큐어 술병이 들어 있는 궤짝들과 각종 크기의 조각상들이 바닥에서 천장까지, 말로 형용할 수 없을 정도로 뒤죽박죽 쌓여 있는 장소였다. 조각상들은 석고나 소금을 굳힌 것으로 온갖 크기가 있었는데, 채색이 안 된 것도 있었고 야광 도료나 알록달록 색을 입힌 것도 있었다. 그리고 그중에는 성모 마리아나 성 요셉의 조각상과, 성인들의 축일을 표시한 달력에는 이름이 나와 있지만 이 동네에서는 그다지 유명하지 않은 성인들의 조각상도 있었다. 실핀이 들어 있는 상자, 신발끈 뭉치 따위가 삐져나온 부서진 종이상자 등이 여기저기 넘쳐 나는 그 잡동사니 창고에는 안락의자가 하나 놓여 있었다.

자기 레스토랑에 있는 물건 하나하나를, 심지어 가장 하찮은 것일지라도 그것들이 어디에서 왔는지 모조리 기억하고 있던 마리 실비아였지만, 그 안락의자만큼은 마리 실비아처럼 역사가 너무 오래된 것이어서 그 내력을 알 수가 없었다. 마리 실비아는 그 의자를 "수수께끼 같은 안락의자"라고 불렀다. 사실 그 안락의자는 수년 전에 마리 실비아가 건물에 세를 들어왔을 때 이미 그곳에 있었지만, 마리 실비아는 자기 앞으로 쓴 쪽지가 붙어 있는 안락의자를 골목길에서 발견했다고 주장해 왔다. "누군가가 나한테 선물로 준 거야! 수수께끼 같은 선물이지. 누가 준 건지는 알 수 없어. 어쩌면 은밀히 나를 사모하는 사람인지도…." 동네 사람들은 마리 실비아를 은밀히든 대놓고든 사모하는 사람 따위는 한 명도 없다는 사실을 알고 있었지만, 무조건 고개를 끄떡이며 수긍해 주거나 아이스크림콘이나 땅콩봉지를 사려고 돈을 꺼내면서 마리 실비아가 그 안락의자나 쪽지, 그리고 수줍음이 많은 미지의 애인에 대해 실컷 떠들게 내버려 두곤 했다. 마리 실비아는 수수께끼 같은 안락의자에 앉아서 레스토랑 안에서 벌어지는 모든 일을 봤으며, 특히 레스토랑 앞을 지나는 모든 사람들을 바라보았다. 사람들은 마리 실비아가 안락의자에 앉아서 독서를 하거나 뜨개질을 하거나 심지어 잠든 모습도 본 적이 없었다. 그런 일은 없었다. 마리 실비아는 목을 쭈욱 빼고 밖을 엿봤다. 그녀는 모든 걸 봤고, 옆집 사람들이 오고 가는 모습만으로도 그들의 기분이 지금 어떤지, 하루를 어떻게 지냈는지, 또 그들의 삶이 어떤지 읽어 낼 수 있었다. 주변에서 누군가를 찾고 있을 때, 예를 들어서 잃어버린 아이나 고주망태가 된 남편을 찾고 있을 때, 마리 실비아는 "아, 그 아무개? 몇 시쯤에 봤어. 어느어느 방향으로 가던데. 어떠어떠한 옷을 입고서, 이러저러한 것을 생각하는 듯 보였어."라고 말하곤 했다. 뚱보 여자가 "다른 사람들의 빤쓰가 궁금한 여자"라고 붙인 별명이 바로 여기서 유래한 것이었다. 마리 실비아는 안락의자에 눈길도 주지 않고 그 옆을 지난 다음에, 집 뒤편으로 이어지는 짤막한 복도를 지나 새로 끓인 커피의 좋은 향이 여전히 감돌고 있는 조막만 한 주방에 들어섰다. "이놈의 새끼, 나타나기만 해봐라! 죽여 버릴 테니! 집 나간 지 벌써 삼 일이라고! 삼 일!" 마리 실비아는 길가로 난 문을 벌컥 열더니 사방팔방으로 고개를 돌려 가며 뒤플레시를 불렀다. "뒤플레시! 뒤플레시!" 그러고는 윗니에 묻어 있는 립스틱 얼룩을 혀로 훑어 지우면서, 불안한 마음을 안심시키는 립스틱의 그 들쩍지근한 맛을 느꼈다. 마리 실비아는 거칠게 문을 닫으며 한숨을 쉬고는 커피 한 잔을 따랐다. "절대로 아무도 믿으면 안 된다니까! 절대로 안 된다구!" 그녀의 손이 약간 떨렸다. 왼쪽 속눈썹 사이에 맺힌 눈물 한 방울이 반짝 빛났다. "나도 그래야 되는 건 알아, 하지만…" 마리 실비아는 잡동사니 창고로 돌아와서는 수수께끼 같은 안락의자에 털썩 앉았다. 그녀는 무의식적으로 고개를 돌려 레스토랑을 바라봤다. 레스토랑 문. 언제나 깨끗한 유리 진열장. 안락의자는 마리 실비아가 남들 눈에 띄지 않게 다른 사람들을 마음껏 훔쳐볼 수 있고, 그들의 삶 속에 온전히 푹 빠져들 수 있는 위치에 놓여 있었다. 사탕, 감자칩, 쿠키들을 올려놓은 판매대와 아이스크림 매대 사이에 있는 그 틈새 공간은 세상을 향해 열려 있었다.

그의 꿈속은 울음소리와 입질들이 가득했다. 그의 머릿속에 떠오른 이미지들은 흐릿했지만 그래도 그를 흥분시키기에 충분히 구체적인 모습이었다. 근육들이 팽팽하게 긴장되었다. 그가 그 이미지들을 향해 달려들고, 할퀴고, 찢어 버리고, 생채기를 내고, 씹어 먹기 쉽게 조각내고, 삼키고, 소화시키고, 그런 다음 훌훌 잊어버리기 위해서였다. 하지만 움직일 수가 없었다. 그를 좀 더 도발하는 다른 이미지들이 먼젓번 것들을 대신해서 계속 그의 눈앞에 나타났다. 그는 허공을 향해 여기저기 마구 입질을 해댔다. 갑자기 어떤 목소리가 들렸다. 어쩌면 그가 내는 소리일 수도 있고 아니면 첫 일격으로는 아직 목숨을 빼앗지 못한 희생양들의 몸이 경련하며 내는 소리일 수도 있었다. 그 목소리는 자신의 목구멍에서 흘러나오는 듯하더니, 갑자기 멀어졌다가 다시 머리통을 날려 버릴 듯한 큰 소리로 돌아왔다. 그는 그 목소리를 향해 마구 욕을 퍼부었다. 왜냐하면 그 목소리는 그가 점프를 하거나, 자길 공격하는 환영들을 제압하는 데 방해가 되었기 때문이었다. 갑자기 그 목소리는 멎었고, 환영들도 사라져 버렸다. 그는 눈을 떴고, 나이든 여자가 현관문을 다시 닫는 것을 보았다. 그는 기지개를 펴고, 하품을 하고, 한숨을 푹 쉬고는 다시 몸을 둥글게 말았다. 쓰담쓰담은 나중에 받자. 그보다 저 아래에서, 스멀스멀 기어서 도망가고 있는 저 형체를 먼저 산산조각 내야지.(그런데 기어서라고? 아니다. 저건 둥둥 떠가고 있었다. 그런데 어디가 하늘이고 땅이더라?) 그가 한순간 정체를 파악했다고 생각했던 그 망할 놈의 형체는 그의 눈앞에서 발바닥살이 푹신푹신 붙은 거대한 앞발 모양으로 바뀌더니 그를 덮치고 짓이겼다. "아, 숨 막혀! 죽음이 다가오고 있어! 그래, 맞아. 저건 죽음이야." 그다음엔 머리통들이 비처럼 하늘에서 우수수 떨어지기 시작했다. 다 똑같이 생긴 머리통들이었다. "저거 내가 다 아는 머리통들이야! 저것들 죄다 내가 알던 대가리들이라고! 몽땅 박살 내 버려야 해!" 그때 그 비명 소리가, 그 목소리가 또다시 들려왔다. 그림자 하나가 다가왔다. 양손이 그를 움켜쥐었다. 그는 "하악" 하고 위협하며 그 손을 물고 할퀴었다. 더 큰 비명 소리. 그리고 그의 이름을 부르는 소리가 들렸다. 그래서 그는 이번에야말로 결정타를 날리기로 결심하고는, 그 그림자가 만져지지 않는 물체였는데도 불구하고 발톱을 박아 넣었다. 그리고 금세 온순해진 그 그림자에 몸을 비비며 허리를 외설스럽게 들썩였다. 그 꿈은 그가 해방감을 느끼며 경련을 두 번 하면서 끝났다. 이번엔 확실히 잠에서 깨어난 뒤플레시는 혀로 몸단장을 하기 시작했다.

베아트리스는 그 남자를 아주 잘 기억하고 있었다. "그 늙은 군인 말이야?" 메르세데스는 담배 연기에 눈살을 찌푸리며 담배를 한 모금 들이켰다. "베티야, 어제 우리가 받았던 손님들은 군인들밖에 없었어!" "어쨌거나 누군지 알아. 그 머리 염색한 남자, 맞지?" "그래." "그치가 불평을 했다니 놀랍네. 그치는 아무 짓도 안 했는걸." "바로 그러니까 그 사람이 불평을 한 거잖아!" 메르세데스는 이로 담배를 꼿꼿이 세워 입에 문 채로 입술은 거의 움직이지 않고 잘도 이야기를 했다. "그 사람이 무슨 짓거리라도 할 수 있었다면 그렇게 투덜대진 않았겠지!" "뭐라도 해달라고 나한테 부탁했으면 해줬을 거 아니야!" "어쩌면 너한테 부탁하기 싫었을 수도 있어. 아마도 네가 주도권을 가지길 바랐을 수도 있고…" "고상한 문자 좀 쓰지 마. 쉽게 말하라고." "손님들이 아무것도 하지 않을 때가 가끔 있는데, 그때는 네가 알아서 해줘야 하는 거라고." "손님이 아무 짓도 안 하고 있으면 엄청 짜증나는데." "네가 짜증이 나건 말건 상관없어, 일하러 온 거잖아." 메르세데스의 침대는 푹신하고 따뜻했다. 베아트리스는 자신의 고용주인 메르세데스의 팔을 벌리고 그 품속으로 숨듯이 파고 들어갔다. "메르세데스, 네 잠옷 완전 이쁘다." "내가 준비 좀 했지, 그 '주도권'이란 걸 한번 잡아 보려고 말이야." "나는 군인들을 도대체 이해할 수가 없어. 그 사람들이 유럽에서 몰살당하려고 여기를 곧 떠날 거라는 생각만 하면 아주 금방이라도 토할 거 같아. 이미 죽은 사람들같이 느껴지는 거 있지." "그 일에 대해 생각하질 마." "게다가 프랑스를 구하러 간다는 생각이 얼마나 확고한지! 영국도 그렇고. 상상을 해봐! 그 두 나라를 동시에 구한다니! 예전에는 프랑스에서 온 사람들을 볼 때마다 그 사람들 억양 가지고 비웃고, 또 수다쟁이 취급했잖아. 또 영국 사람을 봤을 때는 또 어떻고. 하나같이 역겹고, 진짜 미친놈들이라면서 온갖 바보 같은 말을 큰 소리로 해대곤 했잖아. 그러던 사람들이 갑자기 프랑스랑 영국이 위험에 빠졌다고 자기 목숨을 내놓고, 온몸이 조각조각나고 팔이랑 다리를 잃을 각오가 되었다고 하니까…" "프랑스는 2년전부터 점령당했지…." "꼴 좋지 뭐!" "아무 말이나 그렇게 함부로 하면 못써." "메르세데스, 지금 무슨 일이 벌어지고 있는 건지 네가 나한테 골백번 설명을 해줬지만 아직도 난 이해가 안 가. 어쩌겠어, 난 바보인데. 내가 일부러 그러는 것도 아니고. 내가 정말 이해가 안 가는 건, 여기 남자들이 두 나라를 지키려고 대서양을 건넌다는 사실이야. 옛날 옛적부터 그렇게 그 두 나라를 미워했으면서!" 메르세데스가 미소 지었다. "남자들이 죄다 거길 가고 싶어 하는 건 아니야…." "그래도 엄청 떼거리로 떠났잖아!" "베티, 군인들을 이해하기 싫으면 억지로 이해하려고 애쓸 필요는 없어. 하지만 그 사람들을 경멸하진 마. 네가 생계를 꾸려 나갈 수 있게 해주는 사람들이잖아." "하지만 그 사람들 군인이 아녔어도 여기 왔을걸." "군인이 아니었다면 너한테 낼 돈이 없었을 거야." "그럼 전쟁 전에, 그러니까 군인들이 생기기 전에 넌 어떻게 이 일을 해왔던 건데?" "베티야, 군인들은 언제나 존재해 왔어. 그리고 앞으로도 계속 그럴 거고. 전쟁 전에도 난 똑같은 일을 했어. 그렇지만 그땐 보지 공장에서 일했었지." "보지 공장? 그건 또 뭐야?" 메르세데스는 고개를 돌려 베아트리스를 바라보았다. 그리고 입에 물고 있던 담배를 들어 넓적다리 사이에 끼워 놓은 재떨이 바닥에 비벼 불을 끄고, 기침을 한 후 깊이 숨을 한 번 들이마셨다. "넌 여기서 우리가 하는 일 좋아하니?" "아니." "그럼 싫어?" "아니." 베아트리스는 상체를 일으켜 세우더니 침대 가장자리에 앉아 레이스 커튼 사이로 창밖을 내다보았다. 길 건너편에서 마리 실비아의 고양이가 레스토랑 문에 주둥이를 대고 야옹거리고 있었다. "뒤플레시가 레스토랑에 들어가고 싶어 하는데 마리 실비아가 그냥 쳐다보기만 하고 꿈쩍도 안 하고 있네. 문 뒤에 서서 아무것도 안 하고 있어. 미쳤나 봐." 메르세데스도 몸을 일으켜 세웠다. "가끔 저 둘이 서로 소리 지르고 욕하면서 싸우는 거 알아?" 메르세데스는 자리에서 일어나 두 걸음에 욕실로 들어갔다. "가끔은 정말 심하게 싸우는 거 같더라." 메르세데스는 욕실 거울로 자기 모습을 보면서 말했다. "나랑 목욕할래?" "좋아!" "솥에다가 물 좀 데워야겠네… 베티, 부엌에 가서…" "뭘 해야 될지 정도는 나도 알거든. 널 알기 전에도 목욕은 하고 살았다고!" 베아트리스가 웃으며 말했다. "기분 좋은 목욕! 기분 좋은 목욕!" "자 서둘러! 얼른!" "근데 넌 뭐라고 대답했어?" "응? 누구한테?" "그 머리 염색한 군인한테 뭐라고 대답했냐고." 메르세데스는 살짝 열려 있는 문틈으로 머리를 내밀었다. "아무 말도 안 했어. 그냥 네가 했어야 됐던 일을 내가 했을 뿐이야."

뒤플레시가 밥을 먹을 때면, 레스토랑의 모든 일이 중단되었다. 마리 실비아는 가게에서 무슨 일을 하고 있었던 간에 그 일을 그만두고, 간 조각이 담긴 뒤플레시의 밥그릇 옆으로 와서 쪼그리고 앉았다. 뒤플레시는 주인이 옆에 있든 말든 아랑곳하지 않은 채 그 온전하고 완벽한 쾌락 앞에 몸을 수그리고, 두 눈을 감은 채 완전히 몰두해서 간 조각을 먹어 치웠다. 우적, 우적, 꿀꺽. 진한 선홍색의 몰랑몰랑한 간 조각들은 향이 무척 강했고, 맛은 더 진했다. 간 조각들은 뒤플레시의 입 주변에 선연한 핏자국을 남기며 기력을 되살려 주었다. 마치 새 한 마리나 다른 고양이, 혹은 옆에서 자신을 바라보고 있는 저 나이 많은 여인을 물어 죽이기라도 한 것처럼. 그래, 밥을 먹여 주기 때문에 그가 비굴하게 꼬리를 바짝 세워 가며 몸을 비벼 대야 했던 저 여인을 먹어 치우듯이 말이다. 마리 실비아가 운 나쁘게도 뒤플레시를 쓰다듬으려는 동작을 하거나, 아니면 그저 많이 먹으라는 몸짓을 할 때마다 뒤플레시는 벌떡 일어나서 그녀에게 발톱을 드러내며 하악질을 했고, 증오심으로 감전된 양 털을 바짝 곤두세웠다. “지금 밥 먹고 있잖아! 네 앞치마 속으로 파고들어가 고마운 척 몸을 이리저리 비틀어 댈 마음이 생길지 말지는 나중에 봐서 결정할 거라고! 이따 봐서 할 거라니까!” 뒤플레시는 아무 일도 없었다는 듯 다시 밥그릇에 얼굴을 처박았다. “아! 아직 남았구나… 어! 그래도 그렇게 많이 남지는 않은걸….” 마리 실비아는 뒤플레시가 다 먹기를 기다리고 나서, 매번 빼먹지 않고 이렇게 묻곤 했다. “우리 뚱냥이 씨, 엄마가 준 맘마 잘 먹었쩌요?” 그때마다 뒤플레시는 그녀를 아주 경멸스럽다는 듯이 쳐다봤지만, 마리 실비아는 그 눈빛을 고마워하는 것으로 받아들였다. 마리 실비아가 빈 밥그릇을 치우는 동안 뒤플레시는 주방에서 나가 깨끗한 모래가 깔려 있는 자기 화장실로 향했다. 마리 실비아는 그릇을 꼼꼼히 닦았다. "고양이는 깨끗한 동물이니, 고양이랑 같이 사는 사람들도 청결을 유지해야지." 그렇게 한 다음에야 비로소 마리 실비아는 그동안 내팽개쳐 놨던 손님들이나 비어 있는 가게로 돌아오곤 했다. 복도에 있는 뒤플레시의 화장실, 모래 상자 옆을 지날 때 마침 모래 흩날리는 소리가 들리면, 마리 실비아는 빙긋이 웃었다. "우리 뚱냥이, 건강하네." 그러나 이날 아침 마리 실비아는, 뒤플레시가 그릇에 평소보다 좀 더 많이 담겨 있던, 먹기 거북할 정도로 크기가 너무 큰 간 조각들을 혀로 깔짝깔짝대며 힘겹게 먹고 있는 동안, 그 미끈한 몸매나 줄무늬진 털가죽, 길쭉한 귀, 그리고 짤막한 주둥이를 감탄의 눈빛으로 바라보지 않았다. 뒤플레시에게 화를 내며 난리를 쳤던 것이다.

메르세데스는 베아트리스를 52번 전차에서 만났다. 몽루아얄 대로와 필름 길이 만나는 교차로가 시발지인 52번 전차는 생로랑 대로를 지나 앳워터 대로와 생트카트린 길이 만나는 지점까지 내려갔다. 몬트리올에서 가장 긴 노선을 운행했던 이 전차는 플라토 몽루아얄에 사는 주부들이 많이 이용했다. 금요일이나 토요일이 되면 이들은 무리를 지어서 시끄럽게 웃고 떠들면서, 1센트짜리 사탕을 골라 담아 놓은 봉지를 뜯거나 커다란 분홍색 껌 한 덩이를 씹으며 전차를 타고 길을 나섰다. 그들은 전차가 몽루아얄 대로를 따라 내려가는 동안에는 평소 하던 대로 자기 집에 있는 것처럼 거리낌 없이 행동했다. 전차가 숨 막힐 정도로 붐빌 때면 가끔씩 서로 등을 토닥여 주기도 하고, 알고 지내던 다른 여자들을 큰 소리로 부르는가 하면, 심지어 전차 운전사에게 어째서 아직도 전장으로 떠나지 않았는지 묻기도 했다. 그

CAFE
TROY
TROY

렇지만 전차가 남쪽으로 방향을 틀어 생로랑 대로에 들어서면, 이들은 갑자기 조용해졌다. 짚을 엮어 만든 의자에 깊숙이 눌러 앉아 몸을 한껏 낮추었다. 단 한 명의 예외도 없이, 모든 승객들이 생로랑 대로에 사는 유대인 상인들, 특히 가구나 옷을 파는 상인들에게 갚아야 할 돈이 있었기 때문이다. 그래서 몽루아얄 대로와 생트카트린 길 사이에 걸쳐 있는 그 긴 길을 지나는 것은 그들에게 무척 민감한 일이었다. "샘이 날 못 봤길! 빚이 두 달이나 밀렸거든." 전차가 몇몇 가게를 지나칠 때, 몇몇 사람은 갑자기 고개를 휙 돌려 외면하거나 장바구니 속으로 얼굴을 파묻었다. "조두앵 부인, 갑자기 조용해졌네? 샘 카츠가 그렇게 무서워? 아, 마침 저기 있네!" 이름이 불린 조두앵 부인은 얼굴이 허옇게 질리거나, 신발 끈을 다시 묶는 척하며 허리를 푹 숙이곤 했다. 그러면 전차 안의 다른 여자들은 웃음을 터트렸다. "또 걸려들었네, 조두앵 부인? 거의 매주 속여 먹는데!" 그러나 빚을 갚아야 할 날짜가 훨씬 지나 버린 사람들은 대개 말없이 상념에 잠겨 있었다. 그 사람들은 전차 밖을 내다볼 엄두도 내지 않았다. 왜냐하면 얼굴 정면보다는 옆얼굴 쪽이 훨씬 알아보기 힘들 것이라고 생각했기 때문이었다. 몇몇 여자들은, 정말 몇 명 안 되지만, 묵주를 꺼내 들기도 했다. 여자들은 유대인 노파 한 명이 당근이나 파 끄트머리가 삐죽이 나온 장바구니를 들고 전차에 올라타자마자 코를 쥐는 시늉을 했다. "민들레나 비벼 먹을 건가 보지!" 그리고 웃음을 터트렸다. "저 할매한테 풍기는 냄새, 어제 먹은 마늘 냄새야 아니면 쾨쾨한 속옷 냄새야? 다음 달까지는 빨지도 않을 거라며?" 여자들은 못마땅하다는 듯 입술을 삐쭉거렸다. "길쭉한 환승 티켓도 화장실 휴지로 쓰려고 안 버리고 놔둔대." 조두앵 부인은 그 사람들 중에서도 가장 남들을 비웃길 잘해서 언제라도 웃음을 터트릴 태세였고, 발정 난 암고양이마냥 몸을 부르르 떨었다. 전차가 생로랑 대로와 생트카트린 길 교차점에서 서쪽으로 꺾어지자마자 사람들은 다시 희희낙락하기 시작했고, 커다란 고함소리와 생생하고 왁자한 웃음소리들이 전차를 한가득 메웠다. “이 정신 나간 아줌씨들아, 놀라서 죽을 뻔했다고!” “조두앵 부인, 아까 바나나같이 얼굴이 벌게지던데! 아니, 바나나가 아니라 모란꽃같이 말이야!” “그런데 저 유대인 노친네, 갑자기 프랑스어를 알아듣는 거 같은데!” “에이, 프랑스어 못해. 저이는 우리한테 팔 게 아무것도 없잖아!” 사람들이 자기에 대해 이야기한다는 것을 눈치챈 유대인 노파는 시선을 내리깔고 자신의 가방 안을 들여다봤다. 여자들은 전차가 생트카트린 길 서쪽을 따라가는 동안 내내, 겨울엔 코가 짓눌릴 정도로 창에 바싹 붙어 밖을 보았고, 여름엔 창틀에 팔을 올려놓곤 했다. “쇼즈 부인, 이번에 게티 극장에서 누가 공연하는지 좀 봐줘, 그짝에서 잘 보일 거야….” “우드하우스 백화점 앞! 아이고, 여기서 내렸어야 했는데!” “르미외 부인, 그냥 우리랑 이튼 백화점까지 같이 가요!” “그 도둑놈들한테는 절대 안 가요!” “어디 가든 다를 것도 없잖아요, 절대로 아무것도 사지 않는 분이시니!” “절대 아무것도 안 사는 여자들조차도 이튼 백화점에 절대로 들어가지 않는다면, 거긴 아무도 없을 거고 문 닫아야 하겠죠. 어휴 저 날강도들!” “그래도 어차피 그럴 거면…” “게랭 부인, 우드하우스 백화점에 저랑 같이 가요.” “에이, 싫어요! 거긴 너무 지루해요! 저는 지루하고 정직한 사람보다는 재밌는 도둑놈들이 더 좋거든요!” 방금까지 떠들어 대던 사람들이 생트카트린 길과 유니버시티 길이 만나는 모퉁이에 있는 이튼 백화점 앞에서 우르르 내렸다. 이 사람들 가운데 그 누구도 이튼 백화점보다 더 멀리 전차를 타고 가지 않았다. 그 백화점으로부터 서쪽은 그들에게 완전한 미지의 영역이었다. 영어, 돈, 심슨 백화점, 오질비 백화점, 필 길, 기 길 같은 것 말이다. 전차가 서쪽 지역이 있는 앳워터 대로를 다 지나고 나서야 사람들은 비로소 다시 집에 온 듯 마음이 편해졌는데, 그 지척에 생앙리 지역이 있고 항구 냄새도 났기 때문이었다. 그러나 이들 중 어느 누구도 생앙리까지 간 사람은 없었고, 생앙리에서 플라토 몽루아얄까지 온 사람도 없었다. 사람들은 전차 노선의 중간 지점인 이튼 백화점의 아케이드에서 서로 만나서 초콜릿 아이스크림선데나 아이스크림소다를 앞에 두고 친목을 다지곤 했다. 생앙리 지역 여자들은 조르주 에티엔느 카르티에 광장에 대해 자랑스레 이야기했고, 플라토 여자들은 생조셉 대로*에 대해 이야기했다. 어쨌든 어느 토요일 아침, 아주 이른 시각에, 메르세데스는 치과 의사 집에서 활기차기는 했지만 실망스럽기도 했던 밤을 보내고 집으로 돌아오는 중이었고, 베아트리스는 여자 친구 집에서 자고 돌아오는 중이었다. 메르세데스는 이 통통한 아가씨를 이전부터 눈여겨보고 있었다. 원단 가게 판매원이며 아마도 고아인 듯한 그녀는 메르세데스와 같은 건물, 즉 파브르 길과 길포르 길이 만나는 모퉁이에 있는 건물에서 혼자 살고 있었다. 계단이나 층계참에서 만나면 언제나 인사말을 건네긴 했지만 한 번도 자신의 눈을 똑바로 바라보지는 않았다. "날 평가하고 있는 게지." 그래도 큰 소리로 욕을 하며 자기 집 문을 주먹으로 두드리러 오던 다른 세입자들

* 동쪽 생조셉 대로Boulevard Saint-Joseph E.는 몬트리올에서 대로의 중앙 부분에 화단과 산책로가 조성된 곳으로 유명했다. 이 대로변에는 부유한 의사와 회계사들의 사무실과 집이 많았다.

과는 다르게, 요 꼬맹이 아가씨는 아주 신중했다. 그리고 매번 메르세데스에게 인사를 건넸다. 심지어 다른 주민들이 모종의 서명 운동을 벌일 때에도 베아트리스는 서명을 거부하기까지 했다…. 결국 메르세데스는 52번 전차 안에서 베아트리스에게 말을 걸었다. "눈 밑에 다크서클 좀 봐. 어젯밤에 안 잤니?" "당신이 잠을 안 잔다고 해서, 다른 사람들도 잠을 안 자는 건 아니라구요!" 메르세데스는 웃었다. "오늘은 일 안 해?" "해요, 지금 일하러 가는 중이에요." "원단이랑 바지 단추 팔러?" "네, 그런데 왜요?" "그 일 평생 할 거야?" "무슨 말을 하시려는 건지 뻔하네요…." "넌 단추 파는 게 더 좋아?" "모르겠어요. 당신이 하는 일은 한 번도 해본 적이 없으니까요." 메르세데스는 핸드백에서 립스틱을 꺼냈다. 20달러 지폐가 무릎 위로 떨어졌다. "요즘 같은 시기에는 이쪽 분야의 일이 상당히 많거든, 알고 있겠지만…" 베아트리스는 지폐를 쳐다보고 있었다. "거 왜 있잖아, 군인들…" "그거 다시 안 집어넣으실 거예요?" "어, 뭐라고? 아하, 이거!" 메르세데스는 무심하게 지폐를 손으로 구겼다. "일주일에 얼마나 버는데?" 베아트리스는 고개를 돌리고 밖을 쳐다보면서 메르세데스가 방금 한 질문을 못 들은 척했다. 전차 운전사가 쇠로 된 길다란 봉을 들고 전차에서 내렸다. 전차가 몽루아얄 대로 동쪽으로 방향을 틀어 갈 수 있도록 선로를 변경하기 위해서였다. "이름이 뭐니?" "베아트리스예요." 메르세데스는 계속해서 입술에 립스틱을 발랐다. "나는 메르세데스야. 메르세데스 벤츠." 베아트리스는 슬그머니 그녀를 바라보았다. "그거 진짜 이름 아니죠! 그런 이름이 있을 리가 없어요!" 메르세데스는 가방에 20달러짜리 지폐를 쑤셔 넣었다. "응, 아니야. 내 진짜 이름은 너무 별로거든." 베아트리스는 운전사가 다시 전차에 올라타는 것을 바라보았다. 운전

사는 베아트리스가 자기를 쳐다보는 것을 알아차리고는 은근슬쩍 윙크를 보냈다. 전차는 비 오듯 불똥을 튀기며 천천히 오른쪽으로 돌았다. "전요, 제 가짜 이름을 베티라고 할 거예요. 베티 버드." "왜 버드라는 성을 골랐어?" "아빠 때문이에요. 당신 덕분에 생각난 건데요, 울 아빠는 20불짜리 지폐를 버드라고 불렀거든요. 그 지폐는 항상 너무 먼 곳에 있다고 생각해서 아마 그렇게 부르셨을 거예요. 높은 나무 위에나 하늘에 있는 새는 늘 엄청 멀리 있으니까요." 두 여자는 서로를 바라보며 미소 지었다. "베티 버드, 거 더럽게 멋진 이름이네. 기억하기 쉬워." "그렇죠. 이름을 생각해 둔 지 꽤 됐어요." 메르세데스가 하품을 했다. 눈 밑의 다크서클이 한층 더 커졌다. "언제 한번 우리 집에 와서 그 이야길 전부 다 해주면 좋겠는데…" "솔직히 말해서 지금 당장 가고 싶은걸요…." "성질도 급하기는!" "바지 단추는 이제 지긋지긋하거든요!" "그럼 언제부터 일을 시작할 수 있겠어?" 베아트리스는 처음으로 메르세데스와 눈을 맞추며 영혼 깊숙한 곳까지 바라보았다. "애당초부터 준비가 된 상태라는 걸 잘 아시잖아요. 이제 와서 저보고 어쩌라고요." 그 말을 듣고 메르세데스는 겁이 났다. 메르세데스는 욕조 안에서 베티의 등을 힘차게 박박 문지르면서 그때 일들을 다시 생각했고, 얼굴 가득 환하게 미소를 띠었다. "왜 웃어?" "처음에 내가 왜 널 무서워했는지 생각하고 있었어. 패배주의에 가득 찬 네 태도가 무서웠던 거야." "지금도 내가 무서워?" "가끔은 무섭고, 가끔은 안 그렇고." "어쨌거나 다 엄청 오래전 일인걸…." "오래된 일이 아니야, 베티, 겨우 일 년 전 일인걸…." "그러니까 오래된 일 맞잖아." 베티는 비누 거품이 뚝뚝 떨어지는 스폰지를 집어 들었다. "자, 뒤로 돌아, 이제 내가 닦아 줄게!"

에두아르와 테레즈는 동시에 잠자리에서 일어났다. 이들 둘의 방은 서로 마주 보고 있었으므로, 문을 열자마자 딱 마주치게 되었다. "에두아르 외삼촌, 엄청 일찍 일어나셨네요? 오늘 토요일인데도요!" "오줌이 뭐 날을 가려서 마렵냐, 우리 꼬맹이 아가씨야!" 둘은 부엌과 식당을 지나 집 뒤쪽에 있는 화장실까지 뛰어갔다. 테레즈가 먼저 도착했지만 외삼촌에게 순서를 양보했다. 네 살짜리치고는 너무 몸집이 작아서 겨우 두 살 좀 넘거나 세 살배기 아기 같아 보이는 테레즈의 남동생 마르셀이 테레즈와 에두아르가 뛰어가는 소리를 듣고는 두 사람이 자기 옆을 지날 때 혀짤배기소리로 소심하게 아침 인사를 했지만, 테레즈와 에두아르는 뛰어가느라 그 인사를 듣질 못했다. 마르셀은 식당에 놓아 둔 침대에서 잤다. 그 침대는 낮에는 소파로 둔갑되곤 했었는데, 마르셀은 그 침대가 너무 커서 무척 싫어했다. 침대가 식당에 있었기 때문에 마르셀은 이 집을 들고 나는 수많은 사람들의 목격자가 되었다. 저녁에 일을 하는 가브리엘 큰외삼촌이 새벽 두 시쯤 집에 도착하면, 마르셀은 손을 흔들어 인사하곤 했다. 하지만 가브리엘은 피곤에 푹 절어 고개를 숙이고 돌아오곤 했기 때문에 마르셀 쪽을 쳐다보는 일은 드물었다. 가브리엘은 임신한 뚱보 아내가 자신을 기다리고 있는 식당 맞은편 방으로 서둘러 들어갔다. 마르셀과 테레즈의 엄마인 알베르틴이 예민해진 신경을 누그러트리기 위해 차를 끓여 마시러 밤에 일어나면, 마르셀은 침대 밖으로 슬그머니 나와서 엄마를 따라 주방으로 가곤 했다. 알베르틴은 물이 끓어오르는 걸 기다리는 동안 마르셀을 안아 주었고, 그러면 마르셀은 엄마의 통통한 어깨에 머리를 대고 어김없이 다시 잠이 들곤 했다. 알베르틴은 주전자를 바라보며 막내아들을 어르곤 했는데, 그러다가 가끔씩 스토브 앞에 기대어 선 채로 잠이 들어서 마르셀을 떨구려는 순간이나 석탄 오븐 위로 물이 끓어 넘쳐서 지글지글 기분 나쁜 소리를 내는 순간에 화들짝 놀라 잠에서 깨곤 했다. 그리고 에두아르, 가브리엘, 알베르틴의 엄마이자 마르셀의 할머니인 나이 많은 빅투아르가 매일 저녁 화장실에 가기 위해 일어나면, 마르셀은 침대 구석에서 몸을 동그랗게 웅크리고는 눈을 꾹 감았다. 마르셀은 빅투아르 할머니가 무서웠다. 빅투아르가 성질이 못돼서 그런 게 아니었다. 빅투아르는 왼쪽 다리에 생긴 괴질 때문에 다리를 절었고, 그 때문에 심한 고통을 겪어서 무척 짜증을 냈다. 또 손주들을 대할 때면 인내심이 부족했다. 빅투아르는 마르셀의 침대 앞을 그림자처럼 지나서 부엌으로 슬그머니 들어간 다음, 뒤쪽 화장실로 가서 뿡뿡 소리를 내기 시작했다. 뚱보 여자와 가브리엘의 두 아들인 리샤르나 필립이라면 그 소리를 듣고 깔깔대며 웃어댔겠지만, 꼬맹이 마르셀은 엄청나게 공포스러워했다. 빅투아르는 볼일을 다 보고 나면, 끄응 하고 긴 신음 소리를 내고는 변기 물 내리는 쇠줄을 힘차게 잡아당겼다. 마르셀은 변기물이 빨려 내려가는 소리를 들을 때마다 무서워서 미칠 지경이 되었는데, 그 소리는 곧 다리를 절뚝이는 빅투아르 할머니가 다시 마르셀의 침대 앞을 지나갈 것을 의미하기 때문이었다. 마르셀보다 네 살 많은 사촌 형이자, 벌써부터 뻥쟁이이자 이야기꾼인 필립이 호언장담한 대로, 할머니가 마르셀의 침대 위로 두 발을 모으고 다이빙하듯이 확 뛰어들거나, 마르셀을 덮치는 건 아닐까? 그를 마구 때리고, 죽인 다음에 꿀꺽 먹어 버리는 건 아닐까? 그러나 빅투아르는 마르셀에 대한 생각은 콩알만큼도 하지 않고 지나갔다. 그러면 마르셀은 오들오들 떨면서 다시 잠이 들었다.
"외삼촌, 화장실 진짜 오래 쓰시네요! 일단 나오셨다가 저 오줌 누고 나면 다시 들어가세요!" 에두아르는 투덜거리며 화장실에서 나왔다. 마르셀이 식당과 부엌을 번개같이 지나 외삼촌 품속으로 뛰어들었고, 외삼촌이 자신을 들어 천장 쪽으로 던지자, 까르르 웃으며 소리를 질렀다. "우리 마르셀은 아침으로 뭐 먹고 싶어? 계란? 계란 두 다스? 베이컨이랑 먹을래? 베이컨 2파운드? 토스트도? 토스트 식빵 통째로 두 덩이? 커피랑? 커피 두 주전자?" 테레즈가 화장실에서 소리 질렀다. "어휴, 외삼촌! 또 집안사람들 다 깨우겠어요!" "야, 조용히 하고 오줌이나 싸!" "어쨌든 걔가 그런 거 하나도 안 먹는 거 외삼촌도 잘 알잖아요…." "마르셀이 그런 걸 전부 안 먹는 이유는 니가 안 먹여서 그런 거야! 마르셀이 이유식을 먹는 걸 보는 것도 이제 지긋지긋하다고…." "먹으면 아프니까 안 먹이는 거잖아요." "테레즈, 그런 걸 판단하는 건 엄마가 하는 일이야." 테레즈는 잠옷 허리끈을 다시 동여매며 화장실에서 나왔다. "이제 다시 가셔도 돼요." "우리 이쁜 병아리 아가씨, 나 화장실 쓰는 동안 커피부터 시작할래?" 테레즈가 몸을 숙여 동생을 보는 동안 에두아르는 화장실로 서둘러 들어갔다. "마르셀, 너 쉬야했어?" "아뇨." "쉬야 마려워?" "웅." 테레즈는 마르셀을 안아서 부엌 싱크대 가장자리에 세웠다. "자, 쉬해. 너무 늦기 전에…" 기분이 좋아 얼굴이 발그레해진 마르셀은 쪼그마한 고추를 꺼내고 싱크대 쪽으로 고개를 숙였다. "너 쉬야할 때 맨날 그렇게 쳐다보니?" "웅." "왜 그러는데?" "보는 거 조아요." "더러워!" "져러워? 왜애요?" "왜 그런지 너도 금방 알게 될 거야." 테레즈는 11살이었다. 뚱보 여자와 가브리엘의 첫째 아들인 리샤르와 같은 나이였다. 테레즈와 리샤르는 이틀을 사이에 두고 태어났다. 테레즈가 10월 31일에 먼저 세상에 나왔고, 이틀 뒤인 11월 2일에 리샤르가 태어났다. 테레즈는 익살스럽고 명랑했으며, 헬

러윈 파티 때처럼 괴상한 표정을 짓는 걸 좋아하는 아이였지만, 리샤르는 심각하고 우울하며 얼굴은 창백했으며, 장례 미사만큼이나 지루한 아이였다. 그렇지만 이 둘은 언제나 함께 있었다. 테레즈는 아무것도 아닌 일에 깔깔대며 즐거워한다면, 리샤르는 어디서나 늘 지루해했다. "늬들 장난에 우리 아빠 또 깨시겠어, 그럼 또 난리 날 거라고!" 또래에 비해 키가 크고 귀는 당나귀 귀같이 커다랗고, 수북이 부은 눈을 한 리샤르가 부엌 문지방에 서 있었다. "코코, 너네 아빠는 어차피 토요일엔 늘 오전에 일어나시니까, 우리가 실컷 난리를 피워도 괜찮잖아…" "그렇다고 아침 여덟 시부터 난리 블루스를 떨기 시작할 필요는 없다고!" "좋아, 그딴 식으로 네 하루를 시작하기로 했다 이거지?" 테레즈가 동생을 마룻바닥에 내려놓고 사촌에게 다가가서는 목에다 입을 맞추자 리샤르는 재빠르게 손으로 목을 닦았다. "아침 식사 준비는 다 된 거야?" 테레즈가 리샤르를 쏘아봤다. "아니, 난 소란스레 시끌벅적댈 겨를 밖에 없었어!" 에두아르가 바로 그때 화장실에서 나왔다. "테레즈야, 넌 동생 옷 좀 갈아입혀라. 그리고 리샤르, 넌 성가시게 하지 말고 다른 데나 가 있어. 오늘 아침에 요리 할 사람은 바로 나거든!" 단 몇 초 만에 부엌이 텅 비었고, 에두아르는 요리를 시작했다. 뚱보 여자의 앞치마 중에서 하나를 집어 들어(그렇다, 에두아르도 꽤나 뚱뚱했던 것이다) 앞치마 끈을 등 뒤로 가져가 제대로 잘 묶고는 냉장고 문을 열었다.

리샤르는 집 앞쪽에 있는 2인용 방을 빅투아르 할머니, 에두아르 삼촌과 함께 썼다. 그는 아치형 문틀 아래에 접이식 침대를 놓고 잤다. 매일 저녁, 리샤르는 어두운 구석 자리에서 침대 커버와 매트리스 시트가 삐죽 나온 채 반으로 접혀 있는 침대를 끌고 나왔고, 접이 침대를 고정하고 있는 걸쇠 두 개가 얼마나 꽉 걸려 있던지 도통 빠지려 들지 않았기 때문에, 그걸 풀기 위해서 끙끙댔다. 물론 매번 걸쇠들은 어느 순간 갑자기 확 풀려 버렸고, 너무 오래되어서 헐거워진 스프링들이 울리며 내는 굉음와 함께 침대가 확 펼쳐졌다. 그러고 나서 또 매일 아침마다 그 침대를 다시 반으로 접기 위해서 황소마냥 씩씩대며 구슬땀을 흘렸다. 걸쇠가 도무지 고정 고리에 걸릴 생각을 하지 않았고, 침대 다리도 더 이상 접히려고 들지 않았으며, 얇디얇은 매트리스가 갑자기 너무 두꺼워진 듯 느껴졌다…. 리샤르의 일에 관심조차 없어 보이는 할머니의 무덤덤한 시선 아래, 리샤르는 머리가 헝클어지고 얼굴이 벌게진 채로 숨을 헉헉대면서 다시 침대를 접는 데 성공했다. 그 고철 덩어리를 구석진 곳으로 다시 밀어 넣으며, 리샤르는 엄마 아빠 방을 떠나 할머니의 약 냄새와 에두아르 삼촌의 오드콜로뉴 향내(야들리 제품 〈로터스(연꽃)〉)가 풀풀 풍기는 이 방구석에 들어와 살아야 하는 자기 신세를 한탄했다. 이날 아침에는 할머니께서 절망이 어린 마지막 단말마의 비명을 지르는 듯 입을 크게 벌리고 아직 주무시고 계셨기 때문에, 리샤르는 잠자리를 정리하려고 침대에 달려들진 않았다. 리샤르는 하릴없이 침대에 누워 있다가, 달리 할 일도 없었기 때문에 고개를 돌려 할머니 쪽을 봤다. 침대 발치 쪽에 붙은 청동 프레임의 살대 사이로 할머니 얼굴이 보였다. 다섯 살 이후로 계속 할머니와 같은 방에서 잤던 리샤르는 할머니가 서서히 돌아가시고 있는 모습을 바라보며 셀 수 없이 많은 시간을 보냈다. 사실 리샤르는 할머니가 입을 쩍 벌리고는 칼날처럼 베일 듯이 날카로워 보이는 허연 잇몸을 드러낸 채, 그르렁 그르렁 하고 간신히 숨을 쉬면서 주무실 때마다 유심히 그 모습을 관찰하면서 할머니가 돌아가시기를 기다렸다. 거의 다 타들어 가서 불꽃이 가물거리는 양초, 망가져서 껄떡이는 시계, 기력이 다한 엔진, 너무 늙은 개, 일을 그만둔 뒤 지루해 죽을 지경인 하녀, 아무짝에도 쓸모가 없어진 노파, 패배한 인간이 바로 리샤르의 할머니였다. 집에서 할머니가 무엇인가를 하려고 하면, 며느리인 뚱보 여자나 딸인 알베르틴이 할머니 앞에 와서는 배려심 넘치게 이렇게 이야기하곤 했다. "어머니 그냥 쉬고 계셔요… 평생토록 충분히 일하셨잖아요… 어머니 앉으셔요, 어머니 다리를…" 그때마다 할머니는 자신의 감정이 터져 나오지 않게 침을 꿀꺽 삼키며 행주나 나무 숟가락을 내려놓곤 했다. 리샤르는 외부 계단이 보이는 방 유리창에 몸을 기대고 화가 나서 엉엉 울고 있는 할머니를 종종 봐왔다. 심지어 이 두 여인을 향해 악담을 하거나 그다지 효과 없는 저주를 하고, 이들에게 혀를 비죽 내밀거나 걷어차는 시늉을 하시는 것까지도 본 적이 있다. 할머니는 아침부터 저녁까지, 방에서 식당까지 그리고 식당에서 방까지 여기저기를 배회했다. 집안사람 모두가 각자 맡은 일이 있거나 적어도 어떤 쓸모가 있었지만, 예외적으로 할머니만은 아무 쓸 데가 없이 여러 사람들의 관심을 끌기나 할 뿐이었다. 할머니는 쓰레기를 버리러 내려가거나, 저녁을 준비하거나, 뚱보 여자를 씻기거나, 욕조에 물을 받고 집안의 모든 커튼을 담가 빨래를 하거나, 필립, 테레즈, 리샤르나 마르셀을 호되게 때리고 싶어 했다. 혹은 다른 누군가를 그렇게 하고 싶어 했다. 하지만 빅투아르는 그 대신에 라디오 앞으로 와서는 라디오 드라마인 〈도날다의 고백〉이나 〈뚱보 조르지아나의 변덕〉*에 귀를 기울였다. 한참 코를 골며 자던 빅투아르는 간유리창같이 뿌연 두 눈을 뜨더니, 손을 들어 이마 위로 내려와 있던 흰 머리 한 타래를 위로 걷어 올렸다. "몇 시니?" 리샤르는 대답하지 않았다. "코코야, 지금 몇 시니? 너 안 자고 있는 거 알아, 옷도 갈아입었잖아!" "할무니, 여덟 시예요. 여덟 시 좀 넘었어요." 빅투아르는 큼큼 소리를 내어 목을 가다듬더니 베개 밑에 놓아두었던 작은 손수건을 꺼내 가래를 뱉었다. 아주 잔뜩. 리샤르는 눈을 질끈 감았다. 빅투아르는 침대에서 힘겹게 일어나 앉았고, 손자를 쳐다보았다. "몰래 이 할미를 훔쳐보는 거 언젠간 그만둘 거지?" 리샤르는 고개를 할머니가 있는 쪽으로 획 돌렸다. "아니요." 긴 침묵이 이어졌다. 심한 근시였던 빅투아르는 손자가 보이지 않았지만 그 시선은 느꼈다. 빅투아르는 늘 손자의 시선을 느꼈다. 그리고 지금도 그 시선이 빅투아르를 잠에서 깨웠던 것이다. "언젠가 네가 자고 있을 때, 이 할미가 일어나서 네 목을 졸라 버릴 거다. 닭 모가지 비틀 듯이…" "그렇지 않을걸요. 할무니는 날 너무 좋아하는걸." 할머니가 웃었다. "그렇게 생각해?" "네." 리샤르도 웃었다. "난 할무니가 깨어 계실 때가 더 좋아요." "나도 그래!"

---

* 도날다Donalda와 뚱보 조르지아나la grosse Georgiana는 클로드 앙리 그리뇽Claude-Henri Grignon의 소설 『한 남자와 그가 저지른 죄*Un homme et son péché*』(1933)의 등장인물이다. 이 소설은 몬트리올 근처 로랑티드 지방의 한 마을에 사는 구두쇠인 세라팽Séraphin과 그의 부인이자 신심 강하고 용기 있는 도날다Donalda, 그리고 마을 주민들의 이야기를 다루고 있다. 프랑스어권 캐나다에서 가장 알려진 문학 작품들 중의 하나인 이 소설은 1939년에서 1962년까지 라디오 드라마로 각색되어 큰 사랑을 받았다. 여기서 빅투아르 할머니가 듣는 것도 바로 이 라디오 드라마인 듯하다.

테레즈는, 엄마인 알베르틴의 방하고 몇 년 전부터 사촌인 필립과 테레즈 자신이 잠을 자는 거실이 합쳐진, 이 집의 또 다른 2인용 방에 마르셀을 질질 끌고 불쑥 들어갔다. 테레즈와 필립은 한 소파를 둘이서 침대로 나눠 썼다. 그리고 거기에서 이들 둘은 깔깔 웃고, 따귀를 때리고, 소파 위를 방방 뛰고, 서로 간지럽히고, 제대로 숨기지 못한 수치심에 얼굴을 붉히거나 뭔가 잘못 이해한 외설스러운 행동을 하는 등, 아주 뒤죽박죽 난리도 아니었다. 필립은 여덟 살밖에 안 됐지만 이미 상대방의 어떤 곳을 슬그머니 더듬어야 하는지 알았다. 그리고 어떻게 순진한 척을 하거나 천진한 눈빛을 꾸며 내야 따귀 맞는 걸 피할 수 있을지 잘 알았다. 온 집안에 구석구석 퍼져 있었던 가족들의 스러져 버린 열정과 충족되지 않은 욕망들이 쌓여 생겨난 사막 한복판에서, 테레즈와 필립의 소파는 즐겁게 속삭이는 소리가 끊임없이 솟아오르는 샘이자 쾌활함이 넘치는 오아시스였다. 알베르틴은 2인용 방의 한쪽 구석에서 잤다. 알베르틴의 침대는 한 척의 배같이 생겼었다. 색깔도 검정색이고 겉모양도 우중충한 그 침대는, 지금은 세상 고맙게도 징집되어 전쟁에 나간 알베르틴의 남편 폴이 결혼 선물이랍시고 고향인 로랑티드 지방 산간벽지에서 가져온 것으로, 12년도 더 된 물건이었다. 알베르틴은 기름 썩은 내를 풀풀 풍기는 이 궤짝 같은 침대를 줄곧 싫어했다. 이제 겨우 청소년기를 지났을 무렵, 다른 사람에 비하여 정말 현격하게 아무것도 아는 게 없고 순진했던 그녀는 살면서 가장 끔찍했던 경험을 그 침대에서 갑자기 겪었기 때문이었다. 알베르틴은 이 침대를 아주 오래전부터 예고되어 있었고 일단 일어나면 평생토록 영향을 끼치는, 피할 수 없는 재난처럼 감내했고, 아직도 그렇게 감내하고 있었다. 약간 살집이 있지만 매우 아름다운 이 여인의 한 평생은 도료를 바른 이 두툼한 널빤지 두 개 사이에서, 낡은 이 매트리스 위에서, 그리고 다 삭고 해진 이 침대 시트 속에 모두 담겨 있다고 할 수 있었다. 천국을 맛보게 될 것이라고 다들 약속했던 쾌락이 너무도 보잘것없었기에, 그녀가 느꼈을 실망감을 그런 부분에서 함축적으로 읽어 낼 수 있었다. 아이들이 돌풍을 일으키며 방문 문턱을 지났을 때 알베르틴은 이제 막 잠에서 깬 상태였다. 그녀의 머리에는 구불구불한 컬을 만들기 위해 자투리 천들로 머리카락을 말아서 묶은 매듭들이 비죽비죽 늘어서 있었고, 어깨 부분의 맨살이 드러난 연분홍빛 면 원피스 잠옷을 입고 있었다. 알베르틴은 곧장 침대에서 상체를 일으켜 세웠다. "아침부터 이게 무슨 난리법석이야! 막내는 왜 아직도 옷을 안 갈아입은 거니? 아침은 먹었어? 또 침대에 오줌 쌌니?" 테레즈는 마르셀이 자기 등 뒤에 숨어 있는 동안 엄마에게 커다란 미소를 지어 보였다. 테레즈는 아주 평온한 밤을 지낸 후에 엄마를 깨우듯이 부드러운 목소리로 말했다. "좋은 아침이에요, 엄마. 아침에 몸은 좀 어떠세요? 푹 주무셨어요?" 그러자 알베르틴은 눈에 띄게 당황했다. 애들을 야단치려고 들어 올렸던 검지를 여전히 내리지 않고 있었지만, 이미 약간 자신감을 잃고 어안이 벙벙한 채로 자기 딸을 빤히 쳐다봤다. "어 그래, 좋아. 알겠어." 알베르틴은 이불을 밀어젖히고 양 다리를 침대 밖으로 뻗었다. "꼬맹이 데려오렴." 테레즈는 동생을 팔로 안아 엄마에게 데려갔다. 엄마가 갑자기 무척 온화해진 걸 보고 놀란 마르셀은 엄마를 마치 처음 보기라도 한 듯이 낯설게 쳐다봤다. 그리고 엄마가 성을 냈기 때문에 울고 싶은 마음과, 자기가 좋아하는 엄마이기 때문에 그 온갖 이유나 심지어 무서움까지도 무릅쓰고 엄마 품속에 꼭 안기고 싶은 욕구 사이에서 망설였다. 자신의 아이가 주저하는 것을 느끼며, 알베르틴은 방긋 웃어 주었다. 마르셀은 행복에 겨워 흥분한 두 눈을 크게 뜨고 배를 뒤틀면서 어깨를 들썩이며 까르르 웃기 시작했다. "일부러 간지럽힐 필요도 없네, 요놈의 자식!" 알베르틴은 침대 안쪽으로 마르셀을 휙 던져 뉘었다. "내가 널 가진 건 정말 행운이야!" 기쁨과 질투가 뒤섞여 자신의 마음을 휘젓는 것을 납득할 수 없었던 테레즈는 마르셀의 웃음소리가 유쾌한 방울방울이 되어 사방으로 흩날리던 커다란 침대에서 멀어졌다. 테레즈와 알베르틴은 전날 저녁에 심각한 대화를 나눴었다. 아니, '대화를 나눴다'고 하기보다는 '테레즈가 엄마와 이야기를 해보려고 시도를 했었다'고 해야 할 것이다. 모든 걸 결심한 테레즈는 겁이 나서 미칠 지경이었지만 단호한 태도로, 마르셀이 있을 때 시종일관 고함을 지르는 걸 그만둬 달라고 엄마에게 요청했다. 뺨을 한 대 맞은 것 외에는 엄마에게서 별다른 대답을 듣지 못했지만, 그래도 테레즈는 자기 말이 엄마에게 제대로 먹혔다는 것을 느꼈다. 그리고 방금 그 증거를 본 것이다. 잠에서 깬 엄마가 웃고, 마르셀의 발바닥을 간질이고 또 잘근잘근 깨물면서 놀아 주는 걸 본다는 것은 테레즈에게 매우 새로운 경험이었으며, 그 모든 것을 잘 음미하기에는 아마도 너무 지나치게 새로운 경험이었다. 게다가 어쨌든 유일하게 그 혜택을 볼 사람은 자기 동생뿐이라는 걸 테레즈는 너무나 잘 알고 있었다. 그럼 마르셀을 위해서 그 모든 걸 한 게 아니었나? 엄마의 욕구불만이 걸쭉한 욕설이나 히스테리 섞인 고함 소리로 터져 나올 때, 마르셀의 웃음소리가 울음으로 바뀌는 걸 더는 보고 싶지 않아서? 테레즈는 이미 오래전부터 엄마가 더 이상 무섭지 않았고, 엄마의 감정 기복에도 아무렇지 않았다…. 아니다, 완전히 아무렇지 않은 건 아니고… 엄마의 감정 기복은 테레즈의 마음속에, 아직은 테레즈가 이해하지 못한 생소한 감정을 불러일으켰다. 음침하고 불분명하며, 뭔가 건전하지 못한 기쁨을 주는 감정, 그것은 바로 멸시였다. 테레즈는 비록 그 감정이 무엇인지 이름을 붙일 수는 없었지만, 입 안에 혐오라는 감미로운 뒷맛을 남기는 저 차가운 음식을 혼자서, 언제나 혼자만이 음미할 수 있는 장소이자 굳게 빗장 채워진 문 뒤에 있는 그녀의 내면 깊은 곳으로부터 그 감정을 끄집어내야 한다는 것을 알아차렸다. 테레즈는 안락의자 끄트머리로 가서 앉았다. 사촌인 필립은 잠을 자는 척했다. 테레즈는 이불을 들추고 사촌 옆에 들어가 누워 그 투실투실하고 부드러운 몸에 몸을 대고 웅크렸다. 그리고 테레즈는 필립의 귀에 입을 대고 말했다. "너 계속 이렇게 자면 네 꼬추가 빳빳하게 자라지 않을 거야!" 필립이 얼마나 크게 웃었는지 집 안의 모든 사람들이 소스라치게 놀랐다.

"그곳의 만은 열린 만이 아니야. 바다를 향해 활짝 열려 있어서, 바다로 곧장 통하는 그런 만이 아니지. 그래… 그 작은 만은 닫혀 있어. 자기가 만에 서서 앞을 바라보면 먼 바다가 보이지 않지. 그 작은 만 양쪽 끝의 두 팔처럼 달려 있는 끝부분이 바다를 가두고 있어… 끝부분은 거의 서로 맞닿을 정도지. 그 만에 배로 들어가려면 닫혀 있는 만의 두 팔 사이를 지나야만 해. 그곳은 세상에서 가장 고요한 만이야. 왜냐하면 먼 바다의 파도가 해변으로 전부 들어오지는 못하기 때문이야. 파도는 잠잠하지. 늘 그래. 그리고 자기 뒤쪽으로는 아주 높은 산이 있어. 구름들이 그 산에 걸려 있고 만 쪽으로는 절대 내려오지 않지. 산이 구름을 지나가지 못하게 가로막고 있어서 그곳은 겨울에 비가 절대 내리지 않아." 임신 중인 뚱보 여자는 거대한 가슴 위로 팔짱을 끼고서, 이제 거의 두 달이 다 되어 가는 동안 줄곧 앉아 있는 안락의자 등받이에 머리를 기대고 부드럽고 고른 목소리로 별다른 억양 없이 이야기하고 있었다. 억양은 그녀의 목소리가 아닌 두 눈 속에 담겨 있었다. 그녀의 눈은 작은 만과 파도와 바위들을 봤다. 그리고 크리스마스트리 가지 위에 얹혀 있는 천사의 머리카락 같은 꽃술 장식처럼 산에 걸려 있는 구름들도 봤다. 그 상상 속 풍경이 너무 아름다워지자, 나나의 두 눈에 눈물이 가득 찼다. 그리고 그녀는 그 눈물이 턱을 지나 목까지 흘러내리게 내버려 두었다. "모래 속으로 쑥 빠져 들어가는 느낌을 경험하고 싶을 땐, 바닷가 물속에 앉기만 하면 돼. 거기 앉으면, 파도가 지나가면서 자기 엉덩이 아래 있는 모래를 움푹 파내거든! 난 알록달록한 색깔의 홈드레스를 입을 거야. 그러면 사람들이 나를 가리키며 이렇게 이야기하겠지. '저 봐, 저 뚱보 여자는 엄청 행복해 보여!' 난 바닷가 모래사장에 등을 대고 누울 거야. 그러면 파도가 다가와서는 내 머리 주변에 하얀 거품을 남겨 놓겠지! 1월 내내. 2월 내내. 3월 내내. 전쟁 소식은 우리한테까지 와 닿지 않을 거고, 그래서 누가 죽었는지, 누가 실종되었는지, 누가 남은 생을 불구로 지내야 하는 건지 우리는 알 수 없을 거야. 자기는 『파리의 노트르담』*이나 『외제니 그랑데뜨』**를 큰 소리로 읽을 거고, 나도 파도 소

---

* 프랑스 작가 빅토르 위고Victor Hugo가 1831년에 발표한 소설. 국내에서는 『노트르담의 꼽추』라는 제목으로 알려져 있다.

** 프랑스 작가 오노레 드 발자크Honoré de Balzac가 1834년에 발표한 소설. 원제는 『외제니 그랑데*Eugénie Grandet*』인데, 뚱보 여자는 여기서 소설의 제목이자 여주인공의 이름인 외제니 그랑데를 "외제니 그랑데뜨"라고 잘못 부른다. 일반적으로 여성형을 만들거나 혹은 귀엽거나 작거나 하찮은 것을 표현할 때 어미를 이렇게 변화시킨다는 점을 생각할 때, 여주인공에 대한 뚱보 여자의 인식을 엿볼 수 있다.

리가 귀에 들리지 않을 때엔 그 이야기를 듣겠지… 나는 태양이 날 사로잡고, 바다가 날 애무하는 그곳에 머무를 거야. 그리고 내가 원하는 만큼 아이들을 낳을 수 있겠지!" 자기 부인의 목소리에 흔들흔들 얼러진 가브리엘은 얼마 전부터 잠이 들었고, 이야기 중인 아내를 방해하지 않으려는 듯 조용조용 코를 골기 시작했다. 뚱보 여자는 남편을 잠시 바라보더니, 마치 남편이 계속 깨어 있는 양 이야기를 이어 갔다. "정오가 되면 자기는 파인애플이랑 코코넛을 구하러 갈 거야. 야자수 나무 아래에서 우리는 웃고 입을 맞추며 그 과일들을 먹을 거야. 내가 낳은 아이들은 모두 늘 우리 발치에 있을 거고, 우리도 아이들과 있는 걸 좋아할 거고!" 방문이 갑자기 열리더니 알베르틴이 대야를 들고 들어왔다. "새언니, 잘 잤어요?" "한숨도 못 잤어." "자고 싶어요?" "물론이지…." 알베르틴은 뚱보 여자의 다리 사이에 요강용 대야를 밀어 넣었다. "점점 더 힘들어지시네요. 살도 계속 불어나시는 거 같아요." "응, 계속 살이 찌고 있어. 그리고 그러는 게 정상이야… 아직 2개월 더 남았잖아…." "어휴, 언니 나이에 아기 가질 생각을 안 했더라면 이 고생을 안 하시잖아요!" "바르틴, 또 그러네. 그런 말 하지 마!" 엄마를 따라 방으로 들어온 마르셀은 안락의자에 가까이 갈 엄두를 내지 못했다. "안녕, 마르셀… 어젯밤에 네가 우는 소리 들었어… 나쁜 꿈을 꾼 거야?" 그러나 꼬맹이는 겁에 질린 다람쥐처럼 도망쳐 버렸다. "커피 냄새 좋네." "좀 있다가 언니한테 가져다드릴게요. 그런데 커피가 맛이 있을지는 잘 모르겠어요… 에두아르가 끓였거든요!" 뚱보 여자가 웃었다. "에두아르라고! 에두아르가 집안일 하느라 애쓰다니, 살다가 별꼴 다 보겠네!" 알베르틴은 나나의 다리 사이에서 대야를 다시 끄집어내었다. "아침 먹고 나서 언니 옷 갈아입히러 올게요. 더우

실 게 뻔한데 뭐 대책도 없고…" 뚱보 여자는 눈살을 찌푸렸다. "바르틴, 근데 너 아침부터 너무 상냥한걸?" "제가 나중에 다 설명해 드릴게요…." 알베르틴이 안락의자에서 멀어졌다. "우리 신랑 좀 깨워 줘. 밥 먹어야 하잖아." 알베르틴은 오빠 쪽으로 몸을 숙이고 오빠를 살짝 밀었다. 가브리엘이 눈을 떴다. 알베르틴은 한 마디도 더 하지 않고, 방에서 나가며 등 뒤에 있는 문을 닫았다. "어, 미안. 자기가 이야기를 들려주는 동안 깜빡 잠이 들었네. 엊저녁에 일을 정말 많이 했거든…." "괜찮아. 어쨌거나 자기보다는 날 위해 상상한다고 생각하거든." "아니야. 난 자기 얘기 듣는 거 좋아해. 마치 우리가 거기 있는 것 같았어." "가서 밥이나 드셔." 가브리엘은 자리에 일어나더니 땀으로 축축한 부인의 이마에 입을 맞추었다. "오늘 아침엔 그 자리에서 일어나 볼 거야?" "그렇게 하면 안 되는 거 잘 알잖아." 남편이 나가고 문이 닫히자 뚱보 여자는 창문 쪽으로 고개를 돌렸다. 열을 지어 서 있는 가로수 꼭대기들 위로, 앞집 3층의 일부분인 다락방 창고와 손수건 한 장 크기의 파란 하늘이 보였다. 그녀가 아주 오래전부터 꾹 참아 내고 뱃속에 간신히 억눌러 놓았던 반항심은 그녀가 꿈과 거짓말을 먹여 키운, 길들여지기를 거부하는 야생 동물과 같았다. 그런데 그 반항심이 갑자기 그녀의 목구멍에서 깨어났다. 임신한 뚱보 여자는 소리를 지르려고 입을 열었다. 그리고 마치 패배를 인정하듯이, 아니면 누구를 비난하듯이, 단어 하나가 입 밖으로 튀어나왔다. "아카풀코!" *

* 아카풀코Acapulco: 공식 명칭은 아카풀코 데 후아레스Acapulco de Juárez, 멕시코 게레로주(州)에 있는 항구 도시이다. 태평양과 이어진 반원형의 만에 자리 잡은 이 도시는 오래된 역사를 자랑하는 휴양지이며 전 세계의 관광객들이 몰리는 곳이다. 특히 겨울이 혹독하고 긴 퀘벡에서는 사람들이 한겨울에 가고 싶어 하는 대표적인 "여름 날

하루에 세 번씩 이 집안 사람들은 식당에 큰 밥상을 차렸다. 아침 식사는 거의 침묵 속에서 이뤄졌다. 알베르틴의 고함 소리만이 고기 써는 칼마냥 가끔씩 집 안을 날카롭게 헤집고 지나갔지만, 그걸 귀 기울여 듣는 사람은 아무도 없었다. 모두들 접시에 코를 처박고 있었고, 빅투아르는 졸음에 온몸이 노글노글해져서는 헝클어진 머리를 계속 꾸벅거렸다. 점심 식사는 좀 더 활기찼다. 특히 학교 수업을 끝내고 돌아왔거나, 도시 아이들이 즐기는 소란스러운 놀이를 하고 돌아온 아이들이 모여 앉아 있는 영역이 그랬다. 수프 한 그릇, 샌드위치 한 개 후딱 먹고 끝. 저녁 식사로 말하자면, 아수라장과 히에로니무스 보스가 그린 <쾌락의 정원>**에 나온 풍경의 중간쯤에 위치한다고나 할까. 가족들이 제가끔 "햄 더 줘!" "웩, 수프가 싱거워!" "으웩, 수프가 너무 짜!"라고 소리 지르고 싸웠고, 나 말고 다른 식구들의 식사 예절이 너무 형편없다고 북북 성을 내면서, 그 식사라는 전투에 임했다. 빅투아르 할머니는 언제나 식탁 정중앙 자리를 차지하고 앉았다. 식탁 양쪽 끝은 집안의 가장인 가브리엘과 폴을 위한 자리였기 때문에,

씨"의 휴양지 중 한 곳으로 유명하다. 나나는 이곳을 상상하며 남편에게 이야기하고 있었던 것이다. 참고로 나나가 묘사한 아카풀코의 광경과 낭만적인 꿈은 루이스 마리아노Luis Mariano가 프랑스어로 발표한 <아카풀코>라는 노래의 가사와 매우 유사하며, 이 노래 마지막 부분도 "아카풀코, 아카풀코"로 끝난다. 그러나 이 노래는 1947년에 발표된 노래이므로 나나가 1942년에 벌써 이 노래를 알고 있는 듯한 부분은 고증의 오류로 보인다. 노래 <아카풀코>와 루이스 마리아노는 트랑블레의 다른 작품에서도 여러 번 언급된다.

** <쾌락의 정원Le jardin des délices>: 네덜란드 출신 화가인 히에로니무스 보스Hieronymus Bosch(1450년경~1516년)가 1490년에 완성한 삼면화이다. 천국과 인간계 그리고 지옥을 상징하는 각각의 그림에는 쾌락에 관련된 온갖 모습들이 표현되어 있다. 스페인 프라도 미술관에 소장 중이다.

알베르틴의 표현에 따르자면 할머니는 그 "틈새"에 앉아 있는 셈이었다. 폴이 전장으로 떠난 후 그의 아내 알베르틴이 얼마나 고압적인 태도로 남편의 자리를 차지하고 있었던지, 리샤르는 "우리 알베르틴 고모부"라고까지 부르기 시작했다. 아이들은 테이블 주변 곳곳에 흩어져 앉았는데, 각자 가족 내에서 차지하고 있던 서열에 따른 것이었다. 아이들 중 가장 나이가 많은 리샤르와 테레즈는 "할머니가 로스트비프 육즙에 빠져 코를 박고 익사하는 사태를 막기 위해" 할머니 양옆에 앉았고, 마르셀과 필립은 그 맞은편에 각각의 엄마 옆에 앉았다. 에두아르의 경우에 공식적인 자리는 엄마 빅투아르의 바로 맞은편 자리였지만, 알베르틴의 진영과 나나의 진영으로 자주 자리를 옮겨 다니는 걸 좋아했다. 심지어 폴의 빈자리를 넘보기까지 해서 "너한테 마누라가 생기고 애가 생기면, 그때 식탁 양 끝에 앉을 자격도 얻을 수 있을 거야! 그때까지는 엄마처럼 틈새에 앉으라고!"라고 누나가 소리를 지르며 무척 싫어하는 걸 보며 즐거워하곤 했다. 나나가 어쩔 수 없이 자기 방에 갇혀 지내게 되고 난 후에 에두아르는 빈자리가 된 형수 자리를 차지하고는, 그래서 어쩌면 알베르틴이 매형의 자리에 앉아 매형처럼 구는 걸 놀리기 위해 그런 것일 수도 있지만, 너무 뚱뚱한 여자들 특유의 씩씩대는 형수의 숨소리를 과장해서 따라 하고 또 형수가 부드럽고 한결같은 목소리로 아이들에게 으름장을 놓는 말투를 나름 귀엽게 따라 하며 형수를 놀려 댔다. 에두아르는 자신이 말하고 있는 상대를 쳐다보지 않고 천천히 말했다. "리샤르, 지금은 네 귀가 원숭이 귀랑 닮았다고 할 수 있어. 하지만 그딴 식으로 계속 수선을 떨면 나도 가만있지 않을 거고, 얼마 있지 않아 넌 당나귀 귀처럼 길게 늘어난 바보 귀를 달게 될 거야!" 형수 흉내가 너무나 완벽했기 때문에 집 안에 있는 모든 사람들이 웃음을 터트렸고, 심지어 방문을 열어 놓아 달라고 부탁해 놓고 자신의 감옥 깊숙한 곳에서 이야기를 듣고 있었던 뚱보 여자까지도 웃음을 터트렸다. 그렇지만 에두아르가, 형수가 늘 하듯이 가브리엘 형 어깨 위에 부드럽게 손을 얹으며 "우리 신랑"이라고 부르기까지 하자 알베르틴은 미간을 찌푸렸고, 뚱보 여자의 부아를 더욱 돋우려고 에두아르에게 "더 해봐! 더 해봐! 우리 며느리랑 완전 똑같네, 이런 염병!"이라고 말을 뱉는 자기 엄마 빅투아르를 비난 어린 눈으로 쳐다보았다. 저녁 식사가 끝날 무렵에 애들이 정말로 히에로니무스 보스 귀신에 씌어서는, 물잔과 빵 조각을 서로의 머리를 향해 집어 던지며 장난치기 시작했고, 어른들은 짜증을 냈다. 그리고 결국에는 피할 수 없는 대참사가 벌어지곤 했다. 매일 저녁 그랬다. 사건이 생기지 않은 한산한 날에는 고작 마르셀이 머리 뒤통수를 한 대 얻어맞는 것 따위로 저녁이 싱겁게 끝났는데, 그러면 온 가족이 실망했다. 그러나 운 좋은 날 저녁엔 온갖 일들이 벌어질 수 있었다. 예를 들자면, 코가 삐뚤어지도록 취한 에두아르가 사흘이나 말을 안 하고 있던 엄마 얼굴에 먹다 남은 스테이크 조각을 던진 일도 있었다. 그렇지만 그 사건은 2차 대전 이전, 가브리엘의 표현에 따르자면 "암소들의 정원에서 스테이크 고기가 풍족하게 자라나던 시절"(요즘은 자기 수프 그릇에서 국거리용 고기 조각을 발견하면 이게 꿈인가 생시인가 한다.)의 일이었다. 그런가 하면 엄청 큰 소리로 엉엉 울어 젖히던 마르셀을 폴이 번쩍 안아 올리더니, 식어 버린 돼지갈비와 굳어 버린 면이 담겨 있는 스파게티 접시 위에 애를 앉혀 버린 일도 있었다. 그렇지만 그것도 역시 2차 대전 전에 있었던 일이다… 심지어 이런 일도 있었는데, 삼대에 걸친 가족 역사상 가장 대단한 일이었던 그 사건은 바로 빅투아르 할머니가 자리에서 일어나 다리를 절뚝거리며 테이블을 빙 둘러 가더니, 찻잔에 담긴 펄펄 김이 나는 뜨거운 물을 포마드를 바른 에두아르 머리 위에 들이부었던 일이었다. 그것도 할머니가 제일 사랑하는 아들, 귀여운 막내아들, 자신의 기쁨이자 자존심이었으며 맹목적인 사랑의 대상인 에두아르의 머리 위에 물을 부었던 것이다. 왜 그랬을까? 아무도 그 이유를 알 수 없었다. 두 사람 사이에 일어났던 수많은 말다툼, 이들 둘이 언제나 굴욕을 느끼면서도 행복해져서 끝내곤 했던 그 말다툼들 중 어느 하나 때문에 그랬던 걸까? 이 둘 중 하나가 미리 짜인 계획대로 말을 했어야 했지만 그렇게 말하지 않았기 때문일까? 아니면 식사 시간은 끝날 때까지 너무 조용했고, 할머니는 아무도 자신을 돌보지 않았기 때문에 버려진 것같이 내내 소외감을 느꼈기 때문이었을까? 어쨌든 뜨거운 물을 뒤집어쓴 아들내미는 감히 반격을 가했고, 그 때문에 빅투아르는 땅바닥에 널브러졌다. 치마는 허리춤까지 말려 올라간 채였고, 할머니 한쪽 눈의 색깔과 크기가 시시각각으로 변하고 있었다. 가족들은 아직도 그 사건에 대해서 이야기하곤 하는데, 아마 이 세상이 끝날 때까지 계속 그럴 것 같다. 가족들은 그 사건이야말로 일상적으로 일어나던 대참사들로 빚어진 왕관을 장식하는 보석과 같다고, 경외심에 무릎까지 꿇어 가며 말하곤 했다. 아무튼 이날 아침에 에두아르는, 엄마의 우상이었기에 곧 그 자신의 라이벌이며 공공연한 적이고, 자신이 제일 놀리기 좋아하는 대상이며, 그의 악몽이자 그를 파멸로 이끄는 인물인 가수 로베르 레르비에의 목소리를 완벽히 따라 하며 〈왕처럼 행복한〉*을 목청

* 〈왕처럼 행복한Heureux comme un roi〉은 퀘벡 출신의 싱어송라이터 가수였던 로

이 터져라 부르면서, 완벽하고 행복한 집안의 진짜배기 여주인이 되어 부엌일을 했다. 빅투아르가 로베르 레르비에에 대해 이야기할 때면 에두아르는 불만에 가득 차서 얼굴을 빨간색 공처럼 부풀리곤 했다. 그리고 에두아르가 버럭 화를 낼 때마다 그 불쌍한 가수는 똥과 하얀 가래침, 그리고 위산을 뒤집어쓴 처지가 되곤 했다. 그러나 이번만은 달랐다. 이번엔 에두아르가 마치 몸이 퉁퉁 부은 미스팅게트** 가 굽이 너무 높은 구두를 신고서 아주 가파른 계단을 내려가는 것처럼 두 팔을 천장으로 쳐들고 엉덩이를 실룩거리며 그 노래를 "여왕처럼 행복한"이라고 개사해서 부르진 않았던 것이다. 그래서 엄마도 에두아르에게 욕을 퍼붓지 않았고, 그저 자기가 신처럼 숭배하는 아들의 입에서 꽃피듯 피어나는 자기 우상의 목소리를 듣는 것으로 만족했다. 알베르틴은 에두아르가 식사 준비를 했기 때문에 할 게 없었다. 부엌에 코를 들이밀어 보려고도 했었지만, 자기 동생이 바지 앞섶의 단추를 푸는 시늉을 하며 위협하자 알베르틴은 마법처럼 그 장소에서 자취를 감췄다. 그때 알베르틴이 에두아르에게 퍼부은 말들은 그다지 마법처럼 멋진 것은 아니었지만, 에두아르는 알베르틴의 목소리가 자신의 무대 먼 곳에서 들려오는 것을 더 좋아했다. 알베르틴은 단 한순간도 입을 다물고 있는 인간이 아니기 때문에, 곁에 있다면 어찌 되었

베르 레르비에Robert L'Herbier(1921~2008)의 대표곡으로 "사랑을 나눌 수 있는 그대가 있어 왕처럼 행복하다"는 내용의 밝은 분위기의 노래이다. 노래는 몇 년 먼저 발표되었지만, 1946년에 정식 음반으로 발매되었다. 이 음반은 큰 인기를 누려 통산 3만 5천 장이 팔렸으며, 그 당시로는 신기록을 달성한 바 있다.

** 미스팅게트Mistinguett(1875~1956): 프랑스의 여가수이자 여배우. 대표곡으로 <내 남자Mon Homme>(1916)가 있다.

든 그녀의 목소리가 무대 앞쪽에서 들리게 될 것이기 때문이었다. 에두아르는 이따금씩 그녀에 대해 이렇게 말하곤 했다. "누나가 도시 반대편으로 쇼핑하러 갔을 때에도 여기까지 누나 말소리가 들릴걸!" 아니면 "알베르틴? 누나는 그라모폰 축음기 바늘로 백신 주사를 맞았어. 그리고 누나 목소리로 〈주인님 목소리〉란 걸 축음기로 녹음하려고 고용됐지만 멍멍이가 겁을 집어먹어서 일에서 짤렸지 뭐야!"* 그 기나긴 30분 동안 집 안에서는 흥분이 끊임없이 고조되었다. 그래서 아이들 전부가 이번만은 예외적으로 식당에 있는 마르셀의 소파에 조용히 앉아서, 목을 길게 빼고 걱정스러운 눈빛으로 부엌을 바라보고 있었다. 알베르틴은 평소보다 좀 더 세게 매트리스를 흔들어 가며 침대 정리를 했다. 빅투아르도 〈해외 뉴스〉**를 들으려고 라디오를 켜지 않았다. 리샤르는 테레즈의 귀에 조그만 소리로 말했다. "내 생각엔 삼촌 요리가 너무 끔찍해서, 결국 우리 모두 앓아누울 것 같아!" 리샤르는 확실히 에두아르 삼촌을 좋아하지 않았다. 에두아르 삼촌이 너무 늦은 시간에 집에 돌아왔을 때 할머니와 삼촌 사이의 완충재 역할로 이용당했던 사람이 바로 리샤르가 아니었는가? 꽤나 자주 있는 일이지만 삼촌은 술이 잔뜩 취해 늦게 귀가하곤 했다. 값싼 술 냄새를 풀풀 풍기면서 말이다! 게다가 싸구려 향수 냄새까지 더해서! 그

* 도이치 그라모폰: 1898년에 탄생한 독일의 이 축음기 회사는 레코드에 녹음된 주인의 목소리에 귀를 기울이는 멍멍이 그림을 선전과 상표에 사용했었다.

** 원문에서는 "les nouvelles au'bord"라고 표기하고 있다. 여기서 "au'bord"는 영어의 "abroad"를 소리 나는 대로 쓴 것이다. 퀘벡의 40~60년대에 프랑스어권 노동자들이 많이 사용했던 계층어 "주알joual"에서는 이처럼 영어를 발음되는 대로 표기하여 사용하는 경우가 많았다.

래서 리샤르는 삼촌이 술로는 취하지 않아서 향수를 들이마신다고 주장하기까지 했다. 테레즈는 리샤르를 잠시 쳐다보더니 어깨를 으쓱했다. "외삼촌 음식이 끔찍하더라도, 적어도 뭔가 변화를 가져다줄 순 있겠지!" 그런데 정말 놀라운 일이 벌어졌다. 그 누구도 전쟁 중에 이토록 근사하게 차려 먹은 기억은 없었다. 배급품들을 받는 것인 데다가, 설탕도 모자라고, 빅투아르의 표현을 빌자면 "모든 것이 모자라"는데도 불구하고, 에두아르는 아침 식사를 아주 맛있고 또 뭔가 거창한 것처럼 만들어 내는 데 성공했다. 네 조각으로 잘라 놓은 오렌지, 먹음직스러운 토스트, 완벽히 익은 계란.(일주일분 계란이 모두 사용되었다!) 그리고 커피는… 아주 끝내줬다. 모든 음식이 얼마나 맛이 좋았던지, 이날 아침엔 식사 내내 아무도 쿨쿨 자는 일은 없었다! 그리고 모두들 그 맛을 음미하느라 식당에는 침묵만이 감돌았다. 에두아르만이 혼잣말로 몇 마디씩 던졌다. 예를 들어 손에 커피 주전자를 든 채로 식탁을 돌며 짐짓 꾸민 듯한 프랑스 본토식 억양으로 이렇게 외쳤다. "나는 별의 요정, 산타클로스가 나에게 물건을 대주지!" 빅투아르는 이런 에두아르를 애정 어린 눈으로 부드럽게 바라봤으며, 누나는 무섭게 쏘아봤고, 아이들은 깜짝 놀란 눈을 하고 쳐다보았다. 에두아르가 아침밥에 얼마나 공을 들였던지, 가브리엘이 갑자기 의뭉스레 물어보았다. "네가 평발이라서 군대에서 안 받아 줬다는 게 정말이니?" 에두아르는 문지방에 딱 멈춰 서서는 뒤도 돌아보지 않고 응수했다. "형이 군대 안 가려고 형수를 임신시킨 것이 아니라는 게 정말이야?" 사건 종료. 두 형제가 거듭 각자의 의중을 드러낸 사건이었고, 나머지 집안사람들은 아무것도 듣지 못한 척했다. 에두아르는 1파인트짜리 새 우유병을 찾으려고 냉장고 문을 열며 혼자 중얼거렸다. "대패로 밀어 납작해진 뇌보다는 평발이 더 낫다고!" 에두아르는 우유병을 집어 들고 식탁으로 돌아왔다. "나는 별들의 요정, 산타클로스가 나한테 달걀과 크림, 빵, 설탕 그리고 고기를 대준다네. 하지만 내가 그 보답으로 뭘 해주는지는 묻지 마, 아침에 먹은 거 다 토하게 될 테니까!"

에두아르는 까치발로 나나가 있는 방에 들어섰다. 뚱보 여자는 얕은 잠이 들어 있었다. 아니, 오히려 그런 척하고 있었다는 쪽에 더 가까웠다. 몸단장을 하기 전에 리샤르나 필립이 자길 보러 오는 게 싫었기 때문이다. 에두아르는 형수가 먹다 남긴 음식이 뒹굴고 있는 쟁반을 살포시 집어 들었다. "주무세요?" 뚱보 여자는 웃는 얼굴로 에두아르 쪽으로 고개를 돌렸다. 얼굴에는 일종의 안도감이 역력했다. "아, 삼촌이구나." 에두아르는 또다시 프랑스 본토식 억양을 섞어서 모사꾼의 어조로 속삭였다. "무시무시한 아르르르베르르틴인줄 아르르르셨어요?" 뚱보 여자가 웃으며 쟁반을 손으로 가리켰다. "맛있었어요." "고마워요." 에두아르는 주변을 둘러보았다. 방안의 가구라고는 뚱보 여자의 안락의자 외에는 침대 하나와 서랍장 하나뿐이었지만, 그 두 가구가 너무 커서 방을 온통 다 차지하고 있었다. 그래서 그 방은 집에서 가장 컸음에도 불구하고 비좁아 보였다. 특히 서랍장은 그 위에 상이 일그러져 보이는 타원형 거울이 걸려 있었고, 서랍이 여럿 붙어 있었으며, 육중하며 비틀린 다리를 가진 갈색 다이노사우르스 공룡 같았는데, 방에 들어갈 때마다 우리를 덮치고 싶어 하는 것처럼 보였다. 아이들이 이 서랍장을 무척 좋아했는데, 아이들 생일날에 각기 다른 서랍에서 자신들을 하나하나씩 발견했다고 말해 줬기 때문이다. 제일 윗서랍은 똑같이 생긴 두 개의 서랍장으로 테레즈와 리샤르의 것이었고, 제일 크고 까만 서랍장은 필립, 나무로 조각된 덩굴 모양의 장식 사이에 끼어 있는 서랍이 마르셀, 그리고 마지막으로 아래에 있는 아주 조그마한 서랍이 이제 태어날 아기의 서랍이었다. 사실 이 마지막 서랍은 아무런 장식도 없고, 눈에 띄지도 않았다. 꼬맹이 마르셀은 종종 그 비밀 서랍 앞에 서서 그 서랍을 쳐다보고 있었다. 마르셀은 감히 서랍에 손을 대지는 못했고, 거기서 무얼 하고 있느냐는 질문에 이렇게 대답했다. "아기 보따리 지다려요!"* 뚱보 여자는 자꾸만 배 위로 말려 올라가는 윗도리를 살짝 잡아 내렸다. "삼촌 잠깐 앉아 봐요, 이야기 좀 해요." "시간이 별로 없어요… 누나가 설거지하려고 기다리고 있거든요… 제가 식사 준비를 한다고 했으니, 끝까지 책임져야죠." "하지만 알베르틴을 그리 무서워하는 편은 아니잖아." "무섭진 않은데요, 오늘 아침엔 누나가 너무 상냥하게 굴어서 누나 기분을 거스르고 싶지 않아요. 그 기분이 지속되는 동안 만끽해야죠!" 그러면서도 에두아르는 철제 침대 가장자리에 앉으며 쟁반을 무릎 위에 놓았다. "지겨우시죠?" "지겹다는 정도가 아니죠! 이렇게 될 줄 알았다면 차라리… 뭐 그래도 말은 이렇게 하지만 진심은 아니에요… 이 아이가 태어나는 걸 정말 바라니까요! 어쨌거나 예뻐야 할 텐데, 그리고 똑똑하고!" 에두아르가 웃었다. "그건 걱정도 안 해요. 우린 애기 응석을 다 받아 줄 거고, 또 어떻게 살아야 하는지도 잘 가르쳐 줄 거거든요!" "하지만 그 두 가지 일은 같이 할 수 있는 게 아니잖아요." 뚱보 여

* 유럽이나 북미권에서 아이들이 "아기는 어떻게 생기나요?"라는 질문을 하면, 어른들은 "황새 배달부 아저씨가 아기를 보따리에 싸서 입에 물고 배달해 준단다."라고 답하곤 한다.

자는 창밖으로 시선을 돌려 자그마한 손수건 같은 하늘 어딘가를 바라보았다. "삼촌, 또 새벽 4시에 돌아왔더군요…" "들으셨어요? 죄송해요, 어떻게든 소음을 안 내려고 했었는데." "안 자고 있었어요. 그리고 삼촌을 뭐라 야단치려는 게 아니에요. 내가 걱정하는 건 그게 아니고… 에두아르 삼촌한테 이래라저래라 하고 싶지 않아요. 삼촌은 자기가 하고 싶은 대로 살 만큼 충분히 나이를 먹었어요…" "그다음에 '하지만'이라는 소리가 나올 거 같은데요…" 뚱보 여자가 이번에는 에두아르의 눈을 똑바로 쳐다보았다. "삼촌이랑 어머니 사이에서 자는 리샤르에 대해 늘 생각하고 있어요… 둘이서 거의 매일 밤 싸우시잖아요, 그거 리샤르한테 안 좋아요… 걔가 듣지 말아야 할 것도 듣게 되니까요, 걜 불안하게 만들 수도 있잖아요… 삼촌도 아시잖아요, 걔가 얼마나…." 아직 변성기조차 오지 않은 어린 목소리임에도, 앞으로 삶의 양 극단을 이루게 될 엄격함과 편협함이 벌써부터 드러나는 리샤르의 목소리가 방에 크게 울려서 두 사람을 화들짝 놀라게 만들었다. "벌써 오래전부터 안 듣고 있어요, 엄마. 걱정 말아요… 게다가 늘 똑같은 얘기만 하는걸요!" 자기가 성녀처럼 받드는 엄마가, 자기가 그렇게도 경멸하는 삼촌과 이야기하는 걸 보고 화가 난 리샤르는 이미 방에서 사라지고 없었다. 나나와 에두아르는 얼마간 말을 잇지 못했다. 뚱보 여자가 설탕을 너무 많이 넣었던 커피잔 주위로 큰 파리가 붕붕거리며 어른거렸다. 에두아르가 손으로 파리를 쫓아냈다. "이런 걸 바지 내린 채 멱살 잡힌다*는 거죠?" "재는 늘 여기저기 참견하고 다닌다니까요! 재를 어떻게 해야 할지 모르겠어요… 재는 어디서 무슨 일

* "당혹스러운 상황에서 남에게 들키다"라는 관용구.

이 벌어지는지 낌새를 금방 알아차리는 거 같아요, 재는 지가 필요 없을 때도 늘 와 있다니까요… 재 귀가 괜히 커다란 게 아녜요!" 뚱보 여자는 입술을 깨물었다. "재 귀에 대해서 또 한마디 해버렸네! 나도 참 병이야 병! 그만해야 하는데, 나도 주책이지. 재는 정말 까다로운 아이예요. 내가 잴 생각하면 딱 하나 생각나는 게 바로 그거예요, 까다롭다는 거!" 뚱보 여자는 다시 창밖을 바라보며 현실에서 빠져나갔다. "알베르틴한테 설거지 끝내고 나 보러 오라고 해줘요." 에두아르는 자리에서 일어나 머리를 숙인 채 문 쪽으로 갔다. "에두아르!" 에두아르는 다리 한 짝을 방문 밖으로 내보낸 채로 바로 멈춰 섰다. "무슨 일인데요?" 뚱보 여자는 다시 와서 앉으라는 손짓을 했다. "아직 말 다 안 끝났어요." 에두아르는 침대 쪽으로 다시 돌아왔지만 자리에 앉지는 않고 그대로 서 있었다. 뚱보 여자는 말을 꺼내기에 앞서 깊게 숨을 들이마셨다. "가끔씩은 말이에요… 가끔씩 삼촌이 할 일이 없을 때… 삼촌이 밖에 나가서 뭐했는지 나한테 와서 얘기 좀 해줘요! 삼촌이 도시의 밤을 어떻게 지냈는지 이야기해 달라구요. 외출하고 사람들 만나는 건 우리 집에서 에두아르 삼촌 하나뿐이잖아요… 삼촌한테 이걸 어떻게 말해야 할지 잘 모르겠는데요… 난 온통 뒤죽박죽이 된 느낌이에요… 이해하겠어요? 난 여기 붙들려 있고 삼촌은 일 년 내내 밤놀이를 다니고… 내가 얼마나 사람들을 좋아하는지 삼촌도 아시잖아요… 삼촌이 본 공연에 대한 이야기랑 삼촌이 만난 사람들에 대해서, 그리고 삼촌이 뭘 했는지 듣고 싶어요… 삼촌이 괜찮다면 말이에요. 억지로 말해 달라고는 안 할게요." 에두아르는 뚱보 여자의 손을 잡았다. "더 이상 다른 말씀 안 하셔도 돼요, 잘 알겠어요." 임신한 뚱보 여자는 너무나 감동한 나머지 더 이상 말을 이을 수가 없었다. "진작 저한테 얘기해 달라고 말씀하시지 그랬어요. 저는 형수가 관심이 없으신 줄 알았죠. 누나나 엄마는 제가 말을 꺼내기도 전에 입 닥치라고 하는데." 그리고 에두아르는 방에서 나가기 직전에 뒤도 돌아보지 않고 말했다. "하지만 **모든 걸 죄다** 말씀드릴 텐데 괜찮겠어요? 형수한테 제 인생을 감추지 않을 거라고요! 충격을 받는다 해도 그건 형수님 잘못이에요!" 에두아르는 웃으며 식당을 건너갔다. 뚱보 여자는 두 눈을 감고 머릿속에 있는 멕시코로 다시 떠났다.

"큰 귀"가 기분이 좋지 않아 보이네! 로즈와 비올레트, 모브 자매는 엄마인 플로랑스의 지적에 웃음을 터트리며 과자와 김이 모락모락 나는 커피잔을 내려놓았다. 로즈(혹은 비올레트나 모브)는 심지어 은제 티스푼을 원피스 위로 떨어뜨렸고, 발코니 바닥에 떨어지기 직전에야 다시 붙잡을 수 있었다. "꼭 그 애 엄마처럼 말씀하시네요, 엄마!" 플로랑스는 대답하기 전에 자기 딸(로즈 혹은…)을 뚫어져라 쳐다보았다. "무슨 그런 어림도 없는 소리를 하니! 걔 엄마는 사스카추완주(州)의 오지에서 원주민 크리족*들 사이에서 자라났어. 평생 단 한 번도 산을 본 적이 없고, 위대한 마니투**의 손바닥 위의 어딘가에 세상이 있다고 생각하는 그 크리족한테 말이야! 그리고 나나의 친엄마는 오랫동안 사스카추완의 강이 위대한 마니투 손바닥에 그려진

* 원주민 크리족Indiens Cris: 크리족은 알곤킨족에 속하는 부족으로서, 캐나다에 주로 거주하는 원주민 중에서 가장 인구가 많은 부족이다. 크리어를 사용한다.

** 위대한 마니투Grand Manitou: 북미 원주민들이 창조신인 <위대한 영혼>을 부르는 호칭이다.

생명선이라고 생각하며 살았던 사람이란 말이야. 농담 아니야!" "그런데 저는요, 그 이야기가 참 아름다운 거 같아요." "나는 아주 무지렁이 같은 생각이라고 봐, 내 딸아! 내가 가끔은 저 여편네랑 비슷한 표현을 쓸 수도 있겠지만, 그렇다고 해서 저 여편네랑 말하는 게 똑같다고 하지는 말라고!" "하지만 우리가 뜨개질하는 것도 리샤르의 엄마를 위해서잖아요." "우린 어쩔 수 없이 해야 하는 거잖아, 그… 그렇게 하기로 우리가 합의를 본 거니까!" 리샤르는 뜨개질하는 이 네 명의 여자들을 알아차리지 못한 채, 2층에 있는 자기 집으로 연결되는 외부 계단의 맨 아래에서 두 번째 단에 앉아 있었다.* 그리고 팔짱을 낀 채 배가 아픈 듯이 몸통을 앞으로 기울이고 있었다. 리샤르는 밥 먹는 내내, 남은 하루 동안 집 밖으로 쫓겨나기 전에 엄마한테 뽀뽀하러 가는 걸 마침내 허락받을 수 있게 될 행복한 순간을 생각하고 있었다.("얘들아 나가서 놀아라, 토요일이잖아, 날씨도 좋아! 리샤르, 테레즈! 라퐁텐 공원에 꼬맹이들 데리고 가거라, 애들한테 아주 좋을 거야!") 엄마는 눈에 띄게 살이 찌면서, 자신의 어린 시절을 행복하게 해주던 아주 부드럽고 포용력 있었던 그 여인의 모습에서 점점 멀어져 갔고, 아무런 인격도 없고 개성도 없는 물렁물렁한 기름 덩어리를 점점 더 닮아 갔다. 이러한 엄마를 본 리샤르는 난생 처음으로 엄마에게 무언가 말을 해주고 싶었다. 그 말은 아마도 이런 내용이 될 것이다. "비록 엄마가 병에 걸리셨지만, 또 엄마에 대해 가족들이 하는 이러저러한 말

* 플라토 몽루아얄에 있는 집들은 일반적으로 2, 3층으로 지어진 연립주택들이 많다. 몬트리올, 특히 이 동네의 주거용 건물의 독특한 점은 바로 1층이 되었건 2, 3층이 되었건 각각의 집 현관 앞에 발코니가 놓여 있으며, 그 발코니에 건물 밖 길가로 바로 드나들 수 있는 계단들이 연결되어 있다는 점이다.

을 들었지만, 또 모두가 잠자리에 드는 저녁 시간마다 엄마가 울음을 터트리며 가족들 하나하나가 다 자신을 미워하고, 평가하고, 비난한다며 온 가족을 힐난할 때 엄마가 어떤 상태였는지도 다 들었지만, 그래도 저는 엄마를 사랑해요."라고. 그렇지만 엄마가 안락의자에서 꼼짝 못 하게 된 최근 2개월 동안 리샤르는 단 한 번도 엄마에게 말을 걸 용기를 내지 못했다. 매일 아침 리샤르는 어른들이 시키는 대로 몇몇 표현들은 피하고, 특히 모든 감정 표현들은 쏙 빼놓은 채로, 고질병을 겪는 환자들한테나 사용하는 말로 평소에 흔히 하는 일반적인 이야기들을 엄마에게 건넸다. 어른들이 리샤르에게 엄마를 객관적인 태도로 대하라고 했기 때문이었다. "네 엄마는 무척 아파, 뽀뽀를 하거나 애정 어린 말을 해서 엄마를 괴롭혀서는 안 돼. 엄마가 피곤해할 거야. 그러니 아침 인사를 건네는 걸로 만족하고, 특히 학교에서 있었던 골칫거리나 엄마가 여기서 겪고 있는 문제들에 대해서는 입도 뻥긋하지마." 그런데 열한 살 소년에게 그 밖의 할 말이 뭐가 더 남았겠는가? 리샤르는 가끔은 엄마가 자기랑 이야기를 나누고, 함께 웃고, 어쩌면 품에 자기를 안고 울기까지 하고 싶어 한다는 걸 느꼈지만, 알베르틴이나 빅투아르가 언제나 책가방을 들고 나타나서는 빨리 학교 가라고 등을 떠밀곤 했다. 그러나 오늘은 학교에 가지 않는 토요일이었다. 그리고 오늘 리샤르는 엄마한테 뭔가 중요한 말을 할 게 있었다. 에두아르 삼촌에 관한 이야기, 삼촌이 밤에 했던 말 그리고 삼촌이 했던 행동에 대해서 말이다. 빅투아르 할머니도 확실히 다 듣고 다 보았을 테지만, 할머니는 반은 절름발이이고 반은 사악한 마녀인 데다가, 자신의 아들 에두아르에 대한 무른 태도를 남들에게도 전염시키는 게 아닐까 점점 더 의심을 사고 있는 이 할머니에게 과연 삼촌에 관련된 것들을 말할 수 있겠는가? 삼촌은 리샤르가 모르는 일들에 대해서 이야기를 했으며, 리샤르가 이해할 수 없는 자신의 과오들에 대한 고백도 했다. 그리고 에두아르는 하나에서 열까지, 그저 어린아이의 머릿속에 혼란을 주기 위해 지어낸 것 같은 죄들을 리샤르가 용서해 줄 것을 부탁했다. 단지 자신보다 너무 큰 유령을 물리치기 위해 이른 아침에 헛소리를 해대는 취객의 망상이 아니었을까? 리샤르는 그런 것들에 대해서 엄마에게 물어보고 싶었다. 에두아르가 말했던 것들은 실제로 존재하는 게 아니며, 평소처럼 모두 잊어버려도 된다는 것을 엄마한테 확인받고 싶었던 것이다. 그러나 리샤르는 그 대신, 술에서 "완치되어" 장미처럼 다시 싱싱해진, 그리고 늘 그랬듯 자신이 저지른 실수를 기억하지 못하는 술주정뱅이를 엄마 방에서 발견했고, 심지어 엄마와 대화에 심취해 있는 모습을 보았다.(그런데 에두아르는 정말 지난밤을 잊은 것일까, 리샤르를 웃게 하려고, 어쩌면, 아 그래, 안 될 이유도 없지, 용서를 받으려고 아침 먹을 때 그 모든 쇼를 한 게 아닐까?) 리샤르는 엄마에게 소리 지르고 싶었다. "엄마, 귀 막아요. 삼촌이 또 이상한 말을 시작할 거야!" 하지만 리샤르는 엄마에게 아무것도 못 들었고 아무것도 모른다는 말밖에 할 수가 없었다. 집에서 대참극이 모의되거나 또 발생할 때마다 매번 그러듯이, 리샤르는 집 밖으로 도망쳐 나왔다. 세 가족의 일원이지만 고성과 주먹이 오가는 축제에는 참가하고 싶지 않은 사람의 유일한 피난처는 바로 집 밖이었다. 어린 소년은 울지 않으려고 배를 두 팔로 껴안고 이로 입술을 꽉 문 채 입을 앙 다물었다. 리샤르가 5분 넘게 꼼짝 않고 앉아 있는 것을 본 로즈, 비올레트와 모브는 자리에서 일어나 현관 앞에 있는 낮은 층계 두 단을 내려갔다. 그리고 옆의 두 집이 같이 쓰는 공용 계단 쪽으로 다가갔다. 로즈(혹은 비올레트 혹은 모브)가 말했다. "엄마, 쟤 마음이 엄청 아픈가 봐!" 플로랑스는 찻잔을 탁 소리 나게 받침에 내려놓으며 말했다. "우리가 다른 사람들을 위해 할 수 있는 게 아무것도 없다는 걸 잘 알잖니. 와서들 일이나 하거라, 걔는 너희들이 거기 있다는 것도 몰라." *

테레즈는 마르셀을 잡아끌고 남쪽으로 몽루아얄 대로를 건너며, 자신과 남동생과 사촌들을 기다리고 있는 라 퐁텐 공원에서 보낼 자유롭고 멋진 하루를 생각했다. 엄마는 테레즈에게 이렇게 말했다. "절대로 점심 전에 집에 돌아오지 마. 난 네 외숙모 방 청소도 해야 하고, 외숙모도 씻겨야 하고, 빨래도 죄다 해놔야 하니까 걸리적거리는 너희들이 집에 없으면 좋겠어!" 테레즈는 잽싸게 볼로냐소시지를 넣어 샌드위치를 만들었고 커다란 콜라 한 병을 냉장고에서 슬쩍했다. 당연히 리샤르가 샌드위치에 코를 들이밀고 말했다. "볼로냐소시지, 이거 온갖 이상한 걸 넣어 만들었다고 하던데? 속에서 시궁쥐 털을 발견했다는 사람들도 많아!" "그건 볼로냐소시지가 아니고 핫도그소시지에서 발견된 거였어, 이 멍청아! 그리고 그건 어쨌거나 할머니가 해준 얘기잖아… 뭐 먹기 싫으면 그 대신 네 발톱이나 물어뜯고 있던지!" 필립은 엄청 좋아했다. 먹을거리로 빵을 주는 한, 그 안에 뭐가 들어갔는지는 필립에게는 별로 중요하지 않았다. 게다가 필립이 샌드위치

---

* 앞으로 더 드러나게 될 사실이지만, 로즈와 비올레트 그리고 모브는 그리스 신화에 나오는 세 명의 운명의 여신들인 모이라이Moires에 종종 비유된다. 이 여신들은 인간의 생명을 맡고 있는데, 클로토가 실을 자아내어 인간을 태어나게 하고, 라키시스가 이 실을 감아 인간을 살게 하고, 마지막에 아트로포스가 인간의 목숨이 끝났을 때 이 실을 잘라 낸다고 한다.

를 먹을 때, 안의 내용물은 털어 내고 버터 바른 빵 두 쪽만 먹는 것을 종종 본 적도 있었다. 테레즈의 몇 발자국 뒤에는 사촌인 필립과 리샤르가 도시락 가방을 누가 들 것인지 의논 중이었다. 아니 의논을 했다기보다는 누가 그 가방을 들지 않을지를 결정하는 것이었지만. 지금은 필립이 형에게 가방을 들게 하려고 팔이 아픈 척 울고 있었다. "지금 형이 당장 이 가방 받지 않으면 그대로 땅에 떨어뜨릴 거야. 그러면 콜라병이 깨질 거고, 샌드위치는 몽땅 젖을 거야. 이게 다 형 탓이 될 거라고!" "상관없어, 난 샌드위치도 싫어하고 콜라도 좋아하지 않다고! 어디 그 가방 떨어뜨려 보지 그래, 테레즈가 널 가만두지 않을걸, 두고 봐!" 리샤르는 자신이 폭력을 끔찍이 싫어한다는 사실을 동생도 알고 있다는 걸 너무 잘 알았기 때문에, 동생을 위협할 수 없었다. 그래서 리샤르는 테레즈가 혼내 주게 할 거라고 동생을 협박했지만, 동생인 필립은 그 말로 겁을 집어먹기엔 또 사촌 누나를 너무나도 잘 알고 있었기 때문에 소용없었다. 뭐라고 제대로 설명할 수는 없지만 필립이 실컷 잘도 이용해 먹고 있는 사실인데, 누나의 전의를 완전히 사라지게 하고 통제 불가능한 일종의 감탄 같은 걸 누나한테서 불러일으키려면, 필립이 그저 순한 눈빛으로 누나를 바라보거나 멋들어진 미소를 지어 주는 것만으로도 충분했다. 필립은 도시락 가방을 놓치는 척하면서 형에게 오만상을 찌푸리는 걸로 만족했다. 리샤르는 고함을 질렀다. 테레즈가 뒤를 돌아보았다. 필립은 금세 잘못을 저지른 듯한 표정을 지으며 말했다. "발을 헛디뎌서 비틀댄 거야!" 테레즈는 어깨를 으쓱하더니 리샤르를 나무랐다. "넌 맨날 별거 아니 일에 소리를 지르더라! 하느님 맙소사, 넌 분별력도 없니!" 테레즈는 다시 몸을 돌려 걸음을 재촉했다. 아이들은 마리안느 길과 파브르 길이 만나는 모퉁이에 도착했다. 테레즈는 이미 벌써부터 파브르 길과 라셀 길 교차점에 있는 식료품 가게에 붙은 마구간에서 풍기는 말똥 냄새를 맡기 시작했다. "오늘은 여기까지 냄새가 나네." 테레즈가 웃었다. "이웃 사람들이 또 불평할 게 분명해!" "마알 똥 냄시 나요!" 마르셀은 매번 식료품 가게 앞을 지날 때를 틈타, 집을 나설 때부터 준비해 온 이 말 한마디를 꼭 하곤 했다. 마르셀에게는 이 순간이 "똥"*이라는 단어를 말할 수 있는 유일한 기회였기 때문이었다. 마르셀은 단어가 짤막하기 때문에 막상 "똥"이라고 말을 입 밖으로 내뱉을 때에는 그다지 음미할 겨를이 없는 그 단어를, 말하기 몇 분 전부터 그리고 말을 하고 난 몇 분 후까지 음미하곤 했다. 마르셀은 어둠이 뒤덮인 부엌에서 잠들기 전에 이따금씩 그 기분 좋았던 감각을 다시 느껴 보려고 입 속에서 수차례 반복해서 말해 보곤 했다. "똥, 똥, 똥, 똥, 똥…." 하지만 그 모든 맥락에서 벗어난 그 단어만으로는 아무런 맛도 나지 않았다. 그저 아무 의미도 없는 소음일 뿐이었다. 마르셀은 그 단어를 즐기지 못한 채 잠이 들었다. 그렇지만 식료품 가게의 마구간 앞을 지나는 상황에서 "똥"이라는 단어는, 커다랗고 끈적이는 얼룩, 층층이 덮인 짚단 아래 간신히 감춰 놓은, 말라붙어 점점이 찍힌 누런 똥자국 따위 등의 구체적인 물질들이 뒷받침해 주는 "마알"의 냄새 속에서, 비밀스럽고, 금지되어 있고, 입에 감히 담을 수 없다는 그 단어의 원래 가치를 되찾았고, 심지어 아주 매력적인 것이 되었다. 그래서 마르셀은 무척 흥분해서는, 아이들이 마르셀의 귀 뒤를 한 대 때리거나 눈썹을 찌푸려 위

* 프랑스어로 "똥crotte"이라는 단어는 감탄사로 쓰일 땐 "제기랄"이라는 욕이기 때문이다.

협하며 조용히 하라고 할 때까지 지치지 않고 계속 그 단어를 반복했다. "마알 똥 냄시 나요! 마알 똥 냄시 나요!" 그러나 이번에는 마르셀이 크게 실망했다. 쉽게 가시지 않고 강렬한 똥 냄새는 분명히 마구간에서 나고 있었지만, 말들과 말똥이 토요일 아침에 한 대청소 이후에 사라져 있었기 때문이었다. 말들은 주문받은 물건들을 배달하러 떠났고, 말똥은 하수구 바닥으로 쓸려 내려가 썩어 가고 있어서, 눈에는 보이지 않고 냄새만을 풍길 뿐이었다. 마르셀은 깜짝 놀랐다. "마알 업쩌, 똥 업쩌 근데 냄시 똑까타!" 마르셀은 여기저기를 둘러보았다. 심지어 마구간 울타리 아래로 들어가 "마알"들이 창고나 오이 피클을 담은 드럼통 뒤에 몸을 숨기고 숨바꼭질을 하고 있는 건 아닌지 확인하려고 했지만 테레즈가 마르셀을 꽉 붙잡았다. "너무 다가갔다가는 말들이 널 먹어 버릴 거라고!" 말이 사과를 먹는 걸 이미 본 적이 있었던 마르셀은 누나의 그 말을 듣고 일주일 내내 악몽을 꿀 정도로 너무 겁을 집어먹었기 때문에, 그저 울타리를 타고 올라가 큰 소리로 "마알아! 마알아! 똥 어따 놔써?"라고 소리 지르는 것으로 만족했다. 그와 동시에 아스팔트 길 위에 불똥을 쏟아부으며 파브르 길을 가로질러 가던 라셸 선 전차* 한 대가 마르셀의 주의를 바꾸어 놓았다. 마르셀은 느닷없이 손뼉을 치며 소리 질렀다. "전짜가 불똥 짜요!" 리샤르는 11살이었지만 아직도 전차에서 튀는 불똥들이 무서웠다. 형을 쫄보라고 놀려 댈 수 있는 기회를 잡은 동생 필립의 장난기 어린 시선에도 불구하고, 리샤르는 제자리에 굳어 있었다. 테레즈와 마르셀, 필립은 라

* 빅토리아 광장Square Victoria에서 발드윈 공원Parc Baldwin 사이를 다녔던 9번 전차를 말한다. 라셸 길을 따라 죽 노선이 이어졌기 때문에 라셸Rachel 선이라고도 불렸다.

셸 길을 뜀박질로 건넜고, 신나서 소리를 지르며 라 퐁텐 공원으로 우르르 몰려 들어갔다. 리샤르는 식료품 가게 유리창에 딱 붙어 있었다. 리샤르의 심장은 시계처럼 팔딱거리며 뛰고 있었다. "그래 나 겁쟁이다!" 그때 반대 방향에서 오는 다른 전차 소리에 묻혀 동생의 목소리가 희미하게 들렸다. "울고 짜고 다 끝나면 우리 만나러 와, 이 똥 멍청아!"

메르세데스가 베아트리스에게 말했다. "두 시 이후에 돌아와, 토요일이잖아!" 베아트리스는 떠나기 전에 메르세데스의 관자놀이에 입을 맞추었다. "참 친절도 하시네요, 메르세데스. 나, 오늘 저녁엔 더 열심히 일할게." 베아트리스는 건물 내부 계단을 내려가다가 오늘 첫 손님들과 마주쳤다. 싸구려 술에 얼큰히 취해 해롱거리는 세 명의 군인이었다. 전날 밤, 이 술집에서 저 술집으로 또 불법 도박장** 여기서 저기로 배회하면서 이등병의 쥐꼬리만 한 월급을 부끄러운 줄 모르고 마구 쓰면서, 여기저기에다 소리를 질러 대며 밤을 꼴딱 새운 것이 분명해 보였다. 이 사람들은 승리의 표시로 하늘에 양팔을 쳐들며, 바지 앞섶 단추는 다 풀어헤치고 토한 얼룩을 묻힌 채로 "이제 곧 우리가 세계 정복을 하러 떠난다!" 아니면 "독일 놈들 다 때려잡아야지! 영국 놈들한테 보여 줄 거야!"라고 소리를 질러 댔다. 반은 잠에 취해서, 벨뷔 카지노의 댄서나 술집 아가씨들이 채워 주지 못했던 욕망에 좀먹

** 1920년대에서 1950년대까지 퀘벡에서는 바르봇barbote(또는 barbotte로 표기)이라는 도박을 하는 불법 도박장이 성행했었다. 바르봇은 주사위 두 개를 던져 높은 수의 같은 숫자가 나왔을 때 판돈을 따는 도박이었다.

은 채로, 잠을 자고 싶은 욕구와 즐기고 싶은 욕망 사이에 매여 있었던 그들은 털 한 올 없이 매끈한 얼굴에 눈은 붉게 충혈되어 있었으며, 손은 차가웠다. 또 이들은 잠깐은 웃기지만 그 외의 남은 시간엔 다루기 힘들고 화를 잘 내는 부류의 사람들이었다. 그런 군인들이 아침 열 시에 메르세데스 집에 도착했던 것이다. "어이, 이쁜이, 그러고 어딜 가는 거야?" 베아트리스는 새침한 사춘기 여자아이처럼 작은 비명 소리를 내며, 자신을 더듬고 싶어 하는 그들의 팔과, 자신을 붙들어 놓고 싶어 하는 그들의 다리 사이를 헤치고 지나갔다. 그렇지만 군인들은 그 반응에 속아 넘어가지 않았다. "여기 갈보집 맞잖아, 그럼 아니냐? 이 망할 년아!" 베아트리스는 몇 차례 그들의 뺨을 때리고 심지어 귀도 물어뜯은 다음에야 그들을 지나갈 수 있었다. "저년은 여기서 일하면 확실히 안 되겠네, 손님 다 떨어지겠어!" 세 명의 군인들은 목을 뒤틀며 큰 소리로 웃었고 베아트리스는 '아 정말, 이웃사람들이 또 뭐라고 하겠네! 계속 이러면 금방 이사 나가야 될 게 뻔하잖아!' 하고 생각했다. 베아트리스는 군인들의 웃음소리를 뒤로 한 채 언제나, 심지어 저녁에도 겨울에도 문을 살짝 열어 두고 있는 관리실 앞을 빠르게 지나쳤다. 운 좋게도 관리인은 자리에 없었고, 이번만큼은 관리인의 그 비아냥대는 소리와 걸쭉한 웃음소리가 베아트리스 귀에 들리지 않았다. 베아트리스는 고개를 꼿꼿이 세우고, 가슴은 곧게 펴고, 의기양양한 미소를 머금으며 가벼운 마음으로 근사한 첫 봄날 속으로 스며들어 갔다. 베아트리스는 대도시의 완연한 봄 내음을 허파 한가득 들이마시느라 잠시 건물의 문턱에 멈추어 있었다. 예외적으로 따뜻한 날씨에 일찍 피어난 라일락, 지난겨울 냉해의 흔적이 여전히 남아 있는 화단을 며칠 전부터 뒤덮은 은방울 꽃, 그리고 완전히 사라지기 전에 여전히 따뜻한 공기 속에 남아 있는 추위까지도 5월의 향기를 이루었다. 길 가장자리를 따라 심어진 포플러 나무 세 그루에는 포동포동하고 반들거리는 눈들이 빽빽이 올라와 있었지만, 단 한 장의 이파리도 아직 자기를 가두어 놓은 꺼풀을 찢고 나오지 못하고 있었다. 전날 저녁에 비가 씻어 내린 거리에서는 여전히 물비린내가 났다. 베아트리스는 팔을 쭉 펴서 핸드백을 흔들며 종종걸음으로 길을 건넜고, 학교에서 배웠던 5월의 성가들 중 하나를 흥얼거리면서 마리 실비아의 레스토랑 문을 밀어 열었다. 그 성가들은 비록 우리가 믿음을 잃더라도 그리고 또 유년시절의 다른 모든 기억을 잃는다 하더라도 우리에게 봄과 재생 그리고 은총의 상징으로 평생토록 남아 있을 것들이었다. 마리 실비아는 한 뚱뚱한 삼십 대 남자에게 음식 서빙을 하고 있었는데, 베아트리스는 그 남자가 길 건너편 왼쪽에서 두 번째 집 발코니에서 흔들의자에 앉아 몸을 앞뒤로 움직이던 모습을 종종 본 적이 있었다. 너무나도 많은 사람들이 복작대던 그 집에서는 큰 소리로 싸우는 고함 소리나 즐거움에 겨워 터져 나오는 탄성들이 종종 들려왔던 데다가, 또 불만에 가득 찬 마녀의 심술궂은 눈초리를 하고 모든 일에 기웃거리는 사팔눈 할머니가 있었기 때문에 메르세데스는 그 집을 "귀신의 집"이라고 불렀다. "꼭 유리병 안에 갇힌 마녀 같아! 병뚜껑이 펑하고 튀어 오르며 열릴 때 절대로 그 근처에 있고 싶지 않다니까!" 베아트리스는 사탕 진열장 위에 팔꿈치를 괴고는 유쾌한 목소리로 "안녕하세요, 마리 아줌마!"라고 인사했다. 뚱뚱한 남자는 베아트리스 쪽으로 고개를 돌리더니 느닷없이 베아트리스에게 물었다. "작은 사업은 잘 되고 있나요, 베티 양?" 남자의 목소리에는 그 어떤 공격성도 없었고, 그 어떤 비판이나 빈정거림의 낌새도 없었다. 그 남자는 마치 정육점 주인에게 사업이 어떻게 되어 가는지 묻거나, 신발수선공에게 손님들이 신발은 제대로 신고 있는 것이냐고 묻듯이 그렇게 물었다. 비웃음을 당하거나 남에게 모욕을 받는 것에 익숙했던 베아트리스였지만 뭐라고 답해야 할지 몰라 굳은 채로, 얼굴 근육 하나 까딱하지 못하고 눈만 동그랗게 뜬 채로 뚱뚱한 남자를 쳐다보았다. 그 손님은 카운터에서 잔돈을 챙기면서 마리 실비아에게 윙크를 했다. "다른 신체 부위는 다 쓸 줄 아는데, 혀를 놀리는 건 아직 못 배웠나 봐요!" 그 남자는 이 두 여자에게 인사를 했고, 마치 스케이트를 타고 미끄러지듯이 작은 소음도 내지 않고 마룻바닥을 지나 매장에서 나갔다. 마리 실비아는 베아트리스에게 아무 말도 하지 않은 채 눈썹을 찌푸렸다. 마리 실비아는 종종 이렇게 말하곤 했었다. "단골이 아니었더라면 말이야, 진작에 그 창녀들이 우리 가게에 못 들어오게 문을 걸어 잠갔을 거라고!" 마리 실비아는 이 젊은 아가씨에게 눈길 한 번 주는 것도 죄가 되는 양, 언제나 그녀를 쳐다보지도 않고 말했다. "베티 씨, 오늘 아침엔 한 개 줄까, 두 개 줄까?" "마리 아줌마, 오늘 아침에는 다섯 개 가져갈게요, 이모님 뵈러 가려고 하거든요!" "오늘은 일요일이 아닌데…" "네 잘 알아요, 하지만 오후까지 반차 휴가 받았어요." 마리 실비아는 눈살을 더욱 더 찌푸렸다. 마리 실비아는 베아트리스가 아무리 에둘러 말하더라도 일에 대해 언급하는 걸 싫어했다. 마리 실비아는 다섯 개의 "깜짝 주머니"를 금속 재질의 고정대에서 떼어 내어 베아트리스 앞에 놓았다. 베아트리스는 동전 지갑에서 5센트를 꺼내 반짝이는 유리 진열장 위에 달그락 소리가 나게 놓았다. 마리 실비아의 "깜짝 주머니"는 사실상 파브르 거리의 관습과도 같았다. 게다가 모두들 원해서라기보다는 습관처럼 그 주머니를 샀다. 마리 실비아는 한 달에 한 번씩 사탕을 담아 놓았던 상자 바닥을 긁어서 남아 있는 것들을 자기 앞에 쌓아 놓았다. 너무 딱딱해졌거나 길이가 너무 짧아서 팔 수 없었던 감초 젤리, 온갖 색의 막대 사탕 파편 조각들, 흰색과 빨간색 줄이 휘감겨 있는 사탕지팡이에서 떨어진 설탕 부스러기, 하얗게 변해 버린 초콜릿 가루 등이 그 남아 있는 것들이었다. 그것을 열 몇 개 되는 작은 갈색 봉투 안에 나눠서 채워 넣고는, 거기에 하찮고 시시한 물건 한 개나 부서지지 않은 온전한 사탕 하나와 같은 "깜짝 주머니"을 추가해 각각 1센트에 팔았다. 사실 사람들은 내용물을 맛보는 것보다 잔돈을 없애려고 이 "깜짝 주머니"를 사곤 했다. 몇몇 어른들은 심지어 봉투를 열어 보지도 않고 길가에 버리기도 하곤 했다. 그 반면에 아이들은 종이 상자 바닥 맛이 나고 심지어 먼지 맛도 나는 이 오래된 사탕들에 정말로 열광했다. 그들의 호기심을 자극하던 "깜짝"이라는 말 때문일까, 아니면 단지 가난한 아이들에게서 종종 발달하게 되는 설탕에 대한 건강하지 않은 기호 때문일까? 마리 실비아는 이 질문에 답을 할 수 없겠지만, 어쨌든 그녀의 관심은 이런 식으로 쓰레기를 유통시켜서 상당한 수익을 올리는 데 있었다. 마리 실비아는 이 남은 물건들로 번 모든 돈을 계산대 옆에 있는 유리 항아리에 넣어 두었다. 이 돈은 뒤플레시 먹이를 사는 데 쓰였으므로, 결국 거리의 모든 사람들이 직접 뒤플레시를 먹여 키우는 셈이 되었다. "너희 이모님은 아직도 생조셉 대로변에 사시니?" "네. 잘 아시겠지만, 이모님이 운신을 못하게 되신 이후로는 이사를 못 가시니까요." "안부 인사 좀 전해 드리렴…." "물론이죠. 아줌마, 좋은 하루 보내셔요." "좋은 하루 보내렴." 베아트리스가 나가자, 마리 실비아는 그녀가 길포르 길을 건널 때까지 눈으로 좇았다. "정말 유감스러운 일이야. 저렇게 예쁜 아가씨인데."

세 명의 병사들은 커다란 더블 침대 위에 축 늘어진 채 드르렁대며 코를 골다가 또 컥컥대기도 하면서 쿨쿨 자면서, 그들을 위해 악몽의 정수만을 증류해 만들어 놓은 듯한 싸구려 술을 몸 속에서 발효시키고 있었다. 그중에서 제일 쬐꼬미 남자는 허랑방탕스럽고 자부심 강하며 행복한 콧수염남의 한쪽 어깨에 머리를 기대고 자고 있었다. 선천적으로 투박하고 굵은 머리통의 세 번째 남자는 침대의 반을 혼자서 독차지한 채 쿨쿨 자고 있었는데, 이 왕대갈남은 계급장이나 무공훈장만을 바라보는 그들의 세계에서 제일 크게 키운 근육이 부여하는 무소불위의 권력에 휩싸여서 자신이 우월하다는 확신에 가득 차 있었다. 게다가 바로 이 인간이 메르세데스에게 이렇게 이야기했던 것이다. “우린 좀 마시고 올 테니까, 넌 딱 기다리고 있어! 준비 딱 하고 있으라고. 돌아오면 해댈 테니까, 아 시발! 우리들 완전 재봉틀같이 잘 박아 대거든!” 메르세데스는 창문을 열고 창가에 앉아 밖으로 고개를 돌렸지만, 그녀의 두 눈은 아무것도 안 보고 있었다. 메르세데스는 시골에서의 봄날에 대한 추억에 휩싸여 있었기 때문이다. 그곳의 자연은 깨끗한 눈이 쌓여 변함없던 하얀색 풍광에서 열심히 일을 하고 있는 대지의 지글지글 기름진 검정색 풍광으로 예고도 없이 갑자기 확 바뀌곤 했다. 메르세데스는 한창 4월을 지내고 있을 때 그녀가 보았던 까마귀 떼를 기억 속에서 다시 보고 있었다. 그 까마귀 떼는 그녀가 살던 동네에 있던 묘지 위를 지나가며 한결같은 질문을 던졌다. “왜애액? 왜에엑? 왜애액?” 그럴 때마다 언제나 메르세데스의 엄마는 “아이고 맙소사, 뭐가 왜긴 왜야! 겨울이 끝났으니까 그러지!” 하고 대답하곤 했다. 메르세데스는 머리를 얼기설기 땋아 늘인, 배은망덕한 꼬맹이 시절의 자신을 다시 봤다. 그 꼬맹이는 학교에서 뛰쳐

나와서는 고삐 풀린 짐승마냥 소리를 지르며 시골 흙길로 뛰어갔다. 봄 내음이 났고 나무에서는 수액이 차오르는 소리마저 들릴 지경이었으며, 금방이라도 터질 듯한 눈들이 수액을 빨아들이고 있었다. 흙길은 축축했고 걸을 때마다 쭈압쭈압하고 젖 빠는 듯한 소리가 나서 엄마는 "4월이 뽀뽀하는 소리"라고 불렀다. 메르세데스는 자신이 살던 집도 다시 보았다. 기우뚱 기울어 있었으며, 한 번도 페인트칠도 안 했었고 여기저기 얼룩이 보이던 그 집에서, 메르세데스의 엄마는 그녀 자신의 삶을 제한하는 두 개의 커다란 경계 사이에서 꿋꿋하게 여덟 명의 아이들을 키우고 있었다. 그 두 개의 경계란 아침 기도와 저녁 기도였다. 지나치게 독실한 가톨릭 신자였던 엄마는 남편보다 주임 신부님께 더 순종했고, 얼마나 신심이 강했던지 결국 자신의 개성이나 고유한 특징 같은 것을 모두 지워 버리는 데 성공할 정도였다. 엄마는 가톨릭교회에서 요구한 **어머니**의 모습 그 자체였다. 그리고 엄마는 점점 더 자신의 순진함을 키워 나가더니, 이렇게 자랑까지 할 정도였다. "저는 교회에 반하는 일을 한 번도 한 적이 없어요, 그리고 하느님께 반하는 일도 안 했지요. 그리고 제 수호천사님이 매일 아침마다 천국에 마련된 제 자리의 먼지를 털어 주신다는 것을 굳게 믿고 있어요!" 메르세데스는 엄마의 이런 끔찍한 순진함을 때려 부수는 걸 늘 꿈꾸어 왔지만, 엄마는 돌아가실 때까지 그 순진함을 간직하셨다. 엄마는 이렇게 말하면서 돌아가셨다. "하느님이 보여! 성모님이 보여! 그리고 먼지떨이를 들고 계신 수호천사님도 보여!" 그리고 엄마의 그 말에 메르세데스는 웃었다. 가난 속에서 50년, 점점 더 힘들어지는 여덟 번의 출산. 한 번도 쉬지 않았다. 이 여인에게는 결코 휴식이란 없었다. 결단코. 메르세데스는 서글픈 미소를 지었다. "지금쯤이면 엄마가 천국에서 먼지를 떨구고 있겠지. 그렇지만 나를 위한 건 아닐 게 분명해!" 왕대갈이 트림을 하는 동시에 방귀를 뀌며 몸 안에 있던 술 냄새 섞인 가스를 모두 한 번에 내보냈다. 메르세데스는 두 눈을 감았다. "언젠가 그 여자를 부러워할 날이 오리라고는 한 번도 생각해 본 적이 없었는데!" 왕대갈이 침대 위에서 갑자기 돌아누웠다. 메르세데스는 자리에서 일어나 침대로 다가갔다. 그리고 몸을 숙이고 바닥에 뒹굴고 있는 군인들의 바지 세 개를 집어 들더니 호주머니를 꼼꼼히 뒤지기 시작했다.

"새언니, 눈에 비눗물이 들어가면 어려워하지 마시고 바로 말씀해 주세요." "나 걱정하지 말고 박박 문질러 줘. 기분 좋네!" 알베르틴은 나나의 목에 식탁보를 둘러 묶어 놓고는 나나의 그 널따란 가슴 위에 미지근한 물을 꽉 채운 대야를 올려놓으며 말했다. "대야에 너무 뜨거운 물은 받아 올 수가 없었어요. 화상 입으실까 봐 걱정이 됐거든요." 나나가 이제 더 이상 앞으로 몸을 숙일 수 없게 되었기 때문에 머리를 감겨 주는 일은 아주 어려워졌는 데다가, 알베르틴은 요사이 새언니가 자신에게 하는 말을 듣고도 못 들은 척하는 경향이 있었다. "바르틴, 두피가 따갑다고! 어휴! 평생 이렇게 머리가 더러워 본 적이 없어. 이렇게 꼬질꼬질하게 마흔두 살을 시작할 수는 없다고!" 그렇지만 그날 아침에 알베르틴은 요상하게 바뀌었고(빅투아르 할머니가 눈살을 찌푸리고 쳐다보면서 "재 무슨 꿍꿍이가 있나 봐. 저렇게 상냥한 걸 본 적이 없는걸!"이라고 할 정도였다.), 그런 변화는 알베르틴 자신에게도 너무 새로운 것이었기 때문에 약간은 어색한 태도로 선의를 잔뜩 표현했다. 알베르틴은 방에 훽 들어왔다. "여기 방 안을 대청소해야겠어요! 이런 난장판 속에 애를 낳으면, 애가 무서워서 자지러지겠다고요! 자, 언니! 이제부터 언니 목욕시킬게요! 머리부터 발끝까지 아주 싹 다! 특히 머리 부분을요! 이렇게 건초 더미같은 머리는 난생 처음 본다니까요!" 그러자 뚱보 여자가 소심하게 중얼거렸다. "네 잘못도 있어. 너한테 나 좀 씻겨 달라고 부탁한 게 몇 번이었는지 하도 많아서 까먹을 정도라고!" 알베르틴은 베개를 툭툭 털다가 갑자기 멈췄다. "그래요, 날 아주 게으른 돼지년 취급을 하시지 그래요!" 그러고는 아무 일도 없었던 것처럼 다시 베개를 정리했다. 나나는 씩 웃었다. 알베르틴은 넬슨 총서로 발간된 책 한 권을 오빠 베개 밑에서 발견했다. "『뷔그 자르갈』.* 아이고 세상에, 오빠는 이제 중국말도 하시려나 보네!" 알베르틴은 크림색의 작은 책을 침대 머리맡 탁자에 올려놓으려다가 책에 쓰여 있는 작가 이름을 보고는 동작을 딱 멈췄다. "빅토르 위고라고요!" 알베르틴은 깜짝 놀라서 새언니를 바라보면서 말했다. "그럼 이거 금서**잖아요!" 나나는 한숨을 쉬었다. "어젯밤에 잠이 안 왔거든. 그래서 가브리엘한테 책 좀 읽어 달라고 했어. 그 책 디게 좋아." "언니, 제 물음엔 답을 안 하셨잖아요! 이거 금서잖아요!" "그거 이제 막 다 읽었거든. 그런데 어떤 부분 때문에 그 책이 금서 목록

* 『뷔그 자르갈*Bug-Jargal*』(1826): 프랑스 작가 빅토르 위고가 16세에 처음 발표한 소설이다. 1791년에 있었던 생 도맹그 흑인 대혁명(아이티 혁명)을 배경으로 한 작품인데, 제목으로 쓰인 "뷔그 자르갈"은 아이티에 있었던 프랑스 식민자 농장의 흑인 노예였던 소설의 주인공 피에로가 아이티 대혁명을 겪으며 새로이 가지게 된 이름이다.

** 금서Le livre à l'index: 여기서 말하는 금서는 가톨릭 교회에서 정한 금서 목록에 속한 책들을 말한다. 가톨릭 신앙과 교구의 힘이 컸던 퀘벡에서는 제2차 바티칸 공의회에서 금서령을 해제하는 1960년 중반까지 금서 목록이 있었으며, 문화 사회적 검열도 엄격하게 이루어졌다.

에 올랐는지 의문이 든다니까." "빅토르 위고가 쓴 건 다 금서잖아요! 죄다! 읽으면 안 된다니까요, 잘 아시잖아요! 언니 같은 상황에서 그런 끔찍한 죄를 짓다니, 염치없게시리!" "그치만 얼마나 아름다운 이야기인데! 바르틴 너도 이걸 읽는다면 그렇게 생각할 거야." "그 책 안에 뭐 그렇게 아름다운 게 담겨 있다고요?" "먼 나라 이야기야." 알베르틴은 뚱보 여인의 두피를 힘차게 문질렀고, 길게 늘어지던 비누 거품이 하얀 면보 위로 떨어졌다. "아 진짜 기분 좋다. 멈추지 말아 줘!" 한 성깔 하던 알베르틴이 아침부터 꾹꾹 눌러 참아 왔던 걸 확 쏟아붓듯이 머리를 신나게 문질러 댔다. 새언니가 시원함에 몸을 살짝 부르르 떨고 있는 동안 알베르틴의 단단한 팔뚝 살과 턱 아래 두 겹으로 겹쳐 있던 살들이 이리저리 덜렁덜렁거렸다. "언니하고 오빠 말이에요, 제가 보기엔 두 분이서 가끔씩 책 읽는 걸로 꽤나 위험을 무릅쓰시는 거 같아요! 책을 너무 읽는 건 좋지 않다고요, 사람들이 여러 번 말해 줬잖아요!" "바르틴, 부탁인데 그만 좀 떠들래? 네가 조금이라도 책을 더 읽는다면, 삶에 대해서도 조금 더 이해할 수 있게 되겠지만…" 그런데 알베르틴이 그 말을 얼마나 강하게 잘라 버렸는지, 나나는 하마터면 가슴에 얹고 있던 대야를 떨어뜨릴 뻔했다. "나는요, 모든 걸 다 알면서 영벌을 받는 거보다, 무식해도 은총 속에서 있는 게 더 좋다구요!" 뚱보 여자의 방 가까이에 있는 부엌에서 신문을 읽던 에두아르는 그 이야기를 듣더니 웃음을 터트렸다. "아주 명언일세, 명언이야! 우리 누나 명언이 아주 소문나겠어!" 화가 나서 시뻘겋게 된 알베르틴은 대야에 팔을 풍덩 담그더니, 웃기 시작한 새언니 머리 위로 물을 끼얹기 시작했다. "야, 난 내가 한 말에 부끄럽지 않으니까 소문내고 싶으면 소문내! 여러분이 저 세상 아래에 있는 큰 솥에 들어가 스튜 국물처럼 푹 삶아지고 있는 동안, 난 천국에서 천상의 음악을 들으며 커다란 타조 깃털 부채를 흔들흔들 부치고 있을 테니까! 후회하는 건 너랑 새언니라고!" "알베르틴, 날 물에 빠뜨려 죽이진 말아 줘! 하느님께 용서를 받은 상태가 아니니까!"

상르그레 의사 선생님의 병원 사무실이 가까이 있어서 그런지, 티 루* 이모가 사는 집에서는 언제나 약 냄새가 났다. 그래서 주사기랑 주사약 병들, 뭔지 모르겠지만 역겨워 보이는 내용물들이 들은 표본용 유리병들로 꽉 채워진 유리문 찬장, 그리고 무지하고 가난한 인간들이 세상의 온갖 불행, 온갖 병 그리고 온갖 기형들을 질질 끌고 와서는 순서를 기다리느라 일 년 내내 북적대는 대기실이 그 집 안에 꼭 있을 것 같았다. 이를테면 어릴 때 목에 났던 작은 혹을 그냥 내버려 뒀더니 점점 자라나서 종양 덩어리가 된 것을 알게 되었다든지. 피부 발진이 올라왔다가 사라지길 정기적으로 반복했는데 알고 보니 증세가 너무 진행되어서 치료될 수 없는 매독이었다든지, 치질에 걸려 피가 나는데도 너무 오랫동안 무시하고 내버려 두었더니 암이 되었다든지. 상르그레 선생님은 진정제**를 가져다주러 티 루 이모네 아파트로 건너와서는(상르그레 선생님 사무실이랑 이모네 집은 같은 건물의 같은 현관을 사용했고, 층계참 하나를 사이에 두고 떨어져 있었다) 이 연세 많으신 여인네에게 자기가 얼마나 환자들이랑 큰소리로 싸워

* 티 루Ti-Lou: 루이즈 데로지에Louise Desrosiers(1881~1942)의 가명이다. "작은 암늑대Petite Louve"의 줄임말.

** 이 진정제는 사실 모르핀이다. 이 시대에는 당뇨 치료제인 인슐린이 없었기 때문에, 환자의 고통을 경감하기 위한 모르핀을 처방했다.

야 하는지 하소연을 하느라 몇 시간씩 머물 때도 있었다. 환자들은 하나같이 자기와 상담하러 오기 전에 너무 긴 시간을 지체한 주제에, 엉엉 울면서 자신에게 기적을 요구한다는 것이다. 그렇다, 당연한 듯 자신에게 **요구한다**는 것이다! 티 루 이모는 의사 선생이 하는 말을 참을성 있게 들으면서(진정제를 받은 값만큼은 해줘야 했기 때문이다) 눈을 반쯤 감은 채로 가만가만히 동의해 주곤 했다. 그러고 나서 피곤에 절어 몸을 제대로 펴지도 못하는 이 늙은 주치의가 다리를 절면서 집을 떠나고 나면, 그제서야 이모는 상자를 열고 약병의 씰을 까고, 병마개를 따고, 손을 벌벌 떨며 물을 반 잔 떠 놓고 거기에 시럽같이 걸쭉한 노란색 액체를 여섯 예닐곱 방울 떨어뜨려서 마실 수 있었다. 그러면 평화가, 심한 현기증이, 무기력함이, 편안함이 찾아왔다. 특히 근심 걱정 없는 마음의 편안함이. 베아트리스는 쟁반을 들고 이모님이 기다리고 계시는 응접실로 돌아왔다. 그 쟁반 위에는 얇게 잘라 버터를 바른 빵(티 루 이모는 연줄이 있어서 전쟁통이라 구하기 힘든 진짜배기 버터를 가지고 있었다!)이 잔뜩 쌓여 있었고, 햄 몇 조각이랑 커피 주전자, 컵들, 그리고 그중에서 가장 사치스러운 음식인, 베아트리스를 위해 일부러 남겨 둔 퍼지* 조각들이 올려져 있었다. "이모님, 이거 다 구하시려고 배급표 꽤나 많이 쓰셨겠어요! 아이고, 버터랑 퍼지랑 햄이라니!" 티 루 이모는 1900년도 초 오타와에서 일을 시작할 무렵부터 일부러 쓰기 시작했고, 그 이후로 쭉 사용하게 된 미국식 억양이 살짝 묻어나는 말투로 대답했다. "어머, 얘가 뭐라는 거니! 오타와의 암

* 퍼지fudge: 우유와 설탕, 버터를 넣어 만든 디저트. 카라멜이나 유가랑 비슷하지만 좀 더 바삭거린다.

늑대인 티 루가 대체 언제부터 배급표 따위를 필요로 하게 되었다는 거야? 이건 선물 받은 거야. 그리고 너한테 늘 이야기했잖아, 네가 파브르 거리의 쪽방 한구석에만 죽치고 있거나 몽루아얄 거리에서 바지 단추나 팔고 있다면, 너를 위해서라면 전쟁통이라도 버터나 퍼지나 햄을 구해다 줄 수 있는 남자는 못 만난다니까!" 베아트리스는 미소 띤 얼굴을 유지하며 이모가 앉은 소파 앞에 있는 퍼프** 쿠션 의자 위에 쟁반을 올려놓았다. 티 루 이모에게 "우리 꼬맹이 조카"라고 불리는 꼬마 베아트리스가 바지 단추나 원단을 마*** 단위로 끊어 팔던 시절을 지나, 오타와의 암늑대가 늘 하던 표현을 그대로 빌리자면 "잠재적인 창녀가 영향력 있는 창녀"가 되기 위해 커다란 도약을 했다는 사실을 아직도 이모에게 털어놓지 못했기 때문이다. 베아트리스는 '버터랑 크림이랑 햄을 받는 수준은 아니지만, 매주 토요일 저녁마다 파스탕**** 영화관에서 프랑스 영화를 보거나 라리비에르&르블랑 가게에서 초콜릿 아이스크림선데를 먹는 선택지 중에서 하나를 골라야 하는 것보다는 창녀 일 쪽이 훨씬 덜 끔찍해!'라고 생각했다. 전(前) 오타와의 암늑대는 피아노에 기대어 놓았던 목발들을 집어 들고는 한쪽밖에 없는 다리로 펄쩍 뛰며 소파에서 일어났다. "창가에서 먹자꾸나, 햇살도 안 드는 여기는 답답해서 아주 지긋지긋하네." 베아트리스는 쟁반

** 퍼프pouf: 작고 등받이 없는 쿠션 소파. 보통 소파에 앉아서 발을 올려놓는 발판 혹은 티 테이블로 쓴다.

*** 본문에서는 베르주verge라는 단위를 사용한다. 이 단위는 프랑스어권 캐나다에서 천을 재는 데 사용하는 것으로, 영어권의 야드yard나 한자권의 마碼 단위와 동일한 길이(0.9144m)이다.

**** 파스탕 영화관Le Passe-Temps(1926~1969): 플라토 몽루아얄 거리에 있었던 영화관. 파스탕은 "취미"라는 뜻이다.

을 다시 들고 창문 옆에 있는 작은 탁자 위로 옮겨 놓았다. 그때 버스 한 대가 생조셉 대로를 지나갔고, 티 루 이모는 한숨을 쉬었다. "이모님이 창가에서 먹자고 말하자마자 버스 한 대가 와서 배기가스를 이모님 면전에 확 뱉어 버리네요." "창문을 닫으면 되잖아…." "어머 안 돼요, 날이 너무 좋잖아요. 기온도 엄청 따뜻하고요!" 생조셉 대로 건너편에는 브뤼셰지 유치원 건물이 서 있었다. 갈색이었고 그냥 평범하게 생긴 건물이었다. 베아트리스는 1930년대 초에 그곳을 다녔던 기억이 떠올랐다. 동네의 같은 교구에 속해 있던 아이들은 그 학교에서 첫 2년을 모두 함께 공부했다. 그다음에 여자애들은 성당 앞에 있던 생장주 여자 초등학교로 진학했는데, 베아트리스는 5학년까지 다니고 그만뒀다. 또 남자애들은 길포르 길에 위치한 생스타니슬라스 초등학교로 진학했다. "여기 올 때마다 항상 저 학교를 보더구나… 학교 좋아하니?" 베아트리스는 브뤼셰지 유치원에서 눈길을 떼지 않은 채, 빵을 한 입 베어 물고는 한참을 씹었다. 갑자기 티 루 이모의 인내심이, 마치 일어나지 않는 일을 기다려 오기라도 한 것처럼 갑자기 바닥난 것처럼 보였다. 얼마 뒤에 베아트리스는 이모와 다시 눈을 마주쳤고, 마침내 말을 내뱉었다. "그럼 이모님은요? 오타와에서 학교 다니셨나요?" 티 루 이모는 미소 지으며 약간 점잔을 뺐다. 베아트리스는 의자 등받이에 몸을 기댔다. 더 이상 빵을 씹고 있지 않았다. 베아트리스와 티 루 이모 사이에는 암묵적 합의가 있었다. 그것은 티 루 이모가 오타와에 대해서 이야기하고 싶어질 때 베아트리스에게 누군가를 보내서, 보통은 동네 꼬맹이를 시켜 '다음날 정오에 점심 같이 먹자'는 말을 전하기로 한 것이다. 그리고 함께 점심을 먹는 동안 베아트리스는 반드시 이모에게 오타와에 관련된 질문을 해야 했다. 이런 방법은 간단했고 효과적이었으며, 이들 두 명 모두 만족스러워했다. 티 루 이모는 여기저기 방황하고, 홍청망청 파티를 하고, 각종 염문을 뿌리고 다녔던 자신의 범상치 않은 인생을 회고할 수 있어서 만족했고, 베아트리스는 두근대는 가슴을 안고 상상력을 마음껏 부풀리며 그 이야기를 들어서 만족했다. 가끔은 시간이 한참 지날 때까지 티 루 이모가 피곤을 느끼지 않을 때도 있었다. 이모는 피곤하면 늘 잃어버린 한쪽 다리에 환상통을 느꼈다. 그리고 소파에서 일어나 조카에게 이렇게 말했다. "너 피곤하지. 오늘은 이만 됐다." 그러면 베아트리스는 아무 말 없이 이모 양 볼에 뽀뽀를 하고 자리를 떠났다. 베아트리스가 그렇게 이모를 만나고 온 날 오후에 파브르 거리에 있는 집을 방문하는 베아트리스의 첫 손님들은 그녀가 얼빠져 있고, 냉랭하다고 늘 느끼곤 했다. 왜냐하면 베아트리스는 아직도 1910년 여름 어느 날, 어느 장관님이나 캐나다를 방문한 어떤 외국 추기경님과 보트를 타고 리도 강을 유람하는 중이었기 때문이다. 그녀가 입고 있었던 원피스는 끈질기게 계속되는 애무로 주름이 져 구겨졌고, 그녀의 입에서는 담배에 그을린 콧수염 맛이 났다. 그녀는 양산 아래서 두 눈을 감고 목을 비스듬히 뻗어 바람이 뺨을 스쳐 지나가게 했다. 그러나 베아트리스는 갑자기 30년 후로 돌아와서는 뇌졸중으로 곧 쓰러질 것 같은 중위의 불룩 튀어나온 배 밑에 깔린 채 깨어났다. 그리고 그 중위는 자신의 귀에 대고 이렇게 소리를 질러 댔다. "이봐 움직이라고, 뭐라도 좀 해! 스파게티 접시 안에 처박아 대고 있는 기분이란 말이야!" 티 루 이모가 입 주변을 닦는 데 사용한 손수건에는 여전히 늑대 한 마리가 파란색 비단실로 수놓여 있었다. "내가 오타와에 도착했을 때, 네 나이 남짓했어… 좀 더 정확하게 말하자면 열일곱 살이었지. 오타와는 그 시절에 조그마한 마을이었단다. 성당도 하나, 술집도 하나, 창녀도 한 명." 이모는 자신이 한 말이 스스로 재미있는지 웃으며 커피 한 잔을 따르고는 창밖을 정처 없이 바라봤다. "그렇게 놀랄 건 없단다. 사실 성당은 하나만 있었던 게 아니었어. 그렇지만 창녀가 하나밖에 없었던 건 맞는 말이란다, 그게 바로 나였거든! 내가 새로 들어온 고아의 작은 검정 드레스*를 입고 작은 여행 가방을 든 채 제일 먼저 나에게 다가오는 호색한에게 몸을 팔 각오를 하고 샤토 로리에 호텔**로 갔을 때, 오타와의 여자들은 바로 내 품평을 해댔고, 의원들 사이에서는 서로 싸움이 일어났었지. 첫날 밤, 그래, 그 첫날 밤에, 내가 있던 샤토 로리에 호텔방에 세 명의 장관님들이 왔단다. 절대로 잊지 못할 경험이었지. 그들은 터키 양탄자 위에 무릎을 꿇더니 자신의 마음과 목숨과 가문, 그리고 재산을 나에게 바치겠다고 했어. 연극배우처럼 과장된 동작을 하며 마치 의회에서 연설이라도 하는 것처럼 떨리는 목소리로 말이야. 물론 그치들이 바라던 건 결국 열일곱 살짜리 어린 여자애를 강간하는 거였어, 나중에 지 아빠한테 강간당했다고 이르러 가지 않을 여자애를 말이야. 그러나 그치들은 누구를 상대하고 있는지

---

* 새로 들어온 고아의 작은 검정 드레스la p'tit(petite) robe noire de nouvelle orpheline: 이 부분은 두 가지 뜻으로 이해할 수 있다. 예전에 고아들은 일괄적으로 검정색 원피스를 입었다고 한다. 그 원피스 모양과 비슷한 짧은 길이의 검정색 드레스를 말하는 것으로 이해할 수 있다. 또 다른 뜻으로, 실제로 고아였던 디자이너 샤넬이 만든 짧은 검정 드레스를 말하는 것일 수도 있다.

** 샤토 로리에Château Laurier 호텔은 1912년에 오타와에 생긴 5성급 고급 호텔이며, 성과 비슷한 외관으로 샤토château라는 이름이 붙었다. 캐나다 의회 건물 근처에 자리 잡고 있는 특성 때문에, 캐나다의 세 번째 의원(캐나다는 상원과 하원, 양원제로 구성된 의회인데 여기에 덧붙여 세 번째)이라는 별명을 가지고 있다. 캐나다를 방문하는 국빈들과 주요 정재계 인사들이 드나드는 곳으로 유명하다.

몰랐던 거지! 그날 저녁에 말이지, 아가야, 난 세 번이나 순결을 잃었단다! 하지만 그들 세 명 모두 내 순결의 대가를 아주 비싸게 치렀지. 난 그들의 아랫도리를 받고 나서 그들의 수표책도 받았거든. 그래, 소위 협박이란 걸 한 건데, 뭐 그럼 어때!" 티 루 이모는 누군가 한 지적에 대응하듯, 더 나아가 누군가의 비난에 답하는 것처럼 보였지만, 베아트리스는 한 마디도 말한 적이 없었다. "그렇게 난 그 세 명과 관계를 가지게 되었고, 그들을 내 손아귀에 넣을 수 있었던 거야. 그리고 난 그 사실이 매우 자랑스럽단다. 오타와를 지배했던 전무후무한 여성이었던 거지! 나는 오타와를 20년 동안 지배했지, 마치 빅토리아 여왕이 자신의 제국을 지배하듯이 말이야! 그래도 난 그이처럼 할머니 취급은 받지 않았다는 걸 빼고. 내가 샤토 로리에 호텔에서 로버트 스트리트***에 있는 집으로 이사했을 때, 여섯 명의 장관이 함께 이사 비용을 내줬지. 그리고 오타와에 살던 여자들이 이삿짐을 실은 수레들을 따라오며 피켓 시위를 했어. 내가 의회를 지옥의 나락으로 떨어뜨렸다고 말이지! 나의 진정한 승리였어! 나는 제일 앞 수레의 높은 곳에 올라앉았고, 발정이 나서 몸이 달아오른 암늑대처럼 달을 보고 울부짖었지. 그리고 새집으로 이사하자마자 손님 목록을 정리했단다. 오타와를 방문하는 하찮은 지방 장관 나부랭이들이 지긋지긋했거든. 외양간 냄새나 두엄 냄새 아니면 맥주 냄새가 났으니까. 내 몸뚱이는 지방 소속이 아니라 연방 소속이니까! 내가 보스롱 사람****들처럼 시

*** 몬트리올의 길은 프랑스어 표기법에 맞추어 표기했으나, 오타와의 길은 영어 표기법에 맞추어 표기한다.

**** 보스롱 사람les Beauceron(ne)s: 퀘벡주의 라쇼디에르 아파라슈 지역에 속하는 보스Beauce 지방 사람을 일컫는 말. 프랑스 식민지 초기 무렵부터 있었던 보스롱 지역

골 촌뜨기들을 상대로 돈을 벌 거였으면 퀘벡시에 자리를 잡았겠지! 그래, 퀘벡 구석탱이에서 온 지방 장관 나부랭이들은 종종 돈을 더 많이 쓰긴 했어. 그렇지만 기차로 토론토에서 오던 키 큰 영국인 나리들이 깨끗하고 정중했던 것에 비해서 정말 어지간히 세련되지가 않았지. 나는 손님들 중에서 제일 괜찮은 사람들만 추려 냈지, 쭉정이는 빼고 말이야. 이렇게 해서 난 20년간 캐나다의 가장 부자들과 가장 멋진 악당들 사이에서 군림할 수 있게 되었지! 세 명의 수상, 두 명의 연방법무차관을 겪었어. 그리고 수십 명의 주교와 추기경들도 겪었지. 그리고 좀 너그러운 기분이 될 때에는 심지어 주임 신부까지도 손님으로 받았어… 나를 보러 오지 않은 이들이 있다면, 그건 그 사람들이 아기였거나 너무 늙은 노인네였기 때문이었지. 50명을 초대해 저녁 만찬을 베풀곤 했는데, 나는 그 만찬에 참여한 단 한 명의 여자였지만 어느 누구도 지루해하지 않았어. 그 위대한 배우 사라 베르나르*가 오타와에 공연을 하러 왔을 때, 사람들이 그녀에게 소개한 사람이 바로 나였어. 왜냐하면 그들은 우리가 서로 이해할 거라는 걸 알았거든.

사람들은 농산물을 팔기 위해 퀘벡시로 오곤 했는데, 강과 늪을 건너야 해서 늘 다리 부분이 더러워졌다고 한다. 그래서 그들에게 "검정다리"라는 별명이 붙었으며, 냄새 나고 더러운 시골 사람을 뜻하는 멸칭으로 쓰였다고 한다.

* 사라 베르나르Sarah Bernhardt (1844~1923) : 프랑스의 여배우. 불우한 어린 시절을 보냈다. 1862년에 코메디 프랑세즈에서 본격적인 연기를 배우게 되었지만 곧 퇴학당하고, 고급 창녀가 된다. 그러나 1869년부터는 연극에서 연기자로서 각광을 받기 시작했고, 보불 전쟁 시기에는 잠시 경력이 중단되었지만, 사망하기 1년 전인 1922년까지 영화와 연극계에서 인정받는 대배우로 군림했다. 사라 베르나르는 60세가 넘은 나이에, 난간에서 떨어지는 <토스카>의 마지막 장면을 연기하다 오른쪽 무릎을 다치며, 결국 사고가 난 지 10년이 지난 후인 1915년에는 다리를 절단하고 나무 의족을 사용하게 되었다고 한다.

그때 내가 알지 못했던 사실은 나도 그녀처럼 언젠가 다리 한쪽을 잃게 될 거라는 것이었지…." 티 루 이모님은 더 이상 말하지 않았다. 티 루 이모가 이야기를 하는 동안 현실과 꿈은 마침내 만나서 하나가 되었다. 그리고 절단된 이모님의 다리 모습은 마치 현실이라는 짐승에게 물어뜯긴 것처럼 보였고, 상르그레 박사와 치료약 냄새, 벽 반대편에서 기침을 하고 있는 환자들을 떠올리게 했다. 티 루 이모님은 갑자기 이야기를 멈췄고, 베아트리스는 이야기를 더 해달라고 조르면 안 된다는 것을 알았다. 납으로 된 덮개가 씌워진 것처럼 무거운 침묵이 트윈룸에 자리 잡았다. 베아트리스는 이제 집에 가라는 이모님의 손짓을 기다렸다. 하지만 티 루 이모는 원피스 치맛자락에 불룩하게 솟아 있는 잘린 다리 끝부분에서 눈을 떼지 못한 채, 자신이 처한 현실에 사로잡혀 있었다. 마치 계란처럼 둥그렇고 매끄러운, 지독히도 흉물스러운 저 끝부분. 이것이 그녀 삶의 종착점이었다. 몇 분이 지나고, 베아트리스는 조금 몸을 움직이면서 자신이 있다는 사실을 이모님에게 알렸다. 이제 곧 2시였고, 메르세데스에게 일찍 돌아가겠다고 약속을 했던 터였다. 티 루 이모님은 여전히 무감각한 상태에서 환상을 깨는 주문을 천천히 읊었다. "너 피곤하지. 오늘은 이만 됐다."

뒤플레시는 갑자기 잠에서 깨어나 말했다. "아 배고파!" 그리고 몸을 늘여 기지개를 펴고 하품을 한 다음에 마리 실비아의 무릎 위로 뛰어올라갔다. 마리 실비아는 뒤플레시가 기분이 좋아 고롱고롱 소리를 낼 수 있도록 줄무늬진 털 이곳저곳을 뒤죽박죽 뒤집으며 쓰다듬기 시작했다. 뒤플레시는 마리 실비아의 가슴에 몸을 비벼가며 고롱고롱 엔진에 시동을 걸었는데, 이것은 늙은 여주인을 기쁘게 해 주기 위해서라기보다는 밥을 한 번 더 얻어먹기 위해서였다. 비록 몇시간 전에 밥을 먹긴 했지만 말이다. 하지만 마리 실비아는 그것을 애정의 표현으로 받아들였다. 뒤플레시는 심지어 이 여인의 무릎에 벌렁 누워 자신의 배랑 젖꼭지를 쓰다듬게 했다. 게다가 너무 거친 손길이 되기 직전에 딱 멈추는 마리 실비아의 손길은 기분이 전혀 나쁘지 않았다. "이럴 때 만끽해 둬야지." 하지만 마리 실비아가 곧 입을 떼어 "우리 사랑스러운 야옹이" "우리 작은 호랑이", 심지어 "외박을 좋아하는 우리 악마님"으로 뒤플레시를 부르자, 마법은 풀려 버리고 뒤플레시의 고롱고롱 엔진도 멈춰 버렸다. 그리고 "사랑스러운 야옹이님"은 주인 아주머니 치마의 움푹 패인 곳에서 우스꽝스러운 자세를 한 채 죽은 고양이 시체처럼 미동도 없이 잠시 굳어 있었다. 뒤플레시는 그 순간을 활용해 자신이 밥을 먹고 밖에 나갈지 아니면 난로 발치로 돌아가 다시 잠을 잘지 고민했다. "이따 생각하자. 일단 밥이나 먹자." 재빠르게 마룻바닥으로 뛰어내린 뒤플레시는 빈 밥그릇 쪽으로 가면서 명령조로 야옹거렸다. "이제 허튼짓 그만하고 고기를 내놔!" "아이구, 우리 불쌍한 야옹이님이 배가 고파쪄요? 벌써 배가 고파요? 엄마가 맘마 줄게요." 마리 실비아가 낡은 슬리퍼를 질질 끌고 냉장고로 가서 소간이 들어 있던 그릇 쪽으로 팔을 뻗다가 갑자기 멈춰 섰다. "어머, 이걸 어째. 이 엄마가 장 보는 걸 잊었구나! 아침에 다 먹어서 더 이상 없네, 아가야." 뒤플레시는 움찔했다. "뭐! 뭐라고! 간이 다 떨어졌다고?" 뒤플레시는 눈을 동그랗게 뜨고 매섭게 노려보았다. "바삭바삭 사료에 우유 좀 타서 줄까?" "뭐? 바삭바삭이?" 뒤플레시는 번개같이 그 자리를 떠나 문으로 뛰어갔다. "우리 자기야, 엄마는 당장 간을 사러 나갈 수가 없쪄요. 그러려면 매장 문을 닫아야 하거든요!" 뒤플레시는 털을 바짝 세우고 등을 둥그렇게 만 채로 문 아래 부분을 박박 긁어 댔다. "그래, 알았어. 수시 씨 댁에 가서 남은 게 뭐 있나 물어보자꾸나…." 마리 실비아는 뒷문으로 고양이가 나가게 내버려 두고 투덜거리며 집을 가로질러 가다가 르미외 부인과 딱 마주쳤다. 르미외 부인은 생퀴스타슈에서 새로 이사 온 몸집 작은 여자였는데, 너무 게을러서 부엌 흔들의자에서 일어날 생각을 하지 않는 남편을 위해 만삭의 몸에도 불구하고 라이터에 넣는 부싯돌을 사러 매장에 왔던 것이다. "르미외 부인! 매장에 들어오시는 소리를 못 들었네요!" "하지만 거의 5분이나 된걸요. 완전 폐병환자처럼 미친듯이 헛기침을 하고 있었는데." 르미외 부인은 고개를 빼고 매장 뒤쪽을 쳐다봤다. "누구랑 같이 계셨던 거예요?" "아녀요, 우리 고양이랑 있었던 거예요…." "고양이랑 이야기를 해요? 사람이랑 대화하듯이 고양이랑 말을 하세요? 고양이를 '내 사랑'이라고 '우리 자기'라고 불러요? 마리 씨, 부엌에 숨겨 놓은 게 정말 고양이 맞아요? 마리 씨 파트너나 구혼자나 뭐 애인이 아니구요?" 정말 기분이 나빠진 마리 실비아는 두 팔을 번쩍 들고 항의의 몸짓을 했고, 얼굴이 토마토처럼 금방 새빨개져서는 씩씩거렸다. "아이고 세상에, 이게 뭔 일이래. 제가 교황님이 돌아가셨다고 말하기라도 한 것같이. 마리 씨, 정신 차리세요. 비오 12세 성하님은 계속 건강하시니까요!" 르미외 부인은 키득거렸다. 마리 실비아가 남자 문제에 엄청 예민하다는 말을 들은 적이 있었기 때문에 이 동네에 새로 이사 온 르미외 부인은 그 사실의 확인도 할 겸 일부러 모르는 척 "말실수"를 하기로 마음먹었던 것이다. 마리 실비아는 마침내 숨을 고르더니 이렇게 말했다. "비오 12세 성하님은 아마 건강하시겠지만, 부인의 그 쪼그마한 머리통은 제대로 돌아가지 않는 게 분명하네요!"

"화내지 마세요…." "잘도 그딴 말을 하시네요! 왜요, 여기서 나가서 동네방네 외치지 그래요, 제 부엌에 남자들이 득시글댄다고…" "아휴, 마리 씨, 제가 또 언제 마리 씨 부엌에 남자들이 잔뜩 있다고 했어요… 남자 한 명이면 한 여자의 평판 망구는 데 충분하죠!" "제 고양이였다니까요! 제 고양이요! 뒤플레시라구요!" "네? 뒤플레시요! 퀘벡 전 총리였던 분이 마리 씨 부엌에 계셨다고요! 그리고 "우리 자기"라고 부르셨잖아요! 부엌에 노총각 한 분이 계신 줄 알았지, 그게 수고양이였다는 건 몰랐다고요!" 르미외 부인은 유리 진열장에 팔을 올리고 턱을 괴었다. "마리 실비아, 제가 놀린 거예요. 다 알고 있다고요. 이제 롱송 라이터용 부싯돌 좀 꺼내 줘봐요. 남편한테 사다 줘야 하거든요." 매장 문고리가 움직이는 소리가 들렸고, 마리 실비아와 르미외 부인은 누가 들어오나 고개를 돌려 살펴보았다. 뒤플레시가 계단의 제일 위 칸에서 몸을 죽 뻗고 서서는 왼쪽 앞발로 쇠로 된 작은 문고리를 맹렬하게 두드려 밀고 있었다. "저기 있네요, 쟤가 뒤플레시예요." "마리 씨가 저렇게 하는 법을 가르쳐 주신 건가요?" "아니에요, 지 혼자 알아낸 거예요." 르미외 부인은 배를 손으로 받치고는 문으로 다가갔다. "진짜 뒤플레시 전 총리는 저런 걸 할 줄이나 알까 모르겠네."

네 명의 아이들이 라 퐁텐 공원에서 하루 종일을 보낼 때 문제가 되는 것은 어떻게 같이 있느냐였다. 공원은 엄청 컸고, 테레즈와 남동생 그리고 두 명의 사촌들이 두 개의 연못 주변을 걷고, 냄새 나고 더러운 작은 동물원을 구경하거나, 공원에 있는 작은 동산과 덤불에서 뛰어다니는 걸로 만족하는 한 모든 게 문제없었다. 테레즈가 놀이를 지휘했고, 마르셀은 테레즈의 치맛단을 붙잡고, 리샤르와 필립은 맹

목적으로 테레즈 대장님을 따랐다. 테레즈가 웃을 때 웃고 테레즈가 겁먹었을 때 비명을 빽 지르고, 테레즈가 술래잡기에서 이기면 박수를 쳤다. 그렇지만 꼬질꼬질해진 마르셀이 바지는 더러워지고, 신발 끈은 다 풀렸고, 머리카락은 다 헝클어진 채로 흙길 한복판에서 딱 멈춰 서서는 플루트 소리같이 새된 소리로 "우리 언제 노라?"라고 묻자, 상황은 좀 더 난감해졌다. 리샤르와 필립이 땅바닥에 앉아 풀 이파리를 뜯어 풀피리를 만들어 보려고 노력하는 동안 테레즈는 자기 동생을 놀이터에 가지 못하게 설득하려고 애썼다. 아이들은 공원에 도착하자마자 줄곧 놀이터 주변을 배회하고 있었지만, 티 나지 않게 그곳을 피하고 있었던 것이다. 하지만 마르셀에게는 공원을 산책하면서 바지를 더럽히고 숨바꼭질을 하는 건 노는 게 아니었다. 그곳이 아무리 예쁘고 커다란 공원이라고 해도 말이었다. 바지를 더럽히는 건 집 뒷골목에서도 충분히, 아니 오히려 더 잘 할 수 있는 일이었고, 게다가 자기 보고 냄새 난다고 뭐라 불평하지 않을 또래 친구들하고도 놀 수 있었다. 그리고 그 친구들의 움직임을 좇아가는 거라면 자기 짧은 다리로도 항상 어려운 일은 아니었다. 마르셀의 관점에서 지금까지 한 것들은 노는 게 아니었다. 마르셀에게 노는 것이란, 어린아이들을 위해 만들어진 키가 큰 그네를 타는 거였다. 그 그네는 사슬 끝에 널빤지 네 장으로 만든 나무틀이 달려 있는 형태였다. 아이들을 그 틀 속에 넣고 밀어 주면, 그 그네는 아주 신이 난 유령이 내지르는 비명 소리 같은 소음을 내며 앞뒤로 미끄러지듯 움직였다. 마르셀에게 그네 타기란 자신의 발로 하늘을 둘로 가르면서 이렇게 외치는 거였다. "햇님 배, 발로 뻥 차쪄!" 마르셀에게 노는 것이란 가벼운 몸무게로 시소 맨 끝에 앉아 있는 거였다. 그리고 누군가 반대쪽에서 쿵 앉아 자신을 나무 쪽으로 튕겨 낼까 봐 무서워하는 거였다. 뭐 이 생각은 사실 그렇게 멍청한 것은 아니었지만 말이다. 마르셀에게 노는 것이란, 절뚝발이 할머니를 화재로부터 구하기 위해서, 시소처럼 움직이는 사다리* 위를 끝까지 기어 올라가는 거였다. 그런 다음에 마음을 바꾸어서 테레즈 누나에게 이렇게 소리를 지르는 거였다. "할무이 토스트 가치 바쌱 구워지게 할꼬야! 땅콩 빠다 쓱쓱 해서 먹을꼬야!" 마르셀에게 노는 것이란 놀이터 감시인 아저씨를 무서워하는 거였다. 감시인 아저씨는 분명히 미치광이일 게 분명했다. ("미치광이가 뭐야?" "신경 꺼. 그게 무슨 뜻인지 알려고 쪼르륵 찾아가는 건 바보 같은 짓이니까!") 그리고 마르셀에 노는 것이란 그 무엇보다도… 아! 그래, 특히 이런 것이었다. 뺑뺑이**에 올라 공원이 빙글빙글 돌 때까지 어질어질할 때까지 있는 것, 그리고 테레즈 누나가 깜짝 놀라서 소리를 빽 지를 때까지. "잘하는 짓이다! 아주 새파랗게 질렸네! 여기저기에 토하겠어! 그리고 난 또 엄마한테 혼나겠지. 집에 돌아가는 내내 너한테서 토 냄새가 날 거라고! 아이고, 하느님 제가 무슨 죄를 지었길래 이런 멍청이를 제 동생으로 주신 건가요!" 마르셀의 잣대에서 "노는 것"

* 이 당시 라 퐁텐 공원의 아이들 놀이터에는 사다리 모양의 놀이 기구가 있었다. 사다리 한 중간을 봉에 묶어 놓았기 때문에 혼자서 끝부분부터 위로 기어올라가거나, 사다리 양쪽 끝에 아이들이 각각 매달려서 시소처럼 서로 번갈아 가며 몸을 공중에 날릴 수 있었다.

** 뺑뺑이la tourniquette: 놀이터의 놀이 기구 중 하나. 동그란 모양의 판 위에 난간이나 손잡이가 달려 있는 기구로, 그 판에 올라타서 손잡이를 단단히 잡은 다음 원판을 뺑뺑 돌려서 노는 기구이다. 표준어로는 회전 무대라고 하며 뺑뺑이는 특정 지역에서만 불렀던 명칭이라고 한다. 회전 무대라고 불렀을 경우에 연극이나 뮤지컬 무대 장치를 상상하기 쉬울 수도 있기 때문에 뺑뺑이라는 명칭을 골랐다.

이란 라 퐁텐 공원 안에 있는 칼릭사 라발레 길 옆 녹지대로 들어가는 거였다. 르 플라토 콘서트 홀*과 마주 보고 있었던 그 녹지대에는 온갖 놀이 기구들이 있었다. 그래서 우리는 라 퐁텐 공원의 이 부분을 "공원"이라고 불렀다.(누군가에게 "공원"에 같이 갈래? 하고 물을 때, 이 "공원"이라는 말을 잘 강조해서 말해야 했다. 그냥 목가적인 산책을 하자는 이야기인지, 아니면 평행봉이나 그네, 나무로 된 미끄럼틀에서 재미있게 놀자는 건지 확실히 알아듣게 해야 했기 때문이었다.) 그런데 그 "공원"에 들어가려면 형제들과 떨어져야 했다. 왜냐하면 그 놀이터에는 6세 이하의 남자아이들과 12세 이하의 여자아이들만 들어갈 수 있었기 때문이다. 여자애들의 치마가 조금만 바람이 휙 불어도 쉽게 뒤집히곤 하는 장소에서 남자애들이랑 여자애들이 같이 노는 것이 소위 불건전하다는 것이었다. 그게 딱 하나뿐인 이유였다. 몬트리올시는 그렇게 결정을 내렸고, 모든 아이들이 그 결정에 피해를 입었다. 10살짜리 꼬맹이 남자애가 자기 남동생이나 여동생이 탄 그네를 밀어 주거나, 사다리 반대쪽을 잡고 기어오를 수 있도록 도와주는 것을 사람들이 발견하면, 마치 그 아이가 불량소년이나 되는 듯이 쫓아냈고 치마 밑이나 들추어 보는 애로 매도했다.(아마도 집에서는 목욕도 같이 하는 사이일 텐데도 말이다.) 하지만 나머지 어린아이들에 대해서는 감시를 전혀 하지 않거나, 감시를 하는 둥 마는 둥 그냥 내버려 두었다. 놀이터 감시인들은 언제나 나이 많은 아저씨들이었는

* 르 플라토 콘서트 홀Auditorium Le Plateau: 1930년에 라 퐁텐 공원 중앙을 가로지르는 칼릭사 라발레 길 옆에 완성된 칼릭사 라벨레 문화센터에 속해 있는 콘서트 홀이다. 이 공연장은 1975년에 장데로리에 콘서트 홀로 이름이 바뀌어 지금까지 운영되고 있다.

데, 남자아이가 맡고 있던 사다리의 끄트머리를 잡는 일이나 그네 뒷자리를 대신 차지하는 걸 좋아하는 등, 좀 석연치 않은 구석이 있는 사람들이었다. 그렇기 때문에 마르셀이 놀기 위해서는 리샤르와 필립을 곁에서 떼어 내고 테레즈만이 놀이터 보호자가 되어서 마르셀이 하는 유치한 놀이의 노예가 되어야 한다는 것을 의미했다. 테레즈는 동생을 사랑하긴 했지만, 마르셀의 다소 앞뒤가 맞지 않는 재잘거림을 들으며 온종일을 보내는 건 너무 싫었다. 그 재잘거림에는 일상생활 속의 가장 단순한 동작들과, 지나치게 풍부한 상상력이 제대로 표현되지 못한 공상들과 끊임없이 뒤섞이고 있었다. 테레즈는 본성이 아주 현실적이었기 때문에, 네모난 모래놀이터에서 동생의 어이없는 공상의 모험 이야기를 듣다 보면 아주 열불이 났다. 점심으로 발로니 햄을 넣은 샌드위치를 먹고, 리샤르와 필립이 공중화장실에 오줌을 누러 갔을 때 마르셀은 누나에게 애원하는 눈빛으로 이렇게 말했다. "누나, 그네 슝슝하고 토 안하께, 약속하께!" 테레즈는 양팔을 들며 나보고 어쩌라고 하는 몸짓을 했다. 뭐 그래도 먼저 입 안에 껌 한 조각을 집어 넣고 나서 팔을 들어 올렸지만 말이다. "흙 장난 좀 하고 놀아. 굴 파면 되겠네." "경찰 아조씨 시러해." "우리가 말 안 하면 괜찮아." 약간은 너무 수월하게 설득이 된 마르셀은 피크닉 테이블 아래로 들어가 땅바닥에 그 조그만 엉덩이를 대고 앉아서 구멍을 파기 시작했다. "삽 업쩌 너무 힘드러." "아휴, 알았어. 그런데 시간이 얼마 지나지도 않았는데 금방 다시 귀찮게 구는 거 같네…." 테레즈는 동생 옆의 잔디밭에 앉았다. "너 진짜 엄청 더러워졌구나. 12시밖에 안 됐는데 말이야. 돈사에서 2주일 정도 지낸 꼬락서니 같다고!" "돈사 모야?" "몰라. '돈'이 돼지이고 '사'가 비단이라는 뜻이니까 뭐 돼지털로 짠 비단인가?* 뭐 아무튼 엄청 더러운 데를 말하는 거야." "나 돼지 가터?" "그래 너 돼지 같아. 돼지 같이 냄새가 풀풀 난다고. 하지만 그래도 여전히 널 사랑하니까 걱정 마." 마르셀이 갑자기 웃음보를 터트렸고, 그 소리 때문에 시치미를 떼며 슬그머니 테이블 위로 다가오던 다람쥐 한 마리가 깜짝 놀라 펄쩍 뛰었다. "그렇지만 깨끗할 때의 널 더 사랑해… 잠들기 바로 직전의 너 말이야." 테레즈는 풀밭에 누웠다. 너무나 혹독했던 겨울을 지나느라 잠이 덜 깨서, 아직도 잎이 나지 않은 나뭇가지 사이로 햇살이 뛰놀고 있는 것이 보였다. "이제 금방 잎이 나겠네." "언제?" "이제 금방." "내일?" "이제 금방." "이제 금방 언제?" "마르셀, 너 진짜 쓸데없는 질문하는 데 재능이 있구나? 그래, 내일이야! 내일 나무에 커어어어다란 잎이 나올 거야!" "밤에 코야 안 하면 이파리 까꿍 볼 수 이쪄?" 테레즈는 잠시 머뭇거렸다. "아니, 너무 깜깜해서 못 봐." 마르셀이 일어나더니 누나 옆에 와서 섰다. "누나 똥배를 앉아도 대?" "마르셀, '똥배 위에'라고 말해야지, '똥배를'이 아니고. 그리고 앉지 마. 네가 앉으면 점심 다 토할 거야." 그랬는데도 마르셀은 누나 배 위에 털썩 앉았고, 테레즈는 고통스러워하며 몸을 둥글게 말았다. "마르셀! 이놈 시키! 잠시라도 얌전히 있을 수 없니! 배 위에 앉지 말라고 했잖아. 게다가 무슨 감자 자루 던지듯이 배 위로 니 몸을 날리면 어떻게 해! 위험하잖아! 죽을 수도 있었다고! 가끔씩 정말 말도 안 되게 멍청이 짓을 한다니까! " 엉덩이랑 뒤통수를 얻어맞은 마르셀

* 돈사를 프랑스어에서는 Soue à cochon이라고 한다. '(돼지)우리soue'라는 단어가 '비단'이나 '털'이라는 뜻의 'soie'와 퀘벡식 발음이 비슷하기 때문에 테레즈가 두 단어를 혼동한 것이다. 번역에서는 돈사(豚舍)의 '사'자를 비단 사(紗)로 오해한 것으로 바꿨다.

은 땅바닥에 앉아 두 팔을 휘적거리며 소리를 지르기 시작했다. 짜증이 난 테레즈는 배를 문지르면서 마르셀을 달래는 대신 멀리 떨어졌다. 그리고 산책로 쪽으로 몇 발자국을 걸어갔다. 테레즈는 나무에 기대서서 화장실에서 돌아오는 사촌 동생들을 쳐다봤다. 필립이 앞에서 뛰어왔고, 리샤르는 뒤에서 걸어왔다. 테레즈 있는 데까지 온 필립은 마르셀에게 손가락질을 하며 말했다. "마르셀이 그네 타러 가고 싶은 거 같아! 떼쓰는 소리가 쉘부룩 길까지 들리겠다고." "울며불며 소리 지르게 내버려 둬, 그게 재한테도 나을 거야." "애 때렸어?" "안 때렸어, 나쁜 짓을 해서 혼냈을 뿐이야." 필립은 뛰어가서 마르셀을 들어 올렸다. "그렇게 그네 타러 가고 싶어?" 마르셀은 대답도 할 수 없을 정도로 엉엉 울고 있었지만, 그래도 끄떡끄떡 긍정의 몸짓을 했다. "좋아, 가자! 우리 그네 타러 가자!" 테레즈는 나무 그늘 아래에 그대로 서서 배를 문질렀다 "얼씨구, 니 멋대로 약속을 하는구나! 그다음에 오늘 하루의 나머지 시간 내내 오도가도 못하고 재 옆에 있어야 할 사람은 네가 아니니까 괜찮다 이거냐!" 바로 이때, 리샤르가 테레즈 옆으로 와서는 손에 쥐고 있던 민들레 한 송이를 수줍게 내밀며 말했다. "이거 별거 아니지만 아무것도 안 하는 거보다는 나을 거 같아서. 찾아낼 수 있었던 게 이게 다였어. 다른 꽃들은 아직 안 피었더라고." 테레즈는 고개를 획 돌리더니 말했다. "그럼 다른 꽃 피기를 기다리면 되지! 나 민들레 너무 싫어. 더러워진단 말이야!" 테레즈는 필립이 있는 쪽으로 뛰어가서 마르셀을 획 낚아챘다. "애는 내 동생이라고!" 겁을 먹은 마르셀은 울음을 뚝 그쳤다. "거 봐, 내가 안으면 울지 않는다니까!" 필립은 입꼬리를 올리며 심술궂게 살짝 웃었다. "울지는 않지만 오줌 싸는걸!" 정말 그랬다. 테레즈랑 싸워서 신경질이 났던 마르셀은 오줌 마렵다고 누나한테 말하는 걸 잊어버렸고 지금 누나 품에서 멍한 눈을 하고, 심각한 표정으로 오줌을 싸고 있었다. 필립은 테레즈가 마르셀을 땅바닥에 내동댕이치기 바로 직전에 공중에서 낚아챘다. 테레즈는 무서울 정도로 얼굴이 하얗게 질렸다. 매번 분노가 치밀어 오를 때면 테레즈는 길 한가운데에서 마치 지금 여기에 없는 사람마냥 자기 내면 속으로 피신한 채 분노에 사로잡혀, 아무 말도 없이 약간 부들부들 떨면서 뻣뻣이 굳어 있곤 했다. 리샤르는 테레즈를 꼭 껴안았다. "테레즈야, 화내지 마, 화내지 마. 그럴 필요가 없다고!" 테레즈의 분노 발작은 엄마인 알베르틴만큼이나 유명했다. 뭔가 무시무시하고 끝판왕이며 지독한 면이 있어서 그걸 보는 사람들을 아연실색하게 만들고 공포에 질리게 했다. 또 이 모녀간의 싸움박질은 가끔씩 엄청난 규모의 돌이킬 수 없는 파국으로 치닫곤 했다. 이 둘은 상대방 면전에 돌진해서, 말 그대로 서로 치고받고 싸웠다. 엄마가 뺨을 때리면, 테레즈는 주먹으로 되받았고, 엄마가 고함을 지르면, 괴성을 되질렀으며, 엄마가 야단을 치면, 악담을 퍼부어 댔다. 엄마 옆에 있으면 테레즈는 아주 조그만 몸집이었지만, 그래도 엄마가 딸을 무서워한다는 게 명백히 보였다. 그래서 이 두 명이 싸울 때면 어느 누구도 그들 둘을 떼어 내려고 하지 않았는데, 왜냐하면 그래 봐야 소용없다는 걸 잘 알고 있었기 때문이기도 했지만 알베르틴과 테레즈가 서로 부둥켜안고 서로 사랑한다고 큰 소리로 외칠 때까지 싸움박질은 계속되고, 이들의 화가 소모되고 소진되어야 한다는 걸 알기 때문이기도 했다. 리샤르는 부드럽게 테레즈를 달랬고, 필립도 마르셀을 똑같이 얼렀다. 마르셀은 한밤중에 느끼게 될 공포심의 자양분이 될 이 모든 것을 보고 기억하는 중이었다. 테레즈는 화를 내는 자신에게 응수하는 엄마가 없었기 때문에, 조금씩 진정하게 되었다. 그리고 동갑내기 사촌의 품속에서 얼굴을 붉히고 감동한 채로 긴장을 풀었다. "테레즈, 별일 아니야. 마르셀이 오줌을 쬐금 지렸을 뿐이라고. 네 원피스에 흘러내리지도 않았고. 가서 팔 씻어. 그럼 다 지워질 거야."

클레르 르미외 부인은 마리 실비아와 레스토랑 현관 계단에 있는 뒤플레시를 내버려 두고 집에 갔다. 클레르는 파브르 길의 좀 더 아래쪽에 몰려 있는, 동네에서 제일 초라한 집(이 집들은 "판잣집"이라고 불렸다) 중 한 곳의 3층에 살았다. 거실 하나, 방 하나, 부엌이 조르륵 일렬로 들어서 있었던 그 집은 여름엔 덥고 겨울에는 추웠다. 클레르의 남편 엑토르는 희끄무레한 고래처럼 생겼고 행동거지가 느렸다. 직업은 건물 도장공이었지만 몇 년간 일을 안 하고 있었다. 왜냐하면 쾌활하고 능동적이며 호리호리한 몸매의 아내가 몽루아얄 대로와 파브르 길이 만나는 코너에 있는 L. N. 메시에 상점에서 신발 판매원으로 일하게 되었기 때문이었다. 파브르 길에 이들 부부가 이사 온 것도 클레르가 그 일을 하기 위해서였다. 젊은 클레르는 거의 3년이 넘는 시간 동안 L. N. 메시에 상점에서 일하면서, 매일 생튀스타슈에서 몬트리올 윈저 역까지 기차를 한 시간 반 타고 온 다음에, 또 기차역에서 매장까지 전차를 한 시간을 타고 상점까지 가야 했고, 집에 돌아갈 때는 또 똑같이 반대로 가야 했다…. 고래 같은 남편과 너무 떨어져 지내지 않기 위해서, 고향에서 아주 멀리 떨어지지 않은 곳으로 직장을 구하려고 백방으로 노력했지만 구할 수 없었다. 그러나 클레르는 모두가 서로를 알고, 서로를 엿보고, 서로에게 딴지를 걸어 대는 고향에서는("집에 있는 남편과 일하는 아내라니, 세상에나!") 자신들에 대한 나쁜 평판이 나돌 수도 있다는 것을 금세 알아차렸다. 이미 사람들은 엑토르를 "매정한 르미외 씨"라고 부르기 시작했다…. 사실 클레르의 남편은 매정하긴 했다. 클레르도 그 사실을 잘 알고 있었다. 하지만 클레르는 그런 평가를 웃음으로 넘기고, 자기들 두 명의 생계를 위해서 등골 빠지게 일하는 쪽이, 괜히 긁어 부스럼을 만들거나 남편이랑 굶어 죽는 것보다 나았다. 클레르 르미외는 고래 같은 남편에게 실컷 먹이를 먹여 주었고, 남편이 점점 살찌는 걸 보며 기묘한 기쁨을 느꼈다. 엑토르의 (정말 지루하고 단순했던) 성욕은, 이미 물렁대던 그의 살집에 지방층이 켜켜이 쌓여 가면서 점점 사그라져 갔고, 이로써 클레르는 평화를 찾게 되었다. 남편이 섹스를 하자고 한심하게 달려드는 꼴을 더 이상 보지 않아도 되었으며, 클레르가 섹스를 하고 싶을 때에는 자기가 먼저 시작했고, 심지어 그 나머지 과정까지도 그녀가 다 끝을 내곤 했다…. 그래도 자기 남편을 속이고 바람을 피우려는 생각은 한 번도 안 했다. 남편을 특별히 사랑해서 그랬기보다는 바람을 피우는 건 반칙이었기 때문에 그런 생각이 들지 않았던 것이다. 게다가 길을 가다 마주치는 다른 남자들은 너무 늙거나 너무 어렸다. 전쟁은 조금이라도 신체 건강한 남자들을 죄다 납치해서, 밧줄로 동동 매고, 변장을 시킨 다음에 세뇌를 시키고, 배에 태워 망망대해 건너편 기슭으로 보내 버렸다. 그리고 그들의 몸이 동강나거나 정신이 망가지면 고국으로 돌려보냈다. 전쟁이 이곳 여자들에게 남겨 준 남자들이라고는 사제들(이런 사실을 아주 잘 이용하던 분들이다)하고, 너무 어려서 육신을 바칠 수 없는 아이들, 그리고 이전에 겪었던 다른 전쟁이 얼마나 참혹했는지 이야기해 주는 할아버지들뿐이었다. 간혹 누군가의 남편이 남아 있기도 했는데, 그런 경우는 불구였거나 번식력이 무척 강했기 때문이었다. 왜냐하면 다자녀 가정의 가장은 군대에 가지 않아도 됐기 때문이다. 만약에 이곳에서 도망치고 싶다든지, 아니면 너무 가난해서 가족을 먹여 살릴 수 없다든지 하는 경우를 제외하고 말이다.(여기저기 붙어 있는 포스터에서 전쟁은 미소를 짓고 있었다. "네 남편을 내놔, 그러면 내가 한 달에 25불을 줄게!") 클레르 르미외도 몇 개월 전, 그러니까 생튀스타슈를 떠나기 바로 직전에 한 번 크게 놀랐던 적이 있었다. 왜냐하면 남편이 갑자기 한밤중에 자기한테 스윽하고 달라붙더니 이렇게 중얼거렸기 때문이다. "우리도 애기 가지면 좋겠어!" 클레르는 금방 알아듣고 웃음을 터트렸다. "걱정 마요, 우리 바보멍청이 씨. 군대에서 자길 데려갈 리가 없잖아. 자기는 엄청 뚱뚱하잖아. 게다가 엄청 굼뜨고. 당신이 군대에 가면 우리는 전쟁에서 질걸." 아마도 나라의 부름을 받을까 봐 무서워서 그랬겠지만, 엑토르는 클레르의 말에도 불구하고 고집을 부렸다(단 한 번뿐이었지만). 그리고 클레르는 이렇게 생각했다. "그래 그럼, 우리 뚱땡이 양반, 날 임신시켜 줘. 딱 임신 가능한 날짜이네… 내가 애기를 가지게 되면, 우리를 먹여 살리기 위해 무거운 궁둥짝을 움직여야 할 사람은 바로 당신이 될 테니까!" 그러나 클레르는 지금 임신 7개월째이고(출산 예정일은 6월 말이다), 엑토르는 아직도 자기 아내가 아기를 돌보기 위해 직장을 곧 그만둬야 한다는 사실을 깨닫지 못했다. 엑토르는 라디오에서 나오는 코메디 방송을 들으며 점점 더 많은 양의 음식을 먹었다. 그리고 몽루아얄 대로를 산책하러 가려는 노력도 가끔씩 했다. "나 다리 좀 풀러 갔다 올게." 그렇지만 금세 벌게진 얼굴로 헐떡거리며, 심장 언저리에 손을 얹은 채 돌아왔다. 나선형 계단의 두 칸을 오르는 것도 힘들어했고, 세 번째 칸은 다리에 힘이 풀려 무릎이 먼저 바닥에 가 닿을 때도 있었다. 가끔가다 파이프 오르간의 파이프처럼 바람 새는 소리가 엑토르의 기도에서 났고, 귀에서 윙하는 소리가 나고, 눈이 충혈될 때도 있었다. 클레르는 남편이 약간 연기를 한다고 믿었고 그게 재미있었다. "여보, 정신 나갔어요? 운동을 너무 많이 하잖아요! 건강에 안 좋다고요. 여기로 와서 좀 누워요." "저리 가라고! 제기랄!" 하지만 엑토르는 어쨌거나 드러누웠고, 왼쪽 팔에서 격통을 느끼곤 했다. 클레르는 일하러 다시 나가거나 노래를 흥얼거리면서 식사 준비를 계속했는데, 유감스럽게도 이런 행동은 엑토르를 화나게 했다. "난 다 죽어 가는데, 당신은 노래를 불러!" "죽고 난 뒤에는 부디 내 노래가 안 들리면 좋겠네!" 어쨌든 클레르는 임신을 해서 아주 행복했다. 클레르는 아기를 낳자마자 이 물렁물렁한 지방 덩어리를 질질 끌고 생튀스타슈의 친정에 돌아가기로 했다. 클레르는 엄마한테 이렇게 말하곤 했다. "아빠가 엄마한테 돈을 좀 남겨 줬잖아. 그러니 우리 셋 좀 받아 줘. 내가 몸 좀 추스르고 나면 다시 일할게." 클레르는 남편의 처지를 원망하지 않았는데, 그것은 거의 한 번도 남편을 한 사람의 인간으로 생각해 본 적이 없었고 오히려 개나 고양이쯤으로 생각했기 때문이었다. 그리고 아마도 그 이유 때문에 클레르는 마리 실비아가 털가죽 달린 뒤플레시가 아니라 진짜 엑토르 같은 애완인간을 매장 뒤에서 키우는 것이길 바랐을 수도 있었다. 아기가 배 속에서 발길질을 콩콩했고, 클레르는 그 덕에 다시 정신을 차렸다. 그리고 인도 한가운데에서 딱 멈추어 섰다. "어라, 우리 아가… 한동안 소식도 안 주더니… 네 아빠처럼 '다리 좀 풀러' 산책이라도 나간 거 아닌가 생각하기 시작했단다." 클레르는 아기의 발길질을 느낄 수 있는 부위가 어디인지 찾으며 배를 부드럽게 쓰다듬었다. "어머, 재미있어라! 우리

아들 클로드 혹은 우리 딸 클로데트야! 네가 딸인지 아들인지 알 수만 있었다면 매번 이렇게 널 두 번씩 부르지 않아도 됐을 텐데!" 엑토르는 발코니에 나와서 기를 쓰고 크게 손짓을 하고 있었다. "그래, 그래 알았다니까 이 뚱땡아. 라이터 부싯돌 곧 가져다줄게!"

알베르틴은 계란 두 개를 거품 내서 우유에 올린 레 드 뿔*을 마시고는 더 이상 배가 안 고프다고 했고, 가브리엘은 『뷔그 자르갈』을 두 페이지쯤 읽다가 침대에서 잠이 들었기 때문에 빅투아르 할머니와 에두아르는 서로 마주 보고 점심을 먹고 있었다. 빅투아르 할머니는 남자처럼 늘 식욕이 왕성했고, 먹는 동작도 남자 같았다. 할머니는 빵을 손바닥 두께로 썰고 버터를 발랐는데, 그 누구보다 튼튼한 할머니 간에 황달이 생길 정도로 버터를 듬뿍 발랐다. 75세이신 할머니는 오늘날에도 온갖 걸 다 드셨다. 돼지고기, 프로마주 드 테트(돼지머리 편육), 오이 넣은 샌드위치와 우유 한 잔, 고기 파이, 케이크 등등. 가족들이 할머니께 드시는 것 좀 조심하시라고 하면, 할머니는 입 안에 음식을 가득 넣은 채로 이렇게 답하곤 했다. "날 좀 내비 둬. 나는 긴긴밤을 홀로 지새우잖니!"(빅투아르는 늙으면서 강팍해졌다.) 리샤르와 에두아르만이 빅투아르 할머니의 그 기나긴 밤들을 알고 있었다. 한밤에 귀신같이 얼굴이 창백한 빅투아르가 힘겹게 잠자리에서 일어나 뭔가를 웅얼대며 자신의 조그마한 방을 배회하는 것을. "저 좀 데

* 레 드 뿔Lait de poule: 암탉의 젖이라는 이름의 우유와 계란과 설탕을 섞은 달콤한 음료. 영어권에서는 에그노그 Eggnog라고 한다. 주로 크리스마스에 마시는 음료로, 우유에 계란 노른자와 설탕, 넛맥, 계피 등을 넣어 가열하고, 흰자를 거품 내서 얹어 마신다.

려가세요, 하느님. 저 좀 데려가세요. 아니면 제가 스스로 하느님께 갈 거예요. 그리고 제가 하느님께 고래고래 소리 지르는 걸 계속 듣게 되실 거예요!" 가끔 에두아르는 엄마를 돕기 위해서 자리에서 일어났지만, 엄마의 한마디에 다시 가서 눕곤 했다. "네가 술을 좀 작작 처마시면 이 에미가 한결 편하게 숨 쉴 텐데 말이다!" 아님 "맘 편히 자거라, 네 죄값은 이 에미가 대신 치러 줄 테니!" 리샤르가 머뭇거리며 할머니한테 뭐 필요한 거 없으시냐고 여쭤 볼 때에는 그래도 덜 심술궂게 대답하셨지만, 여전히 단호한 어투로 말하셨다. "오늘까지 이 할미가 두 다리로 서 있는 건, 아직도 서 있을 수 있어서 그런 거야!" 그러면 리샤르는 고분고분하게 다시 침대에 누웠지만, 다시 잠드는 건 거의 불가능했다. 할머니가 리샤르의 한숨 소리를 듣고 이렇게 말했다. "애야, 자거라. 이 할미를, 잠 안 올 때 네가 하나, 둘 하고 세는 양이라고 생각해 봐. 그리고 이 할미가 울타리를 하나 둘 계속 뛰어넘고 있다고 상상하면 잠이 잘 올거야!" 리샤르는 미소를 지었고 빅투아르는 자신이 한창 겪고 있는 고통은 옆으로 제쳐 놓고, 리샤르에게 얼굴을 찡그려 보였다. 미소라고 보일 수도 있는 그런 찡그린 얼굴이었다. 속이 풀리는 기나긴 트림이 마침내 나오고 나면(빅투아르의 주장은 이랬다. "트림하는 놈이 몸이 쌩쌩한 놈이야."), 이 노인네는 침대에 앉아서 소화가 잘 안 되는 오이나 잠자리에 들기 전에 차를 아주 옅게 우려낸 우유에 시럽을 타고 있던 알베르틴과 뚱보 여자가 보는 앞에서 먹어 치웠던 생돼지고기 구이 불평을 해댔다. 빅투아르는 케첩이랑 버터, 흑설탕을 넣은 샌드위치를 한 입 베어 물면서 만족스럽게 웅얼거렸고, 에두아르는 다른 데로 시선을 돌렸다. 빅투아르는 코 끝에 케첩이 한 방울 묻은 것도 모르고 샌드위치를 우적우적 씹어 먹었다. “엄마 코 좀 닦아요, 코피 난 줄 알겠어!” “엄니가 코피 나면 좋겠지, 그치?” 빅투아르는 원피스 소매로 코를 닦았다. “너 이거 한 번도 안 먹어 봤지? 이 샌드위치 말이야. 안 그래? 한 번도 먹어 보려고 한 적이 없었지? 근데 이거 맛있어. 진짜 맛있어! 케첩이랑 흑설탕을 같이 넣어 먹으면 정말 엄청 맛있거든….” “엄마, 그만해요. 토할 거 같다고요! 나한테 똑같은 이야기를 35년동안 계속 해왔잖아요.” “그랬는데도 아직도 토할 거 같어? 어이구 계집애 같기는! 나로 말할 거 같으면, 아주 오래전부터 아무렇지도 않게 됐지 뭐니! 이 엄니가 널 봐온 지 35년이나 되었지만, 토할 거 같지 않으니까 말이다!” 빅투아르는 입에 든 음식을 삼키지도 않고 와하하 웃었는데, 그 때문에 기도가 좀 막혀서는 식탁 위를 손으로 탕탕 치고, 기침을 하고 트림을 꺼억 하더니 아까 케첩 닦을 때 썼던 원피스 소매로 눈물을 닦았다. “어휴, 맙소사! 가끔은 나도 엄청 웃기다니까!” 에두아르는 옆방에 있는 뚱보 여자도 함께 웃는 소리를 들었다. “어쭈! 아주 두 분이 편을 먹고 절 아주 놀려 먹으시네!” 뚱보 여자는 코를 풀고 나더니 말했다. “삼촌을 비웃은 게 아니라, 어머님 농담 때문에 웃은 거예요.” 에두아르는 포크 나이프를 땡그랑 소리 나게 내팽개치고 자리에서 벌떡 일어났다. 빅투아르는 샌드위치를 한 입 더 베어 물었다. “맛있다니까. 먹어 보지 그래… 케첩이랑 크흑…” “어휴, 엄마 그만해요! 더 이상 한 마디도 하지 마세요, 알았죠? 평생 내가 엄마랑 싸워 오긴 했어도 엄마를 접시로 후려쳐서 기절시킨 적은 없었잖아요? 하지만 지금 그러지 않을 거라는 보장은 없다고요!” 에두아르는 부엌으로 가더니 접시를 싱크대 속으로 던져 넣었다. 빅투아르는 입 안에 든 빵과 케첩을 삼켰다. “휴우, 살았네! 내가 아니라 싱크대가 두들겨 맞았구나!” 빅투아르는 에두아르가 자기 방으로 들어가면서 빅투아르 옆을 다시 지나게 되자, 아들을 멈춰 세우더니 이렇게 말했다. "도망가지 마, 너한테 부탁할 거 있어." "돈이 필요하신 거라면 저 돈 없어요." "나도 알아, 어제 너한테 돈을 준 사람은 바로 나잖아! 여기 앉아 봐, 이야기 좀 하자." "피 철철 흐르던 샌드위치는 이제 다 드신 거예요?" "아니, 내가 다 먹을 때까지 꾹 참고 지켜봐. 난 네 에미지 않니. 나한테 뭘 먹으라, 언제 먹으라 하면서 간섭하지 말라고!" "어휴, 제가 조만간 엄마 목을 기어이 조르고 말 거라는 걸 알고나 계시는 건지 모르겠네?" "아, 그럼 알지! 마침 저번에 바르틴한테 '에두아르가 기어코 이 에미 목을 조르고 말 거야. 빨리 그렇게 좀 했음 좋겠다! 걔가 평생 처음으로 뭔가를 하겠다고 결단 내리는 거잖아!'라고 말했거든. 어쨌든 여기 앉아. 그리고 내 말 좀 들어." 에두아르는 자리에 앉더니 초조한 마음에 빵 한 조각을 잘게 부스러트리기 시작했다. 그는 엄마가 무엇인가를 부탁할 때, 그걸 하지 않고 빠져나갈 방법이 없다는 것을 분명히 잘 알고 있었기 때문이었다. 엄마는 자신이 원하는 것을 얻어 내기 위해서 온갖 수단을 다 썼다. 예를 들어서, 엄마는 가브리엘 형이 딱 세 벌 가지고 있던 바지를 몽땅 숨긴 전과가 있었다. 며느리감으로 삼고 싶지 않은 젊은 아가씨에게 작업 걸러 나가는 것을 막기 위해서였다. 또, 자기가 듣고 싶어 하는 라디오 방송을 알베르틴이 틀어 주지 않자 죽은 척을 한 적도 있었다. 그리고 방이 너무 덥다는 이유로 발코니에서 "불이야!" 하고 소리를 지른 적도 있었다. 집안 난방을 책임지던 가브리엘이 1월 한창 추울 때 난로에 숯을 계속 집어넣으면서, 불을 그만 피우라고 해도 거부하니까 그랬던 것이다. 또 다른 예로 빅투아르는 심지어 어느 날엔가 마르셀의 아이스크림콘을 훔쳐 먹은 적도(이 일은 스스로 생각해도 창피한 일인지 자기가 했다고 절대로 인정하지 않았지만) 있었다. 빅투아르가 손자 마르셀한테 아이스크림을 한 입 빨아 먹게 해달라고 했지만 마르셀이 싫다고 했기 때문이었다. "에두아르야, 오후에 나 외출 좀 시켜다오." 에두아르는 놀라기도 하고 안심을 하기도 하면서 엄마를 쳐다봤다. "저 망할 계단을 내려가 보지 못한 지 꽤 됐구나. 그리고 오늘도 내려가지 않는다면, 저 계단을 도끼로 다 부셔 버릴게다. 몽루아얄 대로를 한 바퀴 둘러보면서, 우리 뚱뚱한 아들도 사람들한테 보여 주고, 또 네가 부활절 선물로 준 그 못생긴 밀짚 모자도 보여줘야지! 늙은 할망구들이나 쓰는 그 모자 말이다! 가서 멋지게 차려입거라. 나도 최선을 다할 테니까!" 빅투아르는 마지막 빵 조각을 입에 구겨 넣고는 아들에게 함박웃음을 지어 보였다.

티 루 이모님 댁을 나선 베티는 비록 집에 일찍 돌아오겠다고 메르세데스에게 약속을 하긴 했지만, 브뤼셰지 학교 계단에 올라가서 잠시 시간을 보냈다. 건물 정문으로 이어지는 낮은 시멘트 계단에 등을 기대고 앉은 베아트리스는 건물 2층 왼쪽에 있는 네 개의 커다란 창문을 바라봤다. 그 장소는 베아트리스가 초등학교 2학년 때 마리 드 파티마 수녀님의 치마 주름 안에서, 그리고 수녀님의 날개 아래에서, 인생에서 가장 좋은 시절을 보냈던 곳이다. 사람들은 마리 드 파티마 수녀님이 미쳤다고 했지만, 베아트리스는 수녀님을 존경했다. 그리고 자신을 등한히 하는 엄마와 자기 깜냥에는 너무 웅대한 꿈을 꿔서 오로지 돈과 현실 도피에 대해서만 이야기하던 아빠("버드*를 줘! 나에게 버드를 달라고. 그럼 내가 다른 데다가 도시를 지어 줄게. 눈이 내리지 않는 곳에 지어 줄게!") 밑에서 자란 소녀였던 그녀는 자신의 애정을 모두 이 수녀님께 바쳤다. 사람들이 마리 드 파티마 수녀님을 미쳤다고 한 이유는(여기서 사람들이란 베아트리스와 같은 반 여자애들과 여기서 학년을 마치고 이미 생장주 학교로 올라간 상급생 언니들을 말한다. 그 언니들은 대여섯 명씩 뭉쳐 다니며 "꼬맹이들 학교" 앞을 자주 지나가면서 수근수근 대며 웃었고, 1학년 아이들은 무시하면서 2학년 아이들에게 "파티메트" 수녀님은 미쳤고, 변덕스러우며, 어리석은 사람이며, 언젠가는 정신병자를 수감하는 감옥 쇠창살 사이에 고깔 모양의 코넷을 쓴 채로 갇히게 될 거라고 말해 줬다) 수녀님이 수업을 하다가 (특히 산수 시간에) 창문 쪽으로 돌진을 해서는, 마치 새가 날아오르는 듯 정신줄을 훅 놓아 버리며 이렇게 웅얼거렸기 때문이었다. "당신께서 저를 이곳에 가두셨나이다!" 혹은 "제 육신이 이곳에 머무르는 것은 받아들이겠습니다. 그러니 다만 제 영혼이라도 문을 열어 받아 주시옵소서!" 수녀님은 까치발을 하고 하늘을 바라보며 오랫동안 서 있었다. 베아트리스는 비록 9살이었고 정신병이란 것이 무엇인지 알지 못했지만, 마리 드 파티마 수녀님이 자신의 감정을 터뜨리지 않기 위해 영혼만이라도 교실을 떠나 주변의 지붕 위를 선회하며 날고 있다는 걸 느꼈다. 수녀님의 발작이 지속되는 동안을 틈타 여학생들은 소란을 피우거나, 땋은 머리채를 서로 잡아당기거나,

* 버드Bird: 앞서 베아트리스가 언급했듯이, 베아트리스의 아빠는 20불짜리 지폐를 늘 자신의 손이 닿지 않는 먼 곳에 있는 새와 같다고 "버드"라고 불렀다.

서로 이상한 얼굴 표정을 지어 보이거나, 멍청이라고 서로 놀려 댔고. 또 발을 굴러 가며 글자 하나씩을 불러 댔다. "미.쳤.어. 미미, 쳤쳤, 어어. 미쳤어!" 그렇지만 베아트리스는 자기 자리에 그대로 꼼짝도 않고 앉아서는 무신경하고 못된 아이들의 조롱과 비웃음 속에서 서서히 죽어 가고 있는, 새장에 갇힌 이 한 마리의 새에게 집중했다. 마리 드 파티마 수녀님이 하늘을 두 눈에 가득 담은 채, 다시 양 날개를 접고 숨이 차서 교실로 돌아왔을 때, 교실은 완전히 뒤집혀 있었다. 분필 조각이 여기저기 흩어져 있었고, 몇몇 여자아이들은 두 손 두 발로 교실 바닥을 기어 다니고 있었으며, 다른 여자애들 몇몇은 의자 위에 올라서 있었다. 그렇지만 수녀님은 아무 말도 하지 않았다. 수녀님은 칠판으로 돌아가 마치 아무 일도 일어나지 않았던 것처럼 정확하게 아까 멈췄던 부분부터 수업을 이어 갔다. 그리고 언제나 시선이 베아트리스에게로 가곤 했다. 꼼짝하지 않고 앉아서 '수녀님, 좋았어요?'라고 묻는 듯 보였기 때문이었다. 수녀님은 '그럼, 좋았지. 너도 알 수 있다면 좋을 텐데!'라고 속으로 대답해 주곤 했다. 베아트리스는 자리에서 일어나 철제 창살로 된 울타리를 따라 세 번째 창문 아래까지 걸어갔다. 그리고 창살 끄트머리에 얼굴을 대고는 허벅지 사이로 창살을 느꼈다. 마리 드 파티마 수녀님이 마지막으로 날아올랐던 곳이 바로 저 창문의 윗부분이었다. 베아트리스는 그 모습을 봤다. 그 새가 날아오르는 것을 봤던 것이다. 오늘처럼 5월 초였던 그날, 베아트리스는 "천사Ange"라는 단어를 쓰는 데 어려움을 겪고 있었다. 왜냐하면 계속해서 "Anje"라고 썼기 때문이었다. 베아트리스는 수녀님께 도움을 요청하면서 "파티마 수녀님, 왜 'g'를 써야 해요? 이해가 안 가요. 'j'로 쓰는 게 글씨가 더 예쁘잖아요!" 마리 드 파티마 수녀님은 베아트리스 쪽으로 몸을 숙이고는 "예쁜" 글씨체로 단어를 써나갔다. 종교와 신앙공동체들의 규율, 즉 순결, 청빈, 복종이라는 규격에 맞추어 영구히 틀이 짜였으며, 개성이 드러나지 않고 완벽한 형태의 글자 모양이었다. 베아트리스는 수녀님께 고마워하면서 수녀님 치마의 굵은 주름 사이에 머리를 파묻었다. 베아트리스는 이런 습관을 학년 초부터 계속 해왔는데, 마리 드 파티마 수녀님도 베아트리스가 이렇게 머리를 파묻는 걸 내버려 두었다. 가끔씩 수녀님은 이 여자아이의 부스스한 머리 위에 손을 부드럽게 얹어 주기까지 했는데, 그때마다 마치 위로를 받는 아이처럼 베아트리스가 한숨을 쉬거나 칭얼대는 소리를 듣곤 했다. 이 둘은 서로 이야기한 적은 없었지만, 그들 사이에는 아주 뜨거운 애정이 자리 잡았다. 서로 바라보는 눈빛으로 이들 둘이 연결되었으며, 또 서로 말하지 않아도 완벽하게 상대방을 이해한다는 사실은 그들을 황홀케 했다. 마리 드 파티마 수녀님은 베아트리스의 두 눈에서 기나긴 고난을 참고 이어 나갈 용기를 보았고, 베아트리스는 수녀님 눈에서 하늘을 나는 법을 터득하고자 하는 욕망을 보았다. 그런데 갑자기 수녀님이 몸을 덜덜 떨기 시작했다. 베아트리스는 낡은 수녀복 주름 속에서 머리를 들었다. 수녀님의 시선은 공책 위를 향해 있었다. 베아트리스가 애정 표현의 몸짓을 서투르게 하다가 잉크병을 엎었고, 잉크가 종이 위로 번져 나가면서 종이 위에 쓰여 있던 "천사"라는 글자가 완전한 암흑의 바다 속으로 빠져들게 되었다. 마리 드 파티마 수녀님은 비명을 지르더니 베아트리스를 멀리 밀쳐 내고는 세 번째 창문으로 뛰어갔다. 얼마나 힘을 주어 창문을 위로 밀어 올려서 열었는지 유리창 두 쪽이 깨져 나갔다. 그리고 베아트리스는 천사의 피를 뒤집어써서 손과 얼굴이 까맣게 된 채로, 새 한 마리를 보았다. 커다란 까마귀같이 까만 날개를 펼치고, 무시무시한 비명 소리를 내며 서투르게 날아오르려는 새 한 마리를 본 것이다. 베아트리스는 창살에 기대어 그 천사가 추락하며 냈던 소리를 또다시 들었다. 두꺼운 천으로 겹겹이 싸여 있던 뼈가 부러지며 났던 그 둔탁한 소리는 어린 시절 내내 베아트리스를 따라다녔다. 그리고 지금도 누군가가(메르세데스나 손님이) 신선한 공기를 쐬고 싶을 때, 또 사랑의 행위를 제대로 하지 못했거나 서투르게 끝나서 방에 남게 되는 냄새를 제거하기 위해 창문을 열 때, 베아트리스는 가끔씩 그 소리를 다시 들었다. 베아트리스는 피와 잉크로 얼룩졌으며 위대했던 첫 사랑의 보잘것없는 증인이었던 붉은 벽돌 건물을 떠나 라노디에르 길을 건넜다. 그리고 생스타니슬라스 교회를 지나면서 눈길 한번 주지 않았다.

비올레트는 방금 뜨개질을 끝마친 울 양말에서 뜨개바늘을 빼냈다. 그리고 부드러운 털이 부숭부숭 나있는 작은 공 모양의 양말을 잠시 동안 손바닥 안에서 이리저리 굴렸다. 비올레트는 인상을 찌푸리면서 그 공에 삐져나와 있는 초록색 털실 끄트머리를 잡아당겨 뜨개질한 것을 다시 풀어내려고 했다. 비올레트의 엄마인 플로랑스는 아기 양말 위에 손을 얹으며 비올레트의 동작을 멈췄다. "그거 풀지 마, 예쁘잖아." 비올레트는 어깨를 으쓱했다. "다른 한쪽보다 더 작잖아요. 보세요, 좀 전에 뜬 다른 쪽 양말은 훨씬 더 큰걸요… 이렇게 짝짝이 양말을 신는다면 애가 장애아가 될 거예요." 로즈와 모브는 그 말을 듣고 깜짝 놀라서 비올레트를 쳐다보았다. 모브는 심지어 눈썹을 찌푸리더니 나직이 말했다. "애들이 실제로 그 양말을 신는 일은 없다는 거 잘 알잖아…." 로즈는 비올레트가 뜬 양말을 집어 들었다. "내가 다시 떠줄게. 넌 다른 한쪽을 떠." 플로랑스는 손을 천천히 딸의 이마로 가져가더니, 그 위에 드리워진 머리카락을 귀 뒤로 넘겨 주었다." 머리 아프니?" "아니에요. 그냥 까먹었던 거예요. 맨날 그렇죠 뭐." 비올레트는 다시 뜨개질용 대바늘을 양손에 쥐고는 초록색 울로 된 털실공을 고른 다음 조용히 다시 작업을 시작했다. 플로랑스는 로즈가 노란색 양말 한쪽을 다시 뜨는 걸 기다렸다가 말했다. "비올레트야, 한번 뜬 건 절대로 다시 풀면 안 돼." "저도 알아요, 엄마. 제가 딴 생각을 좀 했어요." "피곤하면 집에 들어가서 좀 쉬지 그러니…" "응, 알겠어요. 그렇지만 쉬어야 할 정도로 피곤하지는 않은걸요…." 플로랑스는 비올레트 무릎에 양 손바닥을 올려놓았다. "절대로 뒤를 돌아보면 안 돼. 모든 것들이 앞으로 나아갈 수 있도록 하기 위해서 우리가 있는 거니까. 한번 뜨개질이 된 건, 비록 제대로 뜬 게 아니라도 뜨개질이 된 거라고." "네, 엄마." 로즈와 비올레트와 모브는 엄마를 잠시 바라봤다. 그리고 마치 시작 신호를 들은 것처럼 세 명이 동시에 자기들이 뜨개질하던 것을 쳐다보았다. "그게 오늘 처음 뜬 거니?" 플로랑스가 걱정이 되었는지 약간 떨리는 목소리로 물어보았다. "네, 엄마. 걱정 마세요. 다시 풀어 버린 뜨개물은 없어요." 플로랑스는 눈을 감고 다시 흔들의자를 움직였다. 엄마가 앉은 의자의 삐걱대는 소리가 세 자매 사이에 자리 잡기 시작했던 거북함을 흩뜨렸다. 그리고 대바늘이 달그락대는 소리가 더 규칙적으로 나기 시작했다. 손들과 팔꿈치들이 규칙적으로 움직이는 가운데 비올레트만 약간 뒤쳐져 있었다. 마치 오케스트라가 연주하다가 이탈음을 내거나 박자를 틀려서, 다시 정상으로 돌아온 후에도 머릿속에 오랫동안 남아 있듯이 말이다. 비올레트는 갑자기 침묵을 깨더니, 발코니를 채찍으로 후려치듯 쩌렁 쩌렁 울리는 목소리로 그들 사이에서 금지된 질문을 했고, 그 때문에 다른 자매들은 깜짝 놀랐다. "엄마, 우리가 여기서 지낸 지 얼마나 됐죠?" 플로랑스는 움직임을 멈췄다. 그리고 의심 가득한 눈빛으로, 아니다, 차라리 걱정 가득하다고 할 만한 눈빛으로 비올레트를 쳐다봤다. 비올레트가 상상조차 할 수 없고 너무나 말도 안 되는 것을 말했기 때문에, 자신은 너무나 걱정이 되어 머리가 텅 비었고, 뭐라고 답해야 할지 아무것도 머릿속에 떠오르지 않는다고 말하는 듯한 눈빛이었다. 비올레트는 입술을 꾹 깨물며 고개를 숙였다. "엄마, 알려 주세요. 아기 양말을 다 뜨면, 그와 동시에 모든 걸 다 잊어버리는 느낌이 든다고요. 그리고 전 그런 게 무서워요!" 플로랑스는 여전히 움직이지 않았다. "엄마, 저는 어제가 생각이 안 나요! 아니, 그렇다고 하기보다는, 제 머릿속에 '어제'란 날은 딱 하나밖에 없는 거 같다고나 할까요? 우리가 이곳에 도착한 것도 어제 같고, 이 동네 끄트머리에서 첫 하루를 보낸 것도 어제 같고 그래요…." 비올레트의 말이 점점 더 빨라졌다. "엄마, 저는 여기 어제 도착한 거 같은데, 좀 전에 갑자기 생각났어요. 우리가 가브리엘이 태어난 걸, 그리고 에두아르랑 알베르틴이 태어난 걸 봤다는 것을요… 그리고…" 비올레트는 갑자기 엄마를 향해 몸을 돌렸다. 그 와중에 손에서 놓친 초록색 양모 털실공이 바닥으로 떨어졌다. 그리고 그 털실공은 또르르 굴러가며 올이 풀렸고, 실 한 가닥을 뒤쪽에 한 줄로 조르륵 남기며 발코니 아래로 떨어졌다. "엄마, 저는 빅투아르가 태어났을 때도 기억이 나요! 이런 건 처음이지만, 기억이 났어요! 그 당시에 우린 시골에 살았었고, 빅투아르 엄마가 사는 집의 옆집에 살았죠. 지금 우리가 빅투아르 가족이 사는 집 옆에서 사는 것처럼 말이에요… 엄마… 엄마, 빅투아르 엄마가 태어난 것도 봤던 게 기억나요!" 비올레트는 큰 소리로 이렇게 고백하며, 눈에 눈물이 그렁그렁한 채로 양손을 꼭 쥐고 가슴에 대고는 부들부들 떨며 자리에서 벌떡 일어났다. 플로랑스도 자리에서 일어나더니 비올레트를 품에 안았다. "들어가서 좀 쉬거라…." "엄마, 대답해 주세요!" 플로랑스는 유리문 쪽으로 딸을 천천히 데려가며 말했다. "자, 가자. 우리 이야기 좀 하자. 그러고 나면 모든 게 예전처럼 돌아오게 될 거야. 그리고 넌 중요한 것만 기억하게 될 거야…." 플로랑스는 문을 밀어 열었고, 얼굴이 새파랗게 질렸지만 그래도 뜨개질을 이어 나가던 로즈와 모브를 돌아봤다. "너희들도 피곤하면 들어오거라." 문이 작고 둔탁한 소리를 내며 닫히자, 로즈는 모브를 쳐다봤다. "넌 저거 다 기억하니?" 모브는 뜨개질하는 손길을 멈추지 않으며 로즈를 흘깃 바라보며 대답했다. "응. 로즈. 우린 늘 이곳에 있었어. 그리고 영원히 있을 거고. 뜨개질해. 멈추지 마. 우린 그러기 위해 여기 있는 거야."

뒤플레시는 두 번째 점심 식사로 나온 간을 다 먹고, 그릇을 핥고 씻은 다음에, 모래 화장실에 들리지도 않고 문을 열어 달라고 했다. 마리 실비아가 애원하고 구슬리고 협박을 했지만 허사였다.("3일이라고! 3일 동안 나가 있었잖아, 그런데 또 나가고 싶다고! 내가 널 볼 시간도 없었잖아. 네가 오전 내내 잤으니까! 적어도 저녁 때까지는 집에 있어… 내가 쓰다듬어 줄게. 기분 좋아서 고롱고롱댈 거야… 그리고 무릎 위에서 잘 수 있게 꼼짝도 안 할게….") 뒤플레시는 마치 지금이, 욕망으로 벌겋게 달아오른 달이 뜨고 골목길 으슥한 곳에서 정욕에 사로잡힌 신음 소리가 터져 나오는 7월 중순인 양, 야옹거리면서 문 아래쪽을 발톱으로 긁었다. 화가 나다 못해 얼굴이 퍼렇게 질린 마리 실비아는 문을 열며 고래고래 소리를 질렀다. "오케이! 너, 나가! 그리고 돌아오지 마! 아예 가출해 버리라고! 이제 넌 안 볼 거니까! 밤에 창가에 와서 야옹거려 봤자 소용없을 거야. 집에 안 들여놓을 테니!" 뒤플레시는 이미 먼 곳에 있었다. 길 건너편에 있는 위메 씨 집 울타리를 훌쩍 뛰어넘더니, 라일락 나무(이 동네에 하나밖에 없었다.) 아래쪽에 뻗어 나온 가지 위에 앉아 있는 작은 새 한 마리를 훔쳐봤다. 그리고 평소처럼 멋진 피날레로 장식되고, 깔끔하게 성공한 사냥을 할 수 있는 기회를 앞두고 잔뜩 흥분해 가지고는 민들레 꽃 사이로 몸을 숨겼다. 희생양은 사형 집행인의 두 앞발 사이에서 사지를 부들부들 떨고 있었다. 날개가 부러졌거나 목이 꺾여 있었고, 심장이 갑자기 멈췄다. 피에 흠뻑 젖은 깃털 속을 송곳니로 뒤적거렸다. 승리의 표시로 송곳니를 박아 넣을 부드러운 곳을 찾는 중이었다. 하지만 그 새는(그냥 평범한 참새였는데, 사실 참새는 잡기는 힘들면서 노획품으로는 보잘것없는 대상이었다) 노란 꽃들 사이에 숨어 있는 뒤플레시를 알아챘다. 고양이 눈이 자신을 유혹하고 잠재우고 조종하고 위압하려 했음에도 불구하고, 그 새는 그 눈에 홀리지 않고 황급히 날아가 버렸다. 뒤플레시는 금세 라일락에 흥미를 잃고는(뭐하러 실패한 일에 미련을 두겠는가?) 볼일을 보러 위메 씨네 현관 앞 발코니 아래로 천천히 들어갔다. 바로 그 순간 생쥐 한 마리가 새순이 올라온 잡초 사이를 사사삭 지나갔고, 가슴을 헐떡대며 골목길 쪽으로 가 닿았다. 뒤플레시는 생쥐가 지나가는 걸 못 본 척했다. 그보다 더 중요한 일에 집중하고 있었기 때문이었다. 뒤플레시는 머리 위로 위메 씨네 집 현관문이 열리는 소리를 들었고, 어떤 사람의 무거운 발걸음 때문에 현관 앞 발코니 나무 바닥이 우지끈거리는 소리를 들었다. 뒤플레시는 정성스레 똥을 땅속에 파묻은 다음, 현관 앞에 있는 네 칸짜리 계단으로 조심스레 다가가서 몸을 죽 빼고 내다보았다. 낡았지만 깨끗한 모카신을 신은 어떤 여자의 두 발이 보였다. 배만 불뚝하게 나온 길쭉하고 마른 여자가 앞 마당을 뒤뚱거리며 지나더니 나무문을 열어 놓은 채로 골목길로 나섰다. 뒤플레시는 그 여자를 따라갔다. 그 여자의 냄새를 잘 알고 있었다. 고양이를 좋아하는 여자였다. 그리고 뒤플레시는 그녀가 제일 좋아하는 고양이였다.(그 여자는 뒤플레시를 "우리 난봉꾼 총리님"이라고 부르며 털을 여기저기 쓰다듬었는데, 그 손길은 다행히도 뒤플레시를 아주 기분 좋게 했다.) 뒤플레시는 폴짝폴짝 뛰어서 그 여자를 추월했고, 앞을 가로막고 앉아서 여자와 눈을 맞추고 빤히 쳐다봤다. 그 여자는 길을 멈추고 미소 지었다. "그렇게 꿀 떨어지는 눈빛으로 쳐다봐도 소용없어요, 우리 난봉꾼 뒤플레시 님. 오늘은 아무것도 줄 게 없거든." 그 여자는 고롱고롱거리며 자신의 다리 사이로 얼른 들어오는 뒤플레시를 살짝 피해 돌아갔다. "뒤플레시, 나 시간 없어. 일하러 가는 중이거든!" 그 골목 길과 파브르 길이 만나는 코너, 그러니까 마리 실비아의 레스토랑 앞에 도착하자마자 이렇게 말했다. "엄마가 널 또 찾고 있을 거야!" 여자는 몸을 숙여 뒤플레시를 안아 올리고는 레스토랑 문을 열고 뒤플레시를 말 그대로 "던져 넣으며" 이렇게 소리를 질렀다. "마리 씨! 제가 마리 씨의 말썽쟁이 고양이를 발견했지 뭐예요! 배고파 보이네요!" 그 여자는 뒤플레시가 미처 반응을 보이기도 전에 다시 문을 닫았다. 뒤플레시는 쌍욕을 퍼붓기 시작했다. 마리 실비아가 소파에서 일어나며 말했다. "우리 아가! 돌아왔구나! 엄마 무릎에 올라오렴!" 얼마 지나지 않아서 마리 실비아는 손에 피를 철철 흘리며 레스토랑 문을 열고 소리를 고래고래 질렀다. 얼마나 그 소리가 큰지 몽루아얄 대로까지 들릴 정도였다. "나가! 나가라고! 이 망할 똥고양이야! 다른 사람이 널 주워 가든, 네가 밥을 실컷 얻어먹든 말든, 더 이상 신경 안 쓸 거니까!" 뒤플레시는 파브르 길을 한달음에 건너갔다. 곧 어떤 냄새가 코를 찔러 왔다. 뒤플레시는 그제서야 자신이 왜 그렇게 집을 나가고 싶어 했는지가 생각났다. 저 두 번째 집의 2층 어딘가에서, 자기랑 종종 같이 이야기를 나누곤 했던 꼬맹이가 살고 있었다. 신경질적인 미치광이들 여럿과 함께 살고 있었던 그 아이는 난봉꾼 뒤플레시를 잘 이해해 주는 것 같았고, 또 뒤플레시도 그 아이를 잘 이해했다. 뒤플레시는 그 아이를 보고 싶다는 생각이 불쑥 들었던 거였다. 그 집의 아주 독특한 냄새는(뒤플레시는 모든 집이나 사람들을 냄새로 기억했지만, 그래도 저 집 사람들에게서는 뭔가 독특하며 끈질기게 오래가는 향기가 났다. 그 집을 한 번도 들어간 적은 없었지만 자신이 가장 아끼는 아이가 다른 사람들과 그 집에서 살고 있었기 때문에, 뒤플레시는 종종 그 집 문 앞으로 잠을 자러 가거나, 아래쪽 문틈에 코를 대고 그곳에서 풍겨 나오는 꼬맹이의 그 황홀하고 온몸의 힘을 쪽 빼는 듯한 향기를 행복하게 즐기곤 했다. 그 꼬맹이는 뒤플레시가 이야기를 건넬 수도 있고, 자기가 한 말을 가만히 잘 들어 주는 아이였으며, 그리고 오오! 경이롭게도! 자신에게 길 고양이 말로 대답을 해주는 아이였다!) 뒤플레시가 지난 사나흘간 마르셀을 만나지 않았다는 사실을 생각나게 했다. 그리고 분명히 그 아이가 자기 걱정을 하고 있을 거라는 것도. 뒤플레시는 골목길을 가로질렀고 라포르트 의사 선생 집 앞을 지났다. 그 집에서는 아주 독한 소독약을 펑펑 사용해서 위생관리를 했고, 또 한번 묻으면 냄새가 도무지 가시지 않는 향수도 뿌리곤 했기 때문에 아주 구역질 나는 냄새가 풍겼다. 뒤플레시는 꾸물거리지 않고 곧바로 층계 계단을 뛰어올라서, 문 아래의 우편물 넣는 구멍에 주둥이를 집어넣고는, 마르셀이 무척 행복에 겨운 얼굴로 마른 오줌 냄새를 풀풀 풍기며, 자신은 사람말을 하고 있다고 생각하지만 사실은 고양이 말로 자신에게 재재거리며 문을 열어 줄 때까지 계속 야옹야옹거릴 생각이었다. 그런데 나이를 알 수 없는 여자 둘이 뜨개질을 하고 있던 옆집 현관 앞 층계 아래에 떨어져 있는 어떤 물체가 뒤플레시의 관심을 끌었다. 그것은 초록색 양모 털실공이었다.(양모 털실공이라니! 아, 너무 좋잖아!) 뒤플레시에게 장난감이라고는 마리 실비아밖에 없었다. 그나마 그 장난감은 무지 뚱뚱하고 무지 거추장스러웠으며, 가끔씩은 그걸 움직이게 하는 일 자체가 아주 어려울 때도 있었다. 그래서 뒤플레시 같은 고양이에게 저 시멘트 바닥 한가운데에 떡 하니 놓여 있는 털실공은, 온갖 자세로 재주를 넘고, 정신없이 우다다 뜀박질을 치고, 엄청 신나는 놀이를 할 수 있게 해주는 훌륭한 장난감이었다. 뒤플레시는 마치 그 털실공이 아까 놓쳐 버렸던 새나 좀 전에 무시했던 생쥐 또는 좀처럼 잡기 힘들었던 다른 모든 동물이라도 되는 듯이, 말 그대로 그 털실공 위로 몸을 휘날렸다. 그러고는 마침내 붙잡은 그 사냥감을 뒷발로 박박 긁고, 물어뜯고, 털실 때문에 캑캑거리면서, 자꾸만 반항하며 삐죽삐죽 튀어 올라오는 실오라기들을 두 앞발로 꽉 잡고 누르면서 가지고 놀고 있었다. 뒤플레시는 털실공이랑 한창 싸우다가, 너무나 즐거운 나머지 짓이 나서 외쳤다. "이 미친년아! 반항해 봤자 소용없어! 네 목숨은 이제 곧 끝이거든! 항복해! 항복하라고! 그럼 더 이상 아프게 하지는 않을게!" 플로랑스가 집에서 나와서 흔들의자에 앉자마자 뒤플레시는 한 대 얻어맞기라도 한 듯이 차분해졌고, 시멘트 바닥에 납작 엎드려서는 두 눈을 평상시보다 두 배는 더 크게 뜨고 플로랑스를 쳐다봤다. "비올레트는 잠들었어. 30분 정도 후면 괜찮아질 거야. 계속 일하렴." 로즈는 고개를 조금 돌려 왼쪽 어깨 너머를 보더니 조그마한 목소리로 말했다. "엄마, 마리 실비아 고양이가 어떻게 비올레트의 털실공을 가지고 놀 수 있는 거죠…?" 플로랑스가 로즈의 말을 끊고 무미건조하지만 단호한 목소리로 말했다. "고양이들은 우리를 볼 수 있어. 고양이들, 그리고 간혹가다 미친 사람들도." 뒤플레시는 엉덩이를 깔고 앉아서 앞발로 주둥이를 닦기 시작했고, 다시 한번 플로랑스를 뚫어지게 쳐다봤다. 뒤플레시는 두 눈을 살짝 감았다 뜨는 고양이 윙크를 하며 이렇게 말했다. "물론이지, 난 당신이 보이는걸!"

위메 부인이 티 루 댁에 도착했을 때(위메 부인은 열쇠를 가지고 있었고, 초인종은 절대로 누르지 않았다. 티 루가 목발 두 개를 질질 끌고 복도를 걷는 걸 싫어했기 때문이다. "초인종을 누르고 우리 집을 방문한 사람들이 내가 발 세 개로 서 있는 모습을 보게 될 게 뻔한데, 그게 그렇게 치욕스러워.") 티 루는 베아트리스가 떠났을 때 있었던 창가 자리에 여전히 그대로 앉아 있었다. 티 루는 두 눈을 감고 고개를 숙이고 있기 때문에 위메 부인은 티 루가 잠이 든 줄 알았다. 젊은 나이의 그녀는 아주 조심스럽게 작은 탁자를 치웠다. 접시들을 서로 부딪히지 않게 정리하고, 은수저들을 나와 있던 면 냅킨 두 개 중 하나로 감싸고, 섬세하고 깨지기 쉬운 찻잔들도 옮기다가 어쩌다 흔들릴지도 모르므로 그걸 피하기 위해 찻잔 받침 한가운데로 잘 놓았다. 그리고 그릇들이 올려진 아침 식사용 쟁반을 양손으로 들고 방을 나가려는데 갑자기 티 루가 말을 걸었다. "로즈야, 너니?" 위메 부인은 깜짝 놀라서 쟁반을 떨어뜨릴 뻔했다. "아휴, 깜짝 놀랐잖아요!" 티 루는 미동도 하지 않았고, 눈도 감고 고개도 여전히 숙인 채였다. "주무시는 줄 알았어요." "난 낮에는 절대로 안 자. 여러 번 이야기했잖아." "네 알아요, 그래도 이번엔 주무시나 보다 하고…" "낮에 절대로 안 잔다고. 알겠어? 절대 안 자! 저녁에 잠이 드는 것도 이미 힘든걸!" 로즈 위메는 부엌으로 가며 생각했다. '낮에 절대 안 주무신다고! 방에 누워서 두 눈을 감고 꼼짝도 않으시고, 대체 오후 시간 대부분 뭘 하시는지 도통 모르겠네. 명상이라도 하시나?' 로즈 위메는 투덜거리면서 부엌 문을 밀고 들어갔다. "나는 누가 날 멍청이 취급할 때가 제일 싫어!" 식탁 위에 쟁반을 놓고, 냉장고를 열어 거의 비어 가고 있는 우유통을 꺼냈고, 은제 그릇에 남아 있던 우유를 그곳에 다시 부었다. 그리고 금방 소리를 질렀다. "얼음이 다 떨어졌어요! 얼음 장수가 언제 이 앞을 지나가죠?" 티 루의 대답이 마치 생조셉 대로 건너편에 있는 브뤼세지 학교 화단에 거실이 있기라도 하는 것처럼 아주 멀리서 들려왔다. "오후 네 시쯤에 지나갈 거야. 지금 몇 시니?" 로즈 위메는 "50 파운드 주세요."라고 검은 색으로 아주 크게 글씨를 써놓은 판때기를 꺼내서, 여러 해 전에 로즈의 엄마가 부엌 창문 바깥의 위쪽 벽 부분에 박아 놓은 못에 걸어 놓았다. 로즈는 이 일을 하게 된 지 삼 년밖에 되지 않았다. 로즈의 엄마인 리타 게랭이, 엄마의 표현을 그대로 쓰자면 "집안일 하기"에는 이제 너무 몸이 아파서 더 이상 이 일을 계속할 수 없게 되었기 때문에 대신 맡게 된 거였다. "지금 두 시 좀 넘었어요. 그리고 우유도 다 떨어졌고요!" 티 루와 로즈 위메는 그다지 서로 좋아하지 않았지만, 로즈는 일을 아주 잘했고 티 루는 임금을 두둑하게 줬기 때문에 이렇게 두 여자는 살가운 정도 없이, 서로 대면도 하지 않고 서로의 존재를 참고 견뎠다. 그리고 이런 관계는 몸에 장애가 있던 티 루에게는 적잖이 섭섭한 일이었다. 티 루는 리타 게랭의 유쾌한 모습을 보는 것을 좋아했고 그녀가 온종일 부르곤 했던 바생로랑 지방*의 노래들을 정말 좋아했기 때문이었다. 리타가 있는 시간 동안, 늙은 암늑대는 견딜 수 없는 자신의 현실을 쫓아 버리고, 집에서 구운 빵과 시골의 향취에 젖은 상상 속의 과거로 그 현실을 대체할 수 있었기 때문이었다. 그렇지만 티 루가 보기에 로즈 위메는 젊은 나이에 비해 너무 진중한 여자였고, 엄마처럼 노래를 부르지도 않았다. 게다가 오타와의 암늑대는 로즈 위메의 눈빛에서 가끔씩 불행의 흔적이, 그 빼빼 마르고 가녀린 몸으로 감내하기에는 너무나 커다란 불행과 거대한 고통이 스쳐 지나고, 눈꺼풀과 눈 밑에 있는 보라색 다크서클을 한층 더 진하게 강조하는 것을 얼핏 본 듯한 느낌이 들었다. 이 젊은 여인은 한창 일하다가 말고 갑자기 멈춰서 미간에 주름을 짓고 입술을 꽉 깨문 채, 허공을 쳐다보는 일이 종종 있었다. 그 모습은 마치 그녀가 끔찍한 광경을 보고 있기라도 하는 듯이, 또 그 광경을 조용히 숙명처럼 받아들이고 있는 듯이 보였다. 티 루는 리타 게랭에게 다시 돌아와 달라고 애원하며 심지어 월급을 두 배로 주겠다고 했지만, 로즈의 엄마는 일을 하지 않겠다고 계속 버티면서 전화기 같은 전기 기계에 익숙하지 않은 여자처럼 전화기에 대고 큰 소리로 말했다. "일주일에 몇 푼 더 벌어 보려다가 죽는다면, 그 돈이 다 무슨 소용이 있겠어요? 제게 남은 시간은 이제 좀 즐기며 살고 싶다고요."(리타 게랭은 겨우 마흔다섯이었다. 티 루는 주먹으로 벽을 치며 하늘을 바라봤다.) "다

* 바생로랑Bas-Saint-Laurent: 퀘벡을 관통하는 생로랑강 하구 지역.

른 사람들을 위해 걸레질하는 거 이제 지쳤어요. 전 이제 쉴 거예요! 티 루 님께는 제 딸 로즈를 보낼게요. 애가 좀 뚱하긴 해도 일은 잘해요." 로즈 위메는 확실히 유능했지만, 같이 있다는 것 자체가 티 루를 우울하게 했다. 그래서 종종 로즈의 양 어깨를 쥐고 흔들며 이렇게 소리를 지르고 싶었다. "넌 스물둘이라고, 젠장! 그렇게 순교자 같은 분위기를 풍기지 말라고! 미간의 주름 좀 펴고, 그 꽉 다문 입술에서 힘 좀 빼! 안 그러면 서른에 쭈그렁바가지가 될 거라고! 네 삶이 개떡 같다면 그걸 어딘가 획 날려 버리고 바꾸라고!" 그러나 다리 셋으로 걷는 사람이, 그것도 그중에서 두 짝이 나무로 되어 있는 사람이 누군가의 어깨를 거머쥐고, 그 사람을 흔들어 제 정신을 차리게 해준다는 것은 아주 힘든 일이었다. 균형 잡기 힘드니까. 티 루는, 자신의 집 안을 뒤집어엎어 놓거나, 눈에 안 뜨이게 벽에 바짝 붙어 지나가거나, 언제라도 먹잇감에게 달려들 만반의 태세를 갖춘 채 구석에 숨어 있거나, 손에 빗자루를 들고 복도 한가운데 떡 하니 서서 티 루를 오도가도 못하게 하거나, 화장실에서 엎드려 변기 속에 머리를 집어넣고 있어서 자신을 놀래 주거나 하는 로즈 위메의 불행한 모습을 참고 보는 것보다는 차라리 상르그레 의사 선생이 준 진정제를 좀 더 복용하고, 아주 위험하지만 그래도 매주 고맙고 행복한 무기력 상태에 빠지는 편이 더 좋았다. 티 루의 표현 대로라면 "디뱅 코마(멋진 혼수상태)"에 말이다. 로즈 위메는 티 루의 과거에 대해 모르는 것이 없었고, 티 루는 로즈의 시선에서 느껴지는 냉랭함의 원인이 바로 그 때문이 아닐까 가끔씩 의문을 가지기도 했다. 로즈 위메의 엄마는 오타와의 암늑대가 자신에게 이야기해 준 모든 것을 그대로 로즈에게 전해 줬기 때문에, 로즈는 티 루의 모든 것을 알고 있었다. 그래서 자신의 고용주가 과거

일을 자신에게 털어놓는 걸 견디지 못했다. 로즈 위메를 고용한 첫 해 동안 티 루는 무료한 시간을 보내기 위해서, 또는 그저 그렇게 하고 싶은 마음이 들어서 자신의 놀라웠던 삶을 이야기해 주려고 했으나, 로즈는 언제나 이렇게 중얼거리면서 교묘하게 빠져나가는 데 성공했다. "저 그러려고 여기 온 게 아니에요." 혹은 "지금 시간이 없어요." 또는 "말상대가 필요하신 거라면 제 여동생 가브리엘을 보낼게요, 걔는 수다를 엄청 떨거든요. 저는요, 여기 걸레질하러 온 거니까 걸레질을 할 거라고요!" 티 루는 로즈가 매우 젊은 나이에도 불구하고 자신의 과거를 힐난하고 있다는 것을 금세 깨닫게 되었다. 그에 비해서 로즈의 엄마는 그걸 재미있게 받아들였고, 약간은 질투가 나서는 대걸레로 바닥을 밀다 말고 가끔씩 이렇게 선언하곤 했다. "티 루 씨, 당신은 1900년대의 오타와를 겪었고, 저는 1920년대의 몬트리올을 겪었어요. 티 루 씨는 모두가 재미없다고 생각한 시골 동네에서도 즐거우셨지만, 저는 모두가 좋아하는 도시에서 심심해 죽을 지경이었다고요." 그러고는 더 이상의 설명은 덧붙이지 않고 다시 노래를 하기 시작했다. 티 루는 나무 조각 액자에 담긴 남자들의 초상화들을 여러 개 소유하고 있었다. 그 초상화의 남자들은 잘난 척하는 표정이었고 못생긴 사람들이었다. 로즈 위메는 그 초상화를 만지는 걸 극도로 싫어했다. 로즈는 딱 한 번 티 루에게 물어봤다. "저분들 다 아세요?" 그리고 티 루가 그렇다고 하자 얼굴을 찌푸렸다. 그리고 티 루가 로즈에게 물어봤다. "넌 남자가 싫니?" 그러자 로즈가 답했다. "오직 창녀나 남자를 사랑할 수 있는 거지, 우리 같은 사람들은 그저 참아 내는 거죠." 로즈 위메는 불룩 나온 자신의 배에 손을 가져갔다. "이 빌어먹을 풍선 같으니라고!" 로즈 위메는 첫아이를 곧 나을 예정이었다. 하지만 그녀는 전혀 기뻐하지도 않았고, 냉정하고 냉담하게 있었으며 또 체념하고 있었다. 로즈는 부엌에서 나와서는 배를 부여잡고 집 안을 가로질렀고, 살롱에 불쑥 나타나며 물었다. "뭐부터 일을 시작할까요? 집부터 할까요? 아님 티 루 씨부터 할까요?"

베아트리스는 메르세데스 집으로 향하는 두 개 층의 계단 중 첫 번째를 아주 천천히 올라갔다. 층계 네 칸이나 다섯 칸 오를 때마다 멈춰 서서는 벽이나 난간에 기대어 한숨을 쉬었다. "아, 정말 날씨 좋네!" 그리고 첫 번째 층 계단참에 오르자, 발길을 멈추고 자신의 방 앞 문지방 위에 걸터앉았다. 베아트리스는 자기 방에서 더 이상 살지 않는 거나 다름없었지만, 그래도 "혹시 싸움이 벌어졌을 때를 대비해서" 그대로 방을 빼지 않고 유지하고 있었다. 그 방은 그녀의 피난처였고, 그녀가 홀로 있을 수 있는 세상에서 단 하나밖에 없는 장소였다. 얼큰하게 취했는 데다가 경험도 없는 병사들의 서툰 애무에 지칠 때 가끔씩 이 방에 내려와서는, 방에 콕 틀어박혀서 침대에 누워 조용히 울거나 길거리가 보이는 창가에 앉아 있곤 했다. 베아트리스는 이따금 예전 삶을 그리워하기도 한 적도 있었다. 바지 단추들, 마 단위로 끊어 팔던 옷감, 길쭉한 뿔 단추들, 아무런 의무도 없고 그냥 잠만 자면 되는 순진무구한 밤. 일주일마다 받던 임금, 쥐꼬리만 하지만 정기적으로 받았던 갈색 봉투에 담긴 임금. 지난주에 받은 임금이 남아 있으면 언제까지 그 돈으로 버틸 수 있을지 보려고 바로 열지 않았던 그 임금 봉투. 토요일 저녁 파스탕 영화관, 영화 세 편, 네 시간 반 동안의 영화 상영. 숨 막힐 정도로 답답했던, 예전에 볼링장 레인이어서 길쭉했던 상영관, 종종 밑이 꺼져 있던 더러운 의자들, 제대로 씻지 않은 노동자들의 강렬한 냄새, 향수를 너무 뿌린 여자들의 냄새. 일요일 오후 긴 시간을 한가롭고 헛되이 보낸 후, 이렇게 말했지. "서둘러! 내일이 온다고! 뭔 짓을 하든 이렇게 거지같이 일요일을 보내는 것보다 낫지!" 그렇지만 이 소소한 마음의 동요는 결코 그리 오래가지 않았다. 베아트리스는 메르세데스가 자신을 기다린다는 것을 알았고, 자신을 믿고 있으며, 자신이 해야 할 일이 있다는 것도 알았기 때문이었다. 베아트리스가 붉은 등과 노란 등이 켜져 있는 메르세데스의 집에 돌아왔을 때, 눈 밑의 다크서클이 살짝 더 커져 있었고, 군인들은 그걸 좋아했다. 팔들이 그녀를 붙잡았고 입술들이 그녀의 입술을 짓눌렀다. 그리고 베아트리스는 금세 영화 상영 시간이라든지, 일요일의 한가롭고 헛된 시간이라든지 그런 것들을 잊곤 했다. 베아트리스는 메르세데스 집에 올라가기 전에 옷을 갈아입기로 했다. 자기 방에 들어가자마자 베아트리스는 누군가가 문 밑 틈으로 밀어 넣은 종이 쪽지를 발견했다. 베아트리스는 몸을 숙여 두 번 접혀 있던 그 쪽지를 집어 들었다. "우리 집에서 누군가 왔다 간 게 아니면 좋겠는데… 그것만 아니길!" 쪽지에는 급하게 휘갈겨 쓴 의미 모를 몇 마디 말이 적혀 있었고, 베아트리스는 그게 무슨 뜻인지 바로 이해할 수 없었다. "라 퐁텐 공원으로 날 만나러 와." 이름이 적혀 있지 않았다. "이름도 쓰지 않고 메시지를 남기다니, 정말 바보 아니야! 뭐 이름을 남겨 봤자 내가 모를 수도 있어서 그런 걸지도. 공원 덤불에서 그 짓 하길 좋아하는 손님인가 보네!" 베아트리스가 미소 지었다. "뭐 싫지는 않네. 한 번쯤은 말이야. 야외에서 하는 거. 그치만 땅이 아직 젖어 있을 텐데." 베아트리스는 옷을 재빨리 갈아입었다. 대개 특별한 날이나, 미사에 가거나 토요일 저녁에 외출할 때 입는 용도로 놓아 두었던 원피스를 몸에 걸쳤다. 베아트리스가 토요일 저녁에 "찐한" 밤 외출을 더 이상 하지 않은 지 꽤나 오래 되었다. 외출할 때는 선명한 노란색의 면 원피스를 입었는데 그 색이 그녀를 더 젊게 보이게 하고, 갈색 피부를 돋보이게 했다. 메르세데스는 그 옷에 대해 이렇게 말하곤 했다. "평소에도 내가 네 엄마처럼 보이는데, 네가 그 옷을 입을 때는 내가 네 엄마의 엄마처럼 보인다고. 내가 아무리 젊어 보이려고 노력해도 언제나 열두 살은 족히 더 들어 보인단 말이야!" 베아트리스는 브러시로 머리를 빗으며 휘파람을 불었다. "메르세데스에게 오후 반나절 쉬자고 해야지, 그런 다음에 쪽지에 대해선 말하지 말고 메르세데스를 라 퐁텐 공원으로 끌고 가야겠어. 그리고 누가 올지 두고 봐야지." 세면대 위에 있는 작고 동그란 거울 속에 비친 자신의 모습에 만족한 베아트리스는 커다란 미소를 지어 보였다. "진짜 캘린더 모델 같네!" 그리고 댄스 스텝을 밟으며 문으로 갔다. "저녁에 외출하면 좋겠다!" 베아트리스는 두 번 접어 놓은 지폐 한 장을 집어서 가방 속에 넣었다. "라모나, 너 발 냄새가 나! 담배 냄새가 난다고!" 베아트리스는 노래를 흥얼거리며 두근대는 가슴으로 기분 좋게 두 번째 계단을 올라갔다. "우와, 쪽지라니! 나한테 처음 온 쪽지라니!" 베아트리스는 메르세데스 집 앞에 딱 멈춰 섰다. 그리고 끔찍한 예감이 그녀의 심장을 얼어붙게 만들었다. 문이 반쯤 열려 있었다. 이건 메르세데스에게 있을 수 없는 일이었다. 왜냐하면 하루에도 스무 번은 큰 소리로 물었기 때문이다. "너 문 잘 닫은 거야? 잘 잠갔어? 여길 거쳐 간 약아빠진 놈들 생각하면 늘 조심해서 지나칠 게 없다고!" 그리고 토사물의 냄새가 층계참까지 풍겨 왔다. 베아트리스는 메르세데스가 피 웅덩이 속에 빠져 있거나, 죽도록 맞고 자기가 싼 똥오줌 사이를 기어 다니고 있는 모습을 틀림없이 발견하리라 생각하며 다짜고짜 문을 열었다. 그러나 커다란 방에는 아무도 없었다. 그렇지만 상상을 초월할 정도로 난장판이 벌어져 있었다. 모든 것들이 깨지고, 뒤집히고, 헤쳐지고, 지르밟혀 있었다. 침대 매트리스 한복판이 칼로 쭉 째진 채 땅에 떨어져 있었고, 책상에서 빼낸 서랍들이 벽 여기저기로 던져져 바닥에 널부러져 있었고, 욕실 문은 뽑혀 나가 있었다. 베아트리스는 그 좁디좁은 집을 뛰어다니며, 바닥에 널린 물건들을 밟고 휘청거리면서, 자리가 바뀐 가구들에 부딪히며 미친 여자마냥 소리를 질렀다. "메르세데스! 메르세데스!" 누군가가 욕조 안에 조금, 그리고 욕조 바깥에 잔뜩 구토를 해놓은 것이 보였다. "돼지 새끼들! 망할 놈의 구역질 나는 돼지 새끼들!" 베아트리스는 아침에 계단에서 자신을 멈춰 세우려 했던 눈치 빠른 세 명의 군인들을 떠올렸고, 화가 머리 끝까지 치솟는 걸 느꼈다. "그 새끼들 잡기만 해봐! 그 새끼들 잡기만 해보라고! 내가 그 놈들한테 뭘 할지 잘 모르겠지만 어쨌거나 아주 혼쭐을 내줄 거야!" 베아트리스는 메르세데스가 집에 없다는 게 확실해지자 조금 안심이 되었다. 자기 집으로 돌아온 베아트리스는 침대 스프링 매트 위에 앉아서 두 주먹으로 침대 다리를 때리고, 발을 구르고, 눈물을 펑펑 흘리며 소리를 질렀다. "돼지 새끼들!" 스무 번이고, 서른 번이고 주먹질을 했지만 분은 풀리지 않았다. 베아트리스가 겨우 진정이 되어 가고 있을 때, 건물 관리인인 베로 씨가 소포를 양손에 든 채로 문간에 와서 섰다. 몸집이 큰 이 남자는 건물을 들어서다가 베아트리스가 고함을 지르는 소리를 듣고 짐을 땅에 내려놓을 생각도 못하고 그대로 올라왔던 것이다. "비명 소리가 길가까지 들리던데, 무슨 일이십니까? 무슨 일이에요? 맞으신 거예요? 친구 분은 어디 가셨어요? 이런 일이 기어코 일어날 줄 알았다니까요! 제가 단 두 시간이라도 외출을 하면 꼭 그럴 때 천장이 무너져 누군가의 머리 위로 내린다든지, 웬 멍청이가 수도꼭지를 잠그는 걸 잊어버린다든지 그런다니까요! 제가 경찰 부를게요!" 베로 씨는 베아트리스가 미처 뭐라 반응을 보이기도 전에 가버렸다. 어떤 한 단어가 그녀를 채찍처럼 후려쳤다. 그리고 마치 뺨이라도 맞은 것처럼 퍼뜩 몸을 벌떡 일으켰다. 경찰이라니! 베아트리스는 현관 근처에 떨어뜨렸던 가방을 집어 들고 집을 뛰쳐나갔다. 급하게 층계로 뛰어들어 베로 씨를 앞질러서 내려갔다. 그러자 베로 씨가 외쳤다. "베아트리스 양까지 어딜 가시는 겁니까! 경찰이 오면 당신이 있어야 한다고요!" 베아트리스는 뛰는 속도를 늦추지 않고 건물을 나왔고 라 퐁텐 공원 방향으로 파브르 길을 따라 내려갔다. "메르세데스가 쪽지를 남긴 거였어! 라 퐁텐 공원으로 도망갔구나! 메르세데스가 날 기다리고 있어!" 로즈, 모브 그리고 그들의 엄마인 플로랑스가 지나가는 베아트리스를 눈 하나 깜짝하지 않고 쳐다봤다. 그래도 그 와중에 플로랑스는 이렇게 말했다. "저 여자애, 불행을 향해서 뛰어가네." 하지만 플로랑스가 잘못 안 것이었다. 베아트리스는 자신의 불행을 향해 뛰어가지 않았다. 베아트리스는 앞으로 이십 년 동안 누릴 영광과 호사, 그리고 권력을 향해 뛰어간 것이었다.

필립은 놀이터 감시인 아저씨에게 뭐라뭐라 잔소리를 듣지 않고, 아주 대놓고 놀이터에 들어갈 확실한 꼼수를 찾아냈다. 그리고 그렇게 하려면 테레즈와 마르셀의 연기가 필요했다. 필립은 마르셀이 연기를 잘할 수 있을지 좀 걱정이 됐다.(뭐, 테레즈의 경우에는 필립의 표현대로 말하자면 "타고난 연기자"였고, 실제로 자신이 "젊어 보이는 마흔 살의 애 엄마"라든지 "나이보다 늙어 보이는 4개월 된 아기"라는 걸 그 누구가 되었건 믿게 할 수 있었다.) 리샤르 형의 경우에는… 필립은 놀 때에 형이 더 이상 필요 없으면 형을 그 놀이에서 완전히 제외해 버렸다, 심지어 자기 인생에서도 그랬다. 리샤르는 형이 더 이상 쓸모가 없게 된 바로 그 순간에 형을 내쳐 버렸고, 그런 것이 매우 혼란스러웠던 리샤르는 할 말을 잃고 두 팔을 축 늘어뜨리고 입을 떡 벌리고, 상처받은 채로 비탄에 잠겼다. 그리고 그렇게 버려지는 건 보통 매우 곤란하거나 힘든 상황에서였다. 필립은 학교에서 고약한 짓을 저지르고 아이들이 자기를 두들겨 패려고 할 때마다, 형이 유순하고 힘도 약했음에도 불구하고 형한테 달려갔고, 형을 싸움박질의 한복판에 끌고 오곤 했다. 그리고 형을 거기다 데려다 놓고는 그다음에 싸움이 어떻게 될지, 또 자기가 한 나쁜 짓이 뭐였는지 홀랑 까먹어 버렸다. 필립이 돈이 필요하면 리샤르의 셔츠에 얼굴을 묻고 엉엉 울었고, 리샤르가 가진 돈에서 일부분이나 전부를 건네주자마자 고맙다는 인사도 없이 싹 사라졌다. 그리고 조금 뒤에 아이스크림콘 한 개나 감자튀김을 손에 들고 나타나서는, 아이스크림을 한 입이나 기름진 감자튀김 한 조각을 형한테 나눠 주는 건 "잊어버리고", 눈도 마주치지 않았다. 필립은 리샤르 형을 뭔가 이용할 게 있으면 형 주변을 기생충처럼 어른거렸고, 리샤르가 자기를 필요로 할 때는 가차없이 사라지곤 했다. 또 필립의 계획이 테레즈와 마르셀(얘는 아무것도 이해하지 못했지만 "그네 승승"을 위해서는 뭐든지 할 태세였다)에게 받아들여지자, 네 명의 아이들이 마르셀과 마르셀이 싼 오줌이 묻은 옷을 씻으러 갔다가 와서, 사람들을 피해 앉아 있었던 오솔길 끄트머리에 리샤르 혼자 남게 되었다. 리샤르는 소심하게 "그럼 나는?" 하고 물어

봤지만, 테레즈나 필립은 대꾸하지 않았다. 마르셀만이 누나 어깨 너머로 몸을 내밀며 물어봤다. "코코 형아도 가아?" 필립이 다른 쪽을 바라볼 동안 테레즈는 마르셀의 질문에 의연히 대답했다. "코코 형아는 말이야, 너무 진지한 아이라 우리랑 같이 미끄럼틀을 타고 모래놀이터에 가기 좀 그럴 거야. 우리 코코는 시립 도서관*에 책 읽으러 갈 거야, 그치?" 리샤르는 고분고분하게 "그래, 알았어."라고 중얼거리며 자리에서 바로 일어서자, 필립과 테레즈는 이런 리샤르의 태도 덕에 마음의 짐을 덜어 낸 것 같아 보였다. 리샤르는 군소리 없이 뒤도 돌아보지 않고 일행에서 멀어져 갔다. 어깨가 축 처졌지만, 그래도 너무 심하게 풀 죽지는 않았다. 왜냐하면 꾹 참지 않고 마음껏 나무를 걷어차고, 분노의 눈물을 흘리며 허약한 자기 자신을 증오하고, 용기가 없는 스스로를 경멸하기 위해서 혼자가 될 때를 기다리고 있었기 때문이었다. "그래 나는 빌어먹을 놈의 겁쟁이다!" 리샤르가 "레 자미 드 라르(예술 후원회)"와 공중화장실이 함께 있는 커다란 건물(사실 이 건물은 리샤르와 필립의 아빠인 가브리엘이 "예술의 화장실"이라고 부르곤 했다) 뒤로 사라지자마자, 필립은 크게 웃음을 터트렸고, 테레즈는 그런 필립을 약간 불편해하며 이렇게 말했다. "야, 필립아! 조심 좀 해! 리샤르가 들을 수도 있잖아!" "그렇담 더 잘된 거 아냐? 거머리같이 우리한테 착 달라붙는 법을 배우게 될 텐데!" 마르셀이 궁금증 가득한 시선으로 사촌 형을 바라보았다. "그게 모야?" "그게 모야?" "형

* 몬트리올 시립 도서관은 1904년부터 라 퐁텐 공원 남쪽을 마주 보고 쉘부룩 동쪽 길에 있는 건물에 있었지만, 2005년에 다른 곳에 새로이 큰 건물을 지어 이사했다. 도서관이 있던 옛 건물은 현재 가스통 미롱 건물이라고 불리며, 2009년부터는 몬트리올 시 예술자문위원회와 문화유산자문위원회가 이 건물에 들어와 있다.

아 방금 한 말, 모야?" "거머리?" 필립은 도와 달라는 눈빛으로 자기 사촌을 쳐다봤지만, 테레즈는 어깨를 으쓱할 뿐이었다. "마르셀, 너 왜 이렇게 질문을 많이 하냐. 그러다가 사람들이 널 아무것도 모르는 바보라고 생각하겠어!" 테레즈는 자리에서 일어나서 동생을 두 팔로 안았다. "바지에다 또 한 번 더 쉬야하면 네 누나가 공원 한복판에 너 혼자 내버릴 거야!" 마르셀이 두 팔을 뻗어 누나 목을 꼭 감싸 안았다. 테레즈는 자기 가슴 너머로 마르셀의 심장이 뛰는 걸 느낄 수 있었다. "그리고 먼지 귀신이 널 먹어 버릴 꺼야!" 마르셀이 팔을 풀고 누나를 쳐다보았고, 필립의 말을 믿지 않으며 이렇게 말했다. "멍지 기신 업떠! 찡대(침대) 업짜나!" 테레즈는 동생을 땅에 내려놓았다. "마르셀, 너 그거 알아? 집 먼지 귀신도 있지만 공원 먼지 귀신도 있거든!"(먼지 귀신은 알베르틴이나 뚱보 여자가 너무 바빠서 청소기를 매일 돌리지 못했을 때 침대 밑에 쌓이곤 했던 먼지 뭉치였다. 그리고 이 먼지 뭉치들은 밤에 아이들이 침대에서 빠져나가는 걸 막기 위해서 겁을 주고 싶을 때 아주 유용했다. "침대 밖으로 발을 내놓으면 먼지 귀신이 물어뜯을 거야!" 테레즈는 먼지 귀신이 무서웠었고, 리샤르도 먼지 귀신이 무서웠었고, 마르셀은 먼지 귀신이 무서워 완전히 겁에 질렸었다. 하지만 8살인 필립은 비록 먼지 귀신이 없다는 확신은 없었지만, 자기는 먼지 귀신이 있다고 한 번도 믿은 적도 없으며, 자기를 겁주려는 부모님을 만족시키기 위해서 믿는 척을 늘 해왔을 뿐이라며 큰소리치곤 했었다. 그리고 어느 날 밤에 허세로 테레즈하고 같이 쓰고 있었던 소파에서 내려와서는, 먼지 귀신이 있나 없나 확인하러 침대로 가서 아래를 바라보았다. 먼지 귀신을 머릿속에 떠올리자 머리털이 쭈뼛하고 서는 걸 느꼈다. 그리고 그곳에서 무엇인가 움직이는 것을 봤다. 어둠 속에서는 모든 게 움직이기 마련인데, 필립은 공포에 하얗게 질려서는 가쁜 숨을 내쉬었다. 그 자리에서 지린 묽은 똥의 가느다란 줄기가 두 다리 사이로 흘러내렸다.) 테레즈는 필립이 한 말에 힘을 실어 주고, 남은 오후 시간 동안 동생을 꼼짝없이 조용히 시키기 위해서 나무 밑동 부분에 드문드문 점처럼 난 이끼를 발견할 수 있기를 바랐다. 그걸 발견한다면 동생에게 "이거 봐, 공원의 먼지 귀신은 회색이 아니고 초록색이네! 이게 더 무시무시한 거야!"라고 이야기해 줄 수 있을 텐데. 테레즈는 벤치에서 좀 떨어지면서 필립의 목덜미를 잡았다. "적어도 리샤르는 거머리가 뭔지 알 텐데 말이야!" 그러고는 이 세 명의 아이들은 자기들이 성공할 것을 이미 확신하면서 놀이터를 향해 갔다. 테레즈는 마르셀에게 이렇게 말했다. "우리가 놀이터 가까이에 도착하면 한 마디도 더 이상 하지 마. 우리가 알아서 할 테니까. 안 그러면 널 거기다 내버려 두고 우리는 도서관에 있는 코코를 만나러 갈 거야!" 마르셀은 거기 가면 절대로 말 안 하겠다고 맹세했다. 아이들을 "보호"한다는 명목으로 놀이터 주변을 감싸고 있는 커다란 철조망 울타리를 통과하자마자, 필립은 "자, 이제 나 시작한다!"라는 말도 없이 다짜고짜 몸을 뒤틀어 대기 시작했고, 눈을 사시로 하고, 혀를 죽 내밀었다. 그러고는 얼마나 기괴하게 발을 쩔뚝거리며 걷는지, 마치 몸을 조종하는 실이 뒤죽박죽으로 얽힌 마리오네트 인형 같아 보였다. 그 모습을 보고 테레즈가 말했다. "필립, 너무 심하게 과장하지는 마. 사람들이 널 무서워하게 되면 문제가 더 심각해질 거라고!" 마르셀이 조심스럽게 물어봤다. "피립 형아, 아파? 우리 지베 가야 해?" 테레즈가 마르셀 옆에서 몸을 굽히고 말했다. "아냐, 마르셀. 필립은 아프지 않아. 재 지금 연기하는 거야. 두고 봐, 필립도 우리랑 같이 놀이터에 들어갈 수 있을 거고, 같이 재미있게 놀 수 있을 거야… 그러니까 이제부터는 입 닥치고 있어….” 테레즈는 몸을 일으켜서 사촌 쪽으로 돌아섰다. “필립, 약간만 절뚝거려, 아니 약간만 하라고. 팔도 한쪽만 구부려, 한쪽만 그러라고. 좋아… 그래… 머리도 너무 그렇게 뒤틀지 마. 무섭게 보이려는 게 아니니까!” 필립은 사지 마비에 걸린 사람처럼 보이려고 했던 노력을 조금 줄였고(같은 반 친구 중에 근육위축증에 걸린 애가 있어서 언제나 놀려 대고, 몸짓을 따라 하면서 비웃곤 했는데, 그 아이를 머릿속에 떠올린 것이었다), 이들 세 명은 그네가 있는 곳으로 대담하게 다가갔다. 필립은 웃음을 참고 있는 테레즈와 멍하니 자신을 쳐다보는 마르셀 옆에서 쩔뚝거리며 걸었다. 테레즈는 원피스 주머니에서 손수건을 꺼내서 웃고 있던 자신의 얼굴을 가렸다. 테레즈는 코를 푸는 척을 하고 나서, 마르셀이 필립의 연기에 사로잡혀서는 눈에 확 보일 정도로 즐거워하며 사촌 형의 몸동작과 표정 하나하나를 자기도 따라 하며 몸을 뒤틀고 있는 것을 깨달았다. 그리고 마르셀이 그러는 동안 놀이터 감시인이 걱정스러운 표정으로 그들에게 다가오는 것을 발견했다. 테레즈는 작정을 하고 동생에게 소리질렀다. “마르셀, 형 놀리는 거 그만둬! 그런 건 나쁜 짓이야! 내가 너한테 백번은 말했잖아!” 테레즈는 마르셀을 두 팔로 안고 흔들었다. 마르셀이 말실수를 못하게 하기 위해서 울리려는 것이었다. 그런데 마르셀은 새된 목소리로 이렇게 소리쳤다. “아냐, 그냥 노리(놀이)다요! 그냥 노리예요!” 아이들이 있는 데까지 온 감시인 아저씨가 물었다. “무슨 일이지?” 무식한 데다가 머리도 잘 돌아가지 않는다는 게 여실히 드러나는 말투였다. 하지만 감시인을 올려다본 테레즈는 잘생긴 그의 얼굴에 반했고, 말을 잇지 못한 채 있었다. 놀이터 감시인은 테레즈가 예상했던 늙은 할아버지가 아니었고, 잘생긴 얼굴에 그 두 눈은 멋지다 못해 똑똑해 보이기까지 하는 이십 대 초반의 젊은 남자였던 것이다. 테레즈는 놀이터 감시인에게 미리 준비했던 대답을 평범하게 그냥 말하는 대신에 더듬거리며 말했다. 시선은 내리깔리고, 얼굴이 발갛게 되고, 말은 꼬였다. 그리고 이런 테레즈의 모습은 결과적으로 필립과 테레즈가 준비했던 사실임 직하지 않은 이야기를 뒷받침하는 데 효과가 있었다. 그 이야기는 이랬다. 전신 마비 아들을 돌보는 데 지친 엄마가 어린 나이에도 불구하고 아주 분별이 있고 책임감이 강한 딸에게, 아픈 아들과 막내 남동생을 데리고 공원 한 바퀴를 돌기를 부탁했다. 그 몇 시간 동안 자신이 쉴 수 있게 말이다… 필립은 놀이터 감시인을 곁눈으로 몰래 살펴보고 있었는데, 테레즈가 설명을 하면 할수록, 놀이터 감시인의 마음에 자리 잡고 있었던 망설임이 녹아 버리고 일종의 아주 커다란 연민이 그 자리를 대신하는 것을 발견했다. 그리고 그 모습이 웃겨서 빨리 그 흉내를 익살맞게 하고 싶었다. 하지만 조용히 있기로 맹세했던 마르셀이 이 모든 걸 망칠 뻔한 일이 일어났다. 테레즈가 설명을 다 하고 정말로 잘생긴 그 놀이터 감시인을 향해 고개를 들었을 때, 꼬맹이가 아주 크고 순진한 목소리로 말했다. 아마 관심을 끌기 위한 것이었다. "혀아 아냐, 사쫀 혀아야!" 약간 멈칫하는 순간이 지나갔다. 필립은 물론 사촌 동생에게 달려들어 말릴 수 있었지만 자기가 맡은 역할에 갇혀 있었고, 테레즈는 테레즈 나름대로 바보 같은 사연을 늘어놓느라 너무 지쳐 있었는 데다가, 놀이터 감시인의 멋있는 눈에 너무 기분이 달떠 있었기 때문에 어느 정도 신뢰가 갈 수 있는 대답을 재빠르게 궁리해 낼 수 없었다. 결국 그들을 이 궁지에서 꺼내 준 사람은 다름 아니라 과하게 순진했던 놀이터 감시인이었다. 감시인은 마르셀을 나무라는 어조로 이렇게 말했다. “아무리 형이 창피해도 그렇게 말하면 못써! 어휴, 나쁘다고! 만약 내가 네 형아 같은 형이 있다면, 난 말이야, 형아를 돌봐 줬을 거야!” 마르셀은 누나 치마 뒤로 숨어서 이 아저씨가 사실은 진짜 멍청이라는 사실을 깨달았다. 놀이터 감시인은 테레즈에게 미소를 지어 보였는데, 그 때문에 테레즈는 거의 실신할 뻔했다. “남동생들이랑 재미있게 놀아…. 혹시 내가 필요하면 불러… 내 이름은 블레오야. 제라르 블레오.” 그리고 자신의 우정과 보호를 약속하는 표시로 필립의 머리를 헝클어 놓고 그 자리를 떠났다. 놀이터 감시인이 등을 돌리자마자 필립은 이상한 표정 짓는 것을 그만두었다. “어휴, 이 짓도 힘드네!” 그때 마르셀이 또 한 번 순진하게 자기 생각을 내뱉었는데, 그건 이들 중 어느 누구도 미처 생각해 보지 못한 문제점을 지적했고, 누나나 특히 사촌 형을 크게 낙담하게 만들었다. “피립 혀아, 하루 종일 이상항 거 해야 해? 그러케 꾸부러져서 오또게 노라?”

“나 어떠니?” 빅투아르가 변장하고, 분칠하고, 형편없이 꾸민 채 뚱보 여자 앞에 섰다. 머리 위에는 연보라색 밀짚모자가 삐딱하게 잘못 얹혀 있었고, 짜글짜글 주름 잡힌 갈색 크레이프 천으로 만든 원피스의 밑단이 빼빼 마른 몸을 감싸고 있었으며, 그 원피스 밑단은 뒤틀린 다리 위로 들쑥날쑥 늘어져 있었다. 빅투아르의 얼굴은 알베르틴에게 빌린 화장품으로 요란하게 한 화장에 덮여서 보이지 않았다. 뚱보 여자는 시어머니에게 늘 솔직했고, 시어머니는 이런 며느리의 솔직함을 이렇게 이야기하며 높이 평가하곤 했다. “얘는 미련해. 그렇지만 옳은 방향으로 미련하다고. 내 딸내미하고는 달라. 알베르틴은 이 엄니가 너무 무서운 나머지 내 그릇 한 개 깨 먹은 걸 나에게 털어놓느니 차라리 죽는 게 낫다고 생각하거든." 그런데 그건 틀린 말이었다. 알베르틴은 엄마를 불쾌하게 하기 위해서, 혹은 자신이 버럭 고함을 지르면서 정기적으로 엄마 그릇 중 몇 개를 일부러 깨부수었기 때문이다. "컵 하나 줄었네! 엄마, 엄마가 남겨 주실 유산이 골로 갔네!"라거나 "엄마, 엄마의 그 추한 중국 도자기 그릇들에 집착했던 게 아녔음 좋겠네. 안 그럼 기함을 하시게 될 거라고요!" 뚱보 여자는 조금 당황했다. 뚱보 여자는 시어머니가 이렇게 엉망진창으로 꾸민 건 처음 봤고 그걸 어떻게 말해야 할지 망설였다. 평소에 해왔던 대로 완전히 솔직하게 말한다면 자기 시어머니께 이런 식으로 이야기해야 했기 때문이었다. "사람들이 무서워하니 그 귀신 같은 모습 좀 가리세요!" 또는 "저기 어머니… 싹 다 다시 꾸미시지요…."라고 말하면서, 은밀히 동조하는 미소를 짓거나 웃음을 크게 터트리는 것으로 자신이 한 말을 좀 부드러운 분위기로 누그러뜨리면서 말이다. 그러나 뚱보 여자는 빅투아르가 기어코 외출을 하기로 맘먹었고, 그 즐거움을 늦추는 것은 너무 매정하고 불필요한 일이라는 것을 잘 알았기 때문에, 시어머니의 모자에 대해서 한마디 하는 것으로 그쳤다. 어쨌거나 그 모자는 시어머니가 싫어했기 때문이다. "어머니 말씀이 맞네요, 그 모자가 참 안 이뻐요. 부활절에 에두아르가 어머님께 그걸 선물했을 때에는 왜 어머님께서 그 모자를 보기 싫다고 했는지 잘 모르겠더니, 이제 그걸 보니…." 빅투아르는 며느리가 앉은 소파로 좀 더 다가오더니 몸을 며느리 쪽으로 숙이고 명백히 기만적인 태도로 이렇게 말했다. "나도 알아! 근데 너도 알잖아, 에두아르랑 외출하니까 개가 선물한 모자를 써줘야 한다고! 빅투아르는 목소리를 낮췄지만 얼마나 크게 속삭였는지(빅투아르가 고백성사를 보러 갈 때마다, 모든 사람들이 그 고백을 들었고 신부님들은 빅투아르에게 어쩔 수 없이 이렇게 말해야 했다. "평소 말씀하시던 대로 하세요, 그게 오히려 덜 시끄럽다고요!") 그 소리에 부인이 앉은 소파 옆에 있는 침대에서 자던 가브리엘이 잠에서 깼다. 눈을 뜨자마자 엄마를 보고 깜짝 놀라 펄쩍 뛰는 가브리엘을 보고 뚱보 여자가 웃었다. "으악, 세상에! 엄마, 왜 그딴 식으로 꾸민 거예요? 핼러윈도 아닌데 말이에요!" 빅투아르는 꿈쩍하지 않았고 더 강하게 우기면서 며느리 얼굴을 뚫어지게 쳐다보기만 했다. "내가 그렇게 보기 끔찍하니?" 뚱보 여자가 어깨를 으쓱했다. "대답해!" "있잖아요… 좀 과하세요. 연보라색과 갈색은 그다지 서로 잘 어울리지 않거든요…." 빅투아르는 몸을 다시 바짝 세우더니, 만족스럽다는 듯이 혀로 딱 소리를 내며 며느리 말을 딱 끊었다. "잘됐구나! 내가 에두아르에게 망신을 주기로 맘을 먹었거든, 아주 시작부터 잘됐네!" 그러고는 자기 아들 쪽으로 돌아서더니 부드럽게 말했다. "가브리엘아 더 자. 더 자야지. 피곤하잖아. 네 엄마랑 네 동생은 몽루아얄 대로에 가서 다른 사람들 좀 웃기고 오마, 시간 한번 잘 가겠네. 자거라. 자고 나면 금세 우리 소식을 듣게 될 거야." 빅투아르는 몸을 돌리더니 당당한 태도로 방을 나갔다. 뚱보 여자는 미소 지으며 고개를 절레절레 흔들었다. 남편이 그녀를 바라봤다. "이게 무슨 상황이야? 자기는 이해했어?" 뚱보 여자는 남편의 손을 잡고 부드럽게 토닥였다. "자기 어머니께서 도련님한테 원풀이를 꼭 하고 싶으셨던 건지, 아니면 이번엔 싸움을 다른 장소로 옮겨서 하시기로 결정하신 것이든지 그런 거야." 가브리엘은 아내 무릎에 놓인 책 한 권을 발견했다. "자기 이제 『뷔그 자르갈』의 주인공들처럼 이야기하네! 이제 곧 자기 말을 아무도 못 알아듣게 될 거라고!" 가브리엘은 침대에서 일어나더니, 아내가 앉은 소파 팔걸이에 기대어서 아내에게 긴 입맞춤을 했다. "오늘은 애기가 안 움직였어?" "물론 움직였지! 배 속에서 빨리 나오고 싶어 하는 거 같아!" "이름은 아직 안 골랐어?" "골랐어. 남자애라면 장 마르크라고 부르자. 여자애라면… 드니즈라고 하고." "드니즈? 정말 괜찮겠어?" "응." 가브리엘과 그의 아내는 첫 딸아이를 잃은 적이 있었고, 그 아이의 이름이 드니즈였다. 그리고 아이를 다시 가지기로 결정한 날 저녁에 뚱보 여자는 이렇게 이야기했었다. "만약에 우리가 잃은 아이를 대신하게 될 딸이 생기면 드니즈라고 부르자, 첫아이처럼." 그 이후로 한 번도 그 일에 대해 다시 말한 적은 없었지만 가브리엘은 아내가 생각을 바꾸길 바랐었다. 뚱보 여자는 가브리엘의 축축한 이마와 머리를 손으로 쓰다듬었다. "자기가 정말 내키지 않으면 다른 이름을 찾아보자. 하지만 난… 그 이름으로 하고 싶어." 가브리엘은 아내의 넓은 가슴에 머리를 기댔다. 그런 자세로 꽤 오랜 시간을 머물러 있었다. 가브리엘은 침대 위에서 무릎을 꿇고, 자신의 머리카락과 목과 얼굴을 쓰다듬고 있는 아내의 가슴에 머리를 기댄 채로. "사랑해, 알지?" 뚱보 여자는 이 말이 아주 어렵게 남편 입 밖으로 나온 것임을 잘 알았다. 남편은 비록 선술집에서 노련한 연설가이자 친구들끼리의 모임에서 중추가 되는 사람이었지만, 애정 표현을 말로 하는 데 있어서는 놀랍게도 무능하고 무력했다. 병인가 싶을 정도로 부끄럼쟁이라서 "그거"에 대해 직접 말하지 못했다. 그저 "그거"라고 불렀다. 그리고 가브리엘이 아내에게 애정 표현을 할 때, 만약 그가 엉덩이를 찰싹 때리거나 은근하게 윙크를 한다면 그것을 열정적인 사랑의 고백 같은 것으로 알아들어야 했다. 한 번도 쓴 적 없는 편지들, 한 번도 사 올 형편이 안 됐던 꽃들, 언제나 목구멍에서 걸려 나오지 않았던 말들 대신에 말이다. "당신 냄새 좋은 걸." 긴 애무 후에 뚱보 여자는 속삭였다. "문 닫고 와."

티 루가 휘슬 주전자 물이 끓으며 내는 삐 소리를 들었을 때에는 벌써 그 소리가 난 지 시간이 좀 지났을 때였다. 로즈 위메는 티 루의 방안에 있는 드레스 룸에서 물 양동이를 옆에 놓고 엎드려 있었다. 수세미 닦는 소리와 구시렁대는 소리가 들려왔다. "이놈의 바닥은 아담이 세상에 난 이후에 한 번도 닦은 적이 없는 거 같네, 이런 망할 놈의 바닥 같으니라고!" 로즈는 티 루가 침대에 눕는 걸 도왔고 티 루는 지금 베개들과 초콜릿 박스들에 둘러싸여 당당히 자리잡고 있었다."로즈, 목욕물 다 끓었어…" 로즈는 티 루의 말을 듣지 못했거나 듣지 못한 척했다. 물 주전자가 계속해서 삐 소리를 내며 끓고 있었다. 티 루는 자신이 가장 좋아하는 체리 시럽이 들어간 커다란 초콜릿 한 개를 골라서 혀 위에 올려놓고 입 천장에 대고 눌러 터트렸다. 체리 시럽이 목구멍 속까지 흘러 들어갔다. 티 루는 두 눈을 감았다. 초콜릿을 천천히 씹으며 입 천장과 혀 사이에 녹아내린 초콜릿과 체리 시럽을 가둬 놓고 조금씩 삼켜 갔다. 입 안에 있던 것이 다 사라진 후에, 티 루는 움직이지 않고 혀를 톡 쏘는 초콜릿의 뒷맛을 즐겼다. "로즈, 삑삑이 주전자에 물이 다 졸았으면 다시 더 채워 넣어야 할 거야. 난 목욕해야 한다고!" 까치발로 쪼그려 앉아 있던 로즈 위메는 이마 위의 땀을 팔로 닦았다. "티 루 씨, 드레스 룸에서 뭘 하신 거예요? 아이고 세상에, 온통 끈적거리잖아요!" "뭘 했는지 말해 주면 충격받을 건데…" "알았어요! 알았다고요! 재미없는 농담은 됐고요, 목욕 준비하러 갈게요." 로즈 위메는 바닥용 솔을 물 양동이 속으로 던져 넣고 궁얼거리면서 방을 나갔다. 티 루는 초콜릿을 한 알 더 집어 들었다. 이번에는 메이플 시럽이 들어간 것이었고, 초콜릿과 아주 잘 어울리는 맛이었다. "가끔가다 너는 불행을 마침내 잊어버렸다고 생각하지, 그렇지만 너의 개 같은 인생이 언제나 그 불행을 다시 떠올리게 하는구나!" "티 루 씨, 방금 혼잣말하신 거예요?" 로즈가 주전자를 손에 들고 문간에 서 있었다. "난 언제나 혼자 말한다고, 같이 진정한 대화를 할 만큼 흥미로운 사람을 만나 본 적이 없거든!" 티 루는 자신이 방금 한 말에 놀랐고, 더군다나 오류투성이의 말이기에 더더욱 놀랐다. 언제나 자세한 이야기를 보충하면서, 물론 너무 시시한 세부 사항은 빼고 이야기하지만 심지어 그런 부분들도 늘 빼먹는 건 아니었지만, 자세히 자신의 이야기를 하느라 평생을 보낸 그녀였기 때문이었다. 티 루는 시선을 좀 내리깔고는 목을 가다듬었다. "준비 다 됐어?" "네, 제가 욕탕까지 옮겨 드릴까요?" "나 혼자 걸을 수 있어!" 로즈 위메는 등을 돌려 나오면서 티 루가 침대에서 빠져나오는 데 온갖 어려움을 겪기를 속으로 빌었다. 티 루는 목발을 낚아채더니 왼쪽 발을 바닥에 놓고는 훌쩍 한 번 뛰어서 그다지 어려움 없이 일어서는 데 성공했다. "로즈, 내 등 밀어 주고 나서, 내가 욕조에 들어가 있는 동안 여기저기 뒹굴고 있는 저 망할 놈의 신발들 좀 치워 놔줘. 어휴 이 미련한 것아, 너는 섬세함이란 걸 모르니?" 대답이 없었다. "내 말 들었어?" 티 루는 이제 복도를 따라 걷고 있었다. "욕실도 그렇게 멀지 않은데 말이야! 로즈야, 내가 한 말 들은 거야 아님 못 들은 거야?" 로즈 위메는 욕실에서 나왔고, 티 루는 로즈가 임신으로 얼마나 몸이 불편하게 되었는지 처음으로 알아차리게 되었다. "배 속 아가는 엄마가 별로 기분이 좋지 않다는 걸 분명 느낄 거야….” “말씀하시는 거 들었어요, 꽤나 큰 소리로 말하셨잖아요!” 절단된 다리 끝부분에 찌르는 듯한 고통이 티 루를 소스라쳐 오르게 했다. 티 루는 몸의 균형을 잃고 목발 하나를 놓치고는 벽에 기댔다. “어머, 왜 그러세요!” 티 루는 끔찍할 정도로 얼굴이 창백해졌고 사시나무 떨듯이 몸을 떨었다. “아파! 아이고, 아야야야!” “어디가요?” “고통이 또다시 시작되는 게 싫다고!” 티 루는 로즈를 애원하는 눈으로 바라봤다. “또다시 고통이 시작된다면, 난 이제 끝장인 거라고!” “아녀요, 아녀요. 괜찮을 거예요. 지나가겠지요… 저한테 몸을 기대세요. 그리고 물에 들어가세요.” 티 루는 목욕가운을 땅에 스르르 떨어뜨렸다. 로즈 위메는 티 루가 욕조에 들어갈 수 있게 도왔다. “너무 뜨거우세요?” “아냐, 아냐, 괜찮아. 기분 좋아….” 로즈 위메는 까슬까슬한 목욕용 장갑을 한쪽 손에 끼고 비눗물을 묻혀 티 루의 어깨와 목을 문지르기 시작했다. 그런데 무언가가 시선을 끌었다. 티 루의 오른쪽 다리 끝부분이 물에 떠 있었고, 검정색 얼룩 하나가 그 절단된 다리의 끝에 있는 흉터를 도드라져 보이게 하고 있었다. “희한하네요, 부인 오른쪽 다리 끝부분이 새까만데요!” 티 루는 누군가가 자신의 심장을 쥐어뜯은 것처럼 울부짖었다.

그곳은 보통 냄새가 엄청 지독했기 때문에, 방문객들 중에서 극히 일부분만이 거기까지 감히 가볼 생각을 했고, 대부분이 코를 막고 키득거리면서 발걸음을 재촉해서 지나갔다. 부모들은 가끔씩 그곳에 있기를 거북살스러워했고, 아이들은 언제나 깔깔 웃었다. 리샤르는 그 곰팡내 나는 장소에서 자신에게 안정감을 주는 은신처를 발견했고, 가녀린 그에게 너무나 커다란 고통이 덮쳐올 때마다 그 은신처까지 달려갔다. 가끔은 그곳으로 한달음에 뛰어갈 때도 있었다. 리샤르는 거북이들을 도망가지 못하게 가둬 놓은 둥그런 모양의 축사 울타리에 몸을 기대었다. 거북이들은 더위와 영양실조로 다 죽어 가고 있었고, 바싹 마르고 쭈글쭈글하고 병들어 있었고, 회색 등딱지는 물렁거렸다. 리샤르는 곰 두 마리가 있는 우리 앞은 그냥 지나쳤다. 이 불쌍한 짐승들이 원형 탈모증이 생겼고, 날이 가면 갈수록 그 증세가 심해져 가는 걸 알아차린 날 이후부터 그랬다. 그리고 원숭이들이 있는 우리 앞도 그냥 지나쳤는데, 그건 원숭이들이 외설적인 행동을 해서 부끄러웠기 때문이었다. 얘네들은 진종일 자위를 하고 있었고, 그래서 여드름이 잔뜩 난 청소년들이 엄청 재미있어했다. 게다가 그 청소년들의 방문 목적은 오로지 그런 짓을 하는 원숭이들을 보며 마음의 짐을 덜기 위해서였다. 가끔씩 발정기가 왔을 때 우리 안에서 이쪽에서 저쪽으로 뛰어다니며 욕구 불만에 울부짖는 한 마리의 외로운 여우를 잠시 쳐다볼 때도 있었지만, 매우 빠르게 보고 지나치곤 했다. 그렇지만 거북이들은… 리샤르는 그 흉측한 동물이 마치 비극에 나오는 인물처럼 부동의 자세로, 썩어 가고 있는 미적지근한 물속에서 어떻게든 몸을 식히려고 하면서, 하늘에 애원하듯이 머리를 향하고 이빨 빠진 입을 벌리고 있는 모습을 바라보며 몇 시간이라도 보낼 수 있었다. 리샤르를 가장 사로잡은 부분은 거북이가 꼼짝달싹하지 않는 것이었다. 거북이는 변하지 않는 불행을 자신만만하게 받아들이는 동시에 체념하고 받아들였다. 그리고 시간과 공간 속에서 영원히 움직이지 않으며, 과거를 부정하는 동시에 이미 미래도 지배하고 있었으며, 패배에 침몰했으면서도 또 그 패배를 즐기고 있는 모습을 보여 주고 있었기 때문이었다. 리샤르는 마음의 고통이 몸의 반응을 방해할 때, 될 수만 있었다면 저 거북이들 중 하나가 되고 싶었을 것이다. 그리고 자신의 타고난 병적인 성향에 저항하며 애써 살아가려고 하기보다는 차라리 거북이들의 부동성을 택했을 것이다. 리샤르는 타고난 피해자였다. 그리고 라 퐁텐 공원의 거북이들은 리샤르가 살아왔던 세상, 아니 더 정확한 표현으로는 리샤르가 지금껏 살아오지 않았던 세상에서의 리샤르 자신을 반영한 모습이었다. 그런데 오늘같이 오월 초의 날씨 좋고 기후가 온화한 날은 계절에 비해 빠르게 찾아온 편이었고, 라 퐁텐의 작은 동물원은 아직 개장하지 않은 상태였다. 리샤르는 비어 있는 사육장 사이를 거닐며 병든 동물의 악취를 찾아다녔다. 악취는 나뭇가지나 동물을 가둔 우리를 둘러싼 창살에 남아 있을 수도 있었지만, 겨울이 오랜 시간 동안 그 불행한 장소의 악취를 제거했고, 봄이 실어 온 좋은 향기가 도처에서 피어올랐다. 발치에서 썩어 가던 동물들의 강하고 끈질긴 냄새는 여름 방학이 시작될 무렵이나 다시 나게 되어서 리샤르의 마음을 편안하게 해줄 것이었다. 리샤르는 겨울에는 동물들을 어디에 숨겨 놓는 것인지 늘 궁금했었다. 그리고 동물들이 여름에 지내게 될 감옥을 일종의 보상으로 받아들이도록, 겨울 동안 공원 밑의 깊고 축축한 동굴에서 숨도 못 쉬고 물과 먹이도 없이 갇혀 지낼 거라고 상상하는 걸 즐겼다. 리샤르는 거북이 축사 옆의 아직 물이 축축히 배어 나오는 땅 위에 몸을 웅크려 앉았다. 그리고 봄이 되어 샘솟는 물로 가득 찬 격류가 지나는 길에 있는 모든 것을 부서뜨리고, 대지의 주요 부분 전체를 사라지게 하고, 뾰쪽하고 날카로운 바위에 부딪혀 성냥개비처럼 부서지는 통나무들을 씻어 내리며, 단번에 모든 것을 덮치고, 미처 대응을 하기도 전에 모든 것을 휩쓸어 버리는 것처럼, 자신의 분노가 터져 나오게 내버려 두었다. 언젠가 리샤르는 자기 동생인 필립에게 덤벼들어서, 마치 인디언들이 백인 선교사에게 한 것처럼 동생을 나무에 묶을 것이며, 동생이 매달린 나무 바로 앞에 있는 땅바닥에 앉아 소리를 지르고 몸짓을 하면서, 동생에게 어울릴 만한 유일한 벌인 신의 분노가 떨어지길 기원하며 욕을 퍼부을 것이다. 그런 다음에 동생의 면상과 몸을 주먹으로 때리며 퍼렇게 되어 가는 얼굴을 보면서, 마침내 동생의 목소리가 애원하고, 애원하며 또 애원하는 듯 바뀌는 것을 들으며 즐길 것이다! 그리고 동생을 산 채로 껍질을 벗겨 조각낸 다음에, 시시콜콜 훔쳐보길 좋아하던 그 두 눈을 파내고, 독사 같던 그 혀를 뽑아내고, 살과 뼈를 분리하고, 혐오스러운 원숭이 같은 그 팔 다리를 떼어 내고, 마지막으로 최후의 일격으로 떼어 낸 동생의 팔을 이용해서 동생을 목 졸라 죽이며 귀에 대고 이렇게 소리 지를 것이다. "죽어, 이 더러운 개새끼야! 너 같은 놈들이 많이 있는 지옥에나 떨어지라고! 그리고 영원히 날 좀 내버려 둬!" 리샤르가 이렇게 가장 찬양받는 성인이나 가장 용감한 병사에 걸맞은 절대 선의 화신으로서 절대 악을 단칼에 베어 버리며 보복하는 행복한 공상을 하는 동안 따뜻한 열기가 몸을 덮어 왔다. 그러나 곧 엄청난 부끄러움을 느꼈다. 왜냐하면 이렇게 열심히 공상을 하는 동안 고추가 부풀어 올랐고, 곧 뜨겁고 찐득한 액체가 자기 팬티를 적셨기 때문이었다. 처음으로 한 사정이었다. 그리고 리샤르는 거북이들의 부동성이 뭔가 만족감을 줄 수도 있다는 사실을 마침내 깨달았다.

빅투아르는 거의 이 년 넘게 집 밖을 나가지 않았다. 마지막으로 나갔던 것은, 잘 기억은 나지 않지만 전쟁이 막 시작되었을 무렵인

1939년 크리스마스였다. 바로 그날 저녁이 알베르틴의 남편인 폴이, 자신이 군대에 지원했으며 조만간 유럽으로 떠날지도 모른다는 걸 알린 날이었다. 그러한 소식은 빅투아르의 여동생인 오제아 집에서 열린 크리스마스 이브 저녁 파티 분위기를 약간 썰렁하게 만들었다. 오제아는 데제라블 길에서 마리안느 길이 가로질러 가는 부근에 있는 집에서 40년 넘게 살고 있었고, 그 동네가 아직도 부촌이라고 생각하고 있었다. 비록 오슐라가 동네에서 살던 가난한 가족들이 점점 더 많이 자기 집 근처로 이사 오는 걸 보긴 했어도 말이다.(오제아는 종종 빅투아르에게 이렇게 말했다. "난 언니가 지금 사는 데서 어떻게 계속 지낼 수 있는지 모르겠어. 그 동네 거리에는 애들이 엄청 많잖아. 잠시라도 편히 쉴 틈이 없을 텐데!" 그리고 이 말에 빅투아르는 이렇게 대답을 했다. "아이고 세상에, 우리 불쌍한 오제아야, 너 정말 귓구멍이 막혔니? 창문 열고 소리를 좀 들어 보라고! 요즘은 데제라블 거리에도 우리 동네처럼 애들이 얼마나 많은데!" 오제아는 계속 웃었다. "언니 질투하는구나. 언니는 항상 그랬어, 가진 건 맨몸밖에 없는 남자랑 결혼한 언니랑 다르게 나는 뭐 가진 거 많은 우리 가스파르랑 결혼했으니까." "변두리 꼬맹이들이 네 앞치마에 들어 있는 돈 훔치러 오곤 하지? 그러고도 아직도 네 동네에도 애새끼들이 있다는 걸 인정하지 않는 거지? 그렇지?") 어쨌든 오제아 이모할머니네 크리스마스 이브 파티는 그 이후에 더 커다란 난리법석으로 끝이 났다. 왜냐하면 폴이 아주 작정을 하고 마지막으로 가족들 앞에서 술을 마시고 거하게 취하더니, 가족들 한 명 한 명에게 자기가 그들을 어떻게 생각하는지 말하기 시작했던 것이다. 형님인 가브리엘에게는 나약하고, 박정하고, 아직도 분유나 쪽쪽 빨아 대는 어린애라면서 모욕을 줬고, "되다 만 처제"라고 늘 부르곤 했던 에두아르 처남에게 실컷 욕을 하고는 심지어 "엄마가 하는 맴매"라면서 얼굴을 때리기까지 했는데, 에두아르는 웃었지만 빅투아르는 그렇지 않았다. 그리고 새벽녘에는 심지어, 자신의 삶을 망친 것, 불행한 가정생활, 알콜의존증의 시작, 이른 탈모, 썩어 가는 치아, 약한 발목 심지어 양말에 난 구멍이나 겨드랑이 밑에 땀으로 생긴 얼룩까지도 아내랑 장모님에게 책임을 전가했다. 그리고 이 모든 걸 모여 있는 모든 가족들 앞에서, 특히 입술을 깨문 채 가슴에 손을 얹고 있는 오제아 이모할머니 앞에서 큰 소리로 이야기했다. 이날 밤 이후에 빅투아르 할머니는 늘 외출하는 것을 거부했다, 심지어 미사에 가는 것도 거부했다. 빅투아르는 그 이후로 한 번도 사위에게 말을 건네지 않았다. 게다가 폴은 그 이후에 꽤나 재빠르게 왕래를 끊어 버렸다. 징이 박힌 군화를 신고 시멘트 보도 위로 군홧발 소리를 세게 울리며, 베레모를 아주 바르게 쓰고는 자랑스럽고 만족스러워하면서, 드디어 성공한 삶을 얻을 수 있을 거라고 상상하면서 말이다. 빅투아르는 자신의 여동생인 오제아도 그 이후로 다시 만나지 않았다. 게다가 오제아도 언니에게 연락을 시도한 적이 한 번도 없었다. 그 크리스마스 이브의 밤에 그렇게 터무니없는 사건이 터졌고, 한 가족에 속한 구성원들을 가끔씩 영원히 서로 갈라놓기도 하는 기괴한 균열이 생겼던 것이다. 빅투아르는 사위가 창피했고, 또 그 사건을 핑계 삼아 너무나 꼴 보기 싫고 기나긴 히스테리 발작을 일으켰던 자기 딸도 부끄러웠다. 또 그 어느 것도 그녀의 수치심을 덜 수 없을 것 같았다. 그래서 빅투아르는 집에 틀어박혔고 그 이후로 한 번도 밖으로 다시 나가지 않았다. 오로지 빅투아르의 남동생인 조사파 르 비올롱만이 정기적으로 집에 들리곤 했지만, 빅투아르는 남동생하고 만나는 것도 꽤나 오랜 시간 동안 불편해했다. “조사파, 네가 기억하지 못한다고 해도 난 기억하고 있거든!” 하지만 이 눈부신 봄날에 왜인지 이해는 할 수 없지만 빅투아르는 외출을 하고, 기분전환을 하고, 새로운 생명과 새로이 올라와 나무를 재생시키는 수액을 자신의 폐와 두 눈 속에 담고 싶은 욕구를 갑자기 느꼈다. 아마도 빅투아르가 그렇게 싫어하는 한여름의 더위가 성큼성큼 다가오고 있기에, 그에 맞설 용기를 얻기 위함이리라. 빅투아르는 겨울 여자였고 여름은 그녀를 우울하게 했으니까. 그런데 빅투아르는 막상 옷을 잘 차려입고 외출 준비를 다 하자, 약간 망설이게 되었다. 빅투아르는 에두아르의 팔을 잡고 계단 제일 윗부분에서 한 칸 아래로 발을 내려놓으려고 하다가 갑자기 멈춰 서서는, 뻣뻣하게 굳은 몸을 층계 난간에 기댔다. 자신의 아들을 무척 사랑하지만, 그와 동시에 아들이 형편없으며 심지어 우스꽝스럽기까지 하다는 것을 잘 알고 있지 않은가? 이렇게 몸만 거대한 갓난아이와 팔짱을 끼고 정말 몽루아얄 대로를 활보하고 싶은 것인지? “엄마 어디 아파요?” 에두아르는 “아프다”라는 말에 희망을 걸어 보았다. “아프다”라는 말은 어머니가 너무나도 자주 사용하던 말이며, 어머니의 전 생애를 거쳐 그 말뜻이 공고히 된 듯했기 때문에, 어머니가 마지막 순간에라도 계획을 실행하지 않기로 결정할지도 모른다는 희망 속에서 그 말을 불쑥 꺼내 든 것이다. 하지만 에두아르는 중대한 실수를 저질렀다. 그런 자신의 희망을 내비쳤기 때문이다. 빅투아르는 미소 지으며 말했다. “내가 아프다고? 언제부터? 아냐, 아냐, 아냐. 조금 현기증이 왔을 뿐이야. 날 단단히 붙들어 주거라. 그러면 별 위험할 거 없겠지.” 빅투아르는 다시 아들의 팔을 잡았다. “자, 가자!” 로즈, 모브와 그녀들의 엄마 플로랑스는 에두아르와 빅투아르 사이에 오간 짧은 대화를 들었고, 모브가 놀라서 속삭였다. "엄마, 빅투아르가 외출을 한대요…." 로즈는 자리에서 일어나더니 현관 앞 층계를 내려갔다. 그 때문에 지금껏 초록색 양모 털실공을 가지고 놀던 뒤플레시가 겁을 집어먹었다. 로즈는 울타리에 기대어 서서는 빅투아르와 에두아르가 천천히 내려오는 것을 올려다보고 있었다. 모브도 로즈 곁으로 내려왔다. "빅투아르 많이 늙었네…." 하지만 플로랑스는 양손을 무릎에 가만히 올린 채로 꼼짝도 하지 않고 있었다. "엄마, 여기 와서 좀 보세요, 빅투아르가 계단 내려가는 데 얼마나 힘들어하는지 좀 봐봐요!" "힘들어할 거 알고 있다. 가서 직접 볼 필요도 없어." 계단 한 칸을 내려올 때마다 빅투아르는 한숨을 내쉬었다. 여덟 칸째까지 내려온 빅투아르는 이렇게 말했다. "어휴, 이제 반 내려왔구나!" 숨을 좀 돌리기 위해서 조금 멈춰 섰다. "돌아올 때 어쩌면 좋지!" 빅투아르는, 더 이상 로즈나 모브를 신경 쓰지 않고 다시 초록색 털실공에 달려들고 있던 뒤플레시를 발견하고 이렇게 이야기했다. "저거 봐, 마리 실비아네 망할 고양이가 아무것도 없는데 마치 뭔가를 가지고 노는 것처럼 굴고 있구나. 저거 진짜 돌았다니까. 이런 미친 고양이 같으니라고!" 빅투아르는 고양이를 위협하려고 쉿쉿 하는 소리를 냈다. 하지만 뒤플레시는 그런 소리를 듣지 않기로 결심했다. "엄마, 넘어지시겠어요!" "에이 아니야, 안 자빠져! 층계 한 칸을 더 내려가서 그런 거잖니, 이눔아!" "그치만 층계 내려가시면서 고양이 겁주려고 하지 마세요! 한 번에 하나씩만 하시라고요. 일단 층계를 다 내려가시고 나서 고양이한테 겁을 주세요." 빅투아르와 에두아르는 다시 천천히 한 칸 한 칸 층계를 내려가기 시작했다. "로즈야, 모브야, 여기로 와서 앉으렴." 플로랑스는 고개를 들지 않았다. 로즈와 모브는 마지못해 엄마의 말을 따랐고, 빅투아르에게서 눈을 떼지 않은 채 등받이가 곧은 의자에 다시 앉았다. "일 좀 하렴." 계단 맨 아래에 도착한 빅투아르는 쓰고 있던 끔찍하게 못생긴 모자를 다시 약간 추켜세웠다. "제일 끔찍한 일은 끝났네! 이 계단은 너무 가파르다고 늘 생각해 왔는데 말이야!" 빅투아르는 에두아르의 팔을 잡고 몇 발짝 걷다가 플로랑스의 집 앞 계단 앞에서 딱 멈춰 섰다. 마치 갑자기 누군가가 자신을 바라보고 있다는 것을 느낀 것처럼. 플로랑스는 빅투아르를 바라봤다. 로즈와 모브는 빅투아르를 향한 엄마의 시선이 한없이 부드럽다는 것을 느꼈다. 엄마의 입술 위로 어렴풋이 미소가 퍼졌다. 빅투아르는 뜨개질하는 여인들의 집 쪽으로 획 고개를 돌렸다. "엄마, 또 무슨 일이에요!" 빅투아르는 붙잡고 있던 에두아르의 팔을 놓더니 로즈와 모브가 좀 전까지 서 있었던 울타리 쪽으로 다가갔다. "그 고양이 그냥 내버려 둬요, 지가 알아서 가버릴 거예요…." 빅투아르는 아마 가슴속 깊은 곳으로부터 뭔가를 느껴서 그랬을 수도 있지만, 자신도 모르게 플로랑스의 눈을 정면으로 바라보고 있었다. 로즈와 모브는 숨을 죽이고 있었다. 빅투아르가 쇠 울타리 윗부분의 뾰쪽하게 튀어나온 부분에 가방을 걸었다. "에두아르야, 참 이상하지 않니? 이 집은 언제나 비어 있었어. 40년 전에 우리 가족이 여기 도착했을 때에도 비어 있었고 아직도 비어 있네." 빅투아르는 이제 그 집의 현관문과 창문들, 그리고 현관 앞 층계를 바라보았다. "그런데 늘 깨끗하단 말이지." 장갑 한 짝을 벗은 다음에 맨손으로 울타리의 뾰쪽한 부분들을 훑었다. "울타리의 페인트칠도 새로 한 거고, 매년 칠한 거처럼 말이야." 빅투아르는 다시 시선을 들어 플로랑스 쪽을 향했다. 그와 동시에 플로랑스 뒤에 있는 문이 열리고 비올레트가 현관 앞 층계로 나왔다. 비올레트가 쉬고 있던 응접실 창문에서 빅투아르가 집 앞에 멈춰 선 것을 봤기 때문이었다. “엄마, 빅투아르가 엄마를 보고 있어요. 엄마를 보고 있다고요!” “얘야, 그렇지 않아. 빅투아르는 아직은 그렇게 미치지 않았어. 아직 충분히 미치지 않았지.” 문이 열리는 걸 보면서 빅투아르는 깜짝 놀라 몸을 움찔했다. 그리고 몇 발짝 뒤로 물러났다. “문이 저절로 열렸네! 문이 잠겨 있지 않았었나?” 에두아르는 빅투아르의 팔을 잡았다. “저 집 낡았잖아요… 저런 집은 모든 게 그냥 저절로 열리니까요… 또 애들이 놀려고 들어간 거겠죠….” “에두아르야, 가서 저 문 좀 닫고 와라!” “엄마, 벌써 세 시가 지났는데 우린 아직 출발도 못했다고요!” “가서 문 좀 닫으라니까!” 에두아르는 울타리 문을 열고 정원을 가로지르며 놓여 있는 시멘트 길로 들어섰다. 현관 앞 층계 세 칸을 올라가더니, 꼼짝도 안 하고 있는 플로랑스와 몇 발짝 물러나 서 있는 비올레트 바로 옆을 지나쳐 갔다. 그리고 현관문을 쾅 하고 닫았다. “자, 됐죠? 이제 가요….” 플로랑스는 빅투아르와 에두아르가 멀찍이 떨어지자, 공포에 질린 눈으로 자신을 쳐다보는 세 명의 딸들 앞에서 웃음을 터트렸다. “현관문이 잠긴 건 아니길 바라야겠네!”

알베르틴은 가브리엘과 뚱보 여인의 방 앞을 서성였다. 방문은 닫혀 있었다. “어휴, 저 나이에! 게다가 새언니는 임신한 지 거의 8개월이 되었는데! 나는 가끔씩 내가 돼지 무리들에 둘러싸여 있는 건 아닌가 싶다니까….” 이제 혼자 있게 된 알베르틴은 평소에 잘 내던 짜증을 확 부려도 될 터였다. 사람들에게 짜증을 내지 않겠다고 테레즈에게 했던 약속은 알베르틴 그 자신에게는 해당되지 않으니까 말이다…. “마르셀에게 겁을 주지 않기 위해서 다른 사람들에게 기분 좋게 대해 보겠다고 맹세했지만, 나는 나 스스로에게 약속한 게 하나도 없단 말이지!" 테레즈와 마르셀이 라 퐁텐 공원으로 출발하고 낮 12시가 되기 좀 전에, 알베르틴은 자기가 했던 약속의 중압감에서 벗어난 걸 느끼면서 까닥하면 욕을 하며 소리를 빽 지를 뻔했다. 목구멍까지 분노로 활활 타오르는 말이 치밀어 오르는 것을 느꼈으며, 곧 그 쓰디쓴 증오를 분출할 준비가 된 것을 느꼈다. 알베르틴의 분노는 모두에게 불똥이 튀어 갈 것이며, 엄마를 벽에 못으로 박아 놓고, 에두아르 오빠에게 경멸의 말들을 끼얹을 것이다. 그렇지만 알베르틴은 꾹 참았다. 자신이 시작한 상태 그대로 하루를 끝내려고 시도하는 노력이 가치가 있을지도 모른다고, 그리고 아침부터 지금까지 겉으로 친절하고 부드럽게 사람들을 대하는 것이 결국 그렇게 어려운 일은 아니었다는 생각이 들었다. 비록 그녀의 내면은 자신이 느끼는 분노 감정에 따라 비비 꼬였다가 풀어졌다가를 계속했지만 말이다. 이런 것은 모두 새로운 것을 배우는 과정이라고, 그리고 혹시 이 새로운 인격을 열심히 수련하게 된다면 결국 그녀 자신의 삶이 그렇게 나쁘지는 않다고 믿게 될지도 모른다고 생각했다. 또한 모든 사람을, 특히 그 대상이 된 사람들을 피곤하게 만드는 짜증, 분노, 감정의 폭발도 미소를 한번 지으면 언제나 사그라들기 마련이라고 믿게 될지도 모른다고 생각했다. "한 번 숨을 깊게 들이마시고 열까지 세, 그리고 미소 지어…." 그러나 알베르틴은 좀 전에 새언니의 머리를 감겨 주고 있었을 때 이미 벌써 참을성을 잃을 뻔했다. 머리에 비누 거품이 가득하고, 목 언저리가 젖어 있던 뚱보 여자를 그 자리에 그대로 내버려 둔 채 소리를 빽 지르지 않기 위해서 꾹 참아야 했기 때문이었다. "그 꼴이 되기 전에는 혼자 씻을 수 있었잖아, 이그! 애기 낳고 나서는 혼자 씻어요! 다른 여자들이 할머니가 되기 시작할 나이에 애기를 가지고 싶어 하다니. 어휴, 언니도 참 딱하네요!" 알베르틴은 그때 화를 다시 한번 꾹 눌러 참는 걸 성공했지만, 그 얼마나 힘든 일이었는지! 머리 감기가 끝나고 비누 거품이 가득한 대야를 두 팔에 안고 새언니의 방을 나오면서, 알베르틴은 첫 번째 징조를 느꼈다. 보통 알베르틴이 딸이랑 싸우거나 아들이 말썽을 저지르고 난 뒤에, 마치 쇠고리가 이마와 관자놀이 그리고 목을 옥죄는 것처럼 끔찍한 두통이 시작되기 전에 느끼던 징조였다. 알베르틴은 주방 싱크대에 대야에 들어 있던 물을 버리러 갔다. "머리가 아파서는 안 되는데. 머리가 아프게 되면 온 집안을 때려 부수게 될 거라고!" 그다음 징조는 그녀의 엄마가 마치 미사에 가기로 맘을 정한 사람처럼 활짝 펼친 부채마냥 옷을 잔뜩 차려입고는 에두아르의 팔짱을 끼고 외출하려다가, 현관 문간에 멈춰 서서 뒤를 돌아 알베르틴을 보고 말했을 때 나타났다. "얘야, 네가 오늘 착하게 굴려고 애쓰는 걸 알고 있다만, 이것 하나만 이야기해 두마. 전혀 어울리지 않는구나! 자신이 토한 담즙을 되새김질하고 있는 암소 같다니까!" 알베르틴은 머릿속에서 고통이 물결치는 것을 느꼈고, 나이든 엄마를 향해 두 팔을 들어 올렸다. 그 몸짓이 엄마에게 탄원을 하는 건지 엄마 목을 졸라 버리려고 하는 건지 자신도 잘 알 수 없었지만 말이다. 두통은 여전히 남아 있었다. 왼쪽 눈 뒤에 걸린 듯이 느껴지던 그 두통은, 혈액이 흐르는 박자에 맞춰 격하게 고동을 쳤다. 그리고 바로 지금 세 번째 징조를 느꼈다. 결혼을 잘못했고 서투르고 이기적인 남편 때문에 섹스도 제대로 못 해봤고 그나마 한 것도 금세 진력이 났던 알베르틴은 단 한 번도 해소할 수 없었던 자신의 고독감과, 언제나 그로테스크하다고 느끼고 있던 오빠의 행복 사이에 서 있는 저 닫힌 문이 문제였다. 천진난만한 웃음소리와 둘이서 내는 가쁜 숨소리가 새어 나오는 저 닫힌 문은 신랄한 욕설처럼 그녀를 모욕했다. 알베르틴은 방 앞을 지나고 또다시 지나가며, 기침을 하고 코를 풀고 부엌의 의자들을 흔들어 소음을 내고, 최대한 큰 소리를 내며 걸어 다녔다. 가브리엘과 나나를 질투하고 있다고 스스로 시인할 수는 없었다. 머리가 너무 아팠기 때문에 가끔 복도나 부엌 문간에 멈춰 서서는, 눈에는 눈물이 가득 찬 채 흑흑 우느라 어깨를 들썩이면서 어처구니가 없다는 듯이 서 있었다. 그리고 더 이상 참을 수 없게 되는 순간이 되자, 알베르틴은 닫혀 있던 문으로 달려들어 오른손으로 온 힘을 다해 문을 두드리며 절망스러운 목소리로 이렇게 울부짖었다. "당신들은 그런 걸 즐기면 안 돼! 그러면 안 돼! 내 면전에서 그러면 안 돼! 내가 여기 있을 때는 그러지 말라고! 그런 추잡한 짓은 저녁에 숨어서 해! 백주 대낮에는 날 좀 내버려 두라고!" 문이 열렸고 알베르틴은 오빠 품에 쓰러졌다. 나나는 창밖을 바라보고 있었고, 그녀의 두 팔은 소파 양쪽 팔걸이 밖으로 늘어져 있었다. 『뷔그 자르갈』이 땅에 떨어져 있었다.

(티 루는 이런 식으로 지난 일들을 이야기해 주길 즐겼다. "난 내 몸에 대해서 아주 엄격했지. 한 번도 내 밤일이나 고통에 대해서 무서워해 본 적이 없었어… 하느님도 아실 거야, 내가 평생 얼마나 유별나게 열심히 일했는지, 그리고 얼마나 고생을 했는지! 오타와의 우리 집에선 말이야, 쉬는 날이 없었어. 그래, 일주일에 7일, 일 년에 52주 내내 일했지, 암 그렇다니까! 내가 한 계약이 그랬거든… 그래도 하느 님이 보우하사, 나는 악마같이 아주 건강했고, 수퇘지같이 강한 의지가 있었지. 작고 사소한 아픔이 날 슬슬 간지럽히기 시작하면, 나

는 진이나 라이 위스키를 26온스짜리 큰 컵으로 한 잔 들이켜서 그 아픈 걸 때려잡았어. 그러고는 그 아픔하고 바이바이했지. 난 세 번이나 허리를 삐었고, 팔도 한 번 부러졌고, 속을 온통 뒤집어 놓는 두통에도 시달렸고, 말하기 부끄러운 질병에도 셀 수도 없이 걸렸지만, 그래도 내가 일하는 걸 막지 못했지! 군림하기 위해서는 네 자신을 잊어야 해. 네가 네 생각을 너무 하면 말이야, 다른 사람들이 그걸 이용해서 네 자리를 빼앗는단다! 네가 일인자가 되면, 어디도 아플 여유 따위는 없다는 거지! 서 있기도 힘들 때도 마찬가지였지. 내가 도저히 서 있을 수 없을 때라도 나는 아무렇지도 않은 척하고 미소 짓고 으스대며 활보했고, 계속해서 남자들을 극락으로 보냈지. 비록 극락에 보내는 게 아니라 중고 물건 판매 행사를 해서 좀 팔아 보려고 해도 수준 미달인 인간들이었지만. 기억나는 일이 하나 있네. 언제인가 내가 허리를 삐끗했을 때의 일이야. 허리가 도무지 펴지질 않아서 몸은 거의 둘로 접혀 있었고, 난 손 하나 까딱할 수가 없었지. 그런데도 날 보러 직접 방문해 주신 총리님을 받았어. 난 침대 위의 베개들 사이에 앉아서, 그 상태로 계속 있었지. 그리고 총리님은 내가 몸이 안 좋다는 걸 전혀 알아채지 못했다고! 어때, 대단하지? 티 루가 부르는 액수는 비싸겠지만, 그 돈만큼의 것을 당신에게 드린답니다! 내 집은 흰색으로 페인트칠이 되어 있었는데, 그걸 칠하기 위해 돈을 내는 사람은 내가 아니었어… 내가 1925년에 은퇴했을 때 말이야, 여기로 이사오기 위해 은퇴한 거였어. 오타와는 너무 재미가 없는 동네라서, 은퇴해서 살 곳은 못 되거든. 게다가 거기서는 모두가 날 너무 잘 알고 있었기 때문에, 질투 어린 여자들이나 너무 많은 것을 전해 들어 알고 있는 새로운 정부 각료들 때문에 내 은퇴 생활이 엉망이 될 수도 있었기 때문이기도 하고… 그래서 몬트리올에 정착하러 왔을 때 말이야, 난 이렇게 중얼거렸지. 아! 생조셉 대로에는 의사들, 치과 의사들, 나처럼 은퇴한 사람들이 살고 있으니 잘 지낼 수 있겠네. 아주 평온히 지낼 수 있겠어… 그리고 몽루아얄 대로에서도 너무 멀지도 않고, 상점들이 너무 가깝지도 않고 말이야… 성당이 바로 앞이고(아직 입고 갈 만한 원피스들이 있어. 좀 슬지 않은 게 아직 몇 벌 있거든), 조그만 학교도 있고 말이야. 쉬는 시간 동안 들리는 아이들 소리라니, 진짜 천국이지! 이곳에 정착한 지도 12년이 되었구나. 30년 동안 파티를 하고, 머릿속은 추억으로 가득 찬 채로, 돈이 꽉 들어차 있는 커다란 가죽 가방 두 개와 함께 이곳에 왔지. 그리고 거실 테이블 위에는 여행사와 항공사 전단지로 뒤덮여 있었지. 아아, 그래. 큐나드 라인*. 그 이름이야말로 내 평생 꿈꿔 왔던 거였지! 배, 섬, 바다, 부에노스아이레스, 몬테비데오, 베라크루스, 마이애미, 리우데자네이루! 물에 떠 있는 궁전에서 하는 세계 일주! 떠돌이 암늑대 티 루에게도 드디어 차례가 온 거였지! 나는 그런 보상을 받을 자격이 있었고, 여행비도 치르려고 했지! 그런데 떠나기 3주 전에 나는 장애인처럼 다리를 절기 시작했어. 오른쪽 다리가 젠장맞게 욱신거리기 시작했고 잠을 잘 수가 없었어… 상르그레 의사 선생을 집으로 불렀지. 상르그레 선생이 이웃에 살고 있으니 그냥 건너오면 됐거든. 게다가 내가 그 병원에 가서 몇 시간이고 내 차례를 기다리고 싶지 않았으니까. 병원에 와 있는 게 너무나 수치

* 큐나드 라인La Curnard Line: 캐나다인 사뮈엘 큐나드Samuel Cunard 경이 1838년에 세운 해운회사. 대서양을 횡단하는 기선을 운영하고 있는 가장 오래된 회사이며, 아직도 운영하고 있다.

스러운 나머지 서로를 쳐다보지 않고, 기침을 해대고 가래를 뱉는 그 비참한 사람들 사이에서 말이야… 그런데 제기랄, 내가 당뇨가 있대! 더 이상 설탕을 먹지 말라고 하더라고! 설탕 금지! 어이구, 이 내가 설탕을 끊는다고? 초콜릿을 더 이상 안 먹는다고? 체리 딜라이트 케이크를 더 이상 못 먹는다고? 난 상르그레 의사에게 날 잘 알지 못한다고 욕을 하면서, 이 집에서 나가라고 했어. 그리고 난 내 통증과 함께 지내게 됐어. 난생 처음으로 병 때문에 내가 뭔가를 못 하게 되었지. 난 여행을 떠나지 않았어. 다리가 너무 아팠거든. 그런데도 난 고집이 세기 때문에 설탕을 끊지 않았어. 지금도 여전히 끊지 않고 있지… 여러 해 동안 그대로 잘 지냈지. 하지만 통증이 너무 심해지자 나는 상르그레 박사에게 진통제를 처방해 달라고 했어. 그리고 진통제가 점점 더 많이 필요하게 되었지. 왜냐하면 점점 더 아픈 게 심해졌기 때문이었어. 그렇지만 뭐 그럼 어때. 아무에게도 말하지 않고 잘 견뎠지. 오른쪽 새끼 발가락이 까맣게 되고 있다는 걸 발견했지만, 어디에선가 뭔가에 부딪혀서 그렇게 된 거라고 생각했지… 어느 날인가 목욕을 하려고 했어. 바로 어제 일처럼 기억이 나. 그리고 그때 내 발가락이 숯처럼 시커멓게 되었고, 발도 까매지기 시작했다는 걸 발견했어… 의사를 불러야겠다고 생각했어. 그래도 일단 욕조에 들어갔고, 오른발을 씻기 시작했지… 그런데 발가락 하나가 뚝 떨어져 손아귀 속으로 들어온 거야! 그때 나는 목욕 타월을 손에 들고 있었는데, 그 타월 한복판에 아주 오래되어 바싹 마른 건포도처럼 보이는 발가락이 있는 걸 보게 되었지… 심지어 고통도 없었어!" 티 루는 이 대목까지 말한 뒤에 늘 이야기를 잠시 멈추었다. 자신이 해준 이야기가 얼마나 끔찍한 건지 듣는 사람으로 하여금 알아차릴 시간을 주기 위해서였다. 그런 다음에 이야기의 효과가 제대로 먹힌다 싶을 때 이렇게 천진한 태도로 덧붙였다. "그 발가락 볼래? 아직 가지고 있는데…" 물론 까맣게 타들어간 오른쪽 발가락을 보고자 하는 사람은 아무도 없었고, 오타와의 암늑대가 정말로 그 숯처럼 된 자신의 몸 일부를 가지고 있는지 어떤지 아무도 알 수 없었다…. 아무튼 티 루는 이야기를 계속해 나갔다. "사흘 뒤에 나는 다리 한 짝이 잘린 채로 잠에서 깨어났지. 오타와의 암늑대 티 루, 장관 부인들의 공포의 대상, 의회 의원들의 여왕이었던 바로 내가 예순 살이 넘은 나이에, 14년 전쟁*을 치르고 캐나다로 돌아오려고 배를 타기 바로 직전에 지뢰를 밟은 참전 용사같이 되다니! 난 일 년을 꽉 채워 악쓰고 울어 댔지… 내 자신의 반밖에 없는 듯한 느낌이 들었어. 뭔 소리인지 알겠어? 나는 그 두 다리로 좋은 시절을 보냈다고! 나는 그 두 다리를 써서 40년 동안 무도회와 엉덩짝 파티에서 사람들을 지옥에 떨어지게 해왔다고! 그런데 예순 살에 다시 걷는 법을 배우다니 웃기지도 않지! 목발은 말이야… 그 빌어먹을 목발에 대해서라면 몇 주 동안 계속 이야기할 수 있어. 그러고 나서도 그 목발에 대해 내가 어떻게 생각하는지 다 이야기하지 못할 거야! 거울 앞에서 새 드레스를 입고 세 다리로 서 있기란, 게다가 그중에서 두 개는 나무로 되어 있고 그 때문에 거동이 불편하게 된다면, 창녀가 겪을 수 있는 가장 최악의 경험이라고! 지금은… 내 동공이 풀어져 있을 때는 괜찮아. 몽땅 잊어버리고 있으니까. 상르그레 박사의 약 효과가 아직 돌고 있는 거니까… 하지만 내가 쌩쌩한 눈을 하고 있을 때엔 그런 나한테 속지 마. 내가 기분이 좋다면, 그런 날 믿지 마. 내가 기분

* 14년 전쟁 : 제1차 세계 대전을 말한다.

이 나쁘다면, 나한테 말 걸지 마. 그리고 내가 화를 내고 있으면, 날 피해.") 로즈 위메가 티 루 몸에서 물기를 다 닦은 후에 티 루를 침대에 눕히자, 그 늙은 여자는 또다시 눈물을 흘렸고 계속 반복해서 말했다. "이제 끝이야! 이제 끝이라고, 로즈. 모든 게 끝났어!" 로즈는 목구멍에 공 같은 게 막혀 있는 듯 아무런 말도 나오지 않았다. 티 루를 달래주거나 적어도 그러려고 애써야 했지만, 그래 봐야 아무런 소용이 없을 거라는 생각이 들었다. 티 루의 다리 끝에 생긴 그 검정색 선은 티 루에게 악마가 직접 승인한 최종 선고이자 마지막 사형 선고였다. 그리고 어떤 말이나 어떤 애정의 표시로도 바뀔 수 없는 사실이었다. 티 루는 진정제를 달라고 했다. 로즈는 살롱에서 진정제를 가져다주었다. "이제 가도 좋아. 청소는 그냥 안 해도 돼. 네가 그 만삭의 배를 하고 온 집 안을 뒤집어 놓는 걸 볼 기분이 아니야. 가서 쉬어, 피곤할 텐데." 마음이 잔뜩 동요되고 의기소침해진 로즈 위메가 티 루의 집에서 나올 때, 큰 괘종시계의 종이 세 시를 알렸다. "아무리 창녀라고 해도 치러야 할 대가가 너무 가혹하잖아!"

초록색 양모 털실공을 한창 유린하고 있던 뒤플레시는 문득 마르셀과 그의 몸에서 나는 마른 오줌 냄새에 대한 기억을 떠올렸다. 뒤플레시가 얼마나 재빠르게 플로랑스의 마당에서 사라졌는지, 뜨개질하던 네 명의 여인들은 모든 걸 다 볼 수 있는 능력에도 불구하고 뒤플레시가 사라진 것을 알아채지 못했을 정도였다. 오직 모브만이 나무 울타리 사이로 어떤 그림자가 쏜살같이 지나간 것을 곁눈으로 본 것 같다고 했지만(모브는 2층 발코니를 떠받들고 있던 기둥에 머리를 기대려고 의자를 1층 발코니의 왼쪽 끝으로 끌어다 놓았다), 뜨개질하다가 방금 코 하나를 빠뜨렸기 때문에 뜨개질에 집중하느라 고양이에게 주의를 기울이지 않았다. 뒤플레시는 몽루아얄 대로로 가기 위해서 시멘트 도보나 울타리를 따라가기보다는, 화단이나 정원, 혹은 울타리를 가로질러 가기로 마음먹었다. 조금 더 멀지만, 더 쾌적한 길이었기 때문이었다. 한여름이라면 그 길은 더 훌륭했을 것이다. 뒤플레시가 좋아하는 사냥감인 벌과 나비들이 꼬이는 리베스트 부인의 꽃들이 있었기 때문이었다.("나비는 잡기는 어렵지만 정말 너무 맛있어! 그리고 벌, 정말 좋지! 벌침에 쏘일 위험을 감수할 만해, 육즙 가득한 그 커다란 몸을 씹는 호사를 누리기 위해서는 말이야….") 또는 보솔레유 가족이 사는 집 앞 잔디도 좋았는데, 왜냐하면 잔디를 한 번도 깎은 적이 없기 때문에 동네에 사는 모든 고양이들에게 그곳은 사냥터가 되었고, 이상적인 피난처도 되었기 때문이었다. 태양이 못 견디게 뜨거울 때에도 몸을 숨길 천연의 장소가 있고, 푸른 잎이 만들어 낸 터널도 있었기 때문이다. 뒤플레시는 새로이 올라온 잔디, 벌써 만개한 크로커스 꽃, 지천에 널려 있는 민들레가 무엇인가를 약속하는 듯하다고 생각했고, 그 모습에 감동했다. 잔디는 정신없이 쑥쑥 자라날 것이고, 크로커스 꽃은 스러지며 은방울 꽃에게 자리를 내줄 것이며, 민들레는 하얀색 털공으로 변할 것이었다. 뒤플레시는 노련한 발길질 한 방으로 그 공을 허물어트리며 즐겁게 놀 것이다. 그 공은 허물어지면서 땅 위에 그대로 내려앉기에는 너무 몸이 가벼운 발레리나들을 사방팔방으로 흩날릴 것이며, 어려운 자세를 취한 채 그대로 꼼짝하지 않고 바람결에 이리저리 떠다니는 그 발레리나들은 또 얼마나 우아할 것인지. 마르셀이 근처에 없다는 것을 알아챈 순간(이런 낮 시간이라면 보통 그 꼬맹이는 층계 아래나 길가에 있는 네모난 화단에서 뭔가 말썽을 피우는 중이겠지만, 기뻐서 꺅하고 내지르는 소리나 참지 못하고 터져 나오는 웃음소리가 들리지 않았는데) 뒤플레시는 그 아이가 있을 만한 유일한 다른 장소인 라 퐁텐 공원으로 그 아이를 찾으러 가기로 결심했다. 작년 여름, 뒤플레시와 이 꼬마 소년의 우정이 열렬한 사랑으로 변모했을 무렵, 이러한 열병은 그중에서도 특히 뒤플레시에게 영향을 끼쳤다. 뒤플레시는 한밤중에 사랑에 취한 채 헐떡이면서 다음날이 빨리 오고, 자신의 친구를 다시 만나는 순간이 더 빨리 올 수 있도록 초조하게 잠을 청했다. 그리고 뒤플레시는 아주 중요한 사실 하나를 깨달았다. 마르셀이 온종일 사라져 버려서 뒤플레시가 걱정과 근심에 빠지게 될 때는, 다른 사람들이 마르셀을 말 그대로 납치하다시피 라 퐁텐 공원에 데려간 다음, 마르셀을 길게 늘어뜨려진 두 밧줄 사이에 가로놓인 나무 판자 위에 올려놓고, 터무니없는 방식으로 흔들어 대고 있을 때라는 것이다. 마르셀은 소리를 질렀고, 뒤플레시는 마르셀이 무서워서 그러는 거라고 생각했다. 그래서 열정이 넘쳐흐르고, 용감하고 멋진 줄무늬 고양이인 바로 자신이, 친구를 구출하러 그네 밑으로 몸을 날렸다. 마르셀이 뒤플레시를 발견하자, 웃음을 터트리며 큰 소리로 외쳤다. "쁠레시! 쁠레시!" 그리고 그네를 멈춰 달라고 했다. 뒤플레시는 마르셀 무릎 위로 풀쩍 뛰어 올라가서 거침없이 고롱고롱거리는 소리를 냈고, 마르셀의 쓰담쓰담과 뽀뽀를 잔뜩 받았다. 그런 다음에 뒤플레시는 자신이 마르셀을 죽음의 위기에서 구했다고 확신하며, 만족스러운 듯이 야옹야옹거리면서 친구를 집으로 "다시 데려다주었다." 마리 실비아의 고양이는 일사천리로 뢰루 씨네 화단을 가로질렀고, 그다음에 아미요 씨네 화단을, 그러고 나서는 아스팔트로 덮여 우울한 분위기를 내는 기유메트 씨네 앞마당을 지났다. 기유메트 씨네 가족들은 집 앞마당을 아스팔트로 덮으면서 아주 잘한 짓이라고 생각했지만, 8월 중순에 타르가 녹아내리면서 신발 밑창이 쩍쩍 들러붙게 되자 금세 그 생각을 후회하게 되었다. 그리고 마지막으로 리베스트 씨네 새로 흙을 갈아엎은 넓은 화단을 지나갔다. 리베스트 씨네 가족들은 "정원사"라고 불렸다. 왜냐하면 다른 사람들은 심을 생각도 하지 못했던 식물들을 매년 키워 내는 데 성공했기 때문이었다.(나나는 종종 이렇게 말하곤 했다. "어느 해인가는 정원에서 늙은 호박이 풍선에 바람 넣는 것처럼 부풀어 오르기 시작하더라. 솔직히 처음엔 그 정도까지 공을 들여 할 일인가 싶었어… 그런데 핼러윈에 커다란 늙은 호박을 이웃 사람들에게 하나씩 나눠 줬을 때, 그 사람들의 정신 나간 듯한 짓거리도 좋은 면이 있구나! 하고 생각했지.") 그러나 뒤플레시는 조두앵 씨네 울타리 앞에서 가브리엘 조두앵과 빅투아르가 하는 대화를 듣느라 발걸음을 멈췄다. 가브리엘 조두앵은 무척 예쁘고 명랑한 여자였고, 그래서 같은 동네에 사는 다른 여자들은 가브리엘을 "파브르 거리의 방울새"*라고 불렀다. 빅투아르가 그녀의 집 앞에 멈춰 서자 빅투아르의 아들 에두아르는 아주 암담해했다. "출산 예정일이 언제이누?" 가브리엘 조두앵은 미소를 지으면서 배 위를 문질렀다. "6월 말이에요. 우리 로즈 언니도 예정일이 같지 뭐예요." "우리 며느리 예정일도 그래." "아 맞네요, 며느님도 임신 중이시지요." "이그, 그걸 임신 중이라고 부르고 싶지 않아. 열두 쌍둥이라

* 방울새pinson: 방울이 울리는 듯한 예쁘고 발랄한 울음소리를 내는 새. 프랑스어권에서는 아주 명랑하고 생기발랄한 사람을 종종 이 새에 빗대어 "방울새처럼 명랑하다 gai comme un pinson"고 한다.

도 나을 거 같다니까." "어디 안 좋으신가요?" "몸이 안 좋은 건 아닌데, 진종일 누워 있어야 하거든…." "어휴 그거 참 갑갑하겠어요." "그 일에 관해서는 엄청 불만이 많지. 하지만 며느리가 그 아이를 너무나 원해서 말이야." "저도 마찬가지예요, 저도 얼마나 아기를 가지고 싶어 했다고요! 이번이 제 첫아기인데요, 이 아이로 끝내고 싶진 않아요! 제 신랑인 마스타이는 아이를 셋 낳으면 그만 낳아야 되는 거 아니냐고 말했지만, 저는 할 수 있는 한 아이를 많이 낳고 싶어요…." "가비야, 몇 년 후에는 그렇게 말하지 않을 거야." "걱정 마세요, 저는 진짜 아이를 좋아하거든요!" "넌 네 언니랑 다르구나…." "아, 로즈 언니는요…" 가브리엘 조두앵은 어쩔 수 없다는 듯 몸짓을 하더니 웃기 시작했다. "제가 언니한테 어제 무슨 이야기를 들었는지 아세요? 설거지를 끝냈을 때쯤에 언니가 그 정신 나간 신랑이랑 왔어요. 그러고는 난데없이 저한테 '넌 임신한 게 참 좋은가 보네. 가끔은 내 배 속 아기도 네가 나 대신 배고 있어 달라고 부탁하고 싶다니까.'라고 하는 거 있죠. 그래서 제가 '언니, 좀 미친 거 아니야!'라고 했어요. 엄청 웃었지만 문득 언니가 진지하게 말하고 있다는 걸 알게 되었어요…." "네 언니는 절대 결혼하지 말았어야 해." "에이 그런 말 마세요. 저희는 합동결혼식을 했거든요. 그런데 이렇게 언니네가 서로 잘 지내지 못하는 것을 볼 때마다, 저희 부부한테도 같은 일이 생길까 봐 걱정이 된단 말이에요…." "얘, 가비야, 걱정 말거라. 느그 신랑이 똑똑한 건 아니어도 로즈 신랑보다는 훨씬 상식 있는 사람으로 보이니까." 에두아르는 부아가 치밀어 올라 한숨을 쉬었다. "어휴, 뭐예요 두 분. 저는 별다른 내용도 없는 수다 외에는 별다른 일이 없는 여자들의 대화를 듣는 것 말고도 할 일이 많다고요!" 에두아르의 엄마는 아들 쪽을 바라보지도 않고 말했다. "아, 그래? 네가 해야 할 일이 뭐가 그리 많은데?" 가브리엘은 웃음을 터트렸다. 뒤플레시는 이 순간을 틈타 화단을 가로질러 갔고, 자신이 좋아하는 가브리엘의 다리 사이를 지나가며 정다운 목소리로 야옹하며 가브리엘에게 인사를 건넸다. 빅투아르가 깜짝 놀라 소스라쳤다. "또 저 망할 고양이가 왔네! 저 망할 것이 라리비에르&르블랑 가게까지 우릴 따라오겠어!" 뒤플레시는 한달음에 몽루아얄 대로까지 뛰어갔다. 빅투아르와 에두아르도 라 퐁텐 공원으로 가는 중이며, 인공적인 향수 냄새가 지독히 나는 저 뚱뚱한 남자의 품에 마르셀이 머리카락 끄트머리도 보이지 않을 정도로 푹 안기게 될까 봐 걱정이 되었다. 왜냐하면 저 남자는 방금 죽은 시체나, 썩은 꽃의 냄새같이 역겨운 냄새를 자기 친구에게 늘 묻혀 놓았기 때문이었다. "내 하루를 망칠 수도 있는 저 인간들보다 빨리 공원에 도착해야 해!" 뒤플레시는 발걸음을 늦추지 않고 몽루아얄 대로를 건넜는데, 그 때문에 하마터면 감자튀김을 파는 포장마차와, 온통 찌부러진 곳투성이인 1935년식 낡은 포드 자동차가 부딪힐 뻔했다. 마차를 끌던 말이, 화살처럼 쌩하니 자기 앞을 지나는 줄무늬 털가죽 뭉치를 보고 깜짝 놀라 하마터면 날뛸 뻔했지만, 감자튀김 판매원이 말을 잘 다룬 덕분에 사고는 가까스로 피할 수 있었다. 하지만 뒤플레시는 몽루아얄 대로 건너편에 도착하자마자 발걸음을 딱 멈춰 섰고, 자기 심장이 차갑게 얼어붙는 걸 느꼈다. 뒤플레시가 있는 곳에서 15미터쯤 떨어진 길모퉁이에 자신의 가장 커다란 적이자 공포 그 자체인 고드부가 서 있었기 때문이었다. 고드부는 평소에 혼자 돌아다녔고 성격도 침착한 개였지만, 북쪽 몽루아얄 대로에서 남쪽 라셸 길까지 펼쳐져 있으며 파브르 길 인근을 넘어서 동쪽 파피노 대로에서 서쪽 라노디에르 길까지 넘어가는 자신의 영역을 지나려는 고양이, 특히 그중에서도 그가 제일 미워하고 있는 뒤플레시와는 절대 타협하지 않았고, 심지어 아주 못되게 굴었다. 뒤플레시가 오는 걸 본 고드부는 두 앞발을 떡 하니 벌리고 서서, 입을 벌린 채 콧숨을 거칠게 내뿜으며 아주 무시무시한 이를 드러내고 으르렁거리고 있었다. 뒤플레시는 체면을 구기지 않기 위해 고드부를 못 본 척하면서 앞발로 주둥이를 닦기 시작했다. 심장이 터질 듯이 뛰었지만, 고드부가 알아차리게 하고 싶지 않았다. 하지만 고드부는 속아 넘어가지 않았다. 고드부는 지옥에 있는 악마들 전체가 울부짖듯 무시무시한 소리로 짖으며 뒤플레시에게 다가갔다. 뒤플레시는 주둥이를 닦던 발을 멈추고 고드부의 눈을 똑바로 쳐다보며 말했다. "자기야, 좀 멀리 가서 짖지 그래. 몸치장하는 데 방해되잖아!" 몇 초도 지나지 않아 피 튀기는 싸움이 벌어졌다.

"나 너무 힘들어, 죽을 거 같다니까!" 필립은 나무 뒤에 숨었다. 필립은 그 장소가 놀이터 감시인이 있는 놀이터에서 볼 수 없는 유일한 곳이라고 믿고 있었다. 두 시간 동안 얼굴을 구기고 온몸을 비트느라 지친 필립은 나무 밑동에 앉아 있었다. 필립은 놀이터에 들어가는 데 성공했지만, 결국 엄청나게 고통스러운 두 시간을 보낸 셈이었다. 어떤 인물을 계속 연기하면서, 게다가 그 인물이 자기 자신과 다른 사람, 특히 장애가 있고 불구가 있는 사람이지만 그 나름의 방식으로 어떻게든 놀아 보려고 애쓰는 인물이라면, 사실상 어떻게 즐겁게 놀 수 있겠는가? 필립도 처음에는 소아마비 환자가 놀이터 한복판에서 어떻게 반응할지 상상해 보는 것이 재미있다고 생각했지만, 소아마비 환자는 놀이터에서 놀 수 없다는 사실을 금세 깨닫게 되었다. 미끄럼틀

B. J. COGHLIN CO.
Pop Corn
French Fried Potatoes

이나 사다리는 너무 위험했고, 뺑뺑이는 그 위에 앉아서 다른 사람이 밀어 주지 않는 이상 꿈도 못 꾸고(그렇지만 뺑뺑이는 뺑뺑 돌려야 제일 재미있지 않은가?), 모래놀이터는 더럽고 시끄러운 애들로 꽉 차 있었다. 그에게 남은 선택지는 시소였는데, 그것도 역시 계속 맡은 역할을 연기하면서 타고 놀아야 했던 것이다! 나무 발치에 다가온 마르셀은 갑자기 눈과 팔다리를 꼬는 걸 딱 멈춘 사촌 형을 보고 놀라서 말했다. "피립 혀아, 더 안 노라?" "형아 완전 뻗었다. 어휴! 마르셀, 모래놀이터로 돌아가. 그리고 혹시 감시인 아저씨가 오면 나한테 알려줘…." 마르셀은 사촌 형 다리 사이에 앉았다. "마르젤두 지쳐쪄!" 마르셀은 필립 형아의 가슴에 기댔다. "코야 할꼬야…" "뭐, 잔다고! 그러다간 우리 모두 들켜 버릴 거라고!" 마르셀은 머리 위에 있는 나뭇가지를 뒤덮은 새순들을 바라봤다. "낼(내일) 나무에 이피 날 꼬야. 테레즈 누나가 마르젤하테 말해쪄." 마르셀은 눈을 감고 금세 잠이 들었다. 필립은 더 이상 꼼짝할 수가 없었다. 마르셀이 사촌 형에게 몸을 기대고, 그 품 안에서 완전히 몸을 내맡기고 잠을 자기 위해 다가온 게 한 두 번이 아니었다. 저녁 먹고 난 후의 밥상머리가 되었든, 아니면 밥 먹은 다음에 필립과 테레즈와 리샤르가 식탁에서 숙제를 할 때가 되었든, 사촌 형한테 뽀뽀를 해준다는 구실로 의자 위로 기어 올라가서는 품 안에서 밍기적거리다가 형아를 든든해하면서 행복하게 잠이 들었기 때문이었다. 그래서 필립한테 약간 질투가 난 테레즈는 이렇게 말했다. "필립아, 네가 그렇게 재미없으니까 마르셀이 잠들지!" 그러면 필립이 대답했다. "마르셀을 재우는 사람이 있기라도 하니 다행이지 뭐! 이 집에서 애한테 소리를 질러댈 사람들은 충분히 많잖아!" 마르셀이 조금 움직이면서 가늘고 작은 팔로 필립을 꼭 안았고, 한숨을 폭 쉬더니 미소를 지었다. "자, 한동안 여기서 옴짝달싹도 못 하게 생겼네." 그래서 필립도 잠을 청해 보기로 했다. 필립은 나무 기둥에 머리를 기대고 눈을 감았다. 필립은 매주 토요일과 일요일 오후나, 가끔은 평일에 학교 끝나고 집에 왔을 때에도 마르셀하고 낮잠을 자는 습관이 있었다. 이런 습관은 마음을 편안하게 만들기 위한 것이었다. 또 어떻게 그렇게 되는 건지 전혀 이해할 수 없는 문법이나, 언제나 다른 아이들이 모두 이해하고 나서야 마침내 이해하게 되는 산수나, 신경 쓰지도 않는 종교 과목, 어김없이 헤매고 마는 지리 과목 같은 걸 잊기 위한 것이기도 했다. 필립은 공부를 못하는 학생이었고, 필립 자신도 그 사실을 알았으며 심지어 그 사실을 어떤 의미에서는 받아들였다. "난 머저리이지만 그딴 거 신경 안 쓴다고. 학교를 그만둘 수 있는 나이가 되면 아빠랑 일하러 갈 거야…." 매일 저녁 온갖 색깔의 잉크들, 제목에 밑줄 칠 자, 언제나 완벽하게 정리된 공책을 갖춰 놓고 미친 듯이 숙제를 하곤 하는 리샤르와는 정반대로, 필립은 숙제를 끝내는 일이 드물었으며, 겨우 메모 정도 수준의 글을 끄적거려 놓는 데 그쳤다. 그것도 대부분의 시간을 땀 뻘뻘 흘리고 용쓰며 하는 것이었지만, 다 소용없는 짓이었다. 리샤르는 학교에서 돌아오면 침착하게 휴식을 취했다. 그리고 이런 침착함은 스스로에게 자신감이 있고, 또 자신이 우월하다고 믿고 있는 사람들이나 가지고 있는 거였다. 그에 비해 필립은 초조해했고, 걱정스러워했다. 하지만 품 안에 안겨 있는 마르셀의 규칙적인 숨소리는, 필립에게 그토록 부족했던 자신감을 채워 주었다. 필립은 자신에게 부족한 자신감을 허풍을 치거나, 재주를 넘거나, 우스꽝스러운 짓을 하거나, 심지어 주먹질을 하거나 하면서 얼버무리곤 했다. 자세가 너무 불편해서 잠을 이룰 수 없었던 필립은 다시 눈을 뜨고 사촌 동생의 조막만 한 얼굴을 쳐다봤다. "네가 없었다면…" 테레즈의 째지는 듯한 웃음소리가 놀이터를 건너서 들려왔고, 오후 시간을 두 쪽으로 찢어버렸다. 테레즈는 보통 그런 식으로 웃지 않았다. 뭔가 아주 중요한 일이 일어날 때, 테레즈의 웃음소리는 언제나 두 시기 사이의 경계점이자 표시선 노릇을 했다. 테레즈가 웃기 전과 웃은 후로 말이다. 필립은 뭔 일이 일어났고, 이제부터는 오늘 오후를 시작했을 때와는 다른 양상으로 오후를 끝내게 될 거라는 생각이 들었다. 그렇지만 테레즈가 뭘 하고 있는 건지 보려고 고개를 쭉 내밀거나 몸을 기울이려는 노력은 전혀 하지 않았다. 그렇게 하지 않더라도 결국 다 알게 될 것임을 알고 있었기 때문이었다. 그리고 지금으로서는 마르셀의 숨소리와 얼굴에 띤 미소에만 관심이 갔기 때문이었다.

마스타이 조두앵은 빈 도시락 통을 겨드랑이에 끼고, 집 방향으로 파브르 길을 올라가고 있었다. 마스타이는 〈갈매기〉*를 흥얼거리고 있었다. 그가 엄청 싫어하는 노래였지만, 아내가 아침에 그 노래를 듣는 통에 머릿속에 들어와 도통 떠날 생각을 하지 않고 있었기 때문이었다. 마스타이는 이 노래를 계속 흥얼거리며 생드니 노선을 다니는 전차를 하루 종일 몰았다. 오른쪽에서 갑자기 자동차가 뛰어들거나, 승객이 늦장을 부리며 내릴 때마다 "젠장"와 "염병" 같은 욕을 하

* 갈매기Les Goélands: 프랑스 샹송, 뤼시엥 부아예Lucien Boyer가 작사와 작곡을 했고, 여가수 다미아Damia가 1911년부터 공연장에서 부르기 시작하다가 1929년에 음반으로 취입한 노래이다. 바다 위를 날고 있는 갈매기를 바다에서 죽은 선원의 영혼에 빗대는 슬픈 내용의 노래이다.

며 노래를 중간중간 멈추곤 했다. 마스타이 조두앵은 전차 운전사로서 비할 데 없이 평판이 좋았기 때문에, 운수회사 사칙으로 명백히 금지하고 있었던 욕을 하거나 호통을 치더라도 내버려 두었다. 어떤 승객이 423번 생드니 노선을 다니는 전차 기사는 영 예의가 없다며 투덜거리면, 다른 사람들이 이렇게 늘 말해 주곤 했다. "저이가 입이 걸긴 해도 지난 5년간 사고 한 번 안 냈다우! 댁 같으면 양처럼 온순하지만 진종일 목숨을 위태롭게 하는 기사 양반을 더 좋아할 수 있겠수?" 사실 회사 측에서는 사람들 앞에서 욕하는 걸 제발 좀 그만둬 달라고 마스타이 조두앵을 설득하려고 무척 애썼다. 초반에는 다양한 방식으로 마스타이에게 징계를 내리기까지 했다. 몬트리올에서 가장 지루한 라셸 노선에 마스타이를 배치하기도 했고, 일요일과 공휴일 근무를 시키기도 했고, 심지어 사소한 실수에 대한 징계로 며칠 휴직을 시킨 적도 있었지만, 다 소용없었다. 마스타이는 운전석에 앉자마자 진심에서 우러나온 욕을 내뱉었고, 당황해하는 감독관에게 윙크를 했다. 그리고 가끔씩은 이렇게까지 말하기도 했다. "이런 염병! 당신이 날 이겨 먹는 일은 없을 거요! 이기는 건 바로 나요!" 결국 회사 측에서는 신부님이나 수녀님이 전차에 탔을 때만이라도 욕을 좀 자제해 달라고 마스타이에게 부탁하는 선에서 끝냈다. "난 신부 나부랭이들을 싫어하고 오줌 지린내 나는 수녀들도 경멸하는데, 뭐 하러 그치들을 위해 내가 참아야 하는 거요?" 그랬는데도 불구하고, 수녀님 두 명이 전차표 수납함 앞으로 다가오거나, 수도사이든 신부이든 수사이든 누가 됐든 전차의 세 칸짜리 철제 계단을 오르며 마스타이에게 "안녕하세요, 기사님!"이라고 인사를 건네면, 마스타이 조두앵은 말본새를 조금 바꾸었다. 그리고 전차 안에는 통상적으로 쓰던 신성모독적인 욕이 아니라, 그런 욕에서 파생되었지만, 그래도 아주 직접적이지 않고 좀 더 변형된 욕 시리즈가 울려 퍼졌다. 마스타이는 "타바르남므 드 시볼라크 드 칼린 드 빈느 도스통 드 칼비뉘스 드 크리장템므"*라고 고함을 질렀던 것이다. 이 말을 들은 수녀님들 얼굴은 하얗게 질렸고, 수도자들은 분노로 얼굴이 벌겋게 이글거렸다. 덜컹거리는 전차에 노파들이나 수수한 주부들만 가득 채워진 대낮 시간에는 가끔은 재미 삼아서 정차 역 안내를 좀 독특한 방법으로 했다. "제기랄-드몽티니 역이오!" "개똥-로리에 역이오!" "씨발-라셸 역이오!" 그리고 승객들의 당황한 안색을 보며 껄껄 웃음을 터뜨리곤 했다. "아줌씨! 깜짝 놀랐죠, 그쵸? 씨발, 잘도 처자길래 그랬수다." 노파나 노인이 전차를 타고 내리는 걸 도울 때도 종종 있었다. 순전히 친절한 마음에서 우러나온 행동이었고, 회사 사칙에서는 기사에게 그런 걸 강제하고 있지 않았다. 하지만 마스타이는 그 멋진 행동을 끝내자마자 전차 문을 닫으며 "씨발! 거기 노인네 양반, 다음에 내 차에서 빨리 안 내리면 궁둥이를 걷어차 줄 거요!"라고 소리치면서, 좀 전에 차장의 친절함과 세심함에 홀딱 넘어갔던 승객들을 몹시 불쾌하게 만들었다. 마스타이는 저 멀

* 사실 퀘벡 욕의 상당수는 가톨릭 용어에서 차용해 온 것들이기 때문에, 교회 관계자의 입장에서 그런 단어를 사용해서 욕을 하는 것은 상당히 신성모독적인 행위라고 받아들일 수 있다. 그런데 여기서 마스타이는 그 용어들을 한 번 더 변형한 형태의 단어들을 사용해 욕을 한다. 마스타이가 말한 순서대로 단어 풀이를 하자면, 감실tabernacle이 타바르낙tabarnac으로 변형되었다가 다시 타바르남므tabarname로 바뀌었고, 성합ciboire은 시볼라크cibolaque로, 성배calice는 칼린 드 빈느câline de binne로, 성체의 빵hostie은 오스통hoston으로, 예수수난상(십자가상)calvaire de christ은 칼비뉘스 드 크리장템므("국화"와 발음이 유사하다)calvinusse de chrysantème와 비슷하게 변형해서 말했다. 한국어에서 방송용으로 순화시킨 욕들, "이런 신발, 식빵, 시베리아, 쌍쌍바, 십장생아!" 같은 느낌으로 상상해 볼 수 있다.

리, 아내 가브리엘이 정원 울타리에 기대고 서서 자신을 기다리는 걸 발견했고, 아내에게 반갑게 손을 크게 흔들었다. 가브리엘은 여름이면 매일 밖에 나와서 남편을 기다리곤 했다. 올해는 오늘이 첫날이었다. 그리고 가브리엘은 무척 신이 나 있었다. “드디어 좋은 계절이 왔나 보네!” 가브리엘은 앞마당 정원을 한가로이 거닐고, 배 속 아기를 위해 노래를 흥얼거리며 시간을 보내기 위해서 남편이 도착하는 시간보다 넉넉잡고 30분 전부터 밖에 나와 있었다. 빅투아르 할머니와 나눴던 대화는 기분전환이 되었다. 그리고 빅투아르 할머니가 에두아르의 팔짱을 끼고 멀어져 가는 걸 지켜보며 고개를 끄떡였다. 마스타이는 멀리서 최대한 큰 소리로 소리쳤다. “우리 아가는 오늘 어때?” 마스타이가 도착해서 옆에 나란히 서게 되자 가브리엘이 이렇게 답했다. “예전에는 우리 아가라고 하면 날 말하는 거였는데, 이젠 누구를 말하는 건지 잘 모르겠네….” 마스타이는 두 손을 아내 배 위에 올렸다. “좋아, 알았어. 이제부터는 ‘우리 두 아가들은 어떻게 지냈어?’ 하고 물어볼게.” “아이고, 그러면 다들 내가 쌍둥이를 낳을 거라고 생각할걸!” “그럼 너무 좋겠는데!” 이들은 보도 한복판에서 오랫동안 키스를 했고, 이런 행동은 최대한 자신의 감정을 감추려고 하는 이 동네 주민들에게는 아주 놀라운 것이었다. 길 건너편 발코니에 앉아 햇빛을 좀 쬐고 있었던 클레르 르미외는 부러운 눈빛으로 그들을 바라봤다. 커다랗고 희멀건 고래 같은 자기 남편은 아직도 거실 소파에서 자고 있었다. “키스를 안 한 지도 한참 됐을 뿐 아니라, 매일 일하러 나갔다 돌아오는 사람도 나라니! 이런 젠장!” 클레르는 뜨뜻미지근한 콜라를 한 모금 마셨다. “어휴, 또 얼굴에 여드름 나겠네….” 발코니 바닥에 콜라병을 내려놓았다. “얼굴에 뭐 좀 나도 상관없지 뭐. 아무도 못 알아볼 텐데!" 마스타이는 왼팔로 아내의 어깨를 감싸 안고는 오른손으로 호주머니에서 연극표 두 장을 꺼내 들었다. "우리 예쁜 가비 씨, 오늘 저녁 라 푼*의 공연에 데려가 줄게!" 가브리엘 조두앵은 기쁨의 외마디 비명을 지르고는 남편이 들고 있던 표를 낚아챘다. "라 푼이라고! 내가 얼마나 오래전부터 보고 싶어 했는데! 우리 일찍 저녁 먹자! 둘이 같이 앉을 자리를 받으려면 공연 시작 전에 미리 가야 하니까, 시간 잘 맞춰서 가자!" 가브리엘은 손뼉을 치며 폴짝폴짝 뛰었다. "야호! 정말 너무 좋네. 이번 주 공연 제목이 뭐라더라, 코메디였던 거 같은데?" "제목이 〈우리 동네 주정뱅이 여자〉인데, 정말 미친듯이 웃긴다고 하더라! 모뉘망 나시오날 극장에서 앙투아네트 지루가 주연으로 공연하고 있는 〈막심네 부인〉에 데려갈까도 생각했었는데, 그건 너무 심각한 내용일 거 같더라고… 난 웃고 싶거든!" "응응, 알아! 나도 그래, 재미있는 거 보고 싶어!" 가브리엘은 갑자기 양손을 둥그렇게 튀어나온 배 위에 올렸다. "우리 아가도 아주 신이 나나 보네. 요 녀석이 발길질을 하는걸!"

메르세데스는 하루 종일 여기저기를 헤매고 다녔다. 제일 먼저 파피노 대로와 드 라 로슈 길 사이의 몽루아얄 대로 양쪽 편에 있는 모든 상점들을 하나하나 다 들렀다. 시간을 보내기 위해서였다. 그다음에 오후 한 시부터는 담배를 연달아 피워 대면서 라 퐁텐 공원을 이리

---

* 라 푼La Poune(1903~1996): 캐나다 퀘벡의 여배우. 코메디 연극사에 큰 획을 남긴 배우이자 테아트르 나시오날 극장Théâtre national 감독이며, 가수이기도 했다. 특히 벌레스크(희가극) 장르의 연극에 능했다.

저리 거닐었다. 겨울 동안 창고에 쌓아 두는, 초록색 페인트칠을 한 나무 벤치들이 아직 공원에 나와 있지 않은 것을 보고 조금 실망했다. 하지만 잔디밭에서 올라오는 봄 내음과, 땅에 어려 있는 습기를 빨아들이는 햇빛을 올해에도 다시 느끼게 되자 행복해했다. 메르세데스는 베아트리스가 두 시 반 이전에는, 혹은 세 시까지도 자길 만나러 오지 않을 거라는 걸 알고 있었기 때문에, 라 퐁텐 공원 주변을 크게 한 바퀴 돌기로 했다. 파피노 대로를 따라 남쪽으로 죽 내려갔다가, 셸부룩 길을 지나면서 자기가 태어났던 병원인 노트르담 병원과, 한 번도 들어가 본 적 없는 시립 도서관 앞을 서성거렸다. 메르세데스는 아이들이 책을 읽을 시간이 없는 겨울이 아니라 여름 방학 동안에만 도서관 문을 여는 줄 알았었다. 어른들의 경우에는 뭐… 메르세데스는 청소년기 이후로 책을 읽을 짬이 나는 사람을 만난 적이 없었다… 그다음에는 파크 라 퐁텐 길을 따라 북쪽으로 올라간 다음, 라셸 길로 들어서서 그 길을 따라 시작점으로 돌아왔다. 이렇게 한 바퀴 돌자 정확히 한 시간 반이 걸렸고, 정확히 두 시 반에 파브르 길과 라셸 길이 지나는 공원의 한 모퉁이로 다시 돌아오게 되었다. 집에 있던 세 명의 군인들이 이제 잠에서 깼을지, 그리고 만약 깼다면 그 사람들이 어떻게 반응했을지 궁금했다. "그치들이 아무것도 기억을 못하면 좋겠다. 그리고 어디 다른 데서 돈을 잃어버린 거라고 생각하면 좋겠네! 하지만 그렇게 되리라 너무 기대하지는 말아야겠지…." 손님에게서 돈을 훔친 건 이번이 처음이었다. 이전에도 한 번 훔쳐 보고 싶은 마음이 들지 않았던 것은 아니지만, 보복당할까 무서워서 마지막까지 실행해 본 적이 없었다. 메르세데스는 일요일 아침에 손님을 등쳐 먹으려다가 눈이 거무죽죽하게 멍이 들거나 얼굴에 뻘겋게 피멍이 들어 귀가

하는 여자애들을 너무 많이 봐왔기 때문이었다! "개새끼들! 너는 그 놈들 얼굴에 침을 뱉거나, 모욕을 준다거나, 땅에 굴리거나 온갖 걸 다 할 수 있어. 게다가 그 놈들은 그런 걸 좋아한다고. 그런 걸로 흥분하거든! 하지만 말이야, 그 새끼들한테 단 한 푼이라도 돈을 빼앗으려고는 하지 마! 그러면 갑자기 근엄한 척하면서 널 하녀처럼 마구 대할 거라고!" 라리비에르&르블랑 가게에서 아침으로 핫도그와 콜라를 먹으면서, 메르세데스는 군인들의 호주머니에서 찾아낸 52불을 꺼내 테이블 위에 펼쳐 놓았다. 그리고 그 돈을 보자 마음이 훈훈해졌다.(그것도 단 한 번에 이렇게 많이, 이렇게 벌기 쉽다니!) "나도 베아트리스도 새 구두가 필요하고, 새 이불보도 사야 하는데… 완전 돈 한 푼 더 안 들이고 살 수 있겠네!" 하지만 메르세데스의 생각은 눈치 빨랐던 그 세 명의 병사에 대한 것으로 언제나 다시 돌아왔다. "오늘 저녁 우리 집은 너무 위험할 거 같네. 한 번쯤은 호텔에 가서 자도 되겠지. 내일이 되면 더 이상 위험하진 않을 거니까." 메르세데스는 다음 날보다 더 먼 미래를 생각하지 않는 것에 익숙해져 있었다. 상귀네 길에 위치한 〈코토 루즈 출신 수지〉 집이나, 〈뚱녀 프티〉 집에서 일했을 때, 그곳에서는 언제나 모든 것들이 24시간 이내에 해결됐다. 싸움, 돈 문제, 그리고 심지어 건강 문제까지도 그랬다. 메르세데스는 그 병사들이 자신에 대한 증오를 끈질기게 품고 있다가 그다음 날 다시 복수하러 올지도 모른다는 생각은 한 번도 하지 않았다. 메르세데스가 볼 때, 병사들이란 열을 지어 행진해 가는 사람들이었고, 영원히 다시 돌아오지 않는 사람들이었다. 베아트리스가 아직 도착하지 않은 것을 보고, 메르세데스는 라셸 길을 건너 길 코너에 있는 구멍가게에 담배를 사러 들어갔다. "이 가게 안에서는 여전히 말똥 냄새가 나네! 언제쯤 다른 집처럼 마차를 자동차로 바꿀 건지!" 메르세데스는 새로 산 튀레 담배 한 갑을 들고, 담배 한 까치에 불을 붙이고는 안도감을 느끼며 공원 쪽으로 돌아왔다. 파브르 길에서 시작되고, 오른쪽으로 휘어지면서 공원 안쪽까지 이어진 작은 길에서 어떤 남자아이 하나가 천천히 걸어가고 있었는데, 눈에 띄게 당황한 모습이었다. 메르세데스는 그 아이가 옆집에 사는 아이들 중 맏이라는 걸 알아봤다. 종종 마주치곤 했던 그 아이는 언제나 진중해 보였고, 메르세데스가 가까이 다가갈 때면 언제나 고개를 반대쪽으로 돌리곤 했었다. 메르세데스는 기분전환이 될 수 있을 거 같아 기뻐하면서 그 아이 쪽으로 다가갔다. 아이는 메르세데스를 보자 그 자리에 얼어붙었고, 메르세데스는 아이의 바지 왼쪽 다리 위로 검정 얼룩이 생겼고 이제 말라가고 있다는 것을 발견했다. 그 얼룩이 정액인 걸 눈치챈 메르세데스는 미소를 지었다. 귀까지 시뻘게진 리샤르는 최대한 빠르게 그녀에게서 멀어지려고 뒤로 돌았다. "어머, 꼬맹아. 너 길 잃었니?" 리샤르는 그 자리에 멈춰서는 뒤도 돌아보지 않고 대답했다. "길 찾아가는 것 정도는 할 수 있는 나이라고요!" "집에 돌아가는 중이니?" "네." "혼자 온 거야?" 메르세데스는 리샤르 옆으로 왔다. 리샤르는 계속 그녀를 바라보지 않고 대답했다. "제 남동생이랑 사촌 여자애랑 그리고 사촌 남동생이랑은 여자애들 노는 놀이터에서 놀고 있어요. 저는 그렇게 노는 게 바보 같아서 집에 돌아가려고요." 메르세데스는 담뱃갑을 내밀며 말했다. "너 담배 피우니?" "아뇨! 안 피워요!" "몰래 안 피워?" "담배 같은 거 관심 없어요!" "그치만 다른 건 몰래 하잖아, 안 그래?" 리샤르는 고추가 있는 부분을 양손으로 가리고는 얼굴을 더욱 더 붉혔다. "그렇게 부끄러워할 거 없어, 정상적인 거야. 네 나이에는 충분히 그럴 수 있다고…."

리샤르는 메르세데스에게서 멀어졌지만, 가는 방향을 잘못 잡아 공원 안쪽으로 더 들어가게 되었다. “왜 나랑 말하기 싫어하니? 난 널 잡아먹지도 않을 텐데!” 처음으로 리샤르는 메르세데스를 정면으로 쳐다보았다. 메르세데스는 리샤르의 투명하게 보일 정도로 빨개진 커다란 귀를 보고는 하마터면 웃음을 터트릴 뻔했지만 꾹 참았다. “길 한가운데에서 담배를 피우는 여자는 못 하는 짓이 없다고 했어요!” “아! 그래서 그렇구나….” 메르세데스는 길에서 담배를 피우는 여자는 무조건 나쁘게 생각된다는 걸 늘 까먹곤 했다. 어디에 있든, 무엇을 하든 간에 늘 사람들에게 매도되는 것에 익숙해져 있었던 메르세데스는 이런 세세한 부분에 별로 신경을 쓰지 않았다. 그리고 이따금씩은 일부러 사람들 앞에서 도발적으로 담뱃불을 붙였고, 남자들보다는 여자들 면전에다가 담배 연기를 뿜어 댔다. 메르세데스는 담배꽁초를 바닥에 던지고 오른발로 비벼 불을 껐다. “자, 이러면 나랑 이야기할 마음이 더 나지?” 리샤르는 다시 고개를 돌렸지만, 이번에는 메르세데스에게서 멀리 떨어지려고 하지는 않았다. 메르세데스는 리샤르 어깨 위에 손을 얹었다. “너 걱정되는 게 있구나, 안 그래?” 리샤르는 고개를 숙이더니 눈물을 터트렸다. 그러자 메르세데스는 길 한가운데 앉았고 리샤르를 끌어당겨 옆에 앉혔다. 그러고 나서 리샤르가 자신의 삶, 콤플렉스, 동생에 대한 증오, 엄마에 대한 자신의 충족되지 않는 사랑, 그리고 어떻게 된 건지 이해할 수는 없지만 정말 너무 좋았던, 처음 경험한 육체적 쾌락에 대해 이야기하는 것을 거의 두 시간 동안 들어 주었다. 베아트리스가 공포에 질려 메르세데스를 찾고 있는 동안, 메르세데스는 외진 길 옆의, 이제 막 싹이 움트고 있는 작은 덤불 뒤에 몸을 숨기고 앉아서 너무도 감수성이 예민한 한 남자 아이의 고백을 들어 주고 있었다. 메르세데스는 이 아이와 있으면서 처음으로 고백을 들어 주는 역할에 대한 기쁨을 느꼈다. 그녀가 겪었던 수많은 남자들은 그녀에게 일방적으로 고백을 들어 주는 역할을 시키곤 했었다. 숏타임 매춘에서 하는 역할 플레이 중의 하나인, 조용하고 감정의 미동이 없는 인물 역할은, 아주 만족한 정부(情婦) 역할보다 종종 연기하기가 더 힘들었다. 정부 역할의 경우에는 결국 기교만 잘 쓰면 되었지만, 이 경우에는 고해소를 대체하는 역할이었으며 가끔씩은 견디기 아주 힘들 정도의 인내가 필요했다. 손님들이 고백한 문제들이란 것이 너무 무른 성격, 옹졸함, 비열함 등 다들 너무나 서로 비슷비슷했기 때문이었다. 그에 비해 리샤르의 문제들은 그 비슷비슷한 인간들의 문제에 비해서 더 크고 아름다운 것들이었다. 그들은 자신들이 아이였던 때가 있었다는 것을 벌써 오래전에 아주 빠르게 잊어버렸으며 그때 삶에 대해 품었던 의문들을, 물론 그런 걸 가져 본 적이 있을 경우에만 해당되지만, 삶에 대한 걱정거리들로 바꿔 버렸다. 자신을 둔하게 만드는 맥주 한잔을 마시며, 혹은 제대로 삭히지 못한 욕정을 5분 내로 풀고 돈을 치르며 말이다. 리샤르는 이야기를 하면서 딸꾹질을 심하게 하고 눈물을 펑펑 흘렸고, 자신을 바라보는 메르세데스의 시선에 매달리듯이 의지해서, 자신을 오롯이 맡기고, 자신의 죄를 사해 주기를 바랐다. 그리고 메르세데스는 그의 이야기를 들으며, 그의 죄를 확실히 사해 주었고, 가냘픈 소년의 어깨 위에 놓인 죄책감이라는 무거운 짐을 치워 주었으며, 비밀을 더 털어놓을 수 있도록 북돋아 주었으며, 리샤르가 고백하기를 주저할 때마다 부추겨 주었으며, 미소를 지어 보이며 리샤르가 고백에 대해 느낀 공포감을 씻어 내려 주었다.

가브리엘은 테이블에 앉아서 생맥주 네 잔을 앞에 놓고 훈훈한 눈으로 그 잔들을 쳐다보고 있었다. 뚱보 여자는 가브리엘에게 이렇게 말했다. “자기가 원한다면 얼큰하게 취해서 돌아와도 돼, 그렇다고 만취는 하지 말고. 오늘이 토요일이니 자기 맘대로 해도 좋다고 생각하지만, 모두에게도 토요일이어야 하니까 말이야!” 가브리엘은 술집에 도착하자마자 생맥주 네 잔을 숨도 안 쉬고 연거푸 해치웠다. 명치에서 시작해서 조금씩 몸으로 퍼져 나가고, 사지를 찌릿찌릿하게 만들고, 머리와 마음에 품고 있는 온갖 근심 걱정을 덜어 주고, 입술 위에 정말 만족스러운 미소를 씍 하고 그려 주는 그 얼큰한 기운을 빨리 다시 느끼고 싶었다. “웨이터! 네 잔 더!” 그런데 가브리엘은 새로 주문한 차가운 맥주 네 잔이 앞에 놓이자, 잔에 손을 대지 않았다. 좋은 때를 기다렸다. 가브리엘은 “맥주 네 잔은 엔진의 발동을 걸리게 하고, 네 잔을 더 마시면 이륙하게 된다고!”라고 종종 말하곤 했다. 그래서 지금 가브리엘은 자신의 엔진에 연료를 두 번째로 때려 붓기 전에 일단 발동이 제대로 걸리기를 기다린 것이다. 차가운 맥주잔에 맺힌 습기들이 방울방울지며 미끄러져 내려가면서 맥주잔 옆면에 맑고 투명한 길을 내었고, 그 길을 따라 황금색 맥주의 멋진 광채가 드러나는 것을 바라보았다. 가브리엘은 그 방울들이 잔이 놓인 테이블까지 내려오는 걸 바라보면서 여동생 알베르틴에 대해 생각했다. 오후에 그 난리를 치른 후, 코를 풀고 눈물을 닦으며 자신과 아내를 똑바로는 감히 쳐다보지 못하고 창피함이 배어 있는 쉰 목소리로 사과를 하던 동생의 모습이 떠올랐다. 처음으로 가브리엘은 알베르틴을 무르게 대하지 않았다. 가브리엘은 동생에게 “지금부터 우린 시작한 일을 끝낼 테니 좀 내버려 둬 줘. 네 방에 가든지 아님 발코니라도 가서 다른 걸 생각하고 있든지."라고 조용히 이야기한 다음, 알베르틴 코앞에서 문을 다시 닫아 버렸다. 가브리엘이 다시 아내에게 다가갔을 때, 아내가 이렇게 속삭였다. "가브리엘, 우린 언제쯤이 되어야 따로 나가서 살게 될까! 이제 금방 애가 셋이 될 텐데, 이렇게 야단법석인 곳에서는 다른 이들처럼 애들을 키울 수는 없을 거라고!" 가브리엘은 아내 앞에 무릎을 꿇고 앉아 아내의 허벅지 위에 머리를 올려놓았다. "따로 나가 살게 되면, 우린 정말 가난하게 될 거라고. 여기 사는 게 낫다니까!" 아내가 터져 나오는 울음을 목 안에서 꾸욱 누르는 소리를 들었다. "도대체 누가 그래, 우리가 나가 살면 더 행복하지 못할 거라고? 그 가난은 적어도 우리의 것일 거 아니야! 여기선 말이야, 우리 몫으로 가지고 있는 게 아무것도 없단 생각이 들어! 아니, 그거보다 더해! 내가 해야 할 일들을 앗아가고, 내 아이들을 앗아가고, 그리고 이젠 단 10분이라도 내 남편이랑 단둘이 있을 수도 없게 하잖아! 밤엔 자기가 인쇄소에서 일하고, 우리 방은 식당 쪽으로 붙어 있으니 낮에도 조심해야 하고… 그리고 이제 애가 태어나면 이 방에서 키울 수밖에 없는데, 그러면 걔는 볕도 안 드는 데서 크게 될 거라고!" 그래서 가브리엘은 아내에게 새 집, 새 삶, 그리고 가브리엘이 낮에 일할 수 있는 새 직장을 가지기로 약속했다. 너무나 작은 이 집으로 피난하듯 들어와서, 자신을 사랑하긴 하지만 에두아르만 바라보는 엄마와, 연애결혼을 한 자신을 용서하지 않고 "둘은 서로 사랑하질 않잖아. 그냥 그 짓거리만 하려고 결혼한 거잖아."라고 들으라는 듯 내내 불만을 토로하는 여동생 사이에서 살게 된 이후로(알베르틴은 사실 바로 그 "짓거리"야말로 그녀의 결혼에서 모자랐던 부분이며 결혼을 처음부터 파국으로 치닫게 한 원인이라는 걸 스스로 잘 알고 있었다.) 그것들이 아내가 내내 바라 왔던 것의 전부였다. 하지만 가브리엘은 만약 이 집을 나가서 살게 된다면 자신의 쥐꼬리 같은 월급 때문에 어쩔 수 없이 누추한 집에 살아야 하고, 가난한 자들이 먹는 수프를 먹어야 하고, 옷들을 끝없이 다시 기워 입어야 할 텐데, 그런 처지로 가족들을 내몰 용기가 없었다. 가브리엘은 너무나 흔해 빠진 멜로드라마와 같은 그런 삶을 어떻게든 피하고 싶었던 것이다. 그리고 이렇게 치욕적으로 빈곤한 처지는 그에게서 모든 용기를 앗아갔고, 무기력함과 자기 파괴를 부추겼다. 적어도 이 집에서는, 자신이 내는 돈에 에두아르가 내는 집세를 보태고, 거기에다가 폴이 알베르틴에게 송금해 주는 돈, 그리고 엄마가 평생토록 모아 온 약간의 저축금에서 내줄 수 있는 돈을 더하면, 가족들은 남들 사는 만큼 살 수 있었고, 배부르게 먹을 수 있었고, 특히 깨끗하고 편안한 각자의 잠자리에서 잘 수 있었고, 겨울엔 따뜻하게 난방을 할 수 있었고, 심지어 식사 시간에 가끔가다 무척 재미있는 시간도 보낼 수 있었다. 가브리엘은 불확실한 미래를 위해 이 모든 것을 포기할 수 없을 것 같아 걱정이 되었다. 아내에게 약속은 했지만, 그건 그저 시간을 벌기 위함이라는 걸 잘 알고 있었다. 가브리엘은 깜짝 놀라 소스라쳤다. 누군가가 자신의 어깨를 툭 쳤고, 제대로 소화되지 않은 맥주의 시큼한 냄새와 한 번도 빨지 않은 것 같은 옷의 악취가 코를 찔렀기 때문이었다. 하모니카 연주자인 윌리 윌레트였다. 그럭저럭 하는 하모니카 연주 실력으로 잘 알려져 있었지만 재치 있는 말대답으로도 아주 유명했던 윌리 윌레트는 가브리엘한테 몸을 숙이고 입가에 미소를 띠며 말했다. "우리가 막역한 친구 사이는 아니라고 해도 말이야, 보고도 못 본 척하면 안 되지!" 윌리 윌레트는 가브리엘이 옆에 앉으라고 대답하기도 전에 자리에 앉았고, 자기 앞에 하모니카와 배낭을 올려놓았다. 윌리는 배낭을 어딜 가든 끌고 다녔는데, 그 안에는 그가 가진 전 재산이 들어 있었다. 감기에 걸린 지 거의 12년이 다 되어 가지만 아무리 애써도 낫지 않았기 때문에 도무지 믿을 수 없을 정도로 많이 가지고 있는 손수건들, 넝마나 다를 것 없는 속옷들. 윌리는 술집 변기통에서 정기적으로 속옷들을 빨아서 겨울에는 라디에이터 위에 널었고, 여름에는 공원 잔디밭에 널어서 말렸다. 달리 말하면 윌리는 혐오감이 일 정도로 더러웠던 건데, 그에게서 나는 역겨운 냄새는 다른 사람들이 그와 대화를 하려고 해도 10초 이상을 버틸 수 없게 만들 정도였다. 윌리는 그 냄새를 가지고 자신을 비난하는 사람들에게 기계적으로 이렇게 대답했다. "나 그렇게 더럽지 않다고, 이 똥구녕 같은 자식아! 난 깨끗한 빤스가 이렇게나 잔뜩 있다고!" 그러고는 가방에서 팬티 몇 장을 꺼내서 이야기하고 있던 상대방 코앞에 대고 흔들었다. "프랑스계 캐나다인들 중에서 이렇게 빤스를 많이 가진 사람 봤어? 의사들은 그럴 거라고? 의사 양반들 몸은 깨끗하게 보일지 몰라도, 입고 있는 빤스를 좀 들여다보라고. 그렇게 깨끗하지도 않단 말이야! 나는 말이야, 손이 거울처럼 반짝거리진 않지만 궁둥이 하나는 새하얗다고!" 윌리 윌레트는 맥주 한 잔을 낚아채더니 3초 만에 다 비웠다. 그러고는 소매로 입술을 쓱 닦고, 트림을 꺽 하더니 빙긋 웃었다. "자네 오늘 오후는 아주 만족스러운 표정인데! 방금 마누라랑 하고 오기라도 했나 보지?" 가브리엘은 크게 웃음을 터트렸고 남아 있던 세 잔의 맥주를 윌리 쪽으로 밀어 줬다. "윌리, 뭔가 연주 좀 해줘. 아주 긴 곡으로 부탁해. 좀 잊고 싶은 것들이 있거든." 윌리는 세 잔의 맥주에 달려들었고, 뚝딱 해치웠다. 그런 다음에 자리에서 일어나 무대 뒤를 향해 소리를 질렀다. "이봐, 여기 있는 가브리엘이 방금 아주 대단하신 인물을 친구로 사귀게 됐다고. 이를 축하하기 위해서 이 몸이 연주할 곡은 말이야, 연주만 하면 하품을 해댔고, 또 연주해 달라고 해 놓고는 내가 하모니카를 찾으러 간 사이에 작은 암탉처럼 그 조그마한 머리를 가슴 쪽으로 숙이고, 고약한 방구를 흘리는 똥구녕마냥 풀어져 버린 심장 위로 잔뜩 오그라든 작은 두 손을 올린 채 죽어 버린 울 엄마 때문에 연주 안 한 지 몇 년 된 곡이야. 곡 이름은 <달빛>* 이고, 드뷔시인지 라벨인지 잘 모르겠지만, 아무튼 프랑스 사람이 작곡한 건 확실해." 가브리엘은 두 눈을 감고 음악에 몸을 맡겼다. 그의 발동은 이제 막 걸린 상태였고 이제 날아오르기 위해서는 맥주 네 잔이 더 필요할 터였지만, 음악도 나름 그 역할을 잘할 것 같았기에 그렇게 결정했던 것이다. 가브리엘은 윌리 윌레트가 아주 심각한 표정으로 <달빛>과 <썸머타임>**을 뒤섞은 곡을 아주 당혹스러울 정도로 성실하게 연주하며 내는 이탈음들을 주의 깊게 들었다. 하지만 갑자기 예상하지 못했던 생각이 떠오른 가브리엘은 충격에 놀라 눈을 떴다. "결국 가브리엘 넌 가증스러운 겁쟁이에 불과하다고! 가증스러운 겁쟁이이고, 망할 놈의 게으름뱅이라고!" 가브리엘은 윌리 윌레트가 아주 엉망으로 망쳐 놓고 있던 연주가 다 끝나기를 기다리지 않고 이렇게 외쳤다. "웨이터, 맥주 네 잔 더!" 그러자 윌리 윌레트는 연주를 하다 말고 그보다 더 큰 목소리로 이렇게 받아쳤다. "아니지, 여덟 잔 더!" 이 말에 새롭게 친구가 된 이들 두 명에게 다가왔던 예닐곱 명 되는 취객

---

* 달빛Clair de lune: 프랑스 작곡가인 클로드 드뷔시Claude Debussy가 1890년에 작곡한 피아노 독주곡.

** 썸머타임Summertime: 미국 작곡가인 조지 거슈윈George Gershwin이 작곡한 오페라 <포기와 베스Porgy and Bess>(1935)에 수록된 아리아이다.

들이 웃음을 터트렸다.

상인, 노동자, 배달원, 판매원, 웨이트리스 그리고 심지어 파스탕 영화관의 티켓 받는 사람까지, 몽루아얄 대로의 모든 사람들이 빅투아르를 알거나, 적어도 빅투아르에 대해 들은 적이 있었다. 일한 지 오래된 고참들은 이제 막 취직한 젊은 사원들에게 이렇게 종종 말했다. "나쁜 손님들에 대해서 아무리 불평을 해도 말이야, 그 사람들은 티 모퇴르*** 여사의 발끝에도 미치지 못하는 수준이라고! 티 모퇴르 여사는 정말 고약했지! 기껏 해봤자 땅콩 같은 거 하나 산답시고 여기 들어와서는 모두에게 큰 소리로 욕을 퍼붓고, 우리들이 가장 좋은 물건들은 생조셉 대로에 사는 후덕한 몸매의 사모님들을 위해 숨겨 둔다고 하면서 매대를 몽땅 뒤집어 놓고, 그런 다음에 아무것도 안 사고 다시 나가 버리는 일이 다반사였다고. 자신이 벌여 놓은 난장판 한복판에 완전 기가 꺾인 우리를 남겨 놓고 말이야! 정말 얼마나 무서웠던지, 가끔은 다른 가게에 전화를 해서 가게 문을 닫은 척하라고 말해 주기도 했다니까. 진짜야! 정말 도움이 되는 일을 해준 거라고! 티 모퇴르가 어느 날 오후에 드 라 로슈 길과 파피노 대로 사이의 몽루아얄 대로 양쪽 편을 훑고 올라오면서 모든 매장을 다 뒤집어 놓을 거라고. 그러고 나서는 겨우 스타킹 한 짝을 넣은 작은 갈색 종이 봉다리를 들고, 아니면 막대 사탕을 트로피마냥 입에 물고 파브르 길 쪽으로 다시 올라갈 거라고 미리 경고해 준다니까!" 라리비에르&르블랑의 수석 웨이트리스인 프랑수아즈는 기꺼이 그때의 경험담을 들려줬

*** 티 모퇴르Tit-Moteur: 작은 모터petit moteur를 줄인 말로, 빅투아르의 별명이다.

다. "티 모퇴르, 그 빌어먹을 미친년이 내가 서브하는 걸 까먹었다면서 트집을 잡으며 카라멜아이스크림선데를 세 번씩이나 받아먹어 놓고는, 돈도 안 내고 떠나면서 사람들에게 여기에 다신 안 오겠다고 소리를 지른 적도 있었어. 자기가 주문한 아이스크림선데를 몇 시간 동안이나 기다렸지만 그림자도 못 봤다면서 말이야!" 사실 이때 빅투아르는 자신이 동전 지갑을 까먹고 안 가지고 왔던지 아니면 어딘가에서 잃어버렸다는 사실을 깨닫고는, 그걸 실토하기에는 너무 자존심이 강했기 때문에 아이스크림선데를 먹으면서 뭔가 해결책이 머릿속에 떠오를 때까지 시간을 벌기로 마음먹었던 거였다. 그리고 세 번째 아이스크림선데를 다 먹어 갈 무렵, 심장이 입술 밖으로 튀어나갈 듯했고 두통이 머릿속을 톱질이라도 하듯이 괴롭혔을 때, 빅투아르는 갑자기 벌떡 일어나더니 프랑수아즈에게 소리를 지르기 시작했다. 마치 악몽 속에 있는 것처럼 자신도 모르게 자신이 뭘 말하는지도 모르면서도 확신에 찬 목소리로 소리를 질렀던 것이다. 운 좋게도 그게 제대로 먹혔고, 빅투아르는 무사히 매장을 나올 수 있었다. 빅투아르는 이로써 자신의 평판도 지킬 수 있었다고 믿었고, 일말의 죄책감도 느끼지 않았다. "아이스크림선데 세 개 가지고 라리비에르&르블랑이 쪽박을 차진 않을 게 분명하니까!" 그리고 티 모퇴르 여사가 더 이상 플라토 몽루아얄 거리에 나타나지 않자, 그녀에 대한 온갖 황당한 전설들이 거리에 돌기 시작했다. 처음엔 그저 빅투아르가 이사 갔다는 소문으로 시작되었다. 그건 정말 다행인 소식이었지만, 너무 단순한 결론이었기 때문에 어느 누구도 그 이야기를 듣고 만족하지 않았다. 몽루아얄 대로변의 삶에서 그녀의 부재가 가져오는 빈 구멍을 메우기 위해서는, 끔찍한 최후라든가 큰 불행 같은 뭔가 좀 더 풍성한 이야깃거리가 필요했다. 파브르 길과 몽루아얄 대로가 만나는 교차로 북동쪽 모퉁이에 있는 그로버스 옷가게 매니저로 일하는 애플바움 씨는 빅투아르가 똥차 트럭에 치인 걸 봤다고 주장했다. 하지만 애플바움 씨는 워낙 모든 걸 과장해서 말하는 걸로 유명했고, 어쨌거나 그것도 좀 너무 아귀가 딱 맞아떨어지는 설명이었다. 사람들은 "죽었다"라는 말이 "수수께끼 같은 실종"이라는 말로 대체되는 이야기들을 선호했다. 왜냐하면 빅투아르가 죽어 버린 게 아니라 죽어 가고 있어야, 불행하고 고통받고 있고 뉘우치고 있는 모습을 더 쉽게 상상할 수 있기 때문이었다. 사람들이 방탕한 삶 후에 절대 번복할 수 없는 최후의 심판을 받아 지옥불에 떨어질 거라고 아무리 굳게 믿고 있더라도, 악마의 쇠스랑 같은 꼬리나 괴상한 비웃음 소리보다는 어느 뒷마당에서 흠씬 두드려 맞거나 큰 화재로 모든 것이 홀랑 타버리거나 혹은 치유할 수 없는 병에 걸리거나 하는 것들이, 그들의 적들에게 내려질 천벌로 훨씬 더 두렵고 또 기대되는 것들이었다. 그리고 새로운 소문이 돌았는데, 그것은 티 모퇴르가 사는 집에 큰불이 나서 모든 게 박살 났다는 것이었다. 그리고 이 화재 때문에 이 불쌍한 할망구는 완전히 미쳐 버렸고, 지금은 "최악의 광인들과 함께 롱그 푸앵트 정신 병원*"에 갇혔다는 것이다. 그리고 한센병 같은 질병이지만 그보다 훨씬 더 고통스럽고, 특히 보기에 아주 끔찍한 병에 걸렸다는 것이다. 피부 표면에

* 롱그 푸앵트 정신 병원 혹은 생장드디우 정신 병원Asile Saint-Jean-de-Dieu은 몬트리올 섬 동쪽의 롱그 푸앵트에 있는 정신 병원이다. 1873년에 지어진 이 병원은 1890년에 큰 화재로 전소되어 104명이나 되는 사람이 희생된 적이 있었으며, 다시 지어진 이래로 현재까지 운영되고 있다. 시인인 에밀 넬리강도 이곳에 25년부터 41년까지 입원한 바 있다.

생기는 악성 종양, 화농성 괴저, 피부가 찢어져서 생긴 상처들, 매독으로 생긴 림프선 종창들 같은 것 말이다. 그런데 프랑수아즈는 그런 허튼 소문에 귀 기울이길 거부했다. 차라리 빅투아르를 수술대 위에 묶어서 눕혀 놓고, 맨정신인 상태에서 아이스크림과 카라멜 시럽을 억지로 많이 먹이고, 욕을 퍼붓고 실컷 두들겨 패주는 걸 상상하는 게 더 좋았다. 그래서 빅투아르와 에두아르, 유래가 없을 정도로 서로 짝이 맞지 않는 이 커플이 파브르 길과 몽루아얄 대로가 만나는 사거리에서 마르케트 길 쪽을 향해 왼쪽으로 꺾어 몽루아얄 대로로 들어서면서 빅투아르는 갑자기 몸을 곧추 세우고 에두아르는 마치 야단맞은 개처럼 등을 둥글게 말았을 때, 거리에는 기묘한 침묵이 내려앉았던 것이다. 토요일 오후, 몽루아얄 거리에는 장 보러 나온 주부들과 엄마 치마에 콧물을 묻히며 훌쩍대는 아이들, 그리고 주점 입구에 앉아 있는, 아니 뻗어 있는 주정뱅이들로 넘쳐 났다. 청소년들은 한 명도 없었다. 그리고 청년들도 없었다. 아니, 거의 없었다. 그날 오후에 몽루아얄 거리를 누비고 다니는 몇 명의 청년이 있었는데, 그들은 전쟁 중에도 국내에 남아 있을 수 있게 해주는 알리바이이자, 그들의 정직함과 결백함에 대한 보증서 역할을 하는 임신한 아내와 팔짱을 끼고 있었다. 임신한 여인을 버려 두고 구대륙에서 빈둥빈둥 나돌아 다니러 간다고? 절대 그럴 수 없지! 빅투아르와 그녀의 아들이 시멘트로 된 보도 위를 삼십 보도 채 걷지 않았는데 벌써 그 길목에 있던 사람들의 고개가 그들을 쳐다보느라 돌아갔고, 판매원들은 그들을 보러 줄자를 목에 두르거나, 가격을 쓰는 데 사용하는 분필을 손에 든 채로 매장에서 나왔다. 그로버스 옷가게의 애플바움 씨는 자신의 뿔테 안경의 색깔이랑 잘 어울리는 옷감을 꼭 찾고 싶어 하는 어느 빼빼 마른 여자 고객을 상대하고 있었을 때 빅투아르와 에두아르가 가게 앞을 지나갔다. 애플바움 씨는 그 때문에 이제 막 매장 뒤편에서 발굴해 낸 빨간색과 갈색이 섞인 원단 두루마리를 하마터면 손에서 놓쳐 땅에 떨어뜨릴 뻔했고, 마치 누군가 뒤에서 엉덩이를 걷어찬 것처럼 문 쪽으로 달려 나가서 영어로 외쳤다. "아이고 세상에나! 저 여자 안 죽었네!" 그러자 빅투아르의 입술에 빈정대는 미소가 살짝 걸렸다. 빅투아르는 자신들의 행차에 사람들이 어떤 반응들을 보이는지 확인하기 위해서 슬쩍 좌우로 눈을 굴리며 주위를 살폈고, 그녀의 양쪽 눈은 웃느라 주름이 졌다. "이곳 사람들이 날 못 본 지 2년이라고. 다들 내가 죽었다고 생각했다는 데에 내 잠옷도 걸 수 있다고!" 에두아르는 죽은 사람이 자신이었다면 좋았을 거라고 생각했다. 에두아르는 몽루아얄 대로에 있는 신발 가게에서 점원으로 일을 시작하면서 엄마의 평판에 대해 아주 잘 알게 되었기 때문이었다. 엄마에 대한 끔찍한 말들을 얼마나 많이 들었던지, 그 사람이 자신의 엄마라는 걸 감히 털어놓지 못했었다. 그리고 놀랍게도 빅투아르도 그 이후로 몇 년 동안 에두아르의 연기에 장단 맞춰 줬다. 에두아르가 각종 아첨과 칭찬, 그리고 술수를 사용해 마침내 매장 매니저 자리를 따낸 가게에 온 빅투아르도 역시 에두아르를 모르는 척했기 때문이었다. 빅투아르는 다른 모든 사람들을 대하듯이 에두아르를 대했다. 열댓 켤레의 구두를 신어 봤으면서도 결국 한 켤레도 안 사면서, 면전에 대고 고함을 지르고, "사기꾼" "강도" 같은 말을 잔뜩 써가면서 으름장을 놓았다. 심지어 가끔씩 다른 사람들 앞에서 대놓고 이런 말을 하기도 했다. "당신을 애라고 낳은 당신 어미가 불쌍하우!" 또는 "당신 같은 빡대가리가 내 아들이라면 난 자살했을 거요!" 또는 "대가리에 모자가 아니라 구두를 쓰고 있어야 할 놈 같으니라고!" 그리고 에두아르가 저녁에 집에 돌아왔을 때, 빅투아르는 아들의 품에 말 그대로 몸을 던져 안겨서는 뽀뽀를 퍼붓고 얼마나 눈물이 날 정도로 웃곤 했는지, 손수건을 꺼내 눈가를 훔쳐야 했다. "아이고, 내가 얼마나 웃었는지! 네 표정이 어땠는지 너도 봤어야 한다고! 싹을 틔우려고 하는 커다란 감자 같았다고!" 에두아르는 엄마의 이런 소행을 도무지 이해할 수가 없었다. 지금 눈앞에 보이는 것처럼 엄마가 기쁘다면, 자신의 아들이 신발 가게의 매니저가 되었고, 책임감을 양 어깨에 짊어지고 가게 측에서 신임할 수 있는 사람만 할 수 있는 직책을 맡게 된 것을 자랑스럽게 여겨야 하는 것이 정상이었다. 그런데 엄마는 그 대신에 자신을 사람들 앞에서 모욕했고, 심지어 자신의 엄마를 욕하기까지 한 것이다! 하긴 에두아르가 어떻게 이해할 수 있겠는가? 빅투아르가 아들을 낳고, 그 아들을 잘 구슬려서, 마음속에 품게 하고 또 무럭무럭 키우게 했던 포부와 꿈들에 비해서 이 매니저라는 직책이 빅투아르의 눈에 얼마나 굴욕적인 것으로 비쳤는지를. 빅투아르가 자신의 아들에게는 권력이 꼭 필요하다고 느꼈던 것을 어떻게 알아챌 수 있겠는가? 에두아르는 존재감이 없었고, 언제나 여기저기 치이는 신세였고, 웅대한 생각이라고는 털끝만큼도 하지 않고, 권력에 대한 갈망이라곤 전혀 모르는 딱한 아이였다. 그런데 어느 날 갑자기 그에게 욕망, 갈망, 꿈, 야망들이 단번에 생겨났다. 그 저주스러운 날에, 정상적인 평가 기준에 맞지 않는 모든 일들과 유행과 재능과 취향을 나쁘다고 평가하는 이 사회에서, 에두아르는 자신이 다른 사람들과 다르다는 것을 알게 되었다. 그래서 그는 매장 매니저라는 인물의 무관심이라는 가면 아래 이러한 자신의 "비정상성"을 깊이 감추고 숨겨 놓았다. 에두아르가 다른 사람들과 다르다는 것을 자신의 엄마가 알고 있다는 것을, 그리고 에두아르가 엄마 앞에서 자신의 그런 점을 스스로 인정하고 받아들일 수 없었기 때문에 엄마가 굴욕을 느꼈던 것이며, 만약 에두아르가 용기를 내서 엄마에게 말했더라면 그 굴욕이 자부심으로 바뀔 수도 있다는 사실을 어떻게 상상이나 할 수 있겠는가? 빅투아르는 에두아르가 문밖을 나서면 다른 사람이 된다는 것을 알았고, 그 사실 때문에 에두아르를 결코 용서하지 않았다. 빅투아르에게 신발 가게 매니저로서의 에두아르는 자신이 모르는 사람이었다. 왜냐하면 자신이 늘 꿈꾸어 왔던 막내아들과 너무나 달랐기 때문이었다. 사랑스럽고 소중하며 재능이 넘치는 아들이 아니라, 눈 먼 사람 혹은 겁쟁이가 있었다. 겁쟁이들을 낳은 건 결국 빅투아르가 아닌가? 가브리엘은 뚱보 며느리 품속에 숨어 있고, 알베르틴은 피해자라고 주장하고, 에두아르는 **신발 가게 매니저**라고? 몽루아얄 대로의 보도 위에서 서로 딱 들러붙어 있는 빅투아르와 에두아르는 그보다 더 이방인처럼 보일 수가 없었다. 빅투아르는 자신이 불러일으키는 효과를 확신하고 있었고, 매 순간 그것을 음미하고 있었다. 그리고 에두아르는 이 거리에서 가장 미움받는 노파가 바로 자신의 어머니라는 것을 시인하게 되는 소위 별 뜻 없는 산책을 하면서 아주 쓰라린 치욕을 느끼고 있었다. 마르케트 길이 지나가는 교차로 한 모퉁이에서, 빅투아르는 보석가게 진열창 앞에서 멈추어 섰다. 빅투아르는 붙잡고 있던 에두아르의 팔을 놓더니 진열창 유리에 기댔다. 에두아르는 몇 발짝 물러섰다. 몽루아얄 거리의 삶이 멈춘 듯했다. 손님이건 판매원이건 할 것 없이 모두들 가게에서 나와 빅투아르가 보석을 바라보는 것을 쳐다봤다. 에두아르는 불룩한 배 위로 팔짱을 끼고 눈을 내리깔고는 전신주에 기대어 섰다. 죽자. 바로 이곳에서 죽는 거야. 저 비웃음 섞인 시선들을 더 이상 느끼지 않는 거야. 아님 살아 남아서 맞서 싸우자. 몸을 휙 돌려 그들의 면전에 대고 비웃어 주자! "여러 해 동안 우리가 당신들을 가지고 놀았죠. 안 그래요? 이 멍청한 인간들아! 그 시간 내내 우리가 당신들을 속였고, 당신들은 아무런 의심도 없이 우리의 연기를 내버려 두었죠…." 아니다. 용기가 없다. 후퇴다. 늘 그랬던 것처럼. 부끄럽다. 파스탕 영화관의 티켓 받는 사람도 건물에서 나오더니 소리를 질렀다. "에두아르! 에두아르! 드디어 애인을 구했구나!" 빅투아르가 뒤를 돌더니 아들에게 다가갔다. 설상가상으로 엄마가 이런 위선적인 행동을 하다니! "얘야, 배가 고프네!" 그들은 몽루아얄 대로에 있는 사람들이 놀라서 그들을 바라보고 있는 가운데 마르케트 길을 건넜다. 빅투아르는 마주치는 사람마다 고개를 까딱하며 인사를 하면서 "안녕하세요" 혹은 "잘 지내셨어요?"라는 말을 작은 소리로 우물거리며 말했다. 파피노 대로와 만나는 큰 사거리에 이르러 그들은 오른쪽으로 방향을 틀어 몽루아얄 대로를 건너갔다. 수석 웨이트리스인 프랑수아즈는 라리비에르&르블랑 레스토랑의 창문을 통해 그들을 쳐다봤다. 빅투아르는 프랑수아즈를 보고, 마치 여러 해 동안 보지 못했던 친구를 본 듯이 함박웃음을 지어 보였다. 그리고 매장으로 들어가기 위해서 발걸음을 서둘렀다. 빅투아르는 프랑수아즈 앞을 사납고 의기양양하게 막아서더니, 큰 목소리로 이렇게 말했다. "카라멜선데 3개 주시게나!"

"테레즈라니, 예쁜 이름이네. 흔한 이름은 아니지." "네. 제 엄마가 결혼 전에 프랑스 소설을 많이 읽었는데, 만약에 딸을 낳으면 이름을 테레즈라고 지어야지 결심했었대요. 저희 학교 6학년 중에 테레즈라는 이름을 가진 학생은 저 혼자예요. 서른한 명이 한 반이고, 모두 세 반이나 있는데도 말이죠!" 테레즈는 초록색 페인트칠이 되어 있는 커다란 나무 벤치에 깊숙이 들여앉아 있었고, 두 발은 겨우 땅에 닿을까 말까 했다. 놀이터 감시인인 제라르 블레오는 담뱃잎을 종이에 말았고, 이렇게 만 담배에 성냥불을 붙일 순간이 되자, 자신이 가진 능력 그 이상으로 집중을 요하는 아주 어려운 임무를 실행하는 것처럼 미간을 찌푸렸다. "우리 반만 해도 자닌이란 이름이 셋이나 있어요. 클레르라는 이름은 클레르 코테하고 클레르 티비에르주, 이렇게 두 명이고요. 드니즈는 네 명이 있어요. 그런데 그중 한 명은 학교 그만뒀어요. 걔네 엄마가 막내동생을 돌봐 줄 사람이 필요하다고 해서요." "그런데 네 동생은 어쩌다 저렇게 된 거니?" 테레즈는 젊은 남자의 미모와 방금 전에 자신이 거둔 완전한 승리에 도취되어 있었다. 희생양의 팔다리를 꽁꽁 동여매어 쟁취했기 때문이다. 그래서 필립과 마르셀을 족히 삼십 분은 잊고 있었던 테레즈는 놀이터 감시인의 질문을 듣고 소스라치게 놀랐다. 테레즈는 남동생과 사촌 동생을 두고 온 사다리 놀이터 쪽으로 고개를 돌렸다. "찾지 않아도 돼, 걔네 나무 아래 누워 있어. 성 비투스의 춤*을 추던 꼬맹이 네 동생은 자리에 앉으니까 바로 진정이 되던데? 나무 아래에 앉자마자 바로 몸 배배 꼬고 얼굴 찡그리던 것이 싹 사라지더라고. 그리고 몸 떠는 것도 순식간에 멈추고. 걔는 늘 그러니?" 테레즈는 놀이터 감시인이 이미 자기들의 잔

---

* 성 비투스의 춤la danse de Saint-Guy: 이 표현은 중세 후기 독일과 라트비아 등의 국가에서 루카니아의 비투스 성인의 축일에 주민들이 춤을 추며 성인의 공덕을 찬양했던 전통에서 비롯된 것으로, 본인의 의사와 관계없이 비틀린 몸으로 움직이는 모습이 마치 춤추는 모습 같은 무도증을 에둘러 표현할 때 쓰인다.

꾀를 다 알아채고 자신을 놀리는 건 아닌지 의심했지만, 제라르 블레오의 회색 눈에는 빈정거리는 기색은 전혀 없었으며, 순진하고 순수했으며, 눈을 커다랗게 뜨고 있었지만 놀라울 정도로 텅 빈 눈빛이었다. '이 남자, 그다지 똑똑해 보이진 않네.' 테레즈는 자신의 감정을 숨기기 위해서, 말하기 전에 딱딱한 태도를 취했다. 테레즈는 정말 이 남자를 보면 볼수록 잘생겼다고 생각했다. "아니에요, 늘 그렇진 않아요. 늘 똑같은 상태는 아니에요. 날마다 달라요. 오늘은 동생이 피곤해서 그렇고요. 걔가 진짜 소란을 피울 때는 정말 옆에서 참고 봐줄 수도 없지만요, 오늘은 전혀 상태가 나쁜 편이 아니에요." 테레즈는 살짝 웃었다. 소심한 미소였다. "제가 별걸 다 말하네요." 테레즈는 제라르 블레오에게 말을 걸기 전에 꽤 오랫동안 그 주변을 배회했다. 우선 동생과 사촌 동생과 함께 숨바꼭질을 하는 척을 했고, 그다음엔 사방치기 놀이를 했다. 하지만 제라르 블레오가 자신을 신경 쓰지 않는 걸 보고는, 자신이 있다는 걸 알아채지 못하고 가끔씩 놀이터에서 놀고 있는 몇 명 안 되는 다른 여자아이들 쪽으로 한눈을 팔며 담배를 태우고 있는 이 젊은 남자의 얼굴에서 눈을 떼지 않은 채로 그가 앉은 벤치 주위로 점점 더 작은 원을 그리며 다가가기 시작했다. '난 커다란 거미야. 아주 커다란 검정색 거미이지! 다리에는 털이 수북하고 입에는 입술 대신 가위가 달려 있지! 그리고 아주 통통한 파리가 내 거미줄 한가운데 걸려들었지! 음…. 너무 빨리 겁주지 않도록 조심스레 다가가야지… 내가 있다는 걸 파리가 알아차렸을 때에는 이미 너무 늦은 거야… 달려들어서 한입에 꿀꺽 삼켜 버릴 거야… 아냐, 아냐, 천천히 먹어 치워야지….' 테레즈가 놀이터 감시인 앞을 지나갈 때, 심장이 죄어들었고 호흡도 더 빨라졌다. '세상에, 정말 잘생겼네!' 제라르 블레오는 셔츠 버튼을 두 개 풀어헤치고 있었고, 그 사이로 솜털이 나 있는 빼빼 마른 가슴팍이 보였다. '정말 영화배우 같아!' 제라르 블레오가 테레즈를 한 번 쳐다봤다. 미소를 지었다. 테레즈는 바로 시선을 내리깔고 고개를 돌렸다. 남자들 얼굴을 뚫어지게 바라보지 말라고 여러 번 이야기를 들었었다. 그렇게 바라보면 남자들이 이상한 생각을 품을 수도 있다는 거였다. "이상한 생각이요?" 그런데 지금은 그 이상한 생각을 하고 있는 사람은 바로 테레즈였다…. '난 암고양이야. 이제 막 아기들을 낳았지. 그리고 저 남자는 아기들을 먹으러 온 생쥐야… 다가와 보렴, 다가와 보렴, 어디 한번 해보렴. 우리 애들을 건드리려고 해보렴, 이 더러운 망할 놈의 생쥐야….' 하지만 다가가는 건 막연한 욕망을 품은 거미이자 암고양이인 테레즈였다. 남자란 보란 듯이 자기 옆에 거느리고 다니다가 더 이상 필요 없을 때는 옆으로 제쳐 놓는 아름다운 물건과 같다고 잘못 배운, 신중하지 못한 여자아이였다. '내가 널 끝장내고 나면 네 엄마조차 더 이상 널 알아보지 못할 거야!' 테레즈는 잠시 자기 엄마를 떠올렸다. 자신 쪽으로 몸을 숙이고 비누 거품이 가득한 수건으로 자신의 입술을 문지르던 엄마. "입술에 립스틱을 바를 때가 되면 내가 이야기해 줄 테니, 그 전에는 하지 마! 너 열한 살이라고! 담엔 하이힐이랑 스타킹을 달라고 하겠네! 창녀처럼 남자들이 네 뒤꽁무니를 따라다니게 만들고 싶기라도 한 거야?" 하지만 엄마는 창녀가 뭔지 설명해 주지 않았다. "만약에 내가 그걸 네게 설명해 주면, 다른 것들도 설명해야 한다고. 그리고 난 그러고 싶지 않아!" 엄마에 대한 기억은 제라르 블레오가 몸을 긁으려고 셔츠의 훅 파인 부분에 손을 집어넣는 걸 보는 순간 싹 사라졌다. '저 셔츠 좀 벗었으면 좋겠네!' 자기가 한 생각에 놀란 테레즈는 그대로 굳어 버렸다. '근데 왜 그런 게 좋지?' 대답이 떠오르지 않았다. 테레즈는 제라르 블레오가 셔츠를 벗었으면 좋겠다는 생각은 있었지만, 그게 다였다. 하지만 이 욕망은 테레즈를 아주 혼란스럽게 했고, 그 때문에 사냥을 계속할 수 없었다. '그게 다가 아니야. 분명히 다른 이유도 있을 거라고.' 불현듯 자신이 제라르 블레오의 품 안에 있고, 자신의 입술이 저 놀이터 감시인의 입술에 거의 닿기 직전인 모습을 상상했다. 마치 에두아르 삼촌이 가지고 있던 영국 잡지에서 잘라 내서 보관하고 있었던 이파나 치약* 광고 포스터처럼 말이다. 그 광고에서는 남자와 여자가 서로 껴안고 키스를 하려는 모습이 담겨 있었다…. '그래 그거네!' 테레즈는 순식간에 놀이터와 저기 있는 잘생긴 감시인을 갈라놓고 있는 놀이터의 가장자리를 지나갔고, 평온하게 담배를 태우고 있는 제라르 블레오가 앉은 자리 바로 앞에 있는 벤치에 앉았다. 그리고 다짜고짜 이렇게 질문했다. "치약, 뭐 쓰세요?" 사냥은 끝이 났다. 테레즈는 자신이 뭘 원하는 것인지 알았다. 테레즈는 제라르 블레오의 놀란 듯한 눈빛에서 일말의 두려움을 발견했고, 기분이 좋아졌다. 제라르 블레오가 웃음기 없는 얼굴로 대답했다. "펩소덴트." 테레즈는 집 한 채마냥 커다란 꿍꿍이속으로 말했다. "전 이파나 써요." 그리고 바로 그 순간, 제라르 블레오가 자신의 이름이 뭔지 물어봤던 것이다. 그리고 테레즈는 자신의 이름을 대면서 아주 자랑스러웠다. 자, 그럼 이제 시작이네. "쟤는 저렇게 태어나진 않았어요… 어렸을 때 이층에서 떨어졌거든요… 다치진 않았는데, 저렇게 되고 말았어요…."

* 이파나Ipana 치약: 1901년에 처음 생산되었고, 1920년대에서 60년대 중반까지 북미 지역에서 가장 많이 팔린 치약이다.

대화를 지속하기 위해서 아무거나 닥치는 대로 말했다. 하지만 어떤 방법으로 이 대화를 끌고 가야 자신이 전혀 알지 못하는 그 신비로운 길로 접어들게 할 수 있을까? 남자들은 여자랑 키스하고 싶으면 어떻게 하지? 여자가 그러고 싶으면 어떻게 하지? 테레즈는 엄마를 떠올렸다. “넌 아무런 문제가 없어서 좋겠다. 그저 작은 여자아이에 불과하니까! 네가 아이란 걸 만끽하라고! 그리고 오래도록 아이인 채로 있으라고, 그게 얼마나 행운인지 모르니까!” 행운이라고! 테레즈는 이해할 수 없는 자신의 욕구, 자신이 원하지도 않았는데 가슴을 뛰게 만드는 새로운 욕망, 어떻게 충족시킬 줄 모르는 갈망, 자신을 겁나게 하지만 또 매혹시키는 미지의 갈증 앞에서 완전히 무기력하고 무력한 상태에 있는, 무지하고 무능한 사람을 만드는 “아이”라는 행운을 저주했다. “넌 왜 다른 애들하고 놀지 않니?” 순간적으로 훅 들어온 모욕이었다. 발로 걷어차인 듯했다. 늘 그랬던 것처럼. 저기 가서 놀아라. 어른들 방해하지 말고. 인형이나 다시 가지고 놀렴. 동생 돌보러 가렴. 넌 여기 있기에 너무 어려. “애들은 자고 있어요….” 제라르 블레오는 담배꽁초를 땅에 버리더니 발로 비벼 껐다. “어차피 조만간 일어나야 하잖아!” 제라르 블레오는 자신에게 찰싹 달라붙는 이 여자애의 뭔가가 신경을 자극하기 시작했지만, 그게 무엇인지는 몰랐다. 이 아이의 고집스러운 눈빛 때문일지도 모르겠다. 속을 꿰뚫는 듯한 눈빛. 아 그렇다, 이 아이의 눈 때문이었다. 셔츠 단추를 다시 채우고 있는 자기 자신에게 놀랐다. 이 여자아이가 그를 뚫어지게 쳐다보는 저 방식 때문에 제라르 블레오는 자신이 마치 상점의 유리 진열장에 나와 있는 것처럼 느껴졌다. 장난감이 된 것 같았다. 이 아이는 제라르 블레오를 장난감이라도 된 것처럼 쳐다보고 있었다. 무의식적으로 담배 주머니를 펼쳤다. 몸이 약간 떨리고 있었다. "가서 놀라니까!" 제라르 블레오는 자신도 모르는 새에 언성을 높여 말했다. 이 여자아이는 그를 무섭게 했다. 여자애한테 겁을 먹다니… 열 살, 열한 살이나 되려나? 어깨를 한 번 으쓱했다. 바로 그 순간 테레즈는 만면에 커다란 미소를 띤 채로 껑충 뛰어오르듯이 자리에서 일어났다. "오늘 제 생일이에요! 저 열두 살이 됐어요!" "어, 그래? 생일 축하해." "보통 누군가의 생일이면 다들 축하 뽀뽀를 해주잖아요!" 테레즈는 제라르 블레오의 대답을 기다리지 않고, 두 발자국 다가가더니 제라르 블레오의 무릎 사이에 섰다. 그러는 통에 제라르 블레오는 고개를 뒤로 조금 뺐다. "뽀뽀해 줘요." 테레즈는 진지한 표정으로 몸을 숙이더니 제라르 블레오의 입술 위에 뽀뽀를 했다. 뽀뽀는 아주 짧은 순간이었지만, 제라르의 마음속에 깊은 번뇌를 불러일으켰다. 그리고 그에 더해 공포가 몰려왔다. 죄책감과 후회가 뒤섞인 진짜 공포였다. 제라르 블레오는 마치 자신의 삶을 확실하게 두 부분으로 나눠 버리는 돌이킬 수 없는 행동을 방금 저지르기라도 한 것처럼 완전히 패닉 상태에 빠졌다. 그것은 이 여자아이를 보기 전의 삶과 그 이후의 삶이었다. 하지만 그런 행동을 저지른 건 그가 아니었다! 여자애가 그랬다! **그녀**가 그에게 뽀뽀를 한 거였다! 그가 그런 게 아니었다! 제라르 블레오는 결백했다! 격렬한 공포를 느끼던 중에 발기를 하게 된 그는 깜짝 놀랐고, 허리를 굽혔다. 그 동안 테레즈는 뛰어가 버렸다. '아휴, 나 정말 바보 같아! 정말 바보 같다고! 내 생일이라고? 생일 뽀뽀라니! 생일에 한 뽀뽀는 뽀뽀한 걸로 치지 않는다고! 그건 뽀뽀가 아니라 생일 뽀뽀니까!' 테레즈는 모든 걸 다시 시작해야 했다.

뒤플레시는 아무 데나 가장 가까운 발코니 아래를 향해 도망쳤고, 제일 처음으로 발견한 어두운 장소 속으로 미끄러지듯 들어가서 옆으로 누웠다. 경련으로 몸이 떨렸고, 터진 한쪽 눈알이 주둥이 위쪽으로 흘러내려 와 있었다. 상처를 핥을 힘조차 없었다. 갈비뼈가 부러진 까닭에 숨이 얕게 쉬어졌다. 뒤플레시는 이 모든 고통을 이해할 수가 없었고, 인정할 수도 없었다. 쓸데없고 아무런 이유도 없는 고통이었다. 고드부는 뒤플레시를 마치 더러운 걸레짝이라도 되듯이 물고 흔들었다. 그리고 공중으로 던지더니, 땅에 떨어진 뒤플레시 위로 앞발을 모아 펄쩍 뛰면서, 짓밟았다. 뒤플레시는 일단 고드부에게, 다른 게 아니라 그저 그의 영역을 지나가고 싶을 뿐이고, 자신은 라 퐁텐 공원에 볼 일이 있는데 멀리 돌아가고 싶지 않아서 왔다고 설명하려고 했었다…. 그런데 고드부는 자신의 영역을 경계심을 가지고 감시했고, 절대로, 그리고 결단코 뒤플레시를 그냥 지나가게 내버려 두지 않았다. "네 영역은 내가 차지했다! 네가 영역을 지키기엔 너무 네 발이 물러서 그런 거야. 너한텐 유감이겠지만 난 상관없지! 그러니 여기엔 얼씬도 하지 마! 이 양아치 새끼야! 몽루아얄 대로 남쪽은 네 영역이 아니니까! 라 퐁텐 공원에 가고 싶다면 드 라 로슈 길이나 로리미에 길로 돌아가라고. 내 소유의 전봇대나 식수대 발치에서 네 오줌 냄새 따위를 맡고 싶진 않다고! 내가 널 아는데, 넌 충분히 내가 해놓은 영역 표시에 몰래 다시 덧칠하고 다닐 놈이니까. 여러 달 동안 감시했다고. 네가 이 동네를 염탐하러 올 때마다 봤지! 네가 예전에 즐겨 다니던 길의 냄새를 맡고, 옛날에 네가 영역 표시를 즐겨 했던 자리 주변을 맴도는 걸 봤지… 내 뒤통수를 치고, 날 상거지마냥 여기서 쫓아내려는 생각은 하지도 마! 안 돼! 이 동네는 지금부터 내 꺼야. 그리고 난 계속 여기 있을 거라고!" 결국 충돌을 피할 수는 없었다. 그리고 뒤플레시는 자신을 제대로 지키지 못했다. 처음엔 고드부의 공격성 때문에 놀랐다. 고드부는 자신을 미워할 이유가 전혀 없었다. 오히려 반대면 모를까. 몇 달 전에 고드부는 뒤플레시를 완전히 때려눕혔고, 이제는 식당이 많고 쓰레기통이 잔뜩 있는 동네의 우두머리가 되었기 때문이었다…. 하지만 뒤플레시는 금세, 고드부가 자신을 아직도 두려워하는 것이 정상이라고 생각했다. '고드부는 내가 절대로 내 영역을 완전히 포기하지는 않을 것을 잘 알고 있었고, 또다시 돌아오려고 준비할 것도 잘 알고 있었지. 바보가 아니니까. 내가 그 녀석이라도 똑같이 생각할 거야.' 그런데 뒤플레시가 실수를 저질렀다. 고드부가 무는 시늉을 했을 때(경고의 표시였다), 뒤플레시가 정말로 고드부를 할퀸 거였다. 모든 게 그 실수 때문에 시작되었다. 실수였다. 고드부는 주둥아리에서 피가 흐르는 걸 느끼자마자 미친 듯이 화를 냈고, 피바람이 불기 시작했다. 뒤플레시도 힘이 세고 공격적인 고양이였고, 필요할 때는 매우 민첩하고 날래고 재빨랐지만, 화가 끝까지 치밀어 오른 고드부는 신중함과 상식의 한계를 넘어버린 상태였다. 게다가 뒤플레시는 고드부의 눈에서 누가 죽든 이 전투로 끝장을 보고야 말겠다는 의지를 읽었다. 하지만 뒤플레시는 그렇게 하고 싶지 않았다. 어쨌든 오늘은 아니었다. 물론 고드부에 맞서 싸우긴 했지만, 마음이 가 있지 않았다. 한창 얽혀서 싸우고 있는 중에, 뒤플레시가 고드부 귀한 짝을 물고 늘어졌고, 고드부는 그런 뒤플레시를 떨구어 내려고 이리저리 머리를 흔들고 있을 때, 뒤플레시의 머릿속에는 이 싸움과 분명한 거리 두기 같은 것이 생겨났다. 잠시 동안 뒤플레시는 완전히 초연한 마음이 되어 자신이 처한 상황을 외부에서 보듯 바라봤고, 자신이 대면하고 있는 이 상황이 어처구니없다고 생각했다. 벼룩투성이인 고양이 한 마리와 털이 듬성듬성 빠진 개 한 마리가 통행권을 두고 서로 싸우다니, 이 얼마나 바보 같은 일인가! 사랑에 홀딱 빠진 꼬마 아이 한 명이 라 퐁텐 공원에서 뒤플레시를 기다리고 있는 동안, 닭 뼈 한 조각을 얻기 위해서라면 엄마도 팔아 치울 거고(혹은 엄마도 죽일 거고) 그리고 그 조각이 목에 딱 걸려 버릴, 속 좁은 짐승이랑 옥신각신하느라 자신의 품위를 떨어뜨리고 있다니! 뒤플레시는 물고 있던 귀를 놓았고, 공중에서 내려와 네 발로 섰다. 그리고 잠시 머뭇거렸는데(사실 뒤플레시는 도망치려고 했다. 주위 평판이 나빠지더라도 뭐 할 수 없지, 사랑이 더 중요하니까), 바로 그게 아주 치명적인 실수가 되었다. 고드부는 뒤플레시 목 쪽으로 달려들었는데, 그 와중에 뒤플레시의 한쪽 눈이 고드부의 송곳니에 걸려서 포도알처럼 터져버렸다. 그리고 뒤플레시는 자신의 영혼에 두려움의 그림자가 드리워지는 걸 느꼈다. 뒤플레시는 펄쩍 뛰어오르더니 다 죽어가는 소리로 야옹거렸다. "죽겠다! 죽을 거 같아! 이렇게 고통스럽다면 차라리 죽는 게 낫겠어!" 고드부는 뒤플레시가 숨어 든 정원 울타리 반대편에 누워서, 피로 빨갛게 물든 발을 핥으며 뒤플레시를 쳐다봤다. "적어도 죽는 거라도 평화롭게 죽게 내버려 두라고." "싫어. 네가 확실히 죽는 걸 확인할 거야. 그리고 제일 먼저 그 소식을 알리는 건 바로 나였으면 좋겠다고!" "만약에 울타리 문이 잠겨 있지 않았다면 날 죽이러 왔겠네?" "아니, 안 해. 어쨌거나 지금도 울타리는 뛰어넘을 수 있다고. 그렇지만 네가 천천히 죽어 가는 걸 침착하게 바라보는 게 더 좋아. 그 모습을 즐기면서 말이지." "그러니까 그만큼이나 날 미워하는구나." "그래." 뒤플레시는 자신이 죽으면 고드부가 아우우하며 하울링을 시작할 걸 알았다. 그리고 고드부가 이렇게 하울링을 하는 것은 승리가 확정되었다는 것, 이 영역이 영원히 자신의 것이 되었다는 것을 알리기 위해서이다. 사람들이 발코니로 나와서 이렇게 말하겠지. "어딘가 멀지 않은 곳에서 누군가 죽었나 봐, 내가 아는 이가 죽은 게 아니면 좋겠네!" 그리고 한 꼬맹이가 이렇게 소리지르겠지. "별거 아니야, 고작 고양이 한 마리가 죽은 거야, 저기 발코니 밑에 죽어 있는 게 보이네…." 고작 고양이 한 마리였다, 경솔한 고양이 한 마리. 이틀 밤을 통째로 지새우며, 미친 듯이 흥분한 암고양이가 만족할 때까지 사랑을 나눴지만 거기서 진정으로는 뭔가 느끼지 못한 발정 난 수고양이 한 마리였다. 뒤플레시는 초연했다. 마치 지금 방금 일어난 치명적인 전투에서 마음이 멀어졌던 것처럼, 그런 생리적인 행위에서도 초연했다. 머리를 조금 올려 발코니 밖으로 내밀었다. '말라 버린 오줌 냄새가 나는 꼬맹이가 지나간다면 좋겠네. 죽기 전에 나의 사랑, 나의 삶, 나의 기쁨인 그 아이를 적어도 보기라도 할 수 있다면 좋겠어.'

"새언니 생각엔 내가 마르셀한테 너무 심하게 대하는 거 같아요?" 알베르틴은 토요일 오후에 먼지 청소를 하다가 활짝 열려 있던 나나의 방문 앞에 서서 물었다. 뚱보 여자는 알베르틴에게 들어오라고 했다. 알베르틴은 가브리엘의 부인을 만나러 온 사람들이 늘 그러하듯이 침대 끝자락에 양다리를 딱 붙이고 걸터앉았다. 먼지를 닦던 걸레는 무릎 위에 놓고. 새언니를 감히 똑바로 쳐다볼 수가 없었다. 가브리엘 오빠와 새언니가 시시덕대던 소리가 아직까지 너무나 생생하게 기억에 남아 있었기 때문이었다. 만약에 뚱보 여자와 눈을 마주친다면, 분명히 알베르틴의 눈빛 속에서 부러움, 혐오, 경멸, 존경 등

등 한번에 너무나 많은 감정들이 온통 뒤섞인 채로 서로 부딪히며, 그 감정들이 서로 상충하는 만큼 망설이면서, 한 감정이 다른 감정에 앞서거니 뒤서거니 하며 흔들리는 것을 읽어낼 수 있었을 것이다. 알베르틴은 자신이 아주 드물지만 새언니에게 마음을 털어놓는 때가 다가온 것을 느꼈다. 그 고백들은 간략하기도 했지만, 또 아주 갑작스럽기도 했다. 그리고 가장 엉뚱한 장소와 가장 예상치 못했던 순간에 무심코 고백이 새어 나왔다. 이를 테면 크리스마스 이브에 도넛을 만들면서 프라이팬 너머로, 모두들 너무나 좋은 여름 날씨에 황홀해하고 있었던 7월의 어느 날 아침 미사를 보고 나오면서, 또 한번은 아무 일도 일어날 것 같지 않은 평온한 아침에 방에 우편물을 가져다주면서… 아주 짧고, 동강동강 토막 난 문장으로, 그리고 낮은 목소리로 중얼대듯이, 몇 초 안 되는 순간에 예고도 없이 밑도 끝도 없이 할 말을 다 해버렸다. 하지만 이번에 알베르틴이 새언니에게 말한 것은 고백이 아니라 질문 하나였다. 나나는 대답하기 전에 몇 분간 좀 더 기다렸다. 혹시 모르니까 말이다. 더 이상의 다른 질문이 없었고 또 더 질문할 것 같지 않기에, 나나는 오른쪽으로 허리를 굽혀 시누이의 손을 잡으려 했다. 그런데 새언니의 동작을 보고 그 의도를 알아챈 알베르틴은 자신의 두 손을 몸 양쪽으로 펼쳐서 침대 위에 올려놓았다. 그래서 결국 나나가 손에 쥐게 된 것은 더러운 걸레뿐이었다. 나나는 그 걸레를 손에 쥔 채, 상체를 곧게 세우고 자신이 앉은 의자 팔걸이 부분의 먼지를 털기 시작했다. 그렇지만 그곳은 언제나 자신이 팔꿈치를 늘 얹고 있었던 곳이라 먼지 하나 없었다. "갑자기 그걸 왜 나한테 묻는 거야?" 알베르틴은 그제서야 테레즈와 전날 저녁에 마르셀에 관해 나눴던 대화 내용을 나나에게 털어놓았다. 그리고 막내 아이한테 앞으로는 좀 더 친절하게 대하도록 노력하겠다며 약속한 것에 대해서도 이야기했다. 나나는 미소 지었고, 알베르틴은 한숨을 쉬었다. "난 내가 애들한테 그렇게 못되게 굴지는 않은 것 같은데요." 나나는 대답 대신에 자기 질문을 했다. "바르틴… 네 생각에는 말이야, 내가 애를 하나 더 가지기에는 너무 뚱뚱하고 늙었다고 생각하니?" 알베르틴은 누가 자신을 찌르기라도 한 듯이 펄쩍 뛰었다. 그리고 마침내 새언니를 쳐다보더니, 얼마나 빠르고 크게 대답했는지 알베르틴이 그 말을 다 마치고 나서도 나나 귓속에서 그녀의 목소리가 윙윙 울릴 정도였다. "네! 네! 그렇게 생각해요! 네, 언니는 너무 뚱뚱해요! 그리고 너무 나이가 들었고요! 사람들이 길거리에서 언니에 대해 뭐라고 하는지 아세요, 네? 언니가 암퇘지같이 추잡하다고 말해요. 추잡한 사람이나 마흔이 넘어서 아기를 갖고 싶어하는 거래요. 여자가 마흔 줄에 들면 그런 건 안 하는 거래요! 기저귀를 빨고 아이들을 기르기 시작하기에는 너무 늦었대요. 저도 그렇게 생각한다고요! 그 아이가 학교에 가기 시작했을 때, 언니 나이는 쉰이라고요! 언니가 애랑 같이 외출하기 시작할 때쯤은 다른 여자들은 할머니가 되는 나이라고요. 어휴! 언니가 다른 사람들한테 어떻게 보일 거 같아요? 제가 이야기해 드릴까요? 당연히 할머니처럼 보일 거라고요! 그래요! 그 아이의 할머니요! 모두들 이렇게 이야기할 거예요. '아이 할머니께서 너무 젊어 보이시네요!' 그러면 언니가 이렇게 답하겠지요. '저는 젊은 할머니가 아니라 늙은 엄마예요!' 빨리 이런 신세가 되고 싶어요? 네? 빨리 되고 싶냐고요! 사람들이 언니한테 손가락질을 해댈 거고, 언닌 그렇게 손가락질당할 만한 짓을 한 거라고요! 그리고 언니가 계속 그… 그… 그 짓거리를 해대는 이상… 아무튼, 오늘 오후처럼 계속 그렇게 하면, 그 아이 외에도 또 다시 애를 가지게 될 거라고요! 어휴! 세상에, 정말로 오십 대가 될 때까지 그런 식으로 언니 배를 괴롭히고 싶은 거예요? 게다가 아기 하나가 더 생긴다면 이 집에 사는 사람이 정말 너무 많게 되잖아요! 다들 너무 힘들어질 거라고요! 게다가 언니가 애 낳고 나서 너무 오랫동안 아프게 되면, 누가 그 뒤치다꺼리를 해야 하죠? 바로 저라고요! 애 기저귀를 가는 것도 바로 저라고요! 언니가 아까 제가 어떻게 생각하는지 물었죠? 언니는 아기 가지기로 결정하고 저한테 의견을 물어보기라도 했나요? 언니의 그 멋진 신랑인 가브리엘 오빠는요? 네? 그래요. 아이를 낳는 건 참 좋죠, 그렇지만 그것도 그 아이들을 돌볼 수 있어야 하는 거라고요! 저는 이 집의 하녀가 아니에요! 언니가 거기 찌그러져 처박힌 후에 제가 모든 집안일을 했어요. 그게 좋았을 거 같아요? 온 집 안을 닦아야 하고, 거기다가 언니도 갓난아이마냥 제가 씻겨 줘야 하잖아요! 알베르틴은 이렇게 말할 때 자리에서 일어나 서 있었고, 더 이상 자길 쳐다보지 않는 새언니 위로 몸을 숙이고 있었다. 알베르틴은 말을 꺼냈을 때처럼 갑자기 말을 멈췄다. 수프의 맛있는 냄새가 온 집 안에 퍼지기 시작했다. 식당에 있는 낡은 괘종시계가 5시 종을 울렸다. 뚱보 여자는 두 눈을 감았다. 알베르틴은 걸레를 다시 집어 들었다. "부끄러워요? 그럼 상상을 해봐요. 다른 식구들이 밖에 나갈 때마다 어떤 감정이 들었을지!" 뚱보 여자는 다시 눈을 떴다. "바르틴, 네가 했던 질문에 방금 너 스스로 답 했어. 마르셀에 관한 질문 말이야. 그리고 다른 모든 질문들에도 말이야."

제르멘느 로종은 둘째 언니인 가브리엘 조두앵의 집에 불쑥 쳐들어왔다. 라디오에서 앵커인 로제 발뤼*가 5시라고 하면서 뉴스를 보도하려는 순간이었다. "벌써 다섯 시야? 언니한테 먼저 말해 두자면, 나 여기 오래 안 있을 거야! 저녁도 준비해야 하고, 우리 에르네스트는 저녁밥 기다리는 거 엄청 싫어하거든." 제르멘느 로종은 형부에게 활짝 웃음을 지어 보였다. "안녕, 잘생긴 우리 심술쟁이 형부! 오늘 일 안 해요?" 마스타이 조두앵은 휘파람을 불며 세 번째 감자를 까고 있었다. "오늘 근무는 새벽 4시에서 7시까지여서 다 끝냈어. 이제 월요일 아침에 새벽 5시에서 열 시까지 근무이고." "형부, 기껏 그 쬐끄만 차량 모는 건데 근무 시간이 엄청 복잡하네요. 어휴, 머리 아파라! 다른 사람들처럼 여덟 시에 일을 시작해서 여섯 시에 끝낼 순 없는 건가?" "우리가 다른 사람들과 똑같은 시간에 일을 시작하고 끝낸다면, 누가 사람들을 직장에 데려다줄 건데, 멍청한 뚱뚱보 아줌씨?" 가브리엘 조두앵은 감자 세 개를 가져가서는 싱크대에서 씻더니 냄비에 던져 넣었다. "거기 둘, 서로 놀리기 시작하지 말라고요! 안 그럼 끝이 없을 거니까요!" 제르멘느는 씩씩대면서 식탁 끄트머리에 앉았다. 제르멘느는 다른 자매들, 가브리엘 조두앵과 로즈 위메보다 훨씬 더 뚱뚱했고, 게다가 임신했기 때문에(다른 자매들처럼 제르멘느도 임신 8개월이었다) 좀 더 어려움이 있었다. "언니, 나 조금만 앉아서 쉴게. 안 그럼 힘들어서 배가 터져 버릴 거야!" 제르멘느는 방금 자신의 배를 확실히 느낄 정도로 강하게 걷어찬 배 속 아기를 재우기라도 하

---

* 로제 발뤼Roger Baulu(1910~1997): 라디오, 텔레비전 아나운서이자 진행자. 소설의 배경인 1942년에는 공영방송인 라디오캐나다Radio-Canada(이름에 라디오라는 말이 있지만, 텔레비전과 라디오를 아우르는 방송국 이름이다)의 라디오 진행자였다.

는 것처럼 배를 토닥였다. "아무것도 못 하겠어, 바로 숨이 차곤 한다니까. 상상해 봐, 방금 수시 씨네 가게에서 우유 1파인트를 사러 갔는데, 한두 시간가량 뛴 거 같다니까! 게다가 그렇게 간 게 다 허사였어, 우유는 다 떨어졌더라고…." 가브리엘은 찬장을 열었다. "어쨌거나 네가 설탕을 빌리러 온 게 아니면 좋겠네! 다 떨어졌거든! 요즘 시기가 시기이다 보니 구하기 참 힘드네!" 가브리엘은 수프 그릇 두 개, 스푼 두 개, 소금, 후추를 꺼냈다. 제르멘느는 이마를 손으로 훔치며 어깨를 으쓱했다. "내가 언니한테 뭐 빌리러 여기 온 것처럼 이야기하네!" "수프 먹을래? 나머지 음식들은 좀 더 시간이 지나야 준비될 거지만, 우리 마스타이가 배가 고프다고 해서 말이야." "응, 나도 좀 줘. 저녁 먹기 전에 작은 수프 한 사발쯤이야, 누구나 먹을 수 있다고!" 가브리엘은 세 번째 수프 그릇을 꺼내 여동생 앞에 놓았다. "뭐야?" "수프? 귀리 수프야." 마스타이는 이제 담배 한 개피를 말고 있었다. 별일 아니라는 것처럼 단조로운 목소리로 천천히 말했다. "오늘 저녁에 가브리엘을 극장에 데려갈 거야." 작은 폭탄이 터졌다. 마스타이는 이 말이 어떤 반응을 일으킬지 잘 알고 있었고, 입 꼬리를 올리며 놀리는 듯한 표정으로 처제의 반응을 보았다. 제르멘느는 경직되더니, 얼굴이 벌게졌다가 다시 하얗게 질렸다. 극장은 제르멘느가 열광하는 거였다.(제르멘느는 어렸을 적에 언젠가 할리우드나 파리로 떠나서 위대한 여배우가 될 거라고 여기저기에 선언하고 다녔다. 상상력이 없던 아이의 이런 꿈은 결국 모든 사람들을 진력나게 했고, 집안에서는 제르멘느에게 "여배우"라는 별명을 붙였다. 그런데 이 별명은 계속해서 오래 갔기 때문에, 부끄러운 원죄나 태어날 때부터 가지고 있던 몸의 점같이 되어 버려서 제르멘느는 이 별명이 아주 끔찍하게 싫었다.) 하지만 제르멘느의 남편인 에르네스트 로종은 카나데어 항공기 제조사의 기계공이었고, 상상력이 완전히 결핍된 젊은 남자여서, 그에 따른 유머 감각도 없었다. 주말 신문에 실리는 "만화"를 읽을 때에도 냉정하고 진지하게 봤고, 가끔씩 이렇게 구시렁대곤 했다. "이해할 수가 없네." 아니면 "어 이거 정말 바보 같네!" 이런 남편의 말에 제르멘느는 엄청 화를 냈다.(제르멘느는 만화도 좋아한다.) 결국 에르네스트 로종은 아내가 극장에 가지 못하게 했다. 연극이 제르멘느를 너무 자극하고, 쓸데없는 상념을 품게 한다는 핑계에서였다. 그게 무슨 뜬구름 잡는 상념인가! 에르네스트 로종은 그 "상념"이라는 단어를 말하는 것도 힘들었을 것이다. 그런 것은 자신이 알지도 못하고 관심조차 없었으며, 한 번도 생각해 본 적이 없었던 납득하기 힘든 욕구들을 나타내는 말이었다. 그가 알고 있던 것이라고는, 제르멘느가 극장에서 돌아오면, 그를 빤히 바라보지만 멍하니 풀린 눈으로 마치 그가 여기 없는 것처럼 쳐다본다는 게 전부였다. 어느 날인가 에르네스트 로종은 마스타이 조두앵에게 이렇게 고백한 적이 있었다. "마누라가 극장에서 돌아오면, 자크 오제*에 대해서 이야기하면서 하느님이 인간이 되어 현세에 강림한 것처럼 말한다니까. 또 알베르 뒤켄느**에 대해 이야기하면서는 다음날 저녁 한밤중에 정원 깊숙한 곳에서 그 사람과 만날 약속이라도 한 듯이 말한다고! 진짜 이해가 안 된다니까! 우리가 결혼한 지 겨우 2년 됐는데 말이야, 마누라가 알베르 뒤켄느를 상상하며 여러 밤을 지새우며 보내도록 내버려 두진 않을 거야. 당연한 거 아니야? 마

* 자크 오제Jacques Auger(1901~1977) : 퀘벡의 연극배우.

** 알베르 뒤켄느Albert Duquesne(1890~1956) : 퀘벡의 연극배우이자 연극 연출가.

누라가 그러더군, 알베르 뒤켄느 목소리가 아름답다고! 그건 이해할 수 있어, 그렇지만 그거 외에 잘하는 게 뭐 없잖아!" 제르멘느는 아무 말 없이 수프에 숟가락을 담갔다. 마스타이는 담배를 다 말고는, 이따가 수프 먹고 저녁 식사를 하기 전에 피우려고 옆에 놓았다. "처제, 오늘 테아트르 나시오날 극장에 가브리엘을 데려갈 거야. 라 푼이 나오는 연극을 하거든. 그리고 줄리에트 페트리***도 나와." 제르멘느는 형부가 하는 말을 듣지 않으려고 수프를 후하고 불었고, 이전보다 더 큰 소리를 내며 후루룩하고 숟가락에 뜬 수프를 들이켜고는, 소금을 조금 더 뿌렸다. "이거 맛있네. 귀리 수프 참 맛있어, 근데 엄청 뜨겁네!" 마스타이도 수프 첫 술을 떠서 후루룩 소리를 내며 마셨다. "공연이 두 개 있어. 공연이 도합 여섯 시간이야." 가브리엘 조두앵은 자신이 무척 사랑하며, 자신이 살아가는 이유인 남편과, 임신한 이후에 좀 더 잘 이해할 수 있게 된 통통한 자기 동생을 번갈아 쳐다보았다.(제르멘느와 가브리엘은 7개월의 임신 기간 동안에 훨씬 더 서로 가까워졌지만, 또 역시 임신을 한 첫째 언니 로즈 위메하고는 이와 반대로 서로 멀어졌다. 왜냐하면 로즈 언니는 아무도 안 만나고, 집에 숨어서 어떻게든 자기가 임신한 것을 감추려고 온갖 방법을 다 썼기 때문이었다.) 가브리엘은 이 두 사람이 애들처럼 서로를 짜증나게 긁어댈 때마다 약간 질투를 느꼈다. 두 사람이 서로 성가시게 구는 건 자주 있는 일이었는데, 그럴 때마다 가브리엘의 마음 한 구석에 구멍이 서서히 생겨나는 것 같았다. "싸우지들 마, 둘이서 오래된 부부같이 서로 놀리고 있잖아! 둘이서 그러고 있으면 내가 시누이가 된 느낌이

*** 줄리에트 페트리Juliette Petrie(1900~1995) : 퀘벡의 코메디언이자 벌레스크 배우.

라고!" 제르멘느는 마스타이가 한 말을 못 들은 척하면서 계속 수프를 먹었다. 손만 약간 떨리고 있었다. 속에서 부아가 치밀고 있어서 그랬는데, 계속 억누르려고 했지만 허사였다. 사실 할 수만 있다면 둘째 형부한테 확 달려들어 할퀴고 조각조각내서 밟아 주고 싶었다. "언니 신랑이 내 속을 긁어 놓으려고 하잖아. 왜 그만하질 않는 거야!" 하지만 마스타이는 늘 그랬던 것처럼 최후의 일격을 아껴 두고 있었다.(마스타이는 치고 빠지는 타이밍 감각이 좋았기 때문에, 특출한 이야기꾼이자 노련한 마술사 같았다. 그래서 놀리는 게 모두 다 끝났다고 생각한 가장 예상치 못했던 때, 그러니까 그의 농담에 결국 웃음을 터트리거나 다른 사람들의 놀림을 받아들이고 있을 때, 마스타이는 언제나 사람들을 더 웃게 하거나 더 화나게 만드는 뭔가 예기치 못한 일을 꾸몄다.) "내가 처제하고 동서 몫의 표도 샀어. 그런데 그러고 나서야 처제가 하늘같이 떠받드는 주인님께서 연극을 싫어하신다는 게 생각이 났네. 그래서 모뉘망 나시오날 극장 앞을 지나는 거지한테 그 표를 줘버렸어. 엄청 좋아하더라고. 심지어 연극 보러 갈 때엔 몸을 씻고 가겠다고 하더라고. 우리가 자기 냄새 때문에 속이 뒤집어지면 안 된다고. 좋은 티켓을 그냥 썩히기가 아까워서 말이야, 처제도 알잖아…. 그게 얼마나 좋은 티켓인데, 그치?" 제르멘느 로종은 천천히 수프 그릇에 숟가락을 놓았다. "저녁에 언니랑 형부를 카드 놀이에 초대할까 해서 왔던 거야. 큰 언니랑 형부도 올 거고 엄마도 막내 피에레트랑 함께 올 거야. 혹시 오고 싶으면… 길만 건너오면 돼. 수프 고마웠어." 제르멘느 로종은 자리에서 일어나 마스타이가 웃음을 터트리는 동안 복도를 걸어갔다. 가브리엘이 동생을 따라 현관문까지 갔다. "우리도 아마 갈 수 있을 거야. 그런데 확답은 못 하겠네. 여덟 시까지 안 가면 우리 못 가는 걸로 알아." 문이 다시 천천히 닫혔다. 마스타이도 가브리엘도 제르멘느의 통통한 볼에 흐르는 눈물을 보지 못했다. 하지만 가브리엘은 동생이 울 거라는 걸 짐작했다.

"지난주 국민투표*에서 왜 다들 반대표를 던졌다고 생각하세요? 우리가 모두 겁쟁이라서요? 아니요, 그건 아니죠! 우린 우리랑 상관없는 전쟁에 죽으러 가고 싶지 않아서 반대한 것일 뿐이에요." 열댓 명의 남자가 가브리엘 주위에 모여 있었다. 토요일 오후였기 때문에 노동자들, 은퇴한 사람들 그리고 심지어 몇몇 배관공들까지 술집에서 하루를 마무리하려고 모여 있었다. 그리고 이 사람들은 술집에 가면 뚱보 여자의 남편이 맥주 여덟 잔째인지 아홉 잔째인지를 모두 마시자마자 떠들기 시작하는, 반드시 정치적일 수밖에 없는 장광설, 소위 "가브리엘의 강론"이라 부르는 것을 들어야 하고, 또 이 강론은 연설을 하는 가브리엘의 몸 상태가 좋고 청중들이 주의 깊게 잘 듣는다면 밤 늦게까지 이어질 수 있다는 걸 잘 알고 있었다. 가브리엘은 이 연설들 덕분에 술집의 손님들 모두의 사랑과 존경을 받고 있었다. 그가 하는 연설들은 언제나 소박했지만, 불안과 망설임 그리고 의문들이 가득한 이 시대를 살고 있는 퀘벡 사람들의 뇌리를 잡고 있는 생각들을 아주 완벽하게 드러내고 있었다. 가브리엘의 영향력은 심지어

* 1942년 캐나다 국민투표: 캐나다에서 1942년 4월 27일에 있었던 2차 세계 대전 참전을 위한 징집제 찬반을 묻는 투표였다. 당시 캐나다 총리였던 매켄지 킹Mackenzie King과 자유당이 주도적으로 이끈 이 투표에, 캐나다 전체 국민의 66퍼센트가 찬성했지만, 퀘벡주만은 72퍼센트의 주민이 반대표를 행사했다. 매켄지 킹과 자유당은 퀘벡 주민 설득에 나서서 결국 1944년에 캐나다는 징집제로 많은 군사를 모으게 된다.

그가 모르는 사람들 사이에서 꽤나 커지기 시작해서, 사람들은 사회나 정치 문제에 대해 자기 의견을 밝히기 전에 우선 가브리엘의 생각이 어떤지 알고자 기다리기까지 했다. 심지어 매켄지 킹이 제안해 실시한 국민투표에서 이 동네에 사는 남자들 모두가 단호히 "반대" 표를 행사하게 된 원인의 대부분도 가브리엘에 있었다. "만약 캐나다가 영국을 지원하고 싶다면, 그건 지들 사정이지! 난 나를 위해 아무것도 해주지 않은 나라를 위해서 사람들을 살육하러 가고 싶지도 않고, 사지를 잃어버리고 싶지도 않다고!" 남자들이 박수를 쳤다. 그러나 윌리 윌레트는 친구인 가브리엘 앞에 계속 앉아서는 생각에 잠겨 있었다. "윌리, 넌 동의 안 해?" 윌리 윌레트는 하모니카를 손에 쥐고 의자에 앉아 반쯤 졸고 있었다. 그의 생각은 명확하진 않았지만, 그래도 뭔가 마음에 걸리는 게 있었다. "난 그저…" 윌리는 아직도 입가에 붙어 있는 맥주 거품을 소매로 닦았다. "난 그저 그 상황에 처한 프랑스가 불쌍하다는 생각이 들었어…. 우리가 프랑스는 구해야 할 거 같거든… 우리의 모국이고… 우리의 뿌리이니까…." 가브리엘은 의자에서 내려 윌리 윌레트 쪽으로 와서 섰다. 윌리는 움찔 놀라서 몸을 뒤로 뺐다. "그 프랑스라고! 프랑스는 우리를 버렸다고! 프랑스는 우리를 팔아 치웠다고! 프랑스를 구한다는 것은 앞으로도 프랑스가 우릴 바보 취급하고, 그다음엔 우리 말투를 비웃고, 또 우리 면전에 대고 맥주 먹고 방구를 뿡 하고 뀌듯 허풍을 떠는 짓거리를 계속하게 만드는 것이라고!" 윌리 윌레트는 왜인지는 모르지만 가브리엘에게 계속해서 반기를 들기로 결심했다. 어쩌면 체면을 잃지 않기 위해서였을 수도 있고, 아니면 마음 깊숙한 곳에서 프랑스 왕실의 상징, 플뢰르 드 리스가 새겨진 조그마한 깃발이 약하게나마 아직도 팔락거리고 있어서였을지도 모른다. “가브리엘, 넌 너무 딱딱히 구는 거 같아. 프랑스가 몇백 년 전에 우리를 버렸다고 해서 그들을 나치의 손에 죽게 내버려 둬야 하는 건 아니잖아!” “우리가 걔들을 위해 죽으러 가야 할 이유가 있는 것도 아니잖아! 난 말이야, 프랑스를 위해 죽고 싶지 않다고! 캐나다를 위해서도 죽고 싶진 않고! 그리고 영국을 위해서는 더더욱 죽고 싶지 않아! 그러니 그런 이유를 빼면 왜 내가 거길 가야 하는 건데? 넌 너를 계속 멸시해 왔던 영국인들이랑 또 프랑스에서 온 프랑스인들 틈새에서, 네게 아무런 짓도 하지 않았지만 외골수인 독일인들 한 무리와 정면으로 싸우는 네 자신을 상상할 수 있어?” “우리가 독일 사람들을 그대로 내버려 둔다면 모든 곳을 침공할 거라고, 심지어 여기까지도 말이야. 먼저 우릴 무신론자로 만들고 그런 다음에 이교도로 만들고 말 거라고!” “그 말은 틀렸어! 로마에 있는 교황이 어느 편이라고 생각하는데, 엉? 교황은 무솔리니 편이고 히틀러 편이라고!” “가브리엘, 네가 무솔리니 편이고 히틀러 편이라고 말하지 마!” “아니야, 아니라고. 그렇게 말하지 않았어… 난 그들 편이 아니야… 난 파시스트가 아니라고.” 가브리엘은 당황했다. 자신이 지금 처한 상황을 잘 알고 있었지만, 자기 입장을 바로잡으려면 어떻게 해야 할지 방법을 찾지 못했다. 누군가 자기에게 반기를 든 것도 처음이기 때문이기도 했다. 가브리엘은 책상을 주먹으로 꽝 하고 쳤다. 이 동작은 평소에는 효과가 있는 결정적인 방법이었지만, 이번에는 놀라울 정도로 이에 대한 아무런 반응도 없었다. “난 나를 늘 비웃어 왔던 나라들을 위해 허망하게 죽으러 가고 싶지 않다고!” “가브리엘, 허망할지라도 남자답게 죽으러 가는 게 더 나을지도 몰라. 남은 평생 겁쟁이로 취급당하며 사는 것보다 말이야….” 가브리엘은 토론이 시작된 이후 처음으로 잠시 할 말을 잃었다. 윌리 윌레트는 그 순간을 틈타 자신도 자리에서 일어났다. "한 가지 확실한 것은, 우리가 망할 놈의 겁쟁이처럼 보일 거라는 거야! 캐나다 사람들이 우릴 믿을 거 같아? 우리가 우리와 상관없는 일이라고 생각해서 전쟁에 가고 싶어 하지 않는다는 걸? 아니잖아! 캐나다에서 우리 퀘벡 사람들만 반대표를 던졌다고! 우리만 빼고 다른 주 사람들 모두 찬성에 투표했다고! 이걸로 다른 캐나다 사람들이 우리를 또 비웃을 거리 제대로 큰 거 하나가 더 생긴 거라고! 그 사람들은 이미 우리를 비난하고 있었잖아. 가족의 가장은 징병되지 않으니까 우리가 전쟁에 안 가려고 아이를 가진다고 하면서 말이야. 게다가 이제는 건강한 남자들이라면 모두 영국에 싸우러 가게 만드는 법안을 통과시키려 하는데, 우리가 똘똘 뭉쳐서 저지하니까!" "영국에 싸우러 가는 걸 강제하지 않겠다고 약속했잖아!" "그랬지. 하지만 그들은 그 말 취소할 거라고. 다른 사람들이 원하는 게 바로 우리가 원하는 바라고 하면서 말이야. 결정하는 건 우리가 아니고 정부이니까! 반대표를 던진 건 우리뿐이니까, 어차피 다른 주 사람들과 마찬가지로 우리 모두가 싸우러 가야만 할 거라고!" 가브리엘은 갑자기 다시 자리에 앉았다. 아무도 바라지 않았던 것이지만 이제 역할이 바뀌었다. 윌리 윌레트는 가브리엘의 말문을 막히게 하려고 한 것도 아니었고, 왜 이런 논쟁에 참여하게 된 것인지도 몰랐다. 그는 논쟁을 하려고 애쓰거나 준비할 필요도 없이, 자신 앞에서 도망치고, 뒤로 물러서고, 패배를 인정하고 싶어 하는 것 같아 보여서 더 이상 원래 모습을 알아볼 수 없을 정도가 된 가브리엘을 상대로 한 논쟁에서 갑자기 승자가 되어 버린 것이었다. 불편한 침묵이 술집을 덮치고 있었다. 가브리엘은 테이블 위에 남아 있던 마지막 맥주잔을 집어 들고 단숨에 들이켰다. 결정타는 웨이터인 티폴 부드로가 한 질문이었다. “가브리엘, 네 마누라 임신했다고 말한 적 있지 않았어?” 가브리엘은 펄쩍 뛰며 자리에서 일어났고, 각종 감정이 점철되어 일그러지고, 왜곡되고, 메마르고, 산산조각 난 말들이 입에서 튀어나왔다. 애걸하는 말들이었다. “전쟁에 안 가려고 마누라를 임신시킨 게 아니야! 그렇게 생각하지 말아 줘! 내가 우리 마누라를 임신시킨 건… 마누라를 좋아해서 그런 거라고… 게다가 마누라가 애 하나를 더 가지고 싶어 했단 말이야!” 이 말을 들은 사람들이 믿지 못하는 기색이 역력하자, 가브리엘은 물러서더니 두드려 맞은 개처럼 도망쳤다. 이 일련의 사건 속에서 가브리엘에게 더 미안해지고 더 혼란스러워진 사람은 바로 윌리 윌레트였다. 윌리는 비록 그걸 원한 건 아니었지만, 자신의 새 친구이자 이 동네 술집에서 가장 위대한 연설가에게 방금 모욕을 줬고, 형제들의 마음속에 의심이라는 치유할 수 없는 쓰라린 상처를 심어 주었다.

비올레트는 얼마 전부터 작업을 다시 시작했다. 뒤집어 뜨기를 한 다음에 겉뜨기를 하고, 초록 실, 파란 실, 아님 노란 실, 분홍 실로 양말 한 짝을 짜고, 그다음 것을 시작하려고 할 때나 차가워진 차 한 모금 마시는 동안 길을 힐끔힐끔 보면서. 하지만 비올레트의 행동에는 뭔가 바뀐 게 있었다. 손은 훨씬 민첩성이 떨어졌고, 뜨개질 동작은 자신감이 덜했다. 게다가 비올레트가 뜨고 있는 양말들은 정말 너무 작고, 뚜렷한 형태가 없는 형편없는 털실 덩어리 같아서 그 어떤 아기한테라도 신길 수 없을 것 같았다. 그 아무리 허약한 아기라도 말이다. 플로랑스는 그걸 다 보고 있었지만 아무 말도 하지 않았다. 말을 하기 위해서는 저녁까지 기다려야 했다. 잠자리에 들 시간, 가장 깜깜한 어둠 속에서 눈 먼 달님만이 바라보고 있을 그 시간까지… 그때만이 플로랑스는 딸의 침대 옆에 앉아 말할 수 있는 시간이었다. 모든 걸 말하는 것이다. 설명을 해주는 걸까? 아니다. 이야기를 해주는 것이다. 빅투아르의 가족에 대한 이야기를. 대대손손 이어진 세대, 그리고 그 개개인에 관한 이야기, 씨족들과 부모들에 관한 이야기. 아이가 많이 생겼던 근친 간의 연애결혼과 결실이 없었던 정략결혼에 관한 이야기. 새로운 방계 가족들에 관한 이야기. 그런데 이 방계 가족들은 죽었기 때문에, 일부러 가계도에서 잘라 낼 필요도 없었다. 저절로 떨어져 나갔기 때문이었다. 빅투아르의 고조부인 토마 르 펀은 미국인들과 싸워서 졌고, 그 때문에 다리를 하나 잃어 나무 의족을 해야 했다. 토마는 나무 의족 위에 이런 글을 새겨 놓았다. “생드니에서 희생됨.” 그리고 토마의 아들인 가비가비는 크는 게 멈추질 않아서, 결국 뼈가 탈골되더니 터져서 죽었고, 딸인 네네트는 이십칠 년 동안 스물일곱 명의 아이를 낳았고, 막내딸을 낳다가 죽었는데, 그 막내딸이 빅투아르의 할머니였다. 네네트는 죽으면서 남편을 저주했다. 그리고 자기 팔자와 주임 신부, 자신의 몸, 그리고 여자들에게만 한정된, 애 낳는 노예로서의 역할에 대해서도 저주했다. 네네트는 종부 성사도 거절당하고, 축성된 묘지에 매장되는 것도 거절당한 성녀였으며, 감히 자신의 생각을 소리 내어 말했던 마녀였다. 그리고 저주를 걸어 동네에 누를 끼친 천벌받을 여자였다. 그녀가 건 저주가 얼마나 고약했던지, 주임 신부가 주교님 발치에 자기 몸을 던지며 이렇게 부르짖었다. “주교님, 저희 마을에 오셔서 하늘을 씻어 주시옵소서, 태양이 사라져 온통 어둡습니다!” 그리고 플로랑스는 빅투아르에 대해서도 이야기를 할 것이다. 그렇다, 빅투아르의 어린 시절에 대해, 사랑한 사람들(특히 빅투아르 생애에서 가장 열렬히 사랑한 남동생 조사파 르 비올롱에 대해서), 커다란 마음의 상처, 그녀가 사랑하지 않았지만 그녀를 사랑했던 남자이며, 너무나 다정했지만 또 너무나 나약했던 남편인 텔레스포르를 따라 몬트리올로 이사를 가야 했을 때 죽어 버린 그녀의 영혼, 파브르 길에 있는 집 2층에서 꿈짝도 하지 않고 틀어박혀 있는 그녀의 삶에 대해서도 이야기할 것이다. 그리고 끝으로 플로랑스와 로즈, 비올레트, 모브에 대해서 이야기할 것이다. 이 모든 일들이 일어났을 때와 함께 평행으로 존재했으며, 여러 세대에 걸쳐서 있어 왔으며, 그 모든 시간 동안 노래를 부르며 뜨개질을 하고 있었고, 숨어 있는 보호자로서의 역할을 했던 그들. 빅투아르 집안사람들을 감시하고 돌보았으며, 그들과 관계가 깊고, 멀리서 아기 요람을 보호하며, 죽은 자가 아니라 태어난 자들을 세어 보던 그들. 이런 일이 행복하냐고? 행복하다. 그녀들은 참을성 있게 시간을 뜨개질하고 있었다. 플로랑스와 세 딸들은 빅투아르 가족들을 그 시초부터 돌봐 왔으며, 그들의 명맥이 끊어질 때까지 계속 돌볼 것이다. 왜일까? 뭐가 중요해서? 플로랑스는 마음이 내킨다면 심지어 빅투아르의 미래까지도 말해 줄 수 있었다. 옆집 뚱보 여자의 여러 아이들, 파브르 길에서 비슷한 시기에 태어나게 될 모든 아이들, 로즈 위메, 가브리엘 조두앵, 제르멘느 로종, 클레르 르미외 그리고 그 밖에도 마리 루이즈 브라사르의 아이들에 대해서도 말할 수 있을 것이다. 마리 루이즈는 거실에 걸린 레이스 커튼 뒤에 숨어 지내면서, 자기 첫아이가 배꼽을 통해 나올 거라고 생각하며 미친듯이 무서워하고 있었다. 하지만 이 모든 것들을 플로랑스는 그냥 자신만 속으로 알고 있었다. 플로랑스는 비올레트를 잠재우기 위해서 그들의 과거를 이야기해 줬지만, 미래는 자신의 마음

속에 남겨 두고 있었다. 다 이야기해서 뭐가 좋겠는가? 그때 그때 뜨개질을 하고, 빅투아르, 가브리엘, 알베르틴, 에두아르를 감시하고, 그들의 일에 개입하지 않으면서 기뻐하거나 투덜거리고, 나중에, 훨씬 나중에 이 뚱보 여자의 아들인지 딸인지 모를 그 아이와 즐겁게 놀아주고 함께 괴로워하고, 빅투아르의 집안이 전체적인 무관심 속에서 소멸해 가는 것이 보기 두려워서 그 집안의 과거를 다시 떠올리며 기억 속에 있는 소리와 풍경 속으로 도피하는 것. 이 모든 것이 플로랑스와 로즈와 비올레트와 모브의 몫이었다. 그러나 예언하는 것은 그들의 몫이 아니었다. 그럼에도 불구하고 플로랑스는 앞으로 닥칠 일이 어떤 것인지 모두 알고 있었다, 아니 거의 다 알고 있었다. 하지만 플로랑스는 앞으로 닥칠 그 일들을 자세히 살펴보는 걸 거부했다. 기다린다. 바라본다. 뜨개질을 한다. 아기들이 신을 양말들은 빅투아르 집안의 자손들을 영속시키기 위한 것이었다. 비올레트는 웃음을 터트렸다. 딱딱하고 신경질적인 웃음이었다. 그리고 뜨고 있던 뜨개물을 떨어뜨리고는 입가로 양손을 가져갔다. "엄마, 제가 마지막으로 뜨고 있던 양말 입구를 막아 버렸어요! 딴생각을 하고 있다가 양말 입구를 완전히 막아 버린 거 있죠… 완벽히 둥그런 공을 떠버렸네요!" 플로랑스는 오른손으로 그 공을 집어 들어 앞치마에 붙어 있는 호주머니에 넣었다. "비올레트야, 저녁 준비하러 가려무나, 내가 네 대신 뜨개질을 할게." "제가 밥할 차례가 아닌데요…" "저녁 준비하러 가렴."

마리 루이즈 브라사르는 정말로 그렇게 집 거실에 걸려 있는 레이스 커튼 뒤에 숨어 있었다. 마리 루이즈가 보낸 길고 긴 7개월의 임신 기간은, 허공 한복판에 뚫려 있는 터널을 지나는 것 같았다. 터널속은 아무것도 움직이지 않고 얼어붙어 있었으며, 터널의 끝은 오로지 공포로만 연결되어 있었다. 마리 루이즈는 마치 구원이라도 바라는 것처럼 창가에 숨어 있었다. 가끔은 서 있었지만, 대부분의 시간은 곧은 등받이 의자에 앉아 있었다. 그 의자는 부엌에서 가져온 것으로, 창가에 옆으로 놓았기 때문에 좌석과 등받이에 창에 달려 있는 레이스 커튼이 살짝 닿았다. 마리 루이즈는 공포에 사로잡히지 않았을 때에는 심심해하며 의자에 앉아 있었다. 매일 아침마다 손에 차 한잔을 들고 창가에 앉았다. 그녀의 몸이 마주하고 있는 벽에는 양초 모양의 전구 두 개 사이로 커다란 십자가가 당당히 자리 잡고 있었다. 하지만 그녀의 고개는 언제나 밖을 향해, 삶을 향해 있었다. 마리 루이즈는 거의 꼼짝도 하지 않고, 무릎 위에 차가 식어 가게 내버려 두다가 가끔은 무의식적으로 찻잔을 입술로 가져갔곤 했다. 그리고 가끔 거실로 고개를 돌리곤 했지만 금세 다시 길 쪽을 바라봤다. 마리 루이즈는 삶과 그녀 사이에 커튼을 늘어뜨려 놓고는, 면으로 만들어진 꽃 모양의 레이스 천 사이의 구멍을 통해 삶을 바라보았다. 길에서 움직이는 모든 것을 엿보고 해석하는 마리 실비아와는 반대로, 마리 루이즈 브라사르는 그저 모든 걸 눈에 담는 것으로 만족하곤 했다. 행인들의 몸동작들, 구름이 몰려들 때 바뀌곤 하는 햇빛, 소음, 그리고 심지어 아주 가끔씩 지나는 자동차들을 봤지만, 그 어떤 것도 기억해 두지는 않았다. 지나고 나면 모두 잊어버렸다. 정오가 되면 마리 루이즈는 자리에서 일어나서, 부엌에서 다진 햄을 넣은 샌드위치나 계란 프라이를 먹고 남은 오후를 보내기 위해 커튼 뒤로 다시 돌아와 자리를 잡았다. 배 속 아이가 발길질을 할 때마다, 그리고 이런 일은 점점 더 자주 일어났는데, 마리 루이즈는 공포에 어린 눈을 커다랗게 뜨고 이제 때가 온 것인지 자문했다. 매번 그랬다. 마리 루이즈 브라사르는 농촌 사회의 무지와 아집의 순수한 산물이었다. 농촌 사회는 설명이 꼭 필요한 상황에서도 침묵을 강요했으며, 세 가지 필수 덕목으로 선망과 위선과 죄책감을 키웠으며, 그 무엇보다도 성생활을 필요악(그냥 죄를 짓는 게 아니라, 유일무이한 바로 **그 죄악을** 저지르는 것으로, 일족의 자손을 확보하기 위해서 여자들이 어쩔 수 없이 거쳐야 하는 것)으로 보았다. 마리 루이즈는 자신의 아이에 대한 두려움에 빠져 있었다. 결혼식 날까지 커그너와가 인디언들*이 아기들을 배달해 준다고 믿고 있었기 때문이었다. 그리고 임신 초기인지 모르고 속이 울렁대고 배가 아파서 상담을 받으러 갔던 상르그레 의사 선생님에게서 아이를 "배고 있다"고, 그리고 초여름에 그 아이가 태어날 것이라는 말을 들었을 때, 마리 루이즈는 놀란 게 아니라 공포에 질렸었다. 마리 루이즈는 감히 의사에게 질문을 하지 못했다, 그녀의 어머니가 배꼽에서 무릎 사이의 부위에 대한 질문은 절대로 하는 게 아니라고 말했기 때문이다. 그러나 곧은 등받이 의자에 앉아 열심히 생각해 보고, 걱정하고, 전혀 알지 못하는 자신의 몸에 대해서 의문을 가지고, 그녀가 꼬맹이 시절에 집에서 들었지만 너무 어려서 이해하지 못했던 여러 대화에서 얻은 단편적인 지식들을 열심히 기운 끝에, 아기는 배꼽으로 나온다는 결론을 내리게 되었다. 결국 마리 루이즈의 모든 공포는 바로 자신의 정중앙에 있는 배꼽에 몰려 있었다. 그리고 아기가 "나 여기 계속

---

* 커그너와가 원주민들Indiens de Caughnawaga: 캐나다 퀘벡주의 커그너와가 혹은 카나와케Kahnawake 지역에 거주하는 모호크 원주민들을 말한다. 커그너와가는 "급류"라는 뜻이며, 현재는 카와나케라는 또 다른 명칭으로 불린다.

잘 살아 있어요. 세상에 나오려고 행복하게 준비하고 있어요." 하고 엄마에게 말해 주기 위해서 작은 발로 배를 두드릴 때마다, 마리 루이즈는 의사 선생님이 자신에게 거짓말을 했으며, 이 작은 악마가 여름 전에 자기 배를 찢어 버릴 것 같은 느낌이 들었다. 이마에 땀방울이 송송 맺혔고, 숨이 턱턱 막혀서 가쁜 숨을 쉬었고, 공포에 완전히 사로잡혔다. 마리 루이즈는 종종 배꼽을 틀어막기라도 하는 듯이 두 손을 올려놓고, 몸을 앞으로 숙이고 웅얼웅얼 노래했다. "저리 꺼져, 저리 꺼져, 성가신 꼬맹아. 네 엄마는 널 원하지 않는단다. 게다가 네 아빠는 미친놈이란다…." 레오폴드 브라사르는 가브리엘처럼 저녁에 일하고 낮에 잠을 잤다. 게다가 이 두 사람은 모두 같은 작업실에서 일했지만(가브리엘은 인쇄공이었고, 레오폴드는 라이노타이프 식자공이었다) 한 번도 서로 이야기한 적이 없었다. 둘이 출퇴근 기록 용지에 구멍을 뚫을 때나, 저녁 열 시에 30분 동안 있는 점심시간을 시작할 때 서로 마주치면 소심하게 "안녕하세요!" 하며 인사만 건넸다. 두 사람은 출근하려고 동시에 각자의 집을 나선다고 하더라도, 각각 자기 집 앞에 놓인 길을 그대로 걸어갔다. 두 길은 서로 만나질 않고 나란히 놓여 있었다. 그들은 파브르 길과 몽루아얄 대로 교차로에 있는 전차 정류장에서도 서로 쳐다보지 않았다. 그리고 전차 안에서도 절대로 같이 앉지 않았다…. 새벽 두 시쯤에 퇴근한 레오폴드는 침대에 바로 눕는 법이 없었다. 집 안을 돌아다니고, "만화"를 읽고, 저녁을 만들었다. 해가 뜨는 것을 바라보면서 저녁밥을 아주 거방지게 먹었다.(게다가 맛이 좋았다. 레오폴드는 부인인 마리 루이즈보다 요리를 훨씬 더 잘했고, 저녁밥을 하는 사람도 레오폴드였다.) 그리고 나서 잠을 자기 위해서 자기 아내가 침대에서 나오기를 기다렸다. 이들 부부는 결코 서로에게 익숙해질 수 없었다. 마리 루이즈만큼이나 무지했던 레오폴드는 마리 루이즈가 질질 짜면서 침대로 왔을 때 그녀를 데리고 자신이 뭘 어떻게 해야 할지 전혀 알 수 없었고, 그 일로 일생일대의 모욕감을 느꼈다. 그래서 이들은 부부 침대를 서로 교대해 가며 썼다. 마리 루이즈의 거대한 배는 자기 아내만큼이나 무식했던 레오폴드에게도 놀라움과 공포의 커다란 원천이었다. 아이는 결혼 첫날밤의 결실이었다. 결혼 첫날밤은 그들이 유일하게 함께 보낸 밤이었지만 그들에게 아주 끔찍한 밤이었기도 했다. 레오폴드는 첫날밤에 뭘 해야 하는지 간신히 알았고, 아주 서툴렀다. 자기 남동생들의 축 늘어진 그것만 봐왔던 마리 루이즈는 레오폴드의 그게 자신 안으로 들어오는 걸 느끼며 공포로 초주검이 되었다. 레오폴드가 왜 그러는지 전혀 몰랐기 때문에, 마리 루이즈는 심지어 레오폴드가 술이 취해서 자신이 뭘 하고 있는지도 모르는 채 그녀 안에다가 오줌을 싸려고 그걸 집어넣었다고 상상하기까지 했다. 레오폴드 브라사르와 마리 루이즈 브라사르는 신혼여행을 다녀오자마자 몬트리올로 이사 왔다.(신혼여행은 퀘벡에서 일주일을 보냈는데, 그동안 레오폴드는 내내 술 취해 있었고, 마리 루이즈는 내내 울었다.) 레오폴드가 생카트린 길에 있는 라프레리 인쇄소에 취직이 됐기 때문이었다. 마리 루이즈는 고향에서 잘려나간 후에 이 낯선 거리에 옮겨 심겼다. 마리 루이즈는 이곳에서 자신이 결코 뿌리내리지 못할 것이라는 걸 알고 있었다. 그리고 잘못 옮겨 심긴 나무처럼 마리 루이즈는 창가에서 공포와 무료함 때문에 죽어 가고 있었다. 열정, 즐거움, 고함, 익살, 비극, 사랑, 눈물, 웃음의 커다란 소용돌이 속에서 그녀 혼자 전혀 움직이지 않고 있었다. 그리고 파브르 길은 그녀 위에 아스팔트 도로 포장을 덮은 것마냥 그녀를 숨막히게 했다.

해가 천천히 부자 동네 쪽*으로 떨어지기 시작하는 이 시간대에, 라 퐁텐 공원은 땅거미가 지고 있는 숲 같아 보였다. 오월 초인 아직까지는 "잔디밭 출입 금지"라고 쓰인 보기 싫은 작은 푯말들이 뒤덮고 있지 않았던 잔디 위로 그림자들이 길게 뻗어 나갔다. 겁이 좀 없는 청설모들이 은신처에서 나와서 미친 사람마냥 깩깩거리면서 여기저기를 깡충깡충 뛰어다니고 있었다. 그리고 나무들이 드리운 그림자들 속에서 수국 꽃송이들이 그보다 더 까만 얼룩 같은 그림자를 드리웠다. 공기는 습기를 머금어 좀 더 시원해졌고, 모든 곳에 무거운 고요가 뒤덮였다. 뭔가 중요한 일이 준비되고 있어서, 자연은 그 일이 일어나길 기다리고 있는 것 같았다. 거의 다 저물어 가는 해에서 비스듬하게 들어오는 빛 속에서 거의 모든 것들이 실루엣으로만 보였다. 베아트리스도 실루엣만 보였다. 베아트리스는 〈연인들의 다리〉** 한가운데에서 난간에 턱을 괸 채 기대어 서 있었다. 그 다리는 두 개의 인공 연못 사이를 지났다. 그런데 그 연못들은 아직 물을 채워 넣지 않았기 때문에 그냥 두 개의 쓰레기 하치장처럼 보였고, 음식물을 쌌던 기름종이들과 빈 맥주병들이 넘쳐 나고 있었다. 베아트리스는 물

* 몬트리올 라 퐁텐 공원에서 서북 방향으로 그 당시 부자 동네라고 불렸던 생조셉 대로 거리가 있다.

** 연인들의 다리Pont des amoureux: 라 퐁텐 공원에 있던 두 개의 인공 연못을 가로지르는 다리. 다리 밑으로 작은 폭포가 있었고, 그 옆으로 또 작은 길이 나 있었다. 그 공간에서 연인들이 다른 사람들의 시선을 피해서 데이트를 즐기는 까닭에 이런 별명이 붙었다.

이 채워지지 않은 연못들을 본 것은 이번이 처음이었는데, 그 모습이 그녀를 울적하게 했다. "어휴, 돼지 새끼들도 아니고! 쓰레기를 아무데나 버리면 안 된다는 걸 언제쯤 배우게 될지!" 연못들이 인공적으로 만들어졌다는 것을 차라리 몰랐으면 좋았을 것이다. 그 인공 연못들은 땅을 파고 시멘트를 부어 만든 구덩이였고, 가을에는 물을 빼내야 하고 봄에는 쓰레기를 치워야 하는 연못이었다. 이 두 연못 중에서 더 작은 연못의 한복판에는, 금이 쩍쩍 가고 군데군데 쪼개진 부분도 있어서 더 이상 사용할 수 없는 상태가 다 된 분수가 있었다. 여름 동안, 비단처럼 아름다운 저녁 시간에 그 연못은 30초마다 색을 바꾸는 분수로 장식되어 매혹적이었고, 모든 것이 아름다웠고 평온했으며 완벽했다. 하지만 오늘 오후 끝 무렵의 이곳은, 이제 운행을 끝마쳐 가고 있는 태양의 황금빛 속에서 견딜 수 없을 정도로 누추했다. "연못 반대쪽을 바라보면, 모든 것이 아름답지. 숲 한가운데에서 혼자 행복하고 자유롭게 있는 것처럼 느낄 거야. 그런데 시선을 아래로 내려 보면, 쓰레기장이 한눈에 보이지. 그리고 희망이 없다는 걸 깨닫게 되는 거야." 베아트리스는 라 퐁텐 공원에서 메르세데스를 찾을 희망을 모두 버렸다. 어디로 가야 할지 몰랐다. 파브르 길에 있는 집에 돌아가는 것은 더욱 더 싫었다. "돈 한 푼도 없는데. 어디 잘 데도 없고. 아니, 뭐 잘 데는 하나 있긴 하지만 다시 돌아가기가 무서운 거지. 내가 가지고 있는 거라곤 내 엉덩짝뿐이네. 지금까지 내가 가져 본 것도 그거 하나지만." 베아트리스는 공원을 샅샅이 수색했다고 생각했지만, 사실 메르세데스와 리샤르 바로 옆을 네다섯 번 정도 지나치면서도 보지 못했다. 리샤르가 했던 고백의 단편적인 부분들을 들었을 수도 있겠지만, 그 오열, 비명, 속삭임 그리고 불평들을 듣는 사람이 자기 친구라는 사실은 상상하지 못했을 것이다. 메르세데스가 경건한 태도로 조그마한 남자 아이의 고통에 관심을 가지며 들어 주는 모습보다는, 뇌졸중을 곧 겪을 것 같아 보이는 손님의 품 안에 있는 모습을 더 자주 봤기 때문이었다. 베아트리스는 공원의 모든 길과 오솔길들을 돌아다녔고, 소심한 연인들이 눈을 내리깔고 서로의 손을 살짝 만지는 걸 봤다. 또 이들과 대조되게 훨씬 대담한 연인들이 헝클어진 머리를 하고 배덕감에 벌겋게 상기된 얼굴로 덤불에서 나오는 것도 봤다. 또 창백해 보일 정도로 허여멀건 노인들이 햇님을 보고 미소 지으며, 심지어 그 햇님에게 인사를 건네는 것도 봤다. 그리고 아이들이 놀이터에서 시끄럽게 노는 것도 보고, 한 조그마한 여자애가 어떤 남자의 입술에 뽀뽀를 하는 것도 봤다.(아빠일까? 아님 놀이터 감시인일까?) 그리고 잠이 든 남자아이 두 명도 봤다. 이 아이들은 파브르 길 동네 옆집 주민인데, 나무 발치에서 사랑스럽게 서로 껴안고 서로의 숨소리도 뒤섞인 채로, 고요하고 평온하게, 다른 사람들에게서 고립되어 자고 있었다. 하지만 메르세데스는 그 어디에도 없었다. 게다가 그 손님들도 없었다. 베아트리스는 잠시 생각을 하려고 단풍나무 그늘 아래에 몸을 뉘었다. 그 세 명의 군인들이 메르세데스를 납치해서 죽인 걸까? 아니면 경찰이 자기들을 잡으러 마침내 쳐들어온 건 아닐까?(이 둘은 정말 오래전부터 경찰이 자신들의 아파트에 갑자기 쳐들어올 거라고 생각하고 있었다.) 문 아래에서 발견한 그 쪽지는 누구로부터 온 것일까? 그리고 베아트리스 자신은 어떻게 될까? 어디로 가야 하는 걸까? 티 루 이모님 댁에 다시 돌아가서 모든 걸 다 털어놔야 하는 걸까? 베아트리스는 온갖 의문들을 떠올리다가 잠이 들었다. 베아트리스는 커다란 공연장에서 공연하는 꿈을 꿨다. 무대 위에서 베아트리스는 완전히 벌거벗고 있었는데, 신이 난 관객들의 비웃음 소리와 야유 속에서 아무렇지도 않은 척하면서 자신의 레퍼토리를 공연했다. 땀에 흘딱 젖은 채로 뙤약볕 아래에서 잠이 깬 베아트리스는, 좀 쉬려고 누웠던 것이었지만 도리어 밤놀이 다녔던 시절의 어느 날 밤처럼 피곤해진 것을 느꼈다. 그래서 베아트리스는 공원의 나무들 너머로 해가 저무는 것을 보기로 결심했던 것이다. "울 할머니가 그렇게 많이 말씀하셨지, 모든 건 그 나름에 맞는 시기가 있다고. '하느님께서 우리에게 주신 이 유일한 공짜 쇼를 대체할 정도로 중요한 것은 이 세상에 아무것도 없단다. 해가 질 무렵에 네게 문제들이 있다면 그걸 그냥 내버려두고 하느님께서 매일 저녁 베풀어 주시는, 온갖 색채들이 난무하는 광경을 보고 황홀감을 느껴 보거라. 그 광경은 네게 위안이 되고, 널 씻어 내리고, 널 정화하니까.' 그래, 울 노친네 말이 맞네. 저무는 해는 하루를 반으로 갈라 놓는 칼과 같구나! 그리고 네가 저걸 바라보고 있을 땐, 넌 행복하지도 않고 불행하지도 않고 그저 하찮은 존재일 뿐이야." 베아트리스는 초조하게 그 순간을 기다렸다.(한 시간이면 해가 질까? 두 시간이면 될까?) 그 몇 분의 순간에는 더 이상 아무것도 느끼지 않을 것이기 때문이었다. 공포도 고통도 걱정도, 그리고 어떤 문제 때문에 궁핍을 느끼는 것도. 그 문제는 사실 그렇게 복잡한 것은 아니었지만, 베아트리스는 이해할 수 없었고 또 그녀를 무력하게 했다. 베아트리스는 시멘트로 된 가짜 돌로 만든 다리를 지나는 산책객들이 팔을 기대는 데 사용되는 가짜 나무 기둥 모양의 난간(이것도 시멘트로 만든 것이다)에 몸을 기댄 채 노래를 흥얼거렸다.

빅투아르는 카라멜아이스크림선데를 다 먹고 종이 냅킨 한 구석으로 입을 닦았다. “서둘러라, 라 퐁텐 공원에 가자꾸나!” 에두아르는 아이스크림을 거진 삼키다시피 먹었다. “엄마, 다섯 시라고요!” 빅투아르는 가방에서 1달러를 꺼내고는 프랑수아즈 쪽을 쳐다보면서 카운터 테이블 위에 잘 보이게 펼쳐 놓았다. “여섯 시 반 전에는 저녁 안 먹잖아. 게다가 여름엔 토요일 저녁에 일곱 시까지는 저녁 안 먹고. 그러니 잠시 산책을 하러 갈 시간은 넘고처진다고.” “아직 여름이 아니잖아요.” 빅투아르는 카운터 앞에 앉은 이래로 처음 에두아르를 쳐다봤다. “저녁을 못 먹게 된다면, 그냥 못 먹는 거지 뭐! 난 외출 안 한 지 2년이 됐고, 라 퐁텐 공원에 가서 산책 좀 하고 싶단 말이야. 알아들었니? “ 빅투아르는 카운터 위를 손가락으로 두드리며 프랑수와즈의 주의를 끌려고 했다. 프랑수와즈는 대리석으로 된 차가운 카운터 테이블 위에 양 손바닥을 대고 기대어 서서 어떤 여자 손님과 수다를 떨고 있었다. 그러고 나서 빅투아르는 희미하게 측은함이 드러나는 눈길로 아들을 쳐다보며 말했다. “걱정 마, 더 속력을 내서 걸을 테니까. 네가 저녁 시간에 딱 맞추어서 집에 도착할 수 있게. 나 원 참! 네가 밥 먹은 지 삼십 분만 되면 또 먹을 수 있다는 게 정말 믿기지가 않는구나!” 에두아르는 빅투아르의 어조가 바뀌자 놀라서 쳐다봤다. “에두아르야, 대답은 하지 말아 줘. 분명히 ‘그럼요’ 하고 말할 거잖아. 그 대답을 들으면 정말 우울해질 거 같으니까 그만둬.” 프랑수아즈는 카운터 테이블 위에 계산서를 놓고는 빅투아르의 돈을 집어 들면서 입속에서 낮은 목소리로 뭔가 웅얼거렸는데, 그 소리가 꽤 컸기 때문에 빅투아르도 알아들을 수 있을 정도였다. “어라, 오늘은 돈을 냈네.” 빅투아르는 뭐라 하지 않고 프랑수아즈를 똑바로 쳐다보았다. 계산서에는 모두 합해서 50센트라고 써 있었다. 프랑수아즈는 빅투아르가 적어도 동전 한 닢 정도는 팁으로 줄지도 모른다는 생각에서 거스름돈을 10센트짜리 동전들로 가져왔다. 빅투아르는 10센트짜리 동전 다섯 닢을 보고는 미소를 지으며 말했다. "이 10센트짜리 동전들을 50센트 한 닢으로 바꿔 주실 수 있을까?" 프랑수아즈는 잔돈을 큰 단위 돈으로 바꾸는 걸 좋아하는 이 손님들에 대해 투덜대며 계산대로 다시 갔다. "10센트나 5센트짜리를 꺼내는 거보다 50센트짜리를 내미는 게 더 주머니 형편이 좋아 보인다고 생각하는 거 같아! 어휴, 인색하긴!" 결국 프랑수아즈는 50센트 동전을 빅투아르에게 가져다주었고, 빅투아르는 그 동전을 동전 지갑에 고이 넣었다. 빅투아르도 프랑수아즈를 향해 똑같이 입 속으로 어물어물 지적질을 했다. "나한테서 한 푼 받을 거라고 생각했나 보지! 내가 제일 싫어하는 게 나한테 지적질을 하는 레스토랑 여종업원이라고!" 유리 그릇 바닥에 있던 카라멜을 다 먹어 치우느라 바빴던 에두아르는 이 일들을 하나도 보지 못했다. 빅투아르는 일어나기 전에 에두아르의 팔을 툭툭 쳤다. "얘야, 그릇 바닥을 긁어 봤자 소용없어. 다 먹어서 이제 없잖아!" 프랑수아즈는 자신의 손님이 방금 한 말을 듣고는 계산대 앞에 딱딱하게 굳은 채 서 있었다. 프랑수아즈는 할 수만 있다면 계산대를 뛰어넘어 가서, 저 늙은 마녀가 쓰고 있는 우스꽝스러운 밀짚 모자를 갈기갈기 찢어버리고 싶었다. 하지만 최근에 자신의 공격적인 성격 때문에 사달이 났던 전적들이 있었고(프랑수아즈는 자기가 한 앞치마 끈을 풀어 버리려고 했던 어떤 손님의 뺨을 때린 적이 있었고, 또 라이스 푸딩에서 가래 맛이 난다고 우겼던 생조셉 동네에서 온 아줌마에게 욕을 하며 쫓아낸 적이 있었다) 그래서 적어도 5월 말까지는 무슨 일이 있더라도 냉정을 유지하겠다고 맹세를 했기 때문에 꾹 참았다. 에두아르는 매가리 없는 커다란 개처럼 순순히 엄마를 따랐다. 프랑수아즈는 기다란 카운터 테이블을 죽 따라서, 안쪽 계산대에서 매장 창문이 있는 곳까지 이 요상한 커플을 쫓아갔다. “너랑 나 사이에 이 카운터 테이블이 없었다면 나한테 벌써 죽었을 거라고, 이 망할 노친네야! 그래, 네 뒤에 그 뚱땡이나 질질 끌고 다녀서! 늬들 둘이 서로 아는 사이라는 거, 내가 먼저 알아챘어야 하는 건데! 둘이서 코가 닮았구먼! 쬐끄만 동굴 같은 게 말이야! 그래도 그 동굴 안에 성모 마리아상은 없으니 다행이네! 저 인간들이 왜 들창코인지 알겠어. 여기저기 똥이나 찾으려고 그렇게 된 거잖아!” 프랑수아즈는 에두아르가 티 모퇴르의 아들인지 몰랐지만, 그 전에도 그다지 좋아하진 않았다. 무엇보다도 에두아르는 몽루아얄 대로에 오가는 남자들 중에서 자신에게 추파를 던진 적이 없는 유일한 남자가 아닌가? 동네 남자들은 모두들 라리비에르&르블랑에서 일하는 풍만한 몸매의 웨이트리스인 자신을 보고 입맛을 다셨고, 단 하루라도 그 사람들 중 한 명이 데이트 한번 하자고 요청하지 않는 날이 없었다. 그리고 가끔씩은 심지어 그보다 더 구체적인 것을 제안할 때도 있었다. 프랑수아즈는 노발대발했고 그 사람한테 욕을 흠뻑 퍼붓고 따귀를 때렸지만, 속으로는 아주 우쭐대고 있었다. 하지만 에두아르가 가끔씩 정오에 점심을 먹으러 오면, 에두아르는 주문할 때 외에는 프랑수아즈에게 말을 걸지 않았다. 심지어 그녀에게 눈길조차 주지 않았다. 프랑수아즈는 결국 여자보다는 기름진 음식을 더 좋아하는 듯 보이는 이 뚱뚱보에게 반감을 가지게 되었다. 하지만 에두아르가 늘 넉넉한 팁을 남겨 놓기 때문에, 불쾌한 말은 한마디도 하지 않았다. 프랑수아즈는 빅투아르와 에두아르가 팔짱을 끼고 길모퉁이를 돌아가는 것을 쳐다봤다. 노파는 뚱뚱한 남자의 발걸음에 맞추어 절뚝거리면서 갔는데, 우스꽝스러운 옷차림은 노파를 젊어 보이게 하기보다는 마치 다른 시대에서 온 구닥다리 인간으로 보이게 했다. 그리고 유령처럼 보이기도 했는데, 그것도 사람을 놀라게 하거나 무서움을 주는 유령보다는, 망설이며 더듬더듬 몸을 움직이는 늙은 유령처럼 보였다. 그리고 아마도 노파의 아들일 그 뚱뚱보는, 노파 옆에서 창피함 때문인지 아니면 난처함 때문인지 뻣뻣하게 굳어 있었고, 그 노파가 말할 때 고개를 약간 돌려 노파를 외면하고 있었다. 그 노파가 말하는 게 마치 자기와는 상관없는 일인 양, 아니 더 심한 예를 들어 보자면 마치 자신이 어린이 보이 스카우트 대원인데, 몸집이 자그마한 노파 한 명을 맡아서 그 분이 길 건너는 것을 대원이 된 이후 처음으로 돕는 양 행동하고 있었다. 프랑수아즈는 풍만한 가슴 위로 팔짱을 꼈다. “저 할망구가 대체 어떤 남편을 만났길래 저런 코끼리 같은 아들을 낳았나 모르겠네!” 이렇게 골똘히 생각한 후에, 프랑수아즈는 그 두 명의 손님을 머릿속에서 지워 버리려는 듯한 손동작을 하며 유리창에서 뒤돌아섰다. 프랑수아즈는 지금까지 살아오면서 모든 일을 이런 식으로 해결하는 경향이 있었다. 사랑의 고통이나 어깨의 통증, 심지어 더 이상 통제 불가능할 지경까지 치달은 격한 감정들까지도 그랬다. 프랑수아즈는 아주 어렸을 때부터 자기를 골치 아프게 하는 일들을 머릿속에서 지워 버리기 위해서 손등으로 이마를 닦는 동작을 해왔다. 이 동작은 무서운 것을 떠나 좀 심하게 고압적인 그녀의 어조와 거짓으로 꾸민 기분 좋은 표정의 한 꺼풀 아래 그녀가 감추려고 노력해 왔던 권태감이 유일하게 드러나는 행동이었다. 그러나 이번만은 그런 몸짓을 해봐도 별로 도움이 되지 않았다. 빅투아르와 에두아르가 계속 머릿속에서 종종거리며 걸어가고 있었다. 프랑수아즈는 카운터 테이블에 잠시 몸을 기댔다. "저딴 인간들을 미워하는 거 자체가 너무 피곤한 일이네. 그러기엔 내 인생이 너무 짧다고. 하지만 잊어버리기가 참 힘들다는 게 문제네, 문제야!"

빅투아르와 에두아르는 이제 파피노 대로를 따라 남쪽으로 내려갔다. 거리에는 전차들이 정기적으로 불티를 뱉으면서 덜커덩 덜커덩 지나가며 내는 쇳소리로 가득했고, 그 위험한 도로 옆 보도블록 위로 자신들의 운명을 내맡겨 버린 채 놀고 있는 수많은 아이들의 꺅꺅대는 소리가 울리고 있었다. 빅투아르는 파피노 대로와 마리안느 길이 만나는 길모퉁이에서 잠시 쉬었다. "엄마, 집에 돌아가는 게 낫지 않겠어요?" "아녀, 피곤하지 않아. 다리가 조금 당겨서 그래." 빅투아르는 로리미에 대로와 데제라블 길이 있는 동쪽을 바라보았다. 2년 동안 만나지 못했던 여동생 오제아가 생각났다. 아마도 여동생은 무릎에 토요일 신문을 펼쳐 놓고 발코니에서 흔들의자에 앉아 있을 터였다. "네 이모는 정말 피도 눈물도 없는 년이야." 빅투아르는 더 이상 다른 말을 덧붙이지 않고, 아들의 도움 없이 마리안느 길을 건너갔다. 에두아르는 집에서 출발한 뒤로 거의 아무 말도 안 했는데, 그건 자신이 엄마한테 너무 화를 낼 거 같아 걱정이 되어서였고, 그렇게 되면 빅투아르가 무척 좋아할 게 분명했기 때문이었다. 또 자기가 엄마한테 뭐라 뭐라 나무라고 나면, 나중에 그렇게 나무랐던 걸 후회할 게 걱정되었기 때문이었다. 물론 그렇게 하면 이 늙은 여인은 무척 신이 날 게 뻔하기 때문이었다. 자신의 팔에 대롱대롱 매달려서 다리를 절며 길을 가는 엄마를 봤을 때, 에두아르는 온몸에 소름이 돋았고 소리를 지르고 싶은 마음이 들었다. 그와 빅투아르 사이의 이런 피곤한 관계는 그의 삶을 소모시켜 왔다. 에두아르는 자신이 빅투아르의 어항에 파닥거리며 담겨 있는 반짝이는 은색 물고기에 지나지 않는다는 것을 서른다섯 살이 지난 지금에서야 겨우 깨닫기 시작했다. 빅투아르는 숨막히는 듯한 사랑의 잔여물들만 조금씩 끼적댈 수 있게 에두아르에게 먹였고, 산소가 정말 너무 부족할 때만 물을 갈아 주면서, 갇혀 있는 에두아르의 삶을 보는 걸 즐겼던 것이다. 엄마와의 접촉은 에두아르를 흥분시켰고 정신을 혼미하게 했으며 그가 가진 모든 에너지를 빨아들였지만, 그래도 에두아르는 엄마와의 접촉이 필요했다. 에두아르가 저녁에 하곤 했던 도피성 가출들, 집 밖에 있는 다른 장소에서, 그리고 다른 사람의 품에서 밤의 일부분을 보낸 경험들은 물론 강렬하기는 했고 그에게 깊은 경험의 흔적을 남겼지만, 결국 그에게 그다지 중요하지 않은 일개 에피소드나 막간극에 불과했던 것이다.(에두아르가 했던 가벼운 가출들은 지옥의 유황불같이 타락의 냄새가 났다. 에두아르는 작고 폐쇄적인 그 지옥에서 자신을 불사르며 몇 시간을 보냈다. 그리고 그곳의 경험은 신성모독적인 느낌을 줬기 때문에 아주 만족스러운 추억으로 재빠르게 변했다.) 하지만 에두아르가 했던 가출들은 막간극에 머물렀고, 사실 삶의 대부분은 엄마가 사는 집의 네 벽에 둘러싸여 말싸움을 하고 서로 다투고 대결하고 다시 재결합하는 것에 있었고, 그토록 자신이 증오한다고 믿었던 이런 일들이 결국 자신의 뼈를 이루고 신경을 이루며, 피와 심장을 이루었던 것이다. 엄마가 살아계시는 한 에두아르는 엄마의 의지가 닿는 범위 내에서 허우적거리며 살 수밖에 없었다. 마치 엄마에게 종속된 위성처럼 엄마의 주변을 빙글빙글 돌면서, 자신의 법칙이 아닌 엄마의 법칙에 순종하며, 자주적 결정 능력을 모두 빼앗기고, 특히 선택권을 완전히 빼앗긴 채로 살아갈 수밖에 없는 것이다. 그리고 엄마가 돌아가시는 때가 오면 에두아르는 엄마와 함께 죽을지도 모른다. 무장 해제 되고, 연결이 끊기고 할 일이 없어진, 다수의 무관심 속에서 먼지 쌓인 채로 한 구석에 놓인 채 잊혀 가는, 사지가 뒤틀린 꼭두각시 인형처럼 될 것이기 때문이었다. 에두아르가 갑자기 꽃이 피듯 확 피어나지 않는 한 말이다. 그가 겪어야 할 모든 봄날들을 단번에 모두 겪으며 기쁨에 빠지고 자유에 취해서, 그리고 마침내 자기 자신을 중심으로 두고, 미친듯이 흥분한 손을 허리춤에 단단히 대고, 잃어버린 시간을 되찾기 위해 전속력으로 말을 달리지 않는 한 그렇게 될 터였다. 에두아르는 이런 선택지가 언젠가 자신에게 생길 것이라는 것을 잘 알고 있었으며 또 그렇게 되길 꿈꾸고 있었다. 하지만 에두아르가 제 아무리 엄마의 죽음이 자신을 해방해 줄 거라고 스스로에게 되뇌더라도, 엄마를, 엄마의 목소리, 시선, 냄새를 잃는다는 생각만으로도 공포에 질렸다. 빅투아르는 자기 아들 팔에 다시 매달려 있었지만, 그 아들은 그걸 알아차리지 못한 채 끝도 없는 딜레마 속에 빠져 있었다. 빅투아르는 파피노 대로와 라셸 길이 만나는 길 한 모퉁이에 있는 임마퀼레 콩셉시옹 성당* 앞을 지나면서, 아주 중요한 문제의 해결책을 찾아낸 듯이 머릿속에 갑자기 떠오른 생각을 말했다. "오제아는 분명히 미친 게야. 여기 교구는 미친놈들 천지이니까 말이야! 사제란 놈들이 성당 뒤에서 옥수수나 키우고 말이야, 그런 건 사제도 아니라고! 시골 고향집의 본당

* 원죄 없이 잉태되신 성모 마리아 성당L'église de l'Immaculée-Conception: 1887년에 플라토 몽루아얄 지역에 세워진 성당.

신부님도 그런 짓은 안 한다고, 이런 염병! 토마토나 키우고 나자빠져 있지 말고 내 동생 영혼이나 좀 돌보라고!" 빅투아르가 꽤나 큰 소리로 그 말을 했기 때문에, 앞으로 정원이 될 비옥한 땅에 고랑을 아주 똑바르게 파 내려가려고 노력하며 오후를 보낸 두 명의 사제가 그 소리를 들었다. 두 명 모두 고개를 들면서 이 노파에게 미소를 지었다. 사제들 중 한 명이 커다란 손수건을 꺼내더니 이마의 땀을 닦았다. "자매님, 여동생께서 사시는 곳의 주소를 주세요. 지금 당장 토마토를 내버려 두고 그곳에 가겠습니다!" 빅투아르는 어깨를 으쓱했다…. "아휴, 그냥 내버려 두세요! 신부님들은 토마토랑 오이 모종을 구별할 지식 정도만 겨우 가지고 계신 것처럼 보이니까요! 내 여동생에게 그렇게 형편없는 도움을 받게 할 수는 없다고요!" 사제들은 웃음을 터트렸다. "요즘 새 신부님들을 어디서 찾아서 데려오는지 궁금하네. 정신병원에서 데려오나? 애야, 가자. 저이들은 참 기운 빠지게 하는구나!" 라셸 길 반대편으로 라 퐁텐 공원이 펼쳐져 있었다. 빅투아르는 길을 건너기 전에 오랫동안 나무들을 바라보았다. 빅투아르는 마침내 에두아르를 바라봤다. 빅투아르의 눈에는 눈물이 어렸다. "애야, 바로 저기에서 내가 널 가지게 되었단다. 자, 가자. 거기가 어디인지 내가 보여 줄게!"

가브리엘은 베아트리스가 있는 라 퐁텐 공원 다리 위의 난간 옆으로 와서는 난간에 팔꿈치를 대고 몸을 기댔다. 가브리엘은 연노란색 원피스를 입은 베아트리스를 멀리서 알아보았다. 베아트리스는 보통 여름날 일요일 오후에 그 원피스를 입고는 친구와 함께 웃고 노래를 부르면서 집 앞을 지나갔다가 또다시 돌아오곤 했다. 그녀들의 뻔뻔한 태도와 요즘같이 물자가 궁핍한 시절에도 불구하고 너무나 진하게 한 화장은 대략 모든 사람들에게 충격을 주곤 했다. 알베르틴은 그녀들에 대해서 이렇게 말하곤 했다. "그것들은 범죄자들처럼 총으로 쏴 죽여야 한다고! 어쨌거나 내 입장은 그래. 내가 참았으니까 망정이지, 아니면 걔네들 집 유리창에 큼지막한 돌을 던지러 갔을 거라고!" 빅투아르는 그 말에 그저 미소를 지어 보이다가 가끔씩 이런 류의 말을 중얼거렸다. "걔네들도 가끔은 우리 집에 돌 던지러 오고 싶을 거야! 우리들도 걔네들 살기 편하게 해주지 않잖아… 걔네가 창녀같이 구는 걸 조금 적게 하고, 네가 좀 더 창녀 같아진다면, 이 동네나 우리 집이 훨씬 살기 좋게 될 텐데 말이야!" 베아트리스는 구부정한 자세로 약간 비틀거리며 자신에게 다가오는 가브리엘을 봤다. 베아트리스도 가브리엘이 옆집 사람인 걸 알아봤다. 평소에 무척 호감이 가는 사람이라고 생각했는데, 왜냐하면 가브리엘이 진중한 태도를 보였고, 자신을 보며 약간 계면쩍어했기 때문이었다. 그래서 베아트리스는 저 사람은 술이 취하면 소심한 게 좀 줄어드는 걸까 하는 의문까지 들었다. 하지만 가브리엘은 베아트리스에게 말을 걸지 않았고, 베아트리스는 일부러 꼼짝도 하지 않고 다미아*의 몇몇 오래된 노래인지 샤를 트레네**의 최신 히트곡인지 자신도 잘 모르겠는 노래를 계속 흥얼거렸다. 베아트리스는 가브리엘이 자기한테 말을 건넬 엄두를

---

* 다미아Damia(1889~1978) : 루이즈 마리 다미엥, 혹은 다미아는 프랑스 여가수이자 배우이다. 양차 대전 사이의 시기(1930년대)에 큰 사랑을 받았다. 대표곡으로 앞서 마스타이가 길거리에서 흥얼거렸던 <갈매기Les Goélands>가 있다.

** 샤를 트레네Charles Trenet(1913~2001) : 프랑스 가수. 1942년 가장 유명했던 그의 노래는 <파리의 로망스La Romance de Paris>였으며, 동명의 영화 삽입곡이기도 했다.

낼 건지 아닌지 알고 싶었다. 하지만 가브리엘은 계속 고개를 숙이고 있었다. 아무런 말도 하지 않았다. 빛이 점점 더 황금색으로 변해 갔고, 초록색이 하늘의 파란색과 이제 서로 뒤섞이고 있었다. 그 초록색은 바로 쳐다봤을 때는 도망가듯 사라졌지만, 옆을 보면 곧 다시 나타났다. 밝고 선명하면서도 동시에 부드러운 색이었다. 가브리엘은 지금 술집에서 방금 도망쳐 나온 일을 생각하고 있었다. 그리고 한달음에 여기까지 뛰어온 것, 그리고 자신이 뭘 말하고 있는 건지 모르고 말을 하던 거지 한 명 때문에, 그것도 특히 자기가 맥주를 잔뜩 사주며 우정을 표했던 그 거지 한 명 때문에, 자신의 세력권에서 자신이 패배한 일에 대해 생각했다. 그 냄새나는 거렁뱅이의 면상을 후려치러 술집에 돌아갈 생각을 열 번도 넘게 했지만, 친구들 앞에 다시 서야 한다는 수치심 때문에 그러질 못했다. 아마도 다른 날에, 다음 주나 그 후에. 지금은 아니다. 가브리엘은 너무 고통스러웠다. 결국 먼저 말을 건 사람은 베아트리스였다. 그래도 베아트리스는 가브리엘을 쳐다보지는 않은 채로, 연못을 둘러싸고 있는 나무들의 꼭대기 어딘가를 쳐다보면서 말했다. "어딘가 불편해 보이시네요." "남자가 겁쟁이 취급을 받으면, 그날 하루를 망치게 마련이오!" "대체 누가 겁쟁이 취급을 했대요?" "어떤 사람이, 뭐 결국엔 맞는 말이지만." 가브리엘은 잠시 망설이는 듯하더니 갑자기 베아트리스에게 다가왔다. "비록 젊지만 남자들을 잘 아는 당신이 생각해도, 남자들이 전쟁에 가지 않으려고 자기 아내를 임신시키는 거 같소?" 베아트리스는 가브리엘이 오고 나서 처음으로 그를 쳐다보며 말했다. "네, 그렇게 생각해요. 그리고 그렇게 한 걸 잘했다고 생각하고요." 베아트리스는 다시 나무 꼭대기를 쳐다봤고, 이번엔 가브리엘이 베아트리스를 쳐다봤다. 베아트리스는 마치 혼잣말을 하듯 작은 목소리로 계속 말했다. "저는 왜 남자들이 지구 반대편까지 죽으러 가는지 모르겠어요. 전쟁 자체를 이해 못 하겠어요." "사실 나도 그래요! 전쟁은 고작 똥 무더기가 놓여 있는 위치나 바꾸는 것 아니겠소! 어느 쪽이 이기든 간에 당신이나 내게 바뀌는 게 뭐가 있겠소, 안 그렇소? 우리 둘은 그렇게 중요한 존재도 아니고, 유럽에서 독일군이 이기든 아니면 연합군이 이기든 간에 우리 삶이 바뀌기에는 그 모든 것으로부터 너무 멀리 떨어져 있단 말이오! 다들 독일놈들이랑 이탈리아놈들이 이기면 대서양을 건너 여기까지 올 거라고 하면서 겁을 주려고들 하지만… 그게 말이 되오! 유럽을 재건하는 데에만 수백 년이 걸릴 거고, 그들은 우리까지 신경 쓸 겨를이 없단 말이오!" 가브리엘은 맥주의 취기에 도움을 받아 조금씩 흥분하기 시작했다.(가브리엘은 술집 한중간에서, 자신의 탄탄한 논거에 설득당하기만을 오로지 바라고 있는 친구들 사이에 서 있었다. 가브리엘은 자신을 이 동네 영웅으로 만들어 준 기나긴 연설들 중 하나를 꺼내 놓으려고 준비했다. 가브리엘은 친구들 한 명 한 명을 함락시켜 나가고, 친구들의 얼굴에서 어떨 때는 놀라움이, 어떨 때는 노여움이 떠오르는 것을 읽어 내며 몇 시간이고 보낼 것이다. 그들을 웃고, 울고, 박수 치게 만들 것이다. 가브리엘은 멜로드라마의 최심부까지 그들을 끌고 내려가면서, 그들이 고통으로 가득 차 헉헉대게 만들 것이고, 그런 다음엔 가슴에 손을 얹고 고개를 똑바로 세운 채 인간의 선의와 그 가능성이라는 정상을 향해 다락같이 올라갈 것이다. 그리고 머릿속에 떠오르는 영감의 바람을 타고 오랫동안 높은 곳에서 활공을 할 것이다. 똑같은 이야기를 수도 없이 반복할 것이다. 그것도 서로 다른 백 가지 방법으로 말이다. 그리고 그는 술집연설가들의 왕이자 플라토 몽루아얄에서 가장 존경받고 영향력 있는 발언을 하는 사람인, 새로운 가브리엘이 될 것이다!) "반대편 나라까지 싸우러 가지 않기 위해서 아내를 임신시킨 건 아니오. 하지만 아내가 임신해서 아주 행복하오! 게다가 나는 아내가 나를 전쟁터에 보내지 않으려고 일부러 임신한 건 아닌지 의심하고 있고! 어쩌면 날 위해 아내가 목숨을 걸었다고 할 수도 있겠소!" 가브리엘은 자기가 하는 말을 단 한 마디도 믿고 있지 않았지만, 그게 뭐 대수인가? 말을 하고 있다는 게 중요하지! 게다가 아주 말을 잘하고 있고! "그런데 한편으로는 말이요, 난 내가 겁쟁이라는 걸 잘 알고 있소. 사실 아내가 임신하기엔 너무 뚱뚱하고 늙었다는 걸 잘 알고 있었으니, 아내의 임신 시도를 거절했어야 했소… 하지만 그렇게 하지 않았지. 아내가 걷지도 못하고 일어나지도 못해서 방구석에 틀어박혀 지낸 지 벌써 몇 달이 지났소… 상르그레 선생이 집에 왕진을 왔을 때, 매번 나를 아주 인간 말종이라도 되는 양 빤히 쳐다보더이다… 난 인간 말종이 아니라고요! 난 내 아내를 사랑하오! 그리고 그 아이도 원하오! 이해하실 수 있소?" 베아트리스는 거친 몸동작을 하면서 가브리엘의 말을 끊었다. "어휴, 이이도 다른 치들이랑 똑같네! 술 안 먹었을 때는 엄청 어려워하다가, 술이 취하면 엄청 성가시게 하는 게!" 가브리엘은 깜짝 놀라 정신을 차리고는 사과했다. "내가 좀 취했소. 맥주를 많이 마셨어. 너무 많이 마셨나 보오. 친구들이랑 술집에 있다고 착각했소." 베아트리스는 마치 가공의 빵가루를 털어 내려는 듯이 오른손으로 치마를 훑었다. "바로 그게 문제라고요. 남자들이 나에게 말을 할 때에는 꼭 다른 사람에게 이야기하는 걸 상상한다고요. 나를 자기 마누라나 친구로 여기고는, 본당 신부님께 고백성사를 하듯이 나에게 고백을 해요. 하지만 남자들이 나를 나 그대로 생각하면서 그렇게 하는 일은 결코 없죠!" 베아트리스는 갑자기 가브리엘을 더 이상 보고 싶지 않은 마음이 들었다. 욕망이 만족되자 돈을 내고 사라진 다른 사람들처럼 가브리엘도 사라져 버리기를 바랐다. 석양 속에서 혼자 있고 싶었고, 모든 걸 잊어버리고 싶었다. 베아트리스는 자세를 똑바로 가다듬고 몇 발자국 걸어갔다가 다시 가브리엘에게 돌아왔다. "댁이 방금 나한테 하신 말씀 같은 걸 말하려고 돈을 내는 남자들도 있다고요. 내가 왜 공짜로 당신 말을 들어 줘야 하는지 모르겠군요!" "당신이 나에게 뭔가 문제 있냐고 물어보지 않았소…." 베아트리스는 가브리엘에게서 등을 돌리고는 다리 끝을 향해 걸어갔다. 가브리엘은 그녀를 쫓아가며 말했다. "미안하오. 그런데 지금 댁에 갈 거면, 나도 옆에서 같이 걸어가는 건 괜찮겠소? 그리고 아가씨도 살면서 힘들었던 일을 나한테 말해도 되오…." "사람들이 나랑 같이 있는 걸 보면, 한 가족의 좋은 가장이라는 평판을 잃게 될 거예요." "오늘 이후로는 뭐 잃을 것도 없소. 그리고 그들 보고는 멋대로 생각하라고 합시다, 뭐." 베아트리스는 이 남자에게 모든 걸 다 이야기하려는 자기 자신을 깨달았다. 결국 이 남자는 어쩌면 다른 사람들보다는 조금 덜 어리석은 사람인 듯했다. 게다가 벌써 10분 동안 대화를 나눴지만, 아직도 음담패설은 한 마디도 이 사람 입에서 흘러나오지 않았다. 결국 베아트리스는 마음에 있던 짐을 털어 버리려는 준비를 했다. 하지만 칼릭사 라발레 길을 건너면서 가브리엘은 테레즈와 마르셀과 필립이 놀이터에서 나오는 걸 발견했다. 필립은 마치 아프기라도 한 듯이 이상한 폼으로 걷고 있었기 때문에, 가브리엘은 필립을 향해 뛰어가기 시작했다. "필립, 왜 그러니! 아픈 게냐?" 베아트리스가 멀어져 가는 가브리엘을 바라봤다. "벌써…."

알베르틴은 계산대 위에 아무렇게나 빈 병 두 개를 올려놓았다. "마리 씨, 안에 있어요?" 마리 실비아의 목소리가 매장 뒤 깊숙한 곳에서 들려왔다. "네, 네… 가요." 그 대답 후에 알베르틴은 마리 실비아가 물 내리는 소리를 들었다. 마리 실비아는 목욕탕과 화장실로 쓰이는 창문 없는 골방에서 양손에 몰라레스 쿠키* 두 개하고 커다란 우유 한 잔을 들고 나왔다. "화장실에서 드신 거예요!" "뒤플레시가 있을 때 제가 우유를 잔에 따르면요, 걔가 그거 뺏어 먹으려고 절 달달 볶거든요. 그래서 오후 5시쯤 먹는 간식은 화장실에서 먹는 버릇이 생겼어요. 아시겠지만 화장실이 다른 데보다 더 더러운 장소도 아니구요. 물론 변기통이 깨끗하다면 말이죠…." "그만하세요, 속이 뒤집어지려고 하잖아요!" 마리 실비아는 쿠키랑 우유잔을 알베르틴이 놓은 두 개의 빈 병 옆에 놓았다. "우리 사모님 실망시켜서 어떻게 하나… 죄송해요, 라로즈 가문비나무 맥주**가 다 떨어졌어요. 오늘 아침에 브라사르 씨에게 마지막으로 남아 있던 걸 다 팔았거든요. 아시겠지만, 전쟁 때문이에요… 가문비나무가 귀해져서 그런 건지 아닌지 잘 모르겠지만, 그 맥주 자체를 확보하는 게 아주 힘드네요…." "마리 씨도 모든 걸 전쟁 탓으로 돌리네요! 지난 삼 년 동안 세상의 모든 게으름뱅이들이 서로 똘똘 뭉쳐 협력해서, 우리가 그 어떤 것도 얻을 수 없는

---

* 몰라레스 쿠키Le biscuit à la mélasse: 사탕수수에서 나온 당밀시럽으로 만든 쿠키.

** 가문비나무 맥주La bière d'épinette Larose: 홉 대신에 침엽수의 종의 하나인 가문비나무의 어린 싹으로 만든 맥주. 비타민 함유량이 많기 때문에, 추운 지방 사람들은 이 맥주를 괴혈병의 치료제로 여겼고, 긴 항해를 하는 선원의 건강 유지에도 꼭 필요한 음료였다. 예전엔 알콜이 함유되어 있었으나, 지금은 "맥주"라는 이름은 여전히 붙어 있지만 알콜은 전혀 들어 있지 않은 탄산음료로 더 잘 알려져 있다.

이유가 바로 전쟁 때문이라고 믿게끔 애써 온 것 같다고요!" 알베르틴은 병 두 개를 다시 집어 들었다. "어휴, 내 주말 계획은 완전 망했네! 이게 나한테 주는 일주일의 보상이거든요, 일요일마다 발코니에 앉아서 라로즈 두 병을 빼는 거예요. 아시잖아요! 왜 적어도 한 병이라도 제 몫을 빼 두지 않았어요? 저는 큰 도시가 무서워서 집에 숨어 있는 그 시골쥐 두 마리보다 훨씬 더 오래된 손님이잖아요!" 마리 실비아는 계산대에 팔꿈치를 기대고 서 있었다. 우유가 담긴 잔과 쿠키 두 개를 쳐다봤다. "마리 씨는 사람들이 하는 불평을 귓등으로도 듣질 않으시네요. 이러다간 사람들이 다른 가게에 가고 말 거라고요!" 알베르틴은 뒤돌아서더니 문으로 갔다. "제 고양이 못 보셨어요?" 마리 실비아는 갑자기 고개를 들었다. "그 망할 놈이 절 할퀴고 도망갔지 뭐예요!" 알베르틴은 문을 열며 마리 실비아 쪽을 돌아봤다. "보통 누가 어디에 있는지 잘 아는 사람은 바로 마리 씨잖아요…." "아 네, 그렇긴 해요. 오후 내내 길을 살펴봤지요… 창녀 둘이 지나가는 건 봤어요. 한 명씩 차례로. 그리고 부인 댁 자제분들이 피크닉하러 가는 걸 봤죠. 그리고 위메 씨 부인이 생조셉 대로로 갔다가 다시 돌아오는 걸 봤죠. 그리고 또…" "그런데 당신 고양이는 못 봤군요." "네, 못 봤어요. 걔가 3일을 밖에 나가 있었는데요… 아시겠지만 그… 본능 때문에요. 걔가 그렇게 지내고 돌아온 다음엔 보통 집에서 일주일은 뻗어 있거든요…." "저도 못 봤어요. 전 오늘 진종일 집에 처박혀 있었거든요… 제가 뭐 고양이 감시하는 일 따위만 하고 앉아 있을 줄 알아요? 할 일이 얼마나 많은데!" 알베르틴은 나가면서 문을 쾅 하고 닫았다. 마리 실비아는 어깨를 으쓱 했다. "아주 상냥도 하시지! 저이는 늘 저런 식이야…." 마리 실비아가 다시 화장실로 돌아가려고 했을 때, 레스토랑

문이 열리며 문 위에 걸어 놓은 작은 종이 울렸다. 알베르틴이 문틈으로 머리를 내밀고 물었다. "브라사르 씨가 몇 병을 사 갔어요?" "네 병이요, 남은 게 그게 다였어요." 알베르틴은 마리 실비아에게 고맙다는 소리조차 하지 않고 가버렸다. 마리 실비아는 소파에 편안하게 앉았다. "뭐 한 번쯤은 여기서 먹어도 괜찮겠지… 뒤플레시가 없으니까 말이야." 마리 실비아는 먹을 때마저도 고개를 창문 쪽으로 돌리고 있었다. 알베르틴은 결연한 태도로 길을 건너가더니 마리 루이즈와 레오폴드 브라사르 부부가 사는 집을 향해 걸어갔다. 그 집은 길모퉁이에서 두 번째 집이었고, 자기 집 바로 앞이었다. 알베르틴이 그 집의 철제 울타리 문을 밀어 여는 것을 플로랑스, 비올레트, 모브, 로즈가 발코니에서 봤다. 모브는 언니들을 쳐다봤고, 그다음에는 엄마를 쳐다봤다. "알베르틴이 뭐 하려고 저기 가는 거예요?" 알베르틴은 거실 창문 앞을 지나면서 레이스 커튼 뒤의 마리 루이즈의 실루엣을 알아봤다. "저이는 저기에 못 박혀 있는 게 분명해!" 마리 루이즈는 파브르 거리에서 전설 같은 존재가 되어 있었다. 사람들에게는 익숙한 존재로, 늘 거기 있다는 걸 알지만 그다지 신경 쓰지 않는 그런 친숙한 유령 같은 존재 말이다. 사람들은 그 집 앞을 지날 때, 마리 루이즈가 창문 뒤에 있다는 걸 알았지만 그걸 확인하는 수고를 굳이 더 하지는 않았다. 인사를 해도 응답을 하지 않았기 때문에, 결국 사람들은 마리 루이즈에게 인사를 건네지 않게 되었다. 리샤르 같은 경우에는 마리 루이즈를 "커튼에 달린 눈"이라고 불렀는데, 그 말 때문에 마르셀이 겁을 냈다. 마르셀은 저 창문에 달려 있는 커튼에 정말로 두 눈이 꿰매어 있는 걸 상상했기 때문이었다. 그래서 마르셀이 인도에서 놀다가 리샤르를 너무 귀찮게 굴면, 리샤르가 이렇게 이야기하곤 했다.

"커튼에 달린 눈이 널 잡아먹어 버릴 거야!" 그러면 마르셀은 갑자기 움직임을 딱 멈추고 걱정스러운 눈초리로 길 건너편을 쳐다봤다. "누구 눈?" "사람 눈이 아니야. 커튼에 달린 눈이야." 알베르틴은 사람이 나올 때까지 초인종을 세 번 눌렀다. "이 집 사람들은 다 죽었나. 가문비나무 맥주 네 병을 마시고는 배가 터져 죽었나 보지!" 한참을 기다리자 조그마한 실루엣이 문 뒤로 나타났다. 마리 루이즈였다. "브라사르 씨한테 직접 이야기하는 게 더 좋겠지만, 뭐 어쨌거나." 마리 루이즈는 문을 조금 열더니, 두려움에 가득 찬 눈으로 열린 문 사이를 내다보았다. 말없이 그저 알베르틴을 쳐다보고 있었다. 알베르틴은 어떤 태도를 취해야 할지 몰라서 잠시 굳어 있었다. "어쩌면 벙어리일 수도 있겠어. 아니면 귀머거리이든지. 아님 미쳤든지. 아니면 셋 모두 다 해당될지도 모르겠네!" 알베르틴은 딱딱한 태도로 마리 루이즈의 시선 높이에 빈 병을 들어 보였다. "안녕하세요, 브라사르 부인. 저녁 시간에 방해해서 죄송합니다. 제가 가문비나무 맥주를 사러 마리 씨 가게에 갔거든요, 그런데 당신 남편 되시는 브라사르 씨께서 맥주를 몽땅 사 가셨다고 하더라고요. 네 병을요. 그래서 혹시 저한테 한 병 되파실 수 있는지 여쭤보려고 왔어요… 두 분이 월요일까지 네 병을 모두 다 마셔 버리지는 않으실 것 같아서요… 마리 씨가 그러는데 월요일 아침에는 배달차가 올 거고, 그때 많이 받을 거라네요. 하지만 월요일이면 저한테는 너무 늦어서요. 저는 일요일 오후마다 발코니에서 그 맥주를 마시거든요. 그래서…." 마리 루이즈는 이미 문을 열어 놓은 채로 어디론가 사라져 있었다. 알베르틴은 집 안을 보려고 유리창에 얼굴을 바짝 댔다. "내가 여기서 뭘 하는 건지 원! 맥주를 줄 건지 안 줄 건지 모르겠네. 나보고 뭘 어쩌라는 건지." 잠시 후에 마리 루이즈는 차가운 가문비나무 맥주 한 병을 가지고 돌아와서는 문틈 사이로 건넸다. 그리고 알베르틴이 들고 있던 빈 병 두 개 중에 하나를 받아 들고는 문을 조심스레 닫았다. 알베르틴은 어안이 벙벙해서 꼼짝하지 않은 채 그대로 서 있었다. "돈도 지불하고 싶었다고요!" 알베르틴은 몸을 숙이고 문 아래 뚫려 있던 우편함 구멍에 25센트짜리 동전을 넣고 말했다. "잔돈은 넣어 두세요, 그리고 그 돈으로 예의범절 수업 좀 들으시라고요!"

나나는『뷔그 자르갈』을 다시 읽기 시작하려고 했지만 글자가 눈에 들어오지 않았다. 그리고 어쨌든 이야기를 따라갈 만큼 충분히 집중할 수 없으리라는 것을 알고 있었다. "오늘은 너무 많은 일이 있었네. 더 이상 책 속으로 도피할 수가 없잖아!" 머릿속에 무지개빛 영롱한 글씨로 쓰인 "아카풀코"라는 단어조차도 그녀를 더 이상 꿈꾸게 할 수 없었다. "오줌 누러 가려고 자리에서 일어나는 것도 못 하는데, 아카풀코를 꿈꾸는 것도 다 부질없는 짓이지 뭐!" 알베르틴과 했던 대화, 아니 그게 아니라 알베르틴이 자신에게 퍼부어 댄 기나긴 악담들이, 나나의 의식 어느 한구석에서 예전부터 맴돌고 있던 의심을 스스로 인정하게 만들었다. 자신이 가지고 있던 생각이 과연 타당한가 하는 의심이자, 겁이 났고 직시하고 싶지 않았기 때문에 거부하고 억눌러 왔던 의심이었다. 친정과 시댁의 식구들, 특히 여자들이 자신의 임신을 비난한다는 걸 알고 있었다. 모두들 자신이 임신한 것이 음란한 행동이자 불명예스러운 상황이며, 가족의 정숙함과 미덕에 누를 끼치는 오점이며, 운명에 도발하는 행위이므로 벌을 받을 것이 분명하다고 생각했다. 그래서 적어도 기형아나 비정상적인 애를 낳게 될 거라고, 분명히 응보를 치를 거라고 생각하고 있었다. 남자들로 말하자면… 사실 남자가족들에 대해서는 거의 아는 게 없었다. 게다가 남자들이 진짜로 무슨 생각을 하는지 정말 알기 어려웠다. 몇 주 전에 자기를 보러 왔던 남동생 테오는 자신을 이상한 태도로 쳐다봤다. 배 주변은 피하고 얼굴만 쳐다보면서, 믿을 수 없을 정도로 가식적인 미소를 입가에 지으면서. 테오는 자기 눈을 똑바로 보면서 기쁘다고 말했지만, 동생의 모든 것들은 그 말이 거짓이라고 말하고 있었다. 차라리 자기한테 큰 소리로 욕이라도 퍼붓는 게 나을 것 같았다. 적어도 그러면 동생의 감정이 뭔지 확실히 알 수 있고, 동생에게 모든 걸 다 설명해 주려는 노력이라도 할 수 있었을 것이기 때문이었다. 하지만 테오는 그러지 않았다. 동생이 짐짓 거짓으로 만들어 낸 명랑한 기분은 모든 교제를 불가능하게 했고, 테오는 그 거짓 미소를 그대로 유지하면서 집을 떠났다. 에두아르 같은 경우에는 임신 소식을 듣고 우선 걱정을 하는 듯 보였다. 집에는 소음 공해를 일으키는 애들이 이미 많이 있었기에 마음에 들지 않는데, 거기에 한 명이 더 추가될 것이기 때문이었다. 하지만 에두아르는 조금씩 자신에게 말을 걸어오기 시작했다. 하루가 다르게 몸이 변해 가는 자신이, 이따금씩 밤에 혈압이 너무 오르게 되면 찾아오는 짧지만 무척 파괴적인 발작에 힘들어하면서 양손으로 얼굴을 가리고 밀물처럼 차오르는 눈물과 비어져 나오는 비명 소리를 숨길 때 외에는, 별 불평 없이 지내는 데 측은함을 느낀 것인지, 아니면 그녀가 정말로 이 아이를 원하고 있다는 사실과, 그녀 자신이 살기 위해서 이 아이가 필요하다는 사실을 제대로 이해할 수가 없어서 그런 것인지 모르겠지만, 출근하기 전 아침 그리고 집에 돌아온 후 저녁에, 심지어 아침 식사나 저녁 식사를 종종 만들어 주기까지

하면서, 그녀가 무척 좋아하는 농담을 해주거나 웃긴 표정을 지어 보였다. 그리고 아침 저녁으로 여인의 배를 쓰다듬으며 이렇게 이야기하곤 했다. "아가는 몸무게가 2톤은 될 거고, 젖 먹이려면 암소를 떼로 사들여야 할 거야!" 가브리엘의 경우는, 뚱보 여자가 다 큰 어린애 같은 남편을 20년 전부터 지켜 주고 있었고, 또 남편이 알아채지 못하게 남편을 이끌고 있었다. 그리고 남편은 있을 거라고 짐작조차 하지 못한 가장 큰 걱정거리를 뚱보 여자 혼자만 안고 있었으며, 남편이 오후나 아침 늦게 잠에서 깰 때에는 언제나 노래를 불러 주었다. 비록 눈물을 흘리는 게 정상이고 또 그렇게 하는 것이 필요한 경우라도 말이다. 남편은 너무나 이해심이 많았기 때문에 가끔씩은 그녀가 충격받을 때도 있었다. 남편은 이 선물 같은 아이를 아무 이유도 묻지 않고 자신에게 주었기 때문이다. 아이를 하나 더 가지고 싶다고 말하자마자 기꺼이 관계를 가졌으며, 그 시도가 성공했으며, 아이가 "지금 우리에게 오는 중이라고", 그리고 자신이 행복하다는 사실을 알리자 기뻐해 줬다. 이따금씩 나나는 자신이 숨기고 있는 것만큼이나 많은 것들을 가브리엘도 숨기고 있는 건 아닌지, 또 가브리엘이 자신이 생각하는 것보다 훨씬 더 명민한 건 아닌지 의문을 가지곤 했다. "어쩌면 우리 둘 다 서로 모르는 채로 같은 일을 숨기고 있고, 각자 그걸 해결하느라 중복된 노력을 하면서 상대편이 아무것도 모르고 있다고 생각하는 것일 수도 있어!" 뚱보 여자는 그런 생각을 할 때면 미소를 지었다. 이렇게 복잡하게 서로 무엇인가를 숨긴다는 생각이 마음에 들었다. 하지만 가브리엘은 아이 하나가 더 생기는 걸 좋아하기는 하는 걸까? 장담할 수가 없었다. "아마 그럴 거야. 분명히." 가족들 중에서 아이 소식을 듣고 정말 행복해하는 것처럼 보였던 사람은 조사파 르 비올롱이었다. 빅투아르의 남동생인 조사파는 뼈가 앙상한 두 팔로 뚱보 여자를 껴안고 꽉 안아 주었다. 별 다른 말은 하지 않았지만 뚱보 여자는 조사파가 자신을 이해하고 격려하며, 자신의 투쟁을 도와줄 것이며, 또 더 나아가 다른 사람들에 맞서서 자신을 지지해 줄 것이며, 자신을 보호해 줄 것이며, 또 최선을 다해 자신을 도울 것이라는 걸 알 수 있었다. 뚱보 여자는 자신에 대한 비난들을 전부 알고 있었고 매일 그것들을 느끼고 있었기 때문에, 그에 대해 거의 무감각하게 될 정도였다. 알베르틴이 그런 반응을 보일 거라는 걸 예상하기는 했지만 그래도 당황이 되긴 했다. 왜냐하면 알베르틴은 파브르 거리의 이웃들, 친구들, 지인들이 그녀에 대해 한 말들을 전달했기 때문이었다. 그들의 그런 단호한 어조의 비난, 이처럼 중차대한 욕구에 대한 거부, 그리고 자신의 자유를 제한하고 한정 지으며 또 자신의 선택—그렇다, 마흔이 지난 나이에도 생식 활동을 하고, 임신하고, 아이를 출산하고자 하는 자신의 선택—에 침을 뱉는 그 무지함은 그녀라는 존재의 가장 깊숙한 곳까지 모욕하고 있었다. 도대체 무슨 권한으로 동네 사람들은 한 여자가 언제 어디서 아기를 가질 수 있는 건지 결정하며, 아기를 가지고 싶어 하는 마흔 살의 여자는 필연적으로 추잡한 암퇘지라고 공언할 수 있는 것인가? 누가 감히 임신을 추한 일이라고 말하는 것인가? 뚱보 여자는 이 아이를 원했고 이 아이가 필요했으며 그리고 그녀는 아름다웠다! 갑자기 자궁이 수축됐고, 태아가 꿈틀댔다. 뚱보 여자는 기쁨의 비명을 작게 내뱉으며, 손을 배 위에 다시 얹고 여기저기를 쓰다듬었다. 그리고 행복하고 무척 기쁜 마음으로 미소를 지으며 배를 더듬어 어디에 아기의 머리가 있고 팔 다리가 있을지 가늠해 보았다. "요 말썽꾸러기 녀석, 엄마를 힘들게 했다고 나중에 나와서 자랑

해도 되겠네!"

"그날은 정말 날씨가 좋았단다! 여기저기 사람들이 많았어. 오솔길에도, 길에도, 심지어 잔디밭 위에도, 길이가 긴 흰색 원피스를 입은 아름다운 여자들로 가득했지. 그리고 고급 호텔 레스토랑의 우두머리 웨이터같이 잘 차려입은 남자들도 많았어… 축제를 기획한 사람들이 모든 여자들에게 흰색 옷을 입고 오라고 부탁했거든. 나랑 여동생은 흰 원피스가 없었어. 그래서 가진 원피스 중에서 가장 연한 색 옷을 입었지." 빅투아르는 종종걸음으로 걸었다. 그리고 젊게 변했다. "알겠어? 그 당시의 라 퐁텐 공원은 지금과 달랐단다. 훨씬 더 아름다웠어. 1906년엔 몬트리올의 길이 아직 아스팔트로 덮여 있지 않았고, 자동차도 거의 없었다고! 일요일 오후마다 시원한 음료를 파는 정자* 옆에 가서 자리를 잡았지, 오제아 이모랑 나랑 둘이서 말이야. 그런 다음에 사륜마차를 타고 지나가는 수많은 사람들을 쳐다봤단다… 그 시절에는 사람들이 시간을 들여서 천천히 산책을 했어, 요즘처럼 꽁지에 불이라도 붙은 듯이 바쁘게 공원을 가로지르는 게 아니고 말이야!" 에두아르는 뒷짐을 진 채로 엄마 이야기를 들었다. 이제 엄마가 걸을 때 자기 도움이 더 이상 필요하지 않다는 걸 알았다. 엄마는 자기보다 두세 걸음 앞서 걸었고, 가끔씩 에두아르에게 말하기 위해서 뒤를 돌아보았고, 그가 오기를 기다렸다가 또 엄청 빠르게 다시 걸어가기 시

* 시원한 음료를 파는 정자Le pavillon des rafraîchissements: 라 퐁텐 공원의 오두막 레스토랑Le chalet-restaurant을 말한다. 남쪽 연못가에 1909년에 지어진 2층 목재 건물로, 음식과 음료수를 먹고 흥겨운 음악을 들으며 춤을 출 수 있는 곳이었다. 1944년에 화재로 소실됐지만 1951년에 재건해서 지금까지 사용되고 있다.

작했다. 엄마는 완전히 다른 여자가 되었다. “그때의 이곳을 네가 본다면 완전 시골에 와 있다는 생각이 들 거야, 진짜야! 눈을 감으면, 바로 저 연못가에…” 빅투아르는 멈춰 서더니, 눈을 감고는 마치 냄새를 찾는 듯이 숨을 크게 들이쉬었다. 너무나 오래전에 잃어버리고 사라져 버렸으며 날아가 버린 그 냄새를 말이다. “요즘은 전차들이 내는 날카로운 쇳소리나 감자튀김 포장마차 기계가 내는 삑삑 소리가 늘 들리지!” 이들 둘은 라 퐁텐 공원을 가로지르는 에밀 뒤플루아예 길을 건너 서쪽으로 갔고, 보행자들만 다닐 수 있는 공원의 무척 한적한 구역으로 들어갔다. 석양빛 속에서 모든 것이 불타오르는 듯이 보였다. 빅투아르는 아들의 팔 위로 한 손을 얹었다. “열 그루 넘는 나무들이 모여 서 있는 걸 볼 때 말이다, 난 가슴이 막 뛰어서 죽을 거 같구나… 45년 동안 대도시에 갇혀 지냈는데도 결코 익숙해지지를 않아!” 그 말에 당황한 에두아르는 엄마에게 뭔가 몸짓을 하려고 했지만, 엄마는 금세 돌아서서는 다시 앞서 가기 시작했다. “몬트리올시는 라 퐁텐 공원의 큰 연못에서 첫 곤돌라 진수식을 하기 위해 커다란 축제를 준비했었지. 대단한 축제였어, 정말이야! 어휴, 몬트리올에 곤돌라라니! 우리는 모두가 곤돌라를 구경하기 전에 먼저 그걸 봤단다. 왜냐하면 일주일 전에 곤돌라가 공원에 도착했거든. 우리는 일꾼들이 진수식을 할 때 곤돌라를 물에 미끄러져 들어가게 할 통나무들을 땅에 까는 걸 보러 갔어. 정말 깜짝 놀랐단다. 몬트리올 한복판에서 곤돌라를 타고 연못 한 바퀴를 돌다니 말이야! 나는 말이야, 얼마나 안달이 났는지 잠이 잘 오지 않더구나… 모든 신문들이 그 큰 축제에 대해 떠들어 댔기 때문에 사람들이 얼마나 많이 왔는지, 공원 근처의 모든 길을 막았단다. 네 아빠랑 나는 그 당시 아직 아가였던 알베르틴이랑 가브리엘을 데리고 아침 아홉 시에 그곳에 도착했지. 축제는 두 시에 시작한다고 했지만, 좋은 자리를 잡기 위해서였지! 커다란 모포를 가지고 가서 야외 한복판에 그걸 깔고 모두 드러누웠어… 오제아랑 오제아 서방이 우리랑 합류하러 왔지… 아아, 그날은 정말 날씨가 좋았어! 전날 저녁에 공원 안 덤불 속에 숨어 야외에서 잔 사람들도 있었단다. 나도 그런 일을 동경하게 되었지… 부자들의 마차가 도착하기 시작할 때, 우리처럼 돈 없는 사람들은 그 부자들을 구경하려고 모두들 자리에서 일어났어." 빅투아르는 멀리 보이는 칼릭사 라발레 길을 가리켰다. "그 사람들은 라셀 길에서 저기 저쪽으로 들어왔단다. 그리고 우회전해서 두 연못 사이에 놓인 다리로 이어지는 길로 꺾어져 갔어. 그리고 다리를 건너갔지. 그 사람들은 특별 통행 허가증이 있었거든. 그 다음엔 시원한 음료를 파는 정자 앞에 마차를 대고 내렸어. 초대장을 가진 수천 수백 명의 사람들이 있었지… 우리들은 초대장이 없었어. 심지어 그 사람들이랑 같은 쪽의 연못가에 있는 것도 금지되었지. 우리는 연못 반대편에 있던 초대 손님들의 정면을 보고 있었고, 정말 잘 보였단다! 공연을 보는 것처럼 바로 우리 눈앞에서 모든 일이 벌어졌지… 또 곤돌라는 말이지… 요즘 볼 수 있는 것과 달랐어, 훨씬 예쁘고 훨씬 컸지. 아까 네게 말했던 것처럼, 곤돌라를 미끄러뜨려 물에 띄우기 위해 준비해 둔 통나무 위에 그 곤돌라를 올려 뒀더구나… 곤돌라는 경사진 언덕의 잔디 위에 있었지… 네 아빠는 그렇게 놓여 있던 곤돌라의 선수 부분이 너무 아래쪽으로 기울어져 있어서 자기 마음에 썩 들지는 않는다고 말했지만, 내 기억에 그이는 너무 비판적이었어… 행사는 늘 그러듯이 늦게 시작됐어. 두 시 반이었나 세 시쯤…

존 필립 수자*가 이끄는 브라스 밴드가 팡파르를 연주했지… 그리고 연설이 이어졌어. 연단이 초대 손님들을 마주하고 있었기 때문에, 우린 말하는 사람들의 등만 볼 수 있었거든. 그래서 우린 아무것도 들리지 않았지만, 그들과 똑같이 박수를 쳤어! 그다음에 시장 부인이 샴페인 한 병을 들고 곤돌라로 다가섰고, 그 병을 배에 세게 내려쳤지. 얼마나 세게 쳤는지 병이 깨질 정도였어! 시장 부인은 엄청 놀란 채로 서 있었어. 그 샴페인의 부글거리는 거품이 손 여기저기로 흐르고 있었거든. 하지만 아무도 개의치 않아 하는 분위기였어. 초대 손님들은 그걸 대수롭지 않게 여기고 박수를 쳤지. 그 부류의 사람들은 동요되는 법이 없잖니. 내가 그 부인께 손 닦을 수건을 건네주러 가려고 했는데, 네 아빠가 그러더구나. 저 사람들은 그냥 원피스에 손을 닦으면 된다고 말이야. 그리고 그 부인은 실제로도 그렇게 했던 거 같아. 어쨌거나 장갑은 벗었어, 그건 내가 봤어… 완전 젖어 있었거든. 그동안 일꾼 한 명이 도끼를 가지고 왔고, 아래 깔려 있던 통나무 중에서 제일 앞에 있던 것을 힘껏 내려쳤어. 어떻게 작동하는 건지 모르겠지만, 그러고 나니 통나무들이 사면을 타고 굴러 내려가기 시작했고 곤돌라가 그 위에서 같이 미끄러져 내려갔지… 우린 모두 일어서서 있었고, 미친 사람마냥 박수를 쳐댔어… 곤돌라는 물속에 들어가면서 선수를 처박았고 바로 물속에 잠기기 시작했지. 곤돌라는 물속에 계속 코를 처박고 있었어. 엉덩이는 하늘로 치켜든 채로 말이야. 그리고 곤돌라에 매달려 있는 모터는 잔디밭 위 쪽에 있었지. 네가 상상이 갈지는 모르

* 존 필립 수자John Philip Sousa(1854~1932) : 미국의 작곡가이자 브란스 밴드 지휘자이다. 행진곡 작곡으로 유명했다. 1892년 수자 브라스 밴드를 조직하고 활동했다.

겠지만, 아무튼 그 사건은 모든 사람들의 흥을 깨뜨렸단다… 하지만 네 아빠는 안 그랬지. 그이는 모포 위에 엎어져서는 귀신 들린 사람처럼 낄낄거리며 웃기 시작했어. 내가 얼마나 창피했던지, 그렇게 웃으라고 준비한 일이 아니었는데 말이야! 하지만 우리 주변에 있던 사람들도 네 아빠처럼 웃기 시작했고, 시간이 좀 지나자 연못 반대편에 있었던 멋쟁이 초대 손님들만 빼놓고는 모두들 웃었어. 곤돌라를 타고 한 바퀴 돌 수 있는 무료 티켓을 가지고 있었던 그 사람들은 아주 풀이 죽어 있더구나! 시장님은 어디론가 사라졌고, 시의원들도 도망가 버렸고, 행사가 진행되는 동안에 나무 막대기마냥 딱딱하게 굳어 있던 임마퀼레 콩셉시옹 성당 교구 관리인들조차 그 딱딱한 몸을 눈 녹듯이 풀어버리더니 시원한 음료를 파는 정자로 숨어 버리더구나. 그리곤 갑자기 낡고 썩은 나무마냥 그 곤돌라가 반으로 쩍 하니 갈라지기 시작했어. 그다음엔 선미 부분이 잔디 위로 뚝 떨어졌지. 엔진은 펑 하고 터지더니 불이 붙었고. 네 아빠는 완전히 진이 빠졌었단다. 웃다 죽을 지경이었거든. 그 순간 우리 주변에 있던 사람들은 다시 박수를 치기 시작했고, 남자들이 별별 말을 큰 소리로 해대기 시작했어. "아직 생 장 바티스트의 날도 아닌데, 불 끄시지!" "다음 주에는 시장님을 통나무 위에 올려서 미끄러뜨려 보자고!" "아이고, 시장님, 그거 시 예산이 아니오? 엔진은 뭉게구름이 되어 버렸고, 배 주둥아리는 물에 처박히다니요?" 15분도 되지 않아 마차들이 사라졌고, 부자들이 있던 쪽은 텅 비더구나. 우리들은 연못을 빙 돌아서 그쪽에 피해가 얼마나 생겼는지 보러 갔지. 난 이 모든 게 마음이 아팠어. 하지만 사람들이 이 일을 엄청 재미있어하는 것처럼 보이길래, 나도 덩달아 웃기 시작했지. 생앙리에서 아코디언을 가져온 어떤 남자가 이 상황을 얼른 축제로 뒤바뀌 놨지. 어디선지 모르게 맥주가 배달되었고, 우린 생 장 바티스트의 날을 한 달 먼저 축하했지!" 빅투아르는 걸음을 멈추고는 이야기를 했다. 그리고 나무에 몸을 기댔다. "이 모든 이야기를 왜 오늘 갑자기 너한테 해주는 걸까 궁금할 거야, 그렇지?" 에두아르가 미소지었다. "제 짐작에는 바로 그날에 엄마가 저를 가지게 되신 거 같은데요… 엄마가 좀 전에 그러셨잖아요. 어디서 그랬는지 보여 주시겠다고요…." "이리로 와 봐…" 빅투아르는 에두아르의 손을 잡고, 꽃망울이 벌써 터지기 시작한 덤불로 이끌고 갔다. "지금이랑 비슷한 저녁 식사 시간에 집에 돌아가면서 네 아빠가 나한테 이렇게 말하더구나. "빅투아르, 애들이 선 채로 자고 있어. 애들을 잔디에 눕혀 재워야 할 거 같아, 그리고 우리도 좀 누워 있자고." 난 네 아빠가 뭘 하고 싶은지 알았어. 그러고는 말이야…" 빅투아르는 에두아르를 한참 쳐다봤다. "난 그걸 하는 걸 그다지 좋아하지 않았어… 하지만 아이 하나는 더 가지고 싶었고, 그래서 지금이 바로 그때라는 걸 알았지…." 에두아르는 시선을 내리깔았다. 엄마가 섹스에 대해 이야기하는 걸 듣는 건 처음이었고, 거북했다. 빅투아르는 다시 덤불을 바라보면서 이야기를 계속했다. "저기에서 네 아빠가 나한테 물었어. "오늘 위험한 날이야?" 난 아니라고 했어. 네 아빠는 아이를 더 이상 늘리고 싶어하지 않았거든, 지금까지도 그이가 왜 그랬는지 몰라… 네 아빠가 이야기하더구나. "잘 됐네!" 그리고 우린 널 가지게 되었지. 그게 네 아빠에 대한 추억으론 유일하게 좋은 거란다." 빅투아르는 덤불 속으로 들어갔다. 원피스에 덤불의 나뭇가지가 걸렸지만 신경 쓰지 않았다. 빅투아르는 몸을 약간 숙였다. "바로 여기야." 빅투아르는 갑자기 몸을 돌려 아들을 바라봤다. "내 삶은 정말 심심하단다! 아무것도 할 게 없어! 난 내

가 너무나 쓸모없다고 느낀다고!" 에두아르는 엄마 쪽으로 달려가 엄마를 꼭 안아주었다. "나랑 같이 있어줘, 아가. 나에게 남은 건 너뿐이구나!"

제라르 블레오는 테레즈와 있었던 일 때문에 얼마나 동요가 되었는지, 놀이터를 닫을 시간이 넘었지만 그냥 그대로 있었다. 지금처럼 늦은 시간엔 아주 적은 수의 아이들이 남아 있었다. 하루 종일 쉬지 않고 서로 싸움박질을 하던 다섯 살짜리 여자 쌍둥이들이 엄마가 안 보는 동안 계속 놀고 있었다. 아이들 엄마는 아침부터 거의 꼼짝도 하지 않았고, 불만에 가득 차고 지친 목소리로 가끔가다 이렇게 말하는 것으로 그쳤다. "지젤, 너 그러다 꿀밤 맞는다!" 아니면 "미슐린, 이 망할 것아! 너 계속 그딴 식으로 굴면, 엄마가 그네 아래로 패대기 칠 꺼야!" 그리고 멀미도 하지 않고 오후 내내 뺑뺑이를 탔던 꼬맹이 남자애는 지금 엉엉 울고 있었는데, 왜냐하면 이제 혼자 남았기 때문에 뺑뺑이를 돌릴 수가 없었기 때문이었다. 몇몇 여자애들은 모래놀이터에서 무릎을 꿇고 앉아서 깔깔거리고 웃으며 전날 저녁에 발정 난 암고양이나 길고양이가 싸질러 놓은 똥을 모래에 묻고 있었다. 제라르가 아까 그 여자애와 눈이 마주칠까 봐 감히 쳐다보지 못하고 있는 파브르 길의 삼총사, 테레즈와 필립, 그리고 마르셀은 아마도 쉘부룩 길까지 들릴 만큼 커다란 소리로 즐거움에 겨운 비명을 내지르며 커다란 미끄럼틀에서 놀고 있었다. 아이들을 감시하며 보낸 오늘은 제라르에게 무척 길고 무척 지긋지긋한 하루였다. 게다가 이 일은 제라르의 일이 아니었다. 이 일은 그저 햇빛 아래에서 아이들이 내지르는 소리들과 새 울음소리에 둘러싸여 시간을 보내기만 하면 되는 거라고 자랑을 했던 친구가 아프게 되자, 그 친구를 대신해 주기로 했던 것이지만, 제라르는 하루의 대부분을 자신의 선택을 후회하며 지냈다. 제라르 블레오는 퀘벡 교통*에서 일하는 버스 정비공이었고, 보통 토요일에는 뻔뻔하게도 아침 열 시부터 어디에서든 어떻게든 취해서 곯아떨어질 때까지 맥주를 연거푸 마시며 술에 취하곤 했다. 매주 같은 일의 반복이었다. 하지만 일요일에는 금세 팔팔해져서는 노래를 부르며 잠자리에서 일어났고, 곧이어 여자 사냥을 하러 갔다. 동네 여자들은 제라르를 알았고, 그중에서 몇몇은 제라르가 지나가는 걸 보기 위해서 발코니로 나왔다. 그리고 심지어 그에게 말을 건네기도 했다. 그는 도리옹 길의 인기남이었으며, 쉘부룩 길 주변 지역의 돈 후안이었다. 제라르가 셋방살이하고 있는 집의 주인 가리에피 씨는 이날 아침에 극심한 치통을 느끼며 잠에서 깼고, 만약 이런 상태로 자신이 일하러 간다면 공원에 있는 모든 아이들을 죽여 버리고 말 거라고 주장했다. 가리에피 씨는 라 퐁텐 공원 놀이터에서 정식으로 감시인 일을 한 지 이제 곧 12년째가 되어 갔고, 늙고 못 생겼지만 아이들이 좋아하는 사람이었다. 아이들은 "할부지"라고 불렀고, 이기적인 아기 고양이마냥 그에게 바짝 붙어 몸을 비비대곤 했다. 오월에서 구월까지(오월과 유월에는 주말에, 그리고 칠월과 팔월에는 매일) 공원 놀이터에서는 불이 꺼진 파이프 담배를 물고 눈썹을 찌푸린 채 아이들을 감시하며, 마치 자신이 하느님이라도 되는 듯이 아이들에게 벌과 상을 주며 자기 근무지를 지키고 있는 가리에피 할부지를 볼 수 있었다. 가리에피

---

* 퀘벡 교통La Compagnie de transport provincial: 퀘벡의 버스 운수 회사였으며, 1928년에서 1964년까지 있었다.

는 가끔씩 여자아이들, 그중에서도 특히 작고 포동포동한 여자애들을 "볼 통통이 천사들"이라고 부르며 좀 과도할 정도로 탐욕스러운 눈으로 바라봤지만 한 번도 도에 어긋난 행동을 한 적이 없었으며, 아이들이 사다리나 미끄럼틀에 올라갈 때 그 뒤를 지나가는 것으로 만족했다. 하지만 가리에피 할부지는 정말 너무 나이가 많이 들었고, 라 퐁텐 공원에서 여름을 또 한 번 보낸다는 전망은 그에게 전혀 즐거운 일이 아니었다. 그리고 지난주에 호출을 받고 사무실에 가서, 공원 놀이터를 5월 2일에 개장할 것이며 토요일 아침 열 시에는 근무처에 나와 있어야 한다는 말을 들었을 때 가리에피 할부지는 이제 관리인 일은 그만 맡고 싶다는 마음도 들었다. 심지어 아내에게도 그 이야기를 했지만 아내는 소리를 빽 질렀다. 여름 내내 할배가 집에서 널부러져 있는 걸 보고 싶지 않았던 가리에피 할망구는, 딱 한 철만 더 일을 받으라면서 남편을 졸랐다. 그리고 가리에피 할배는 늘 그랬던 것처럼 결국 아내의 뜻에 따르게 되었다. 하지만 이번엔 진짜로 극심한 치통을 겪게 되었고, 치석과 담배 진액으로 죽어 가던 치근의 고통이 이 늙은 남자를 구원해 줬다. 적어도 이번 주말에는 말이다. 제라르 블레오는 별로 기뻐하지 않으면서, 심지어는 좀 꺼림직해하면서 라 퐁텐 공원으로 갔는데, 왜냐하면 아이들이 성가신 데다가 건방진 것 같아서 그다지 좋아하지 않았기 때문이었다. 오전에는 아이가 한 명도 안 왔다. 제라르는 부모들이 아이들을 공원에 데려와 흙에서 뒹굴며 더러워지게 하기에는 지금 아직 철이 너무 이르다고 생각했고, 가장 가까운 술집에 뛰어가고 싶은 마음이 들었다. 제라르는 그를 위해 일부러 창고에서 꺼내서 놓아 둔 두 개의 공원 벤치 근처에서 무척 심심해하면서, 또 가리에피 할배의 치통을 원망하면서 머물러 있었다. 하지만 정오가 되자 몇몇 애 엄마들이 아이들을 맡기러 제라르에게 왔고, 세 시쯤 애들에게 먹을 것을 주고, 다 먹으면 닦아 준 다음에 공중화장실에 데려가 달라고 부탁했다. 제라르는 놀라서 한 마디도 못 하고 그 엄마들이 떠날 때까지 그냥 그대로 있었다. 오후 중반쯤에 몇몇 아이들에게 먹을 걸 주긴 했지만, 닦아 주거나 화장실에 데려다 주지는 않았다. 아이들 중에서 화장실 위치를 알고 있는 애들은 혼자서 갔지만, 다른 애들은 멈추지 않고 계속 놀면서 아무렇지 않게 팬티에 쌌다. 제라르는 네 시쯤에 서른 명 정도의 애들을 감시해야 했지만, 자기 매력을 충분히 활용해서(제라르는 자기가 잘생겼다는 걸 알았고, 천사 같은 얼굴을 태연자약하게 이용하곤 했다) 놀이터에 나와 있는 몇몇 애 엄마들을 보러 갔고, 자기 사정을 이야기하고는 자기 대신에 일을 하게 맡겼다. 눈을 깜빡이면서 테너 같은 목소리를 이용했는데, 이런 방법은 언제나 먹혀 드는 일이었다.(제라르의 엄마도 돌아가시기 전에 이렇게 이야기하지 않았는가? "내가 널 예쁘게 낳았으니, 그걸 잘 이용하거라! 네 미모를 이용할 줄만 안다면, 넌 일할 필요가 없을 거야! 여자들을 이용해 먹으렴! 그들 덕에 먹고 살고, 돈도 모으고 하렴. 그리고 절대로 결혼하지 말거라!") 결국 제라르는 할 일이 다시 없어졌고, 시간도 두 배는 더 느리게 가는 것처럼 느끼기 시작했다. 그런 상황에서 테레즈와 필립 그리고 마르셀이 온 것은 기분전환이 되었다. 장애가 있는 남자아이의 커다란 불행에 관심을 가지게 되었고, 자신이 무척 인정 많은 사람처럼 느껴졌다. 제라르는 그 아픈 꼬맹이의 하루는 어떨까 상상해 보면서 무려 반 시간가량을 보내기도 했지만, 상상력이 그다지 좋지 못했던 제라르는 그저 소변을 보려고 애쓰는 필립을 눈앞에 떠올리는 것이 전부였다. 제라르 블레오는 여자들이 무서운 적이 없었다. 그는 오히려 엄마가 조언한 것처럼 여자들을 이용하는 방법을 아주 빨리 습득했고, 금세 전문적으로 여자를 꼬드기는 사람이 되어서 가끔은 거울 앞에서 입술 삐죽거리는 동작과 윙크를 새로 개발하고 또 연습하며 몇 시간을 보내곤 했다. 그러나 여자를 사로잡는 것은 그에게 너무 쉬운 일이라 결국 진력이 나고 말았다. 요사이에는 순전히 게으름 때문에 여자들이 자신에게 달려들기를 기다리기까지 했다. 여자들은 그랬다, 하지만 여자아이들은… 테레즈를 앞에 놓고 발기해 버린 사건은 제라르를 말 그대로 공포에 질리게 했고, 하마터면 도리옹 길로, 자기 집으로, 자기 침대로 뛰어서 도망갈 뻔했다. 제라르가 겪었던 그 느낌은 강렬하고 빨랐으며, 앞으로는 더 이상 무시하고 지나치지 못할 거라는 걸 직감했다. 공포감과 성적 쾌감이 뒤섞여 있던 그 느낌은 제라르에게 지금까지 존재조차도 몰랐던 새로운 쾌락을 발견하게 만들었다. 그것은 위험에서 오는 쾌락이었다. 제라르의 성생활은 언제나 너무 쉬웠기 때문에, 지금까지 그런 쾌락을 한 번도 제대로 맛본 적이 없었기 때문이었다. 테레즈와의 뽀뽀, 아무 생각 없는 이 꼬맹이 여자애의 그다지 순진하지 않은 뽀뽀 때문에 제라르는 수치심으로 붉어지고, 죄악감 때문에 새까맣게 얼룩져 있는 저 너머의 영역을 엿볼 수 있었다. 그리고 이런 것들은 제라르를 무척이나 흥분시켰는데, 왜냐하면 이렇게 위험한 일은 죽음의 축제 같은 분위기를 주었고, 죄의식과 은폐 그리고 후회가 주를 이루는 비밀 종교의식으로 초대된 것 같은 느낌이 들었기 때문이었다. 제라르는 그 사건을 후회하고 있었지만 그래도 얼마나 즐겼던지! 마침내 멍한 상태에서 벗어난 제라르는 5시 반이 다 되어 가는 걸 알아차렸고, 가리에피 할배가 빌려준 호루라기를 한껏 숨을 들이마신 후에 불었다. 짜증이 난 엄마가 쌍둥이 둘을 데리러 왔고, 빽빽이 근처에 있던 꼬맹이는 빽빽이를 발로 몇 번 걷어찼다. 테레즈와 필립과 마르셀은 미끄럼틀을 마지막으로 한 번 더 탔다. 미끄럼틀은 제대로 못 먹어 삐쩍 말랐던 아이들의 엉덩이가 몇 세대에 거쳐 지나면서 반들반들 윤이 나고 있었다. 놀이터 감시인이 더 이상 자기들이 있는 쪽을 쳐다보지 않는 걸 잘 알게 된 필립은 장애아인 척하는 걸 그만뒀고, 이제서야 오후를 즐겁게 보내기 시작한 참이었는데 바로 그때 호루라기 소리가 울렸다. “이그, 이제 막 재미있어지려고 하니까 그러네!” 테레즈는 막내 동생의 바지를 추켜세워 줬는데, 하루가 지나는 동안 동생의 바지에는 뭔가 정체를 알 수 없는, 심지어 뭔가 싼 게 아닌가 의심스러운 색깔이 배어 있었다. “필립, 다시 사팔눈을 하고 다리도 구부려야 해! 이제 놀이터를 나가야 한다고!” 그리고 이들 셋은 제라르 블레오 앞을 지나갔다. 테레즈는 기쁘기도 하고 뭔가 혼란스럽기도 해서 얼굴이 발개졌고, 필립은 최대한 다리를 절었으며, 마르셀은 귀엽기도 하면서 동시에 꺼림직한 모양새로 지나갔다. 제라르는 눈으로 테레즈를 잠시 쫓았고 그의 마음속에 아까와 같은 동요가 일어났다. 아까랑 같은 양의 아드레날린이 치솟아 그를 뒤흔들었고, 제라르는 그 때문에 헐떡였고, 팽팽하게 발기되었고, 기대감에 미칠 지경이었다. “재가 어디서 사는지 알아내야 해….” 제라르는 세 명의 이 아이들의 뒤를 바로 따라가기 시작했고, 곧 가브리엘이 크게 몸짓을 하면서 길을 건너 그 아이들을 향해 뛰어가는 것을 제일 먼저 발견하게 되었다. 제라르는 나무 뒤에 숨었다. 후회가 갑자기 몰려왔다. “맙소사, 나 이제 평생 나무 뒤에서 숨어 지내야 하는 건가?” 하지만 곧 이어서 다가온 오르가즘이 이 후회를 덮어 버렸다. 그리고 제라르 블레오는 동요한 채로 나무줄기 껍데기에 자신의 이마를 댔다.

"우리 꼬맹이한테 구태여 생명의 신비에 대해서는 설명해 줄 필요는 없었을 텐데? 내가 이미 다 이야기해 줬으니까 말이야!" 빅투아르와 에두아르는 메르세데스와 리샤르가 손잡고 오는 걸 봤다. 그 소년은 마침내 웃고 있었고, 등을 곧게 펴고 있었으며 눈도 맑았다. 에두아르는 자기 엄마가 맹수같이 발톱을 모두 드러낸 채 저 젊은 여자에게 달려들고, 그녀를 행실이 나쁜 여자나 창녀로 취급하는 모습을 볼 거라고 예상했지만, 엄마는 그저 리샤르에게 손을 내미는 것으로 그쳤다. "저 여자가 너한테 아무 짓도 안 했니?" "안 했어요, 대화만 했어요. 제가 이야기해야 할 게 있었거든요." "모르는 여자하고 말이야?" "네, 제가 하고 싶었던 이야기는 너무 심각한 거라서 가족들에게는 털어놓을 수가 없었어요." 빅투아르는 메르세데스에게서 등을 돌렸고, 손자를 손으로 잡아당겼다. 에두아르는 그 젊은 여자에게 미소를 지었다. "고마워요, 아가씨…." "메르세데스예요." "오늘은 휴무이신가봐요?" "네. 아니에요. 네." 두 명 모두 웃음을 터트렸고, 메르세데스는 에두아르의 팔짱을 꼈다. "몇 년 전에 <펭귄>에서 종종 뵈었어요… 하지만 분명히 절 기억하지 못하실 듯하네요. 여자들은 별로 쳐다보시질 않으셨으니까요…." "그때 거기서 일하셨어요?" "그걸 일했다고 표현하고 싶지 않네요! 그 뚱녀 프티 여사는 가게 사장님이라기보다는 군대의 장군 같았거든요! 저는 다 같이 발맞추어 행진하고 그러는 거 그다지 제 취향도 아니었고요…." "그러면… 이젠 프리랜서이세요?" "네… 가끔씩 재미없긴 하지만, 그래도 적어도 마음은 편하니까요." 빅투아르는 리샤르 어깨 위에 손을 얹었다. 리샤르는 호주머니에 양손을 푹 집어넣고 있었다. "저이가 너한테 다 설명해 주디?" 리샤르는 갑자기 얼굴이 빨갛게 되었다. 하얗던 얼굴이 몇 초도 지나지 않아 금세 새빨갛게 된 것이다. "이야기하기 싫어?" "싫어요." "코코야, 네가 괜히 꺼려하는 거야. 네가 이 할미한테 물어봤다면…." 이 집안은 늘 이런 식이었다. 집안의 아이나 청소년 혹은 심지어 어른이 가족들 외의 다른 사람에게 뭔가를 이야기하고 나면, 꼭 이런 식으로 말하곤 했던 것이다. 하지만 그건 전혀 사실이 아니었다. 빅투아르는 그런 말들을 그 어느 누구에게도 한 적이 없었다. 빅투아르는 자신의 아이들이 생명의 신비에 대해 완전히 무지하도록 지켰고, 거기에 대해 전혀 후회하지 않았다.(알베르틴에게 "부부간의 성적 의무"를 가르쳐 준 사람은 결국 폴이었고, 가브리엘도 결혼식을 고작 일주일 남겨 두고 세상 물정을 잘 아는 신부님을 찾아내서 그걸 배웠다. 에두아르 같은 경우에는… 어린 나이부터 경험을 통해 그걸 알게 되었다, 엄마는 전혀 알지 못할 그런 것까지 말이다.) 갑자기 커다란 고함 소리가 들려서 모두들 뒤를 돌아봤고, 화가 나서 꼴딱 넘어갈 것 같은 가브리엘한테 쫓기는 필립이 덤불 뒤에서 불쑥 나타났다. "그런 식으로 날 놀라게 하지 말라고, 이 빌어먹을 원숭이 같은 놈아! 네가 미쳐서 발작을 일으키며 죽어 버리는 게 아닌가 했잖아!" 하지만 몸놀림이 잽쌌던 필립은 아빠에게서 잘 도망치고 있었고, 가브리엘은 물개처럼 헉헉댔다. 필립과 아빠는 말썽을 부리다가 중간에 발각되어서 놀란 것처럼 빅토리아 할머니 앞에서 딱 멈춰 섰다. 잠시 머뭇대던 필립은 할머니 등 뒤로 숨었다. 빅투아르는 눈썹을 찌푸리며 자기 아들을 째려보았다. "너 또 술 취한 거니!" "토요일이잖아요!" 빅투아르는 눈썹에 들어간 힘을 뺐다. "그래, 뭐 그렇다면야…." 자기 가족을 먹여 살리려고 일주일 내내 미친놈처럼 일을 한 남자는 토요일엔 술에 취할 권리가 있었다. 그리고 그건 부정할 수 없는 일이었다. "엄마, 라 퐁텐 공원에서 뭐 하시는 거예요?" "토요일이잖아! 너는 술에 취하고, 나는 산책하는 거지!" 빅투아르는 손자 둘의 손을 잡더니 거기서 멀어져 갔다. 필립은 자기가 한 바보 같은 짓 때문에 아빠한테 두들겨 맞는 걸 지금 방금 겨우겨우 피했다는 걸 잘 알았고, 가능한 한 몸을 작게 움츠렸다. "또 무슨 바보 같은 짓을 한 게냐?" 필립도 리샤르마냥 할머니한테 대답하지 않았고, 빅투아르는 한숨을 쉬었다. "그래, 아무도 나한테는 말 안 하겠다는 거지! 그냥 하얗게 말라비틀어진 나뭇가지처럼 날 너희들 삶에서 잘라 낸 다음에 구석에서 말라죽게 놔두지 그래." 가브리엘이 고개를 푹 숙이고 따라왔다. "엄마, 쟤가 장애인 흉내를 내고 있지 뭐예요, 저는 애가 아픈가 했다고요." "넌 입 닥치고 있어! 너한테 아무것도 안 물어봤거든, 이 망할 놈의 고자질쟁이야!" 테레즈와 마르셀과 함께 가브리엘을 쫓아온 베아트리스는 펑펑 울면서 메르세데스 품에 뛰어들었다. "맙소사, 어디에 있었던 거야!" "이따가 다 설명해 줄게…." "오후 내내 널 찾아 다녔다고!" 베티는 에두아르를 쳐다보았다. "손님이야?" "어머 아니야, 일단 진정 좀 해. 다 잘 해결될 테니까…." "집에 무슨 일이 일어난 거야?" 메르세데스는 목소리를 낮췄다. "우리 둘만 있게 될 때까지 좀 기다려…." 마르셀은 에두아르 삼촌을 향해 두 팔을 벌렸고, 삼촌은 얼굴을 찌푸리며 마르셀을 번쩍 들어 올렸다. "네가 아기 돼지였다면 너한테서 좋은 냄새가 난다고 말해 주겠지만, 아이쿠 세상에! 너 왜 이렇게 구린 냄새가 나는 거냐!" 테레즈가 에두아르 삼촌의 팔에 자기 머리를 기댔다. "그런데 넌 넋이 완전히 나갔는데, 꼭 사랑에 빠진 애 같아!" 테레즈는 깜짝 놀라 삼촌을 쳐다봤다. 그리고 모두들 걸어가기 시작했다. 아주 기묘하고 긴 행렬이 라 퐁텐 공원에서 나왔다. 선두에는 허리가 굽은 노파가 꼬마 아이 두 명의 손을 잡아 끌고 가고 있었다. 첫 번째 아이는 키가 크고 얼굴이 창백했고, 비쩍 마르고, 귀가 불쑥 튀어나와 있었으며, 마치 얼룩을 털어 내기라도 하는 것처럼 자꾸만 바지 위로 손을 가져갔지만 그 얼룩은 보이지 않았다. 두 번째 아이는 키가 작고 토실토실했으며, 왼쪽 눈을 깜빡깜빡하게 만든 틱 장애를 억제해 보려고 애쓰고 있었다. 그리고 눈에 띄게 술에 취한 남자가 호주머니에 손을 넣고, 시선을 땅에 떨구고, 등을 구부린 채 그 행렬을 쫓아가고 있었다. 그다음에 아주 아름다운 젊은 여자 둘이 그 행렬을 이었다. 서로 허리를 감싸 안고, 젊은 여자가 좀 더 나이 있는 여자의 어깨에 머리를 기대고, 그녀에게서 나는 달달한 비누 향기에서 위안을 얻고 있었다. 그리고 행렬 제일 끝에는 뚱뚱한 한 남자가 품 안에 꼬질꼬질한 꼬맹이 하나를 안고 가고 있었고, 지나치게 진지한 표정의 여자아이 하나가 그 뚱뚱한 남자의 자켓 호주머니를 꼭 움켜쥐고 따라 가고 있었다. 그리고 이 사람들의 행렬을 더욱더 기묘하게 만드는 점은, 바로 그들 중 어느 누구도 말을 하지 않고 있었다는 것이다. 다들 각자의 생각에 푹 잠겨 있는 것으로 보였으며, 다른 사람들이 옆에 있다는 것은 거의 잊은 듯이 보였다. 그들은 목적지가 없는 것처럼 보일 정도로 천천히, 파브르 길을 따라 걸었다. 길은 그들이 지나갈 수 있도록 싹 비워져 있었다. 그들의 모습은 결혼식에 가서 너무 거하게 놀고 돌아오는 길이라거나, 천재지변에서 큰 피해를 입지 않고 빠져나온 것처럼 보이기도 했다. 그러나 그들의 얼굴은 피로로 표정이 사라져 있었기 때문에, 그들이 어디에서 온 것인지 언제 온 것인지 알 수 없는 분위기를 만들고 있었다. 그리고 저녁

밥 짓는 냄새가 감도는 아무도 없는 거리에서, 목적지도 의미도 없어 보이는 행렬이 계속되었다. 저녁 여섯 시였고, 몬트리올의 수많은 교회 종들이 큰 소리로 울리고 있었다. 한 남자가 멀리서 머뭇대고 혼란스러워하며, 광기 어린 눈빛을 하고 그들을 쫓아가고 있었다. 한 타락한 천사가 자신이 낄 수 없는 행렬의 뒤를 밟으려고 하면서, 마치 불나방이 타 죽을 걸 알면서도 불에 이끌리듯이 말이다. 그런데 파브르 길과 마리안느 길이 만나는 모퉁이에 이르자, 메르세데스가 멍한 상태에서 깨어난 것처럼 보였다. "우리 둘은 여기서 그만 여러분과 헤어질게요. 저흰 집에 돌아갈 수가 없거든요." 빅투아르가 뒤도 돌아보지 않고 말했다. "그럼 우리 집에 저녁 먹으러 오시게. 우리 딸이 무척 좋아할 거야!" 메르세데스는 키득거리며 웃는 에두아르를 쳐다봤다. 에두아르는 살짝 고개를 끄떡였다. "같이 가요. 그리고 저녁 먹고 셋이서 같이 외출해요." 그 이후로 또다시 침묵이 이어졌다. 석양빛이 낮게 뻗어 있는 나뭇가지 사이로 뛰놀고 있었고, 석양의 커다란 불덩어리는 이제 집 지붕들을 불태우고 있었다. 고양이의 가냘픈 울음소리가 어디선가 들려왔다. 몽루아얄 대로의 집들 중 그들이 있는 곳에서 몇 채 떨어진 거리에 있는 어떤 집 발코니 아래에서 들려오는 것 같았다. 마르셀은 그 소리를 듣고 깜짝 놀라서는 삼촌 품에서 꿈틀대기 시작했다. "뾜레시! 뾜레시! 뾜레시 소리예요!" 에두아르는 마르셀을 땅에 내려놓았고, 꼬맹이는 서둘러서 울타리 쪽으로 갔다. 그리고 앞발을 핥고 있는 거대한 개를 에돌아간 뒤에 울타리 문을 열었다. 마르셀은 발코니 아래 무릎을 꿇고 앉았다. "뾜레시, 어디이쪄?" 마르셀은 층계 밑에 뻗어 있는 고양이를 발견했다. 고양이의 몸에는 말라붙은 피딱지가 뒤덮여 있었고 파리들이 상처 근처로 꼬여 들고 있었다. 뒤플레시의 심장은 행복으로 터질 듯했고, 머리를 빨리 쓰다듬어 달라고 재촉하듯 고개를 들어올렸다. 꼬맹이 남자애가 고양이 머리 위로 손을 얹자, 고드부는 자리에서 벌떡 일어나더니 으르렁거리기 시작했다. 테레즈는 고드부의 옆구리를 걷어찼다. "이 망할 놈의 개새끼야, 내 동생한테 짖지 말라고!" 고드부는 깨갱대며 자리를 떠났고 골목길 속으로 사라졌다. 일행들은 모두 멈춰서 마르셀을 쳐다봤고, 마르셀은 이제 울먹울먹하고 있었다. 마르셀은 고양이를 부드럽게 품에 안았지만, 뒤플레시는 고통에 가득 찬 울음소리를 냈다. "너무 많은 고통을 겪었어! 이렇게 한 번 쓰담쓰담 받으려고 그 많은 고통을 겪다니!" 아! 이 냄새! 잔혹함이란 걸 모르는 이 작은 손! 그리고 터져 버린 그의 눈 위로 고개를 숙이고 있는, 자신이 너무도 사랑하는 저 얼굴! 뒤플레시는 마침내 행복해졌다. 마르셀은 뒤플레시를 안고 자리에서 일어나 울타리를 나왔다. 에두아르는 아무 말 없는 빅투아르를 바라보았다. 빅투아르는 저 고양이를 무척 싫어했지만, 마르셀이 저 고양이를 좋아하는 걸 알고 있었고, 지금과 같은 순간에 마르셀과 고양이를 서로 떨어뜨려 놓을 용기가 없었다. "찌베 델꼬 갈래요. 얘 마이 아파요!" 그리고 마르셀은 죽어 가는 뒤플레시를 가슴에 안고 행렬의 선두에 섰다. 그들은 남은 여정을 침묵 속에서 걸었다. 심지어 자동차나 전차가 오는지 확인조차 하지 않고 몽루아얄 대로를 건넜다. 빅투아르는 막냇손자에게서 눈을 떼지 못했다. "내가 죽을 때 저 녀석은 알아차리지도 못할 거야. 저 녀석은 날 너무나 무서워하니까 말이야! 하지만 난 애들을 다루는 법을 정말 모르니까, 특히 다른 사람들의 애들하고는 말이지… 걔네들한테 늘 좀 엄하게 굴었지. 애들이 한 번도 날 보러 오지 않고. 어쩌면 날 좋아하지 않을지도 모르겠어." 빅투아르는 리샤르를 잡고 있던 손을 놓고, 필립을 잡고 있던 손도 놓았다. 두 남자애들은 그제서야 마음을 놓고 약간 긴장을 푸는 듯했다. 로즈, 비올레트, 모브와 그녀들의 엄마인 플로랑스가 마르셀을 발코니에서 기다리고 있었다. 비올레트는 가족들에게 저녁 준비가 다 됐다고 말하려고 문을 열고 나왔지만, 비올레트의 엄마가 입술에 손가락을 대며 조용히 하라는 몸짓을 했다. "비올레트야, 조금 기다리렴." 플로랑스는 딸이 실수로 잘못 떴던 둥그런 모양의 털실 덩어리를 꺼내고는 손 안에서 이리저리 굴렸다. "저 사람들이 여기 앞에서 멈출 거야." 행렬이 다가왔다. 마르셀이 플로랑스 집 앞에서 걸음을 멈췄다. 마르셀은 울타리에 기대고는 갈라진 목소리로 말했다. "아쭈마, 뻴레시 마이 아파요. 애 쫌 봐 쭈세요." "마르셀, 너 누구한테 말하는 거니?" 빅투아르는 마르셀에게 다가갔고, 걱정스러워하면서 마르셀의 어깨 위로 몸을 숙였다. 꼬맹이는 빅투아르를 신경 쓰지 않고 계속 말했다. "짤 봐 쭈세요! 쩨 친구예요!" 마르셀은 울타리 문을 밀어서 열고는 안뜰로 들어갔다. "마르셀, 거기 들어가지 마라. 아무도 없잖아!" 하지만 빅투아르는 어떤 여자가 현관 계단을 내려오더니 마르셀에게 다가가는 모습을 아주 잠깐이지만 본 듯한 느낌이 들었다. 그 모습은 사라졌고, 빅투아르는 양손으로 얼굴을 감싸며 비명을 질렀다. "이런 망할! 미쳤나 봐! 미쳤나 보다고! 네 미친 짓 때문에 나까지 이상한 걸 보게 되었잖아!" 플로랑스는 마르셀에게 서글프게 미소를 지어 보였다. "고양이를 땅에 내려놓으렴." 마르셀이 고양이를 시멘트 바닥에 내려놓았다. "내일 다시 오거라. 내가 할 수 있는 건 다 해볼게." 뒤플레시가 고개를 들었다. "내 사랑, 날 두고 가지마!" 마르셀이 고양이 옆에서 몸을 쭈그리고 앉더니 고양이 머리에 살포시 뽀뽀를 했다. "다른 사람들에게 돌아가

거라, 마르셀. 이제 저녁 먹으러 가야지." 마르셀은 네 명의 여인들을 향해 미소를 지어 보이고는 안뜰에서 나갔다. 빅투아르는 집 앞 계단을 올라가기 시작했다. 다른 사람들도 따라갔다. 마르셀은 이제 눈물이 나오는 걸 참지 않고 엉엉 울고 있었다. 가브리엘이 마르셀을 품에 안았다. "아쭈마가 그래쪄요. 쁠레시 내일 훠얼씬 나을 꺼래요!" 가브리엘이 마르셀의 목에 뽀뽀를 했다. "그래, 아줌마가 그렇게 이야기했지?" 가브리엘은 이렇게나 심하게 동요한 듯이 보이는 자기 조카에게 딴지를 걸고 싶지 않았다. 필립은 어깨를 으쓱하고는 말했다. "미친 놈!" 플로랑스는 고양이를 향해 몸을 숙이기 전에 사람들이 모두 집에 들어가기를 기다렸다. 손에는 여전히 털 뭉치를 들고 있었다. "비올레트, 네가 한 실수를 바로잡아야 하겠구나." 비올레트는 서둘러서 발코니에서 내려오더니 뒤플레시를 들어 올렸다. 네 명의 여인들은 발코니에 빈 의자 네 개를 남겨 두고 집으로 들어갔다.

조사파 르 비올롱이 여섯 시 십오 분 전에 집에 도착했을 때 알베르틴은 숯을 넣어 사용하는 스토브 안에 머리를 집어넣고 그 안에 있던 거대한 칠면조에 소스를 끼얹고 있었다. 칠면조 표면은 이제 아주 먹음직스러운 황금색으로 변해 가고 있었다. "어, 그 쪼그만 참새 같은 칠면조가 엄청 맛있겠네!" 알베르틴은 초인종 소리나 뚱보 여자가 "바르틴, 초인종 울렸어!" 하고 소리 지른 것을 듣지 못했다. 조사파 르 비올롱이 집에 들어왔고, 그리고 조사파의 딸 로라가 빼득빼득한 자세로 다리를 꼬아가며 아빠를 뒤따라 들어왔다. "아빠 빨리요, 빨리. 어휴, 나 좀 지나가게 비켜 줘요. 배 속이 부글부글 한단 말이에요!" 로라는 사촌 언니의 방에 눈길조차 주지 않고 뛰어서 식당을 가로질러 갔다. “안녕하세요, 고모!”(로라는 알베르틴과 나나를 사촌 언니, 새언니가 아니라 “고모”, “숙모”라고 불렀다, 이들 사이에 나이 차이가 많이 났고, 또 생제롬에서 자란 로라는 아주 나중에 이들과 알게 되었기 때문이었다. 게다가 로라는 빅투아르를 “할머니”라고 불렀다. 사실 이 노인네는 로라의 고모였지만 말이다.) 로라는 화장실에 가려고 알베르틴 뒤를 지나다가 알베르틴과 부딪혔다. 알베르틴은 깜짝 놀라서 소리를 지르며 무릎을 꿇고 주저 앉았고, 하마터면 칠면조를 안쳐 놓은 솥에 머리를 처박을 뻔했다. “안녕하세요, 고모! 미안해요, 급하거든요!” “아휴, 세상에나! 너무 놀랐잖니! 너 어디 있었던 거야? 아니, 집엔 어떻게 들어온 거니?” 조사파 르 비올롱이 식탁 위에 바이올린 케이스와 커다란 장바구니를 올려놓고는, 일어서려는 알베르틴을 도왔다. “현관으로 들어왔다고요, 알베르틴 고모! 현관으로요!” 뚱보 여자의 웃는 소리가 들렸다. 알베르틴은 무릎을 문질렀다. “외삼촌, 쟤는 여자애가 아니라 무슨 태풍 같네요!” 조사파 르 비올롱은 아무런 대답도 하지 않고 식탁 위에 있는 장바구니를 보여 줬다. “오렌지 가져왔어.” 알베르틴은 장바구니에 코를 대고 냄새를 맡았다. “오렌지 정말 잘 익었네요! 마르셀이 무척 좋아하겠어요!” 알베르틴은 오렌지 하나를 장바구니에서 꺼내서 코와 입에 바짝 가져갔다. “전시 상황에 오렌지라니. 이게 다 어디서 난 거래요?” “에이구 얘야! 오렌지야 지가 늘 자라던 장소에서 나지 어디서 나겠니!” 조사파 르 비올롱은 몸을 돌려 뚱보 여자의 방으로 갔다. “아직 새아가한테 인사를 안 했구나….” 초반에 좋았던 알베르틴의 기분이 갑자기 확 나빠졌다. “그래요… 외삼촌께서 제일 예뻐라 하는 뚱뚱한 조카며느리 귀여워해 주러 가시던지요….” 알베르틴은 둘이 인사하며 내는 입맞춤 소리를 들었고, 노인이 가브리엘의 아내 곁에 앉았을 때 침대 스프링이 삐걱거리는 소리를 들었다. "그래요. 내가 여러분들 저녁밥을 준비하느라 등골 빠져라 일하는 동안, 둘이서 아주 찰싹 붙어 계시던지요!" 알베르틴의 조카가 화장실에서 물을 내리고 웃음을 지으며 나왔다. "고모, 제가 고모 다치게 한 건 아니죠? 그렇게까지는 세게 밀치지 않았는데. 고모가 아마도 놀라서 다리에 힘이 빠지셨던 거 같네요…." 알베르틴은 스토브 안쪽으로 솥을 다시 밀어 넣느라 허리를 굽히고 있었다. "로라야, 너 꽤나 뚱뚱하다고! 그렇게 계속 살을 찌우다간 얼마 안 가서 네 숙모처럼 되고 말 거야!" 알베르틴은 로라가 자신의 비만에 대해서 말하는 걸 아주 싫어한다는 걸 알고 있었다. 알베르틴은 입꼬리를 올려 아주 사악하게 미소 지으며 로라에게 앙갚음을 하고 있었던 것이다. 알베르틴은 다시 몸을 일으키면서 허리를 문질렀다. 그리고 아직까지 보지 않고 있던 자기 조카(사실은 사촌)를 힐끗 쳐다봤다. "넌 출산 예정일이 유월 말이었었지?" 로라는 식탁 끄트머리에 있는 의자에 앉아 빈 재떨이를 만지작거리고 있었다. "웅, 숙모랑 같아요!" 알베르틴은 상체를 뒤로 젖히려고 애썼다. "동네 여자들도 거의 대부분 그 때더라! 이렇게 많은 여자들이 동시에 임신한 걸 보는 건 처음이야!" "뭐 당연한 거잖아요, 여름이니…" "지금은 여름이 아니라 봄이잖아." " 지난번에 『르 캐나다』지에서 기사를 하나 봤는데요, 북아메리카 지역에서는 거의 대부분의 사람들이 여름에 애를 낳는대요. 겨울이 너무 긴 것과 관련이 있다고 하더라고요…." "그게 대체 무슨 상관인데?" "저기 고모… 겨울에 너무 오랫동안 추우면 말이죠, 몸을 좀 덥히고 싶어지잖아요… 그리고 몸을 그렇게 덥히고 나면, 뭐…." "아니, 그런 걸 신문에서 떠든단 말이야! 볼 장 다 봤네, 볼 장 다 봤어. 길거리 여자들이 가족이랑 있을 때 자기가 하는 일이 뭔지 안 감추는 걸로도 모자라서 이젠 신문에서 사람들이 언제 애를 배는지 떠들어 댄단 말이야!" 도시에 사는 여자들에게 임신했다는 사실은 늘 뭔지 모르게 수치스러운 일이었기 때문에, 임신한 여자들은 숨 막히는 코르셋 아래 거대한 배를 숨기고 몸매를 가릴 수 있는 아주 풍성한 옷을 입었다. 뚱보 여자조차도 처음 아이를 가졌을 때에는 그 뚱뚱한 몸에도 불구하고 코르셋을 입었었다. 그리고 "좀 너무 배가 불러 온" 여자가 몽루아얄 대로를 지날 때면, 사람들은 마치 그 여자가 너무 음란하고 부끄러운 대상이라도 된 것처럼 시선을 피했고, 맹목적인 신자나 광신자가 주변에 꼭 한 명씩 있어서 이렇게 말을 하곤 했다. "출산 막달엔 집에 머무르는 게 보통인데…." 그리고 그게 사실이었다. 사람들의 시선이 마주칠 때마다 그 눈빛에서 읽을 수 있는 그 무언의 질책을 받을 바에야, 여자들은 막달 동안 집에 머물러 있는 편이 더 나았던 것이다. 게다가 그녀들 스스로도, 자신의 몸 밖으로 나오려고 준비 중인 에너지 보따리, 그 강인한 생명체에 의해 자신의 몸이 변형되고 바뀌는 것에 대해 뭔가 거북함을 느끼게 되었기 때문이었다. 여자들은 각종 피임 수단을 금지하는 끔찍한 종교이자 남자들의 이기주의에 기반을 둔 종교에 짓눌려 있었다. 이 종교는 남자들의 이기심에서 만들어진 것이었으며, 이 종교에서 남자들은 여자들을 경멸했고, 또 여자들을 너무나 두려워한 나머지 성모님의 이미지를 만들어 냈다. 성모님, 동정녀 마리아, 하느님의 어머니, 순결하고 순수한 처녀, 자신의 의지와 특히 자율성이 없는 사람의 범주를 벗어나는 피조물, 어느 날 성령에 의해(사람들이 감히 새의 모습으로 재현하려고 했던 그 성령 말이다! 하느님의 어머니가 고작 새 한 마리에 의해 임신을 했다니!) 자신이 원한 적 없었던 임신을 하게 된 사람, 그리고 여자들의 몸에 가해지는 가장 커다란 모욕인 출산의 과정 없이 아이를 낳은 사람의 이미지였다. 여자들은 또한 사제들이 하는 잔혹하고도 공허한 말만 실컷 들어 왔다. 사제들은 과장되고 모욕적이며 거만한 말투로 "의무" "책무"와 특히 "복종"이라는 단어를 주로 사용하며 말했다. 프랑스어권 캐나다 여자들, 특히 도시에 살고 있던 여자들은 결국 임신한 것에 대한 병적인 수치심을 느끼게 되었다. 그녀들은 그녀들의 주인이자 소유주께서 그녀를 거치고 가야 임신을 했기 때문에, 남자 없이 아이를 낳았던 "그 여자분"처럼 떳떳하지 못했기 때문이었다. 특히 그녀들은 "의무"나 "책무"로부터 자유롭지가 못했는데, 그건 "복종"을 해야 했기 때문이었다. 운명을 결정짓는 아주 멋진 도구인 이 "복종"이라는 말은 하느님의 의지가 직접 개입해 남자들에게 제공해 준 것으로, 바로 남편에 대한 복종을 뜻했다. 가톨릭이라는 종교는, 한마디로 출산의 아름다움을 부정했고, 여자들을 **영원히** 당당하지 못한 존재로 만들었다. 왜냐하면 그들이 믿는 신의 어머니는 모성(母性)을 신성화하여 만든 이미지였지만, 실제로는 아기 예수가 들어가지도 나오지도 않았던 임시 물류 창고에 지나지 않았기 때문이었다. 알베르틴은 마음의 평정을 얻기 위해서 수프가 아직 끓고 있던 솥의 뚜껑을 열고는 김이 풀풀 나고 있는 액체를 기운차게 휘젓기 시작했다. "계속 그딴 식이면, 이제 신문 따위는 더 이상 사지 않을 거야!" "그럼 성요셉 성당 소식지만 읽으실 거예요?" "아니! 요셉 성인조차도 날 우울하게 한다니까!" 알베르틴은 최대한 큰 소음을 내면서 뚜껑을 다시 덮었다. "상 차리는 걸 좀 도와줘, 미련퉁이같이 나 혼자 일하고 있으니까." 조사파 르 비올롱이 목공일을 하느라 굳은살이 잔뜩 박힌 두 손으로 조카며느리의 손을 감싸 쥐더니, 활짝 웃으며 바라봤다. "오늘 책 좀 읽었니?" "아니요, 외삼촌. 집중이 잘 안 되더라고요." "집에 들고나는 사람이 너무 많지?" "아니요, 그래서 그런 건 아니에요. 바르틴 빼고는 모두들 나갔거든요… 음… 예전보다 흥미가 좀 떨어져서 그런 거 같아요. 아기가 배 안에서 자주 꼬무락대는 데다가, 제가 공상에 빠지기도 했고요." "언제나처럼 멕시코에 대한 거였어?" "아니요, 좀 더 진지한 일에 대해 생각했어요." "그러면 안 돼. 아카풀코에 있는 작은 만은 네가 잘 버텨 낼 수 있게 항상 도와줬었잖니…" "하지만 외삼촌, 저는 그곳을 평생토록 가볼 수 없을 거예요! 언젠가 그곳에 갈 날이 꼭 오고야 말 거라고, 물론 마음속으로는 사실이 아닌 걸 알고 있지만, 스스로 믿고 있을 때는 괜찮았어요. 하지만 이젠…." 뚱보 여자는 외삼촌의 손에서 자신의 손을 빼더니 이마 위로 내려온 머리카락을 정돈했다. "아카풀코에 대한 희망은 참 사그라들질 않네요… 적어도 제 꿈이 그렇게 허황된 게 아니었다면 좋았을 텐데요! 제가 샬뢰르 만*이나 아님 페르세**에 가는 걸 꿈꿨더라면 그나마 나았을 거예요! 그런데, 어휴! 아카풀코라니요!" "네 피에 섞여 있는 인디언의 피가 여행을 하고 싶게 만든 거야. 그게 정상이라고!" "제 인디언 피는 말이죠, 별거 아닌 물로 돌아간 지 아주 오래 됐다고요, 외삼촌!" "지난 12월 이후로 이렇게 우울해진 너를 보는 건 처음인 거 같구나. 가브리엘이랑 뭔 일 있었니?" "에구 아니에요… 외삼촌, 저는 그저 자리에서 일어나서 발코니까지 무거운 몸을 질질 끌고 가서, 발코니에 앉아 봄 햇살을 정면으로 바라보고 싶었어요. 3

* 샬뢰르 만Baie des Chaleurs: 캐나다 퀘벡주와 뉴브런즈윅주 사이에 위치한 만이다.

** 페르세Percé: 퀘벡주 북동쪽 끄트머리에 있는 가스페 반도에 있는 지역이다.

층에 사는 샤농 부인 댁 유리창에 비친 햇살을 슬쩍 훔쳐보는 게 아니고요! 아카풀코를 꿈꾸는 데 진력이 났고, 발코니에 가서 앉기 위해 제 몸을 스스로 일으킬 수도 없는 제 처지도 아주 지긋지긋하다고요!" "얘야… 내 말 좀 들어 보렴… 그럼 이렇게 하자꾸나. 저녁 먹고 나서 밤에, 에두아르랑 가브리엘이랑 내가 널 발코니로 옮겨 보마… 날씨가 꽤 따뜻하니까… 한두 시간 정도 봄 공기를 마시고 나면, 네 기분도 바깥 바람을 맞고 좀 나아지지 않겠니!" 이번엔 뚱보 여자가 그 푸둥푸둥한 두 손으로 조사파 르 비올롱의 손을 덥석 잡았다. "콜라랑 감자칩도 주실 거죠?" "네가 원하는 건 다 제공해 주마." "저를 위해 〈타이스의 명상곡〉도 연주해 주실 거죠?" "그래 보마."

"그렇게 밥을 빨리 먹는 사람들은 내 처음 봤다! 여기 올 때마다, 먹은 게 모두 다 위에서 딱 멈춰 버린다고. 거의 매번 올 때마다 위가 아프다니까!" "엄마, 이제 그만 구시렁거리시고 그릇 물기나 닦으시라고요!" 제르멘느 로종과 그녀의 엄마인 리타 게랭은 설거지를 하고 있었다. 6시 15분에 저녁 식사가 끝났고, 설거지도 벌써 반이 끝났다. 제르멘느 로종은 결혼한 지 얼마 안 됐을 때, 차려 놓은 음식을 5분만에 먹어 치우고는 트림을 요란하게 두 번 하고 맥주 두 모금을 마시며 음식을 더 달라고 하는 남편에게 적응하느라 아주 고생을 했다. 하지만 결국 적응하는 데 성공했고, 심지어 남편의 리듬에 똑같이 맞추어 먹기 시작했다. 그리고 매번 한 입 한 입을 먹을 때마다 마치 생애 마지막으로 먹는 딱 한 입인 것처럼, 고기와 야채 그리고 빵을 입 안에 쑤셔 넣었다. 리타 게랭이 딸의 집에 밥을 먹으러 왔을 때, 딸에게 이렇게 말했다. "우리 불쌍한 제르멘느, 넌 진짜배기 돼지 새끼랑 결혼했구나! 차라리 설거지한 물을 먹이지 그래, 알아차리지도 모를 거고 돈도 적게 들 텐데!" 하지만 여러 달이 지나면서 자기 딸도 조금씩 사위를 닮아 가기 시작하는 걸 발견한 리타는 더 이상 아무 말도 하지 않았다. 리타 게랭은 쓴웃음을 지으며 딸과 사위가 먹는 모습을 그저 바라보기만 했다. "그런 식으로 사는 게 행복하다면, 뭐 나야 상관없지… 너넨 돼지 새끼들을 낳을 거고, 그러고 나면 모두가 만족할 거야!" 이것이 아주 오랜만에 리타가 그 주제에 대해 꺼낸 말이었다. 하지만 방금 리타가 구경했던 식사는(리타가 식사에 참여했다고 할 수는 없었다. 왜냐하면 음식이 담긴 그릇들은 금세 비워져서 겨우 구경만 했기 때문이었다) 지금까지의 모든 기록을 갈아엎는 속도와 폭식이었다. 그리고 리타 게랭은 아직도 사위가 으깬 감자 요리하고 뭉그러진 완두콩으로 보이는 것을 입 안 가득 문 채로 이렇게 물어보는 소리를 듣는 것 같았다. "디저트는 뭐야?" 리타는 사위에게 디저트인 쇼뫼르 푸딩*이 으깬 감자 요리 아래 숨겨져 있다고 말할 뻔했지만 에르네스트는 아마도 그 말을 믿어 버릴 거 같아서 꾹 참고 말하지 않았다. 제르멘느는 설거지물 속에 손을 넣고 거품을 내기 위해 휘저었지만, 그 물이 너무 기름기가 많았고 너무 차가웠기 때문에 거품이 잘 나지 않았다. 제르멘느는 한숨을 내쉬었다. "엄마, 또 과장해서 말씀하시네요! 엄마가 여기 오셨을 때 아프신 걸 한 번도 못 봤다고요!" "아가야, 내가

* 쇼뫼르 푸딩Le pouding chômeur: 퀘벡의 디저트. 1929년 경제 대공황의 시기에 어떻게든 한정된 자원으로 디저트를 만들고 싶어 했던 퀘벡 사람들은 밀가루, 버터, 우유 그리고 설탕보다 가격이 훨씬 쌌던 흑설탕이나 메이플 시럽을 사용한 이 푸딩을 고안해 냈고, 퀘벡 전역에서 유행하게 되었다. 참고로 쇼뫼르는 "실직한(명사로는 실직자)"이라는 뜻이 있다.

티를 안 낸 거였지! 널 창피하게 하고 싶지 않았거든! 오늘 저녁은 정말 빨리 먹더구나, 분명히 디저트 먹을 때에도 입 안에 수프 맛이 아직 남아 있었을 게다!" 리타는 자기가 한 바보 같은 농담에 자기가 웃고는, 방금 물기를 훔쳐 낸 접시를 쌓아 올리고 있었다. "내가 너무 과장해서 이야기했구나, 가끔 이런 내가 두렵다니까!" 제르멘느는 방금 뜨거운 물을 채워 넣은 싱크대 속으로 다시 양손을 넣고는 얼굴을 찌푸렸다. "그래도 엄마가 과장한다는 걸 스스로 아신 게 어디에요! 그걸 모르셨으면 우리가 늘 엄마에게 그 사실을 알려드려야 할 거고, 엄청 피곤할 테니까요." 리타 게랭은 그릇 물기를 닦던 수건이 젖자 싱크대 가까이 있는 서랍에서 마른 수건을 꺼내 바꿔 들었다. "내가 그만했음 좋겠니?" "뭘 그만해요?" "아니, 과장하는 거 말이야!" "절대 그만두지 마세요, 엄마. 엄마가 하신 말씀의 1할만 믿는 게 이제 버릇이 되었거든요. 엄마가 그만두면 완전 헷갈릴 거라고요!" "1할이라고! 제르멘느 너 과장이 심한데!" "과장이 아니에요! 오늘 저녁에 엄마가 뭐라고 하셨어요, 본인 나이가 스스로 느끼기에 몇 살쯤 된 것 같다고 하셨죠?" "사백육십 살."** "거 봐요…" "그건 그냥 우연히 그렇게 말한 거였어…" 게랭 집안의 막내딸인 피에레트가 부엌에 나타났다. 피에레트는 열두 살이었지만 나이에 비해 너무 키가 컸고, 덧니 때문에 콤플렉스가 있었다. 그런데 지금 눈에 띄게 당황해하고 있었다. "제르멘느 언니, 형부가 또 라디오를 건드리고 있어!" 여자 셋은 서로 쳐다볼 새도 없이 서둘러 복도를 지나 거실로 뛰어갔다. "아휴, 이 불쌍한 것아! 네 신랑은 먹는 것만 재빠른 게 아니네! 우리가 잠시 등을 돌린 사

** 리타 게랭은 1896년생이므로 이 작품에서는 46세이다.

이에 잽싸게 나쁜 버릇이 또 나오는 구나!" 거실에 도착했을 때는 이미 늦었다. 거실에서는 전기 눌은 냄새가 났고, 라디오에서 연기가 살짝 나고 있었다. 에르네스트 로종은 민망해하면서 손에 드라이버를 든 채로, 뭔가 말하기도 전에 이미 어색하게 굴었다. "내 잘못 아니야! 전선줄은 건드리지도 않았다고! 난 단지 진공관이 멀쩡한지 확인하려고 좀 건드려 봤을 뿐이라고!" 제르멘느 로종은 드라이버를 남편의 손에서 빼앗았다. "그래도 장갑을 껴서 다행이네, 안 그랬으면 당신이 바짝 구워진 토스트 신세가 됐을 거라고요! 아휴, 무슨 어린애도 아니고! 잠시도 혼자 놔두질 못하겠네요! 아주 다 박살을 내야 성이 차는 거예요! 당신 때문에 우리 집 전기가 다 나가 버렸을 게 분명하다고요! 어쩔 수 없이 마리 씨 가게에 또 전기 퓨즈를 사러 가게 되었잖아요! 다른 사람들의 비웃음거리가 또 될 거라고요! 당신이 퓨즈를 나가게 한 게 이번 주에만 벌써 두 번째라고요. 어휴! 모양 빠지게시리!" "내 잘못이 아니라고 했잖아…." "맨날 자기 잘못이 아니래! 지난 수요일 저녁에도 사다리 발판에 앉아서 천장에 있는 전구 소켓들을 쑤시다가 나한테 들켰잖아요, 그때도 당신은 아무것도 건들지 않았다고, 우리 집 전기가 나간 건 퓨즈가 약해서 그런 거라고 뻔뻔한 얼굴로 말했죠!" 제르멘느는 배를 쓰다듬었다. 방금 배 속에서 아기가 꼬물거렸기 때문에 그녀의 가슴이 기쁨으로 꾹 죄어 왔다. "이런 식으로 계속하면 우리 아기한테 당신을 키워 달라고 할 수밖에 없겠어요!" 피에레트는 웃음을 터트렸고, 엄마도 입을 손으로 가리고 웃기 시작했다. 에르네스트는 미소 지었다. 최대한 멋지게 미소를 지어 보였다. 아내가 자신의 미소에 저항할 수 없다는 걸 잘 알고 있었던 에르네스트는 종종 그 사실을 이용하곤 했다, 특히 지금처럼 어려운 입장에 처해질 때에는 더더욱 그랬다. 장갑을 낀 두 손을 제르멘느를 향해 뻗었다. “당신이 나한테 화낼 때가 정말 좋아! 예쁜 당신이 나에게 그러면, 내가 되게 중요한 사람같이 느껴지거든!” 에르네스트는 자리에서 일어나서 아내를 안았다. 리타 게랭의 웃음소리가 바로 멈췄다. “얘, 막내야, 언니한테 퓨즈 좀 사다 주려무나!” 리타는 막내딸을 따라 발코니까지 갔고, 발코니에 있는 흔들의자에 앉았다. “재네들이 먹는 것만큼이나 빠르게 그것도 해치우면, 이따금씩 밤이 너무 길 것이 분명한데 어쩌누!” 리타는 발을 조금씩 굴러 흔들의자를 움직이면서, 고향 사람들이 부르던 노래를 부르기 시작했다. 제르멘느는 라디오 옆에 앉았다. “에르네스트, 그거 정말 병이라고요. 그 병을 뭐라고 부르는지는 모르겠지만 아무튼 병명이 있는 거라면 반드시 고쳐야 할 병이라고요! 이러다간 계속 화재 위험에 노출되며 평생을 보내게 될 거라고요!” 에르네스트는 아내의 발치에서 무릎을 꿇고는 머리를 아내의 무릎에 얹었다. “난 전기에 관련된 것들이 좋아.” “그러면 왜 전기 쪽 일을 안 하는 건데요? 아직 늦지 않았다고요, 겨우 스물 두 살이잖아요!” “난 지금 내가 하는 일에 만족해. 만약 전기 쪽 일이 내 직업이었다면, 아마도 지금처럼 좋아하진 않았을 거야….” 남편의 괴상한 논리는 언제나 제르멘느를 놀라게 했다. “당신은 좋아하는 일을 하며 평생 살 수는 없을 거란 말이에요?” “아니, 그게 아니라, 아무리 좋아하는 것이라도 일로 하게 되면 재미없을 거라고….” “그런 말도 안 되는 생각을 어떻게 해낸 거예요?” “그런 당신은 직업이 있어? 없잖아? 그럼 입 닥치라고. 아무것도 모르면서 잔소리는!” 에르네스트는 화를 내며 벌떡 일어섰고, 문을 꽝 닫고 방을 나가 버렸다. 제르멘느는 드라이버를 손에 쥔 채로 방에 남겨져 서 있었다. “사과해야 될 사람이 또 내가 되어 버린 거 같네!"

기억에 남을 저녁 식사였다. 세상의 종말 바로 전날 같은 분위기가 감돌고 있었다. 마치 최후의 재난이나 곧 도래가 임박한 재앙이, 과연 일어날지 아닐지 아직 정해지지 않은 채로 암흑 속에서 준비되고 있는 듯했다. 저녁 식사 전의 시간은 그럼에도 불구하고 좀 너무 고요했다. 메르세데스와 베티가 집에 들어오는 것을 본 알베르틴은 어이가 없었지만 티를 내지 않고 꾹 참았다. 알베르틴은 가슴에 손을 얹은 채 복도 벽에 기대어 서서 이렇게 혼잣말을 했다. "말도 안 돼! 우리 가족들이 나한테 이럴 수는 없어!" 그러고는 두 여자에게 인사말을 건네지도 않고 마치 그들이 진열장이나 진열대에 있는 것처럼 뚫어져라 쳐다보았다. 알베르틴은 그녀들을 소개받는 동안 에두아르가 회심의 미소를 짓는 걸 봤고 무척 화가 났다. 빅투아르는 방에 들어가 버렸고 조사파 르 비올롱도 빅투아르를 따라 들어갔다. 왜 우는지 설명도 하지 못하고 울고 있었던 빅투아르를 달래 주기 위해서였다. 그래서 허풍선이 에두아르가 누나의 살기 등등한 시선 아래서 이 두 명의 창녀에게 집 안의 문이란 문은 다 열어 보이면서, 아주 큰 목소리로(안주인 같은 목소리를 내며) 모든 걸 자세히 설명하며 집 안내를 했다. 가브리엘은 시무룩한 표정을 떨치지 못하고 자기 방에 들어갔다. 나나는 매주 토요일이면 많든 적든 술이 취해 돌아오는 남편에게 늘 해왔던 대로, 남편이 자신에게 말을 건넬 때까지 아무 말도 하지 않았다. 필립은 부엌으로 곧장 뛰어가서는 호들갑을 떨며 스토브 주변을 맴돌기 시작했다. 리샤르와 테레즈는 식당에 있는 소파에 바짝 붙어 앉아서 토요일자 『라 프레스』 신문을 보기 시작했다. 마르셀은, 깜짝 놀라서 넋이 나가 있던 엄마 품속으로 파고 들었는데, 그건 아마 난생 처음 스스로 해보는 일이었을 거였다. 마르셀은 엄마 어깨에 바짝 붙어 안겨 있었고, 울고 싶지만 울 수가 없는 듯 숨을 불규칙하게 쉬고 있었다. 엄마는 마르셀에게 어디 아픈 거냐고 물어봤다. 마르셀은 아프지 않다고, 아픈 건 뒤플레시이고 그래서 너무 걱정이 된다고 말했다. 에두아르와 젊은 두 명의 여자들이 웃고 감탄하고, 누군가 마주치게 되면 방해해서 미안하다며 사과하면서 이 방 저 방을 휘젓고 돌아다니는데도 알베르틴이 화를 벌컥 내지 않은 것은 약간은 마르셀 때문이기도 했다. 알베르틴은 이 두 인간이 자기 영역에 왜 있는 건지 그리고 어떻게 해서 이곳에 오게 된 건지 알고 싶지도 않았으며, 그녀가 오로지 바라는 건 그 두 사람이 최대한 빠르게 자기 영역에서 사라지는 것이었다. "이번에도 또 에두아르랑 엄마가 꾸민 꿍꿍이겠지! 뻔해! 내 속을 긁어 놓을 수 있는 일이라면 뭐든지 할 거니까! 내가 저 두 창녀들 밥을 해 먹인다고? 절대 안 한다고! 게다가 어차피 저런 여자들은 밥은 안 처먹는다고, 술을 처먹지!" 알베르틴은 라디오 옆인, 식당의 상석을 차지하고 있던 엄마의 흔들의자에 앉았다. 그리고 마르셀을 재울 수 있을 거라는 희망은 없었지만 그래도 흔들의자를 흔들며 마르셀을 얼러 주었다. 꼬맹이 남자애는 갑자기 몸을 부들부들 떨기 시작했고, 이마가 온통 땀으로 젖었다. "우리 아가, 커다란 엄마 침대에 누워서 푹 잘래?" "우리 아가"라니! 알베르틴이 마르셀을 "우리 아가"라고 불렀다! 게다가 스스로 알아차리지 못했지만 알베르틴의 목소리는 부드럽고 노래를 하는 듯 변해 있었다. 테레즈는 미소 지으며 엄마를 쳐다보았다. 테레즈의 반응을 본 알베르틴은 시선을 내리깔았다. 마르셀은 엄마 품속에서 약간 몸을 일으키며 대답했다. "안 잘 꼬예요. 맘마 머꼬 시퍼요. 넬 쁠레시 나을 꼬예요! 그면 마르셀 나을 꼬예요!" "테레즈, 리샤르! 밥 먹어라! 빨리!" 알베르틴이 마르셀을 소파에 내려놓았다. "오래 걸리지 않을 거야. 엄마가 너한테 제일 먼저 맘마 챙겨 줄게! 에두아르와 메르세데스, 그리고 베아트리스는 마침내 거실에 이르렀다. 에두아르는 자신이 할 수 있는 최선을 다해, 그 말인즉슨 아주 열심히 노력해서, 이 두 젊은 여인들을 마음 편안하게 해주고 있었다. 에두아르는 더운 나라로 휴가를 간, 빨간 옷을 입지 않은 산타클로스 같아 보였다. "아가씨들, 술은 대접할 수 없답니다. 우리 집엔 술을 들여놓으면 안 되거든요. 우리 집 규칙 6022조에 의거하면 그래요. 심지어 맥주도 안 된답니다! 하지만 우리 집에는 크림 소다랑 콜라 같은 건 아주 많답니다. 아니면 얼음 넣고 잘 흔들어 차갑게 한 생로랑 강물 한 잔이 더 좋으실라나?" 이 낡고 케케묵은 농담은 메르세데스와 베아트리스를 더욱 더 불편하게 만드는 효과밖에 내지 못했다. 안 그래도 이 둘은 에두아르 빼고는 아무도 자신들에게 말을 건네지 않고 있으며, 수프와 칠면조 구이 냄새가 나는 이 집에 자신들은 그다지 잘 어울리지 않을 수도 있다는 걸 슬슬 느끼기 시작했기 때문이었다. 베아트리스는 심지어 이 집의 냄새를 맡고서 크리스마스를 떠올렸고, 좀 서글퍼지기까지 했다. 결국 메르세데스는 콜라를 달라고 했고, 베아트리스는 크림 소다를 달라고 했다. 에두아르가 부엌으로 간 사이에, 이 두 명의 친구는 어떤 일이 있었는지 서로에게 설명해 주려고 애썼지만, 설명하기가 너무 복잡했다. 베아트리스는 군인 세 명이 아파트를 온통 뒤죽박죽으로 만들어 버린 걸 아직도 모르고 있었으며, 메르세데스는 짧은 시간에 해줄 말이 많아서 너무 서두른 나머지 제대로 설명을 할 수 없었고, 그 때문에 안달복달하고 있었다. 에두아르가 음료수 두 병을 들고 다시 거실에 돌아왔을 때 이 둘이 한창 이야기 중인 걸 발견했다. 베티는 울기 직전이었고 메르세데스는 짜증을 내기 직전이었다. 에두아르는 작은 커피 테이블에 병 두 개를 내려놓았다. "이봐요, 아가씨들. 둘이서 풀어야 할 일이 있으시다면, 저는 누님이 저녁 준비하는 걸 도우러 가 볼게요… 저녁 준비 다 되면 부를게요…." 에두아르는 애들한테 하듯이 이 둘에게 빠이빠이 손짓을 하며 거실에서 다시 나갔다. 이들은 오늘 하루 종일 있었던 일을 서로 밝힐 수 있는 기회를 준 에두아르에게 감사했다. 조사파르 비올롱은 아무 말 없이, 늘 그러듯이 무척 인내심을 가지고 누나 옆에 앉아서 누나가 울음을 그치기를 기다렸다. 빅투아르는 동생이 곁에 있는 것만으로도 위로가 되었고 또 특히 진정이 되었다. 빅투아르는 두세 번 눈물과 콧물을 훔치고 나서 조사파 르 비올롱에게 자신이 본 것에 대해 이야기해 줬다. 아주 놀랍게도 조사파는 누나를 비웃지 않았다. 빅투아르가 "광기에 이르는 첫 번째 징후"라고 부르는 걸 설명하려고 애쓰는 동안 조사파는 미소도 짓지 않고 두 눈을 똑바로 쳐다봤으며, 가끔 머리를 끄덕이며 빅투아르가 말을 계속하게 했다. 조사파가 어찌나 누나 말을 집중해서 들었는지 혼이 나간 듯 보일 지경이었다. "그 집엔 아무도 없었어! 나도 그 집에 아무도 없었다는 걸 알고 있다고! 내가 피곤해서 그랬나 봐… 마르셀 때문에 그런가 봐. 걔는 어떤 여자랑 자기가 이야기하고 있다고 상상했거든… 그런데 나도 그 여자를 아주 잠깐이지만 봐버린 거 있지… 난 미치지 않았다고! 마르셀 걔는 말이야… 가끔가다 정말 이상하다니까… 이상한 이야기를 해대고 이상한 일도 하고… 걔 엄마는 걔가 그런지도 모르고, 걔를 신경 써서 돌봐 주지도 않잖아… 그런데 나는 너도 알겠지만, 지켜보는 일밖에 다른 할 일이 없잖아. 그래서 가끔가다 걔가 진종일 뭘 하는지 쳐다봤는데, 쟤는 다른 사람들과 달라!" 빅투아르는 갑자기 떠오른 생각 때문에 충격을 받은 듯 말을 멈췄다. "지금 생각해 보니, 쟤는 너 어렸을 때가 생각나네…." 빅투아르와 조사파 르 비올롱은 부엌에 갔고, 다들 식탁 앞에 앉아 있었지만(메르세데스와 베아트리스는 에두아르 양쪽에 앉았는데, 에두아르는 어린 여자아이처럼 킥킥대며 웃고 있었다) 부엌엔 기묘한 침묵이 떠다니고 있었다. 가브리엘은 애원하는 눈빛으로 엄마를 쳐다보았다. "엄마, 바르틴이 이 두 명에게 밥을 대접하기 싫다네요… 이 두 손님에게요." 실제로 알베르틴은 부엌 문간에 딱딱한 태도로 서서 한 손에 국자를 들고 완고한 표정을 짓고 있었는데, 그 얼굴이 꼭 멧돼지 같아 보였다. "황소같이 고집만 세 가지고! 마르셀에게만 수프를 퍼 줬다니까요…." 마르셀은 주변에서 무슨 일이 벌어지는지 신경 쓰지 않고, 제대로 잡을 수 있게 된 지 몇 달 안 된 숟가락을 잡는 데에만 집중하면서 자기 앞에 놓인 수프를 먹었다. 메르세데스는 자리에서 엉거주춤 일어났다. "저흰 여러분 집에 분란을 일으키고 싶지 않아요… 할머님 따님이 저희에게 저녁 대접을 하고 싶지 않다면 저흰 다른 데 가서 먹을게요, 저흰 괜찮아요…." "당신, 그대로 자리에 앉아요! 내가 당신들을 초대했잖아. 두 명 모두 말이야. 지금부터 식사를 시작할 거니까! 내가 식사에 초대를 했으면 당연히 밥을 먹여야지!" 빅투아르는 식탁을 빙 돌아가서는 딸 앞에 떡 하니 섰다. "너, 지금 내 손님한테 밥을 차려 주기 싫다는 거냐?" 알베르틴은 엄마의 시선을 받아 냈지만, 북받쳐 오르는 감정 때문에 목구멍이 꾹 막힌 것처럼 쉰 목소리로 말했다. "엄마, 저것들에게 저녁 차려 주라는 소린 하지 마세요! 저 이래 봬도 오늘 많이 참았다고요! 엄마,

제발 나한테 이러지 좀 말라고요!" 알베르틴은 엄마에게 국자를 건넸다. "엄마가 퍼 주세요!" 빅투아르는 굳건하고 확신에 가득한 손길로 그 국자를 잡아챘다. "드디어 이 집구석에서 나한테 뭔가 해달라는 부탁을 하는 때가 도래했구나! 내가 흔들의자에 얼마나 오래 앉아 있었는지, 그 위에서 뿌리내릴 뻔했다고! 너한테 미리 말하는데, 내가 손님들에게 식사를 퍼 주게 된다면 가족들한테도 내가 퍼 줄 게다!" "엄마, 다리 때문에 그렇게 못 하시잖아요!" "야, 이것아! 내 다리는 라 퐁텐 공원까지 날 끌고 갔다고! 그러니 오븐까지는 충분히 갈 수 있어! 가서 앉거라, 바르틴아, 그리고 제발 좀 사람 같은 표정을 지으려고 노력해 봐!" 에두아르는 박수를 쳤고, 빅투아르는 뒤를 돌아 에두아르를 쳐다보았다. "에두아르, 설마 지금 네 꼬락서니가 두 가시덤불 사이에 피어 있는 한 떨기 장미 같을 거라고 상상하고 있는 건 아니겠지? 지금 넌 데이지 꽃밭에 있는 뾰족한 우엉 꽃 같다고!" 조사파 르 비올롱이 웃음을 터트렸고, 가브리엘이 뒤따라 웃었다. 심지어 그 이야기를 방에서 다 듣고 있었던 뚱보 여자도 웃었다. 에두아르는 엄마에게 똑같은 억양으로 말대답했다. "엄마, 설마 지금 엄마가 제대로 우리에게 저녁상을 차려 줄 수 있다고 생각하는 건 아니겠지요! 수프를 나르는 절름발이라니, 거참 퍽이나 일을 잘하겠어요!" 하지만 이번엔 아무도 웃지 않았다. 조사파 르 비올롱이 한창 의기양양해하던 에두아르의 따귀를 날렸다. "바보 같은 네 농담이 가끔 웃기긴 하다만, 내 앞에서 네 엄마를 비웃는 건 절대로 하지 말거라!" 에두아르는 자리에서 일어나서 자기 엄마처럼 식탁을 빙 둘러 가더니 엄마 손에 들려 있던 국자를 그러잡았다. "미안해요, 엄마… 가서 앉으세요, 제가 음식을 퍼서 나눠 드릴게요…." 빅투아르는 다시 커다란 국자를 잡았다. "절대로 안 된다! 나처럼 잽싼 절름발이를 본 적이 없다면 조심하는 게 좋을 게다, 아가! 내가 단 한 방울도 흘리지 않을 거라는 데 네가 입을 새 빤스 두 장을 거마!" 메르세데스와 베티가 박수를 쳤고, 빅투아르는 살짝 인사를 했다. "숙녀분들, 도시에서 제일 맛있는 수프를 드시게 될 거요! 내 딸인 알베르틴이 끓인 건데, 요리 레시피는 알베르틴의 나이 든 엄마가 작성한 거거든, 그리고 그 나이든 엄마가 바로 여기 있는 나요. 그리고 내 음식은 꽤나 유명했다고. 그래서 사람들이 오로지 내가 만든 수프를 맛보기 위해서 뒤아멜에서 몬트리올까지 오곤 했다니까!" " 조사파 르 비올롱이 손을 들었다. "저요! 제가 그런 사람이지요!" 빅투아르는 남동생에게 다가가서 동생의 양 어깨 위에 손을 얹었다. 빅투아르의 목소리는 부드러워졌고 다정함이 묻어났다. "예를 들어 이 사람이 있었지요." 그리고 서로 닮은 그들의 모습이 갑자기 모든 사람들에 강한 인상을 주었고, 심지어 아이들도 이들 둘이 만들어내는 한 폭의 멋진 그림 같은 모습에 말없이 조용히 있었다. 서로 이어진 이 두 명 사이에는 얼마나 섬세한 애정과 비극적인 유대가 돈독했는지, 두 사람 모두 결국 똑같은 주름이 생겼고 서로 닮은 얼굴이 된 것이었다. 바로 그 순간부터 분위기가 약간 풀어지기 시작했다. 빅투아르는 수프를 한 방울도 흘리지 않았다.("에두아르야, 빤스 두 장 나한테 빚졌다!") 모두들 조용히 저녁을 먹었고, 숟가락으로 접시 바닥을 긁으며 보리 한 톨까지 남기지 않고 다 먹었다. 베아트리스는 빈 그릇에 숟가락을 놓으며 빅투아르를 쳐다보았다. "먹어 본 수프 중에 제일 맛있었어요!" 빅투아르가 미소를 지었다. "그 말은 내 딸아이에게 하세요. 걔가 요리했으니까." 베아트리스는 두 손을 꼭 잡고 용기를 그러모아 알베르틴에게 말했다. "정말 최고…." "아휴, 됐어요! 벌써 말씀하셨잖아요!" 그리고 알베르틴은 마지막 수프 한 숟갈을 떠서 후루룩 마셨다.

석양이 질 무렵, 티 루는 죽어가고 있었다. 티 루는 심장이 더 빠르게 뛰기 시작하고 시야도 뿌옇게 흐려지는 것이 느껴지자, 침대에서 몸을 일으켜 앉았고 한쪽 팔을 들어 창문 쪽으로 뻗었다. "마지막으로 한번 보고 싶어! 저 지붕 굴뚝들 뒤로 해가 저무는 걸 마지막으로 한번 보고 싶다고!" 하지만 갑자기 현기증이 돌았고, 티 루의 머리는 다시 베개 속으로 처박혔다. "약을 너무 마셨네! 너무 빨리 죽어 버리겠어!" 상르그레 의사 선생이 처방해 준 스포이드 약병이 텅 빈 채 방구석에 나뒹굴고 있었다. 티 루는 스포이드 약병에 든 약을 아주 적은 양의 물에 몽땅 쏟아 부은 다음, 그 병을 창문과 마주해 있는 벽에 있는 힘껏 집어 던졌다. 하지만 병은 깨지지 않았다.('저 병이 날 비웃고 있는 게지' 하고 늙은 절름발이 여자는 생각했다.) "난 이렇게 빨리 세상을 뜨고 싶진 않다고! 창문을 닫아 놓은 채로 죽고 싶진 않단 말이야!" 그리고 티 루는 거의 십 분 동안 끙끙대며 일어나려 노력했다. 먼저 팔꿈치 하나에 몸을 기대고, 온 힘을 다해 몸을 다른 한쪽 팔로 밀어 상체를 비스듬히 옆으로 세웠다. 그리고 몸을 기대고 있던 팔꿈치를 조금씩 펴 나갔고 마침내 침대 위에서 상반신을 일으켜 앉을 수 있었다. 하나밖에 없는 다리가 이불 밖으로 반쯤 튀어나와 있었다. 침대가 이리저리 흔들리고 있었고, 방은 오른쪽으로 위험하게 기울어진 느낌이 들었다. "집도 방처럼 기울어져 있으면, 나는 창문으로 굴러떨어져서 집 앞 나무 울타리 위로 떨어지겠네!" 티 루는 길을 따라 설치된 나무 울타리의 뾰쪽한 끝부분에 자기 몸이 꽂혀 있는 걸 상상했고,

웃음을 터트렸다. "사람들은 내 다리 한 짝이 부러져 어딘가 사라졌다고 생각하고는 그게 어디 있나 여기저기 찾겠지. 그리고 못 찾겠지!" 티 루는 허리가 끊어져라 웃었고, 눈물이 뺨 위로 흘러내렸다. "힘을 아껴야 해…." 숨을 깊게 들이쉬고 내쉬었지만 아직도 심장이 미친 듯이 뛰고 있었다. 방도 여전히 기울어진 느낌이 들었고, 심지어 점점 더 기울어지는 것 같았기 때문에 티 루는 뭔가 몸을 기댈 곳을 찾기 시작했다. 티 루는 침대 위에 앉아 있던 몸의 방향을 바꾸고, 다리를 침대에서 빼서 방바닥 위에 내려놓았다. "내 목발이…" 로즈 위메는 목발을 침대와 창문 사이에 놓인 등받이가 곧게 올라온 의자에 기대 놓곤 했지만, 오늘은 목발이 거기에 없었다. 침대 밖으로 몸을 기울인 티 루는 몹시 당황해했다. "목발이 없어! 이러다간 일어설 수도 없을 거야! 다른 사람들처럼 침대에서 죽어 버리겠어!" 바로 그 순간에 소음이 들리기 시작했다. 갑자기 집 안이 덜그덕거리는 소리, 속닥이는 소리, 날카로운 호루라기 소리 그리고 실성한 듯 웃는 소리로 가득 찼다. 마치 복도에서 누군가가 시체들을 끌고 가고 있거나 지하실에서 사슬에 매여 학대받는 죄수들을 질질 끌고 가는 소리 같았다. "이건 내 상상일 뿐이야! 집엔 아무도 없다고! 심장이 너무 심하게 뛰고 피가 너무 빨리 돌아서 그런 거야… 내 뇌에 산소가 부족한 거라고… 바람을 쐬어야겠어!" 티 루는 침대 옆에 놓인 작은 탁자에 오른손을 올려 의지한 채, 왼손으로는 의자를 끌고 올 수 있었다. 그리고 심지어 그 의자를 창문을 마주 보도록 돌려 놓을 수 있었다. 의자 등받이를 지지대로 삼아서, 티 루는 다리 하나로 일어섰다. 현기증이 왔고, 머리가 빙글빙글 돌았지만 자신에게 남아 있던 온 힘을 집중했고, 결국 서 있을 수 있었다. 어지러움이 지나가자, 목소리와 소음들이 멈춘 것을 알아차린 티 루는 한숨을 쉬었다. "어휴, 겨우 버텼네!" 티 루는 다리 하나로 깽깽이 걸음을 하면서 의자를 창문 쪽으로 밀어, 창문 밑에 있는 라디에이터에 의자가 기대어질 때까지 바짝 붙였다. "이제 의자를 돌아가야 하는데…." 하지만 티 루는 자신이 깽깽이 걸음으로는 절대로 의자를 돌아 창문 앞쪽으로 갈 수 없으리라는 걸 깨닫게 되었고, 성을 내며 의자를 오른쪽으로 밀어버렸다. 의자는 옆으로 쓰러지면서 제일 먼저 침대 옆 탁상에 부딪혔다가 다시 튀어 오르면서 커다란 램프를 쳤다. 그 램프는 너무 키가 컸기 때문에 더 이상 티 루가 불을 켤 수 없게 되자 싫어하게 되어서 수년간 사용해 오지 않았던 것이었다. 램프는 쓰러지면서 벽에 부딪혔고, 램프에 있던 전구가 터지며 산산조각이 났다. 그리고 전선줄을 따라 불꽃이 우수수 튀었다. 티 루는 몇 초 동안 다리 하나로 균형을 잡고 서 있다가 앞쪽으로 엎어졌다. 티 루는 넘어지면서 팔을 앞으로 뻗었고, 창문 가장자리에 손을 대고 기댈 수 있었다. "넘어지면 안 돼, 이게 내 마지막 기회이니까!" 티 루는 창문 아래에 붙은 라디에이터 위에 반쯤 걸터앉았다. 티 루는 유리창에 이마를 댄 채로 두 눈을 감고 천천히 호흡을 했다. "이게 다 망할 놈의 석양을 보기 위해서잖아!" 티 루는 다시 두 눈을 떴다. 하늘에서는 반짝이는 양철 굴뚝을 따라 시뻘건 피가 뚝뚝 흘러내리고 있었다. "5분 안에 해내야 해, 안 그럼 너무 늦어버릴 거야…." 티 루는 남아 있던 힘을 모두 끌어 모아 라디에이터에서 일어났고, 몸을 수그려서 창문을 잡고 단번에 위로 열어젖혔다. 방 안으로 들어오는 뜨뜻한 공기에 커튼이 가볍게 흔들거렸다. 티 루는 쇠창틀에 기대어 선 채로 두 팔을 활짝 벌렸다. "아! 난 내가 살아온 방식 그대로 가버릴 거야! 온갖 역경에도 똑바로 선 채로 말이야, 서서!" 태양의 주황 빛과 붉은

빛이 마지막 단말마를 쏟아 낼 무렵, 도시 동쪽에 있던 건물들의 모든 창문이 불타올랐다. 티 루는 평생 동안 자신이 보내 왔던 모든 밤들을 다시 보았다. 제일 먼저 근사했던 밤들이 떠올랐다. 티 루가 기꺼운 마음으로 사람들에게 이야기하곤 했던 밤들이었는데, 왜냐하면 무척 아름다웠기 때문이었다. 그리고 그녀 주변에는 오타와의 엘리트들과 다른 나라에서 공식 방문한 엘리트들이 북적이고 있었다. 그 나라들은 티 루가 한 번도 가본 적은 없었지만, 그녀가 "각하"나 "전하" 아니면 "대통령 각하" 아니면 그냥 단순하게 "동지"라고 불러야 했던, 그 나라를 대표하는 사람들의 검은 팔, 노란 팔, 갈색 팔, 아니면 너무 창백한 흰색 팔에 안겨 상상을 했던 곳이었다. 이들은 언제나 똑똑했고 여자에게 정중했으며, 그녀가 캐나다의 가장 아름다운 보석이며, 추위 속에 영근 세상에서 단 하나뿐인 진주알이라고 말하며 선물을 잔뜩 안겨 주었다. 그리고 또 다른 밤들을 보았다. 그 밤들은 훨씬 덜 찬란했으며, 술에 취해 뜨뜨미지근한 입김을 뿜어 대는 뚱뚱한 정부 관계자들 품속에서, 그들의 짧고 갑작스러운 요구에 응하며 질식할 것 같은 호텔방에서 지새웠던 밤들이었다. 그들은 욕구가 채워지면 바로 티 루를 잊었고, 심지어 그녀를 대했던 방식 그대로 그녀를 취급하며 가끔씩은 그녀를 문밖으로 쫓아내기까지 할 때도 있었다. 그 모든 밤들은 파리한 햇살이 드는 새벽, 암늑대의 시간이 아니라 늑대의 시간이라고 불리는 그 새벽 어스름 무렵이 될 때마다 티 루가 굴욕적인 마음으로, 몸에 말라붙어 남아 있는 사랑의 흔적(그게 사랑일까?)과 왕관을 쓴 우두머리들이 토해 놓은 냄새들, 그리고 심지어 그 세계의 우두머리들이 싼 똥까지도 씻어 내리면서 끝을 맺었다. 하지만 티 루는 그 밤들이 자신이 꾼 꿈이며 자신의 상상에서 나온 악몽이라고 진심으로 믿었다. 그리고 영광스러웠던 밤들이(대로변에 있는 자신의 집, 포도를 곁들인 메추라기 구이 요리 같은) 자신이 진정으로 겪었던 것들이라고 생각했다. 그 밤들이야말로 유일한 진실이자, 자신이 감내할 수 있는 단 하나의 진실이라고. 티 루는 창문에 십자가 자세로 못 박힌 듯 우뚝 선 자세로 왕, 주교, 대통령, 장군, 제독들을 다시 보았다. 하지만 이번에 그들은 옷을 입고 있었다. 그리고 티 루의 이마에 석양의 마지막 빛이 닿는 동안 그녀는 울부짖기 시작했다. 고독하고 불구가 된 암늑대는 죽기 직전에 숲 곳곳에 흩어져 있는 자신의 모든 자손들을 떠올렸다. 그리고 그 자손들은 자신을 모르며, 자신을 부정한다는 것을 아주 잘 알고 있었다. 왜냐하면 그녀는 이제 쓸모없게 되었으며 아무도 모르게 죽을 것이고, 또 썩어 가는 고깃덩이일뿐인 그녀의 육신은 주변 공기를 심하게 더럽히기 전에 서둘러 먹힐 것이기 때문이었다. 오타와의 암늑대가 내지르는 울부짖음은 소총에서 나간 총알처럼 집 밖으로 튀어나갔다. 그 울부짖음은 건물 안뜰에서 자라고 있던 단풍나무를 타고 올라가서는 플라토 몽루아얄 동네 도처로 울려 퍼졌고, 티 루의 절망스러운 마음을 집 안에서, 교회에서, 사제관에서 폭죽처럼 터트렸다. 사제관에서는 사제들이, 그들을 사랑하는 뚱뚱한 하녀들에게 시중을 받으며, 말구유에 머리를 처박고 있는 말처럼 접시에 머리를 처박고 야채 수프나 찜닭 요리를 만족스럽게 먹고 있었다. 그러고 나서 그녀의 울부짖음은 심지어 생스타니슬라스 성당 종탑까지 올라가 커다란 종을 딱 한 번 뎅! 하고 울리게 했다. 이것은 죽어 가는 암늑대를 위한 딱 한 번의 조종(弔鐘) 소리였다. 사람들은 장례를 치르기 위한 목적이라도 절대로 그녀를 성당에 들이지 않을 것이며, 교회의 축복을 받은 묘지에도 그녀의 매장을 허락하지 않을 것이다. 그녀는 개념이었으니까! 꼬맹이 마르셀은 접시 위로 숙이고 있던 고개를 들었고, 조사파 르 비올롱은 자리에서 일어나 마르셀에게 다가갔다. “뿔레시 주거쩌요!” 조사파 르 비올롱이 마르셀을 안았다. “아니야, 뒤플레시가 죽은 게 아니란다. 다른 동물이 죽었어. 자, 마르셀, 따라오거라. 조사파 삼촌*이 달에 불을 밝히는 시간이야!” 조사파 르 비올롱은 마르셀을 품에 안고 집 뒤에 나 있는 건물 외부 복도로 나갔다. 로즈, 비올레트, 모브와 그들의 엄마 플로랑스도 역시 저녁 먹던 동작을 멈췄다. 플로랑스는 호주머니에서 털실 덩어리를 꺼내고는 비올레트를 바라보았다. “비올레트, 저건 뒤플레시를 위한 조종이 아니야. 넌 다른 누군가의 죽음을 떠 놓은 거야.” 티 루는 원했던 대로 선 채로 죽었다.

조사파 르 비올롱은 〈일곱 개의 불협화음을 위한 지그〉** 연주를 끝내자, 집 뒤쪽 외부 복도에 놓여 있던 의자 위에 악기를 올려놓고 마르셀을 품에 안았다. “달 좀 봐봐, 참 예쁘지? 이제 불을 다시 끄려면 달이 하늘로 오르고 오르고 올랐다가 반대편 끝으로 다시 내려가는 걸 기다려야 한단다. 아니면 달이 너무 높이 있어서 내 연주가 들리지 않을 테니까.” “매날 해?” “응, 매일 하지. 언제부터 했더라… 음, 아주 아주 오래전부터 했단다. 삼촌이 그 일을 따냈지. 삼촌 이전에

---

* 조사파는 마르셀의 외삼촌할아버지이지만 여기서 스스로를 삼촌이라고 불렀다.

** 지그Gigue 춤곡: 지그는 아일랜드나 스코틀랜드의 아주 템포가 빠른 춤곡의 일종이며 동명의 춤을 말하기도 한다. 보통 6/8박자이다. 퀘벡에서는 1847년 아일랜드인의 대거 이주(이 해만 해도 10만 명의 아일랜드인이 퀘벡주로 이주해 왔다)와 함께 도입된 이래로 19세기와 20세기 초에 아주 유행했었다.

일했던 다른 사람은 하늘을 나는 카누***를 타고 떠나 버렸어. 그리고 다시 만나지 못했단다…" "하눌 나는 차뉴?" "응, 하늘을 나는 카누. 내가 한 번도 이야기 안 해줬던가?" "아뇨." "아, 그래? 이야기해 달라고 하지 그랬어, 그럼 해줬을 텐데… 지금 그 이야기 듣고 싶니?" "아! 네…." "좋아. 잘 들어 봐… 아! 오래전 일이구나… 정말 오래 됐어… 정말 정말 오래 됐구나… 네가 태어나기 훨씬 전의 일이란다… 그때 나는 꼬맹이였단다. 리샤르 나이 정도였을 때인 거 같아. 난 시골에 살았단다. 너도 알지, 시골이란 말… 저번에 설명해 줬잖아… 집들은 별로 없고, 나무가 엄청 어엄청 많은 곳이지…" "네, 디아멜!" "그래. 뒤아멜 같은 데가 시골이지. 그때는 말이야, 요즘같이 뒤아멜에서 몬트리올로 오는 차가 없었기 때문에 몬트리올까지 오는 데 이틀이 걸렸단다. 그래서 오다가 생제롬에서 1박을 해야 했지. 우리 같은 시골 사람들한테는 생제롬만 해도 벌써 꽤 큰 도시였단다! 우린 라푸앵트 호텔에서 하루를 잤는데, 어휴, 아주 융숭한 대접을 받았단다! 어쨌거나, 이게 다 너에게 뒤아멜이라는 시골 동네가 몬트리올에서 아주 멀

*** 하늘을 나는 카누La chasse-galerie: 퀘벡 전설 중의 하나이다. 가티노 지방의 숲에서 일하던 벌목꾼들이 새해 전날에 가족들을 만나 저녁을 보내기 위해서 악마와 계약을 하고 하늘을 나는 카누를 타고 집에 다녀오기로 한다. 악마는 계약 조건으로 오고 가는 도중에 하느님의 이름을 부르거나 교회 십자가에 가까이 가지 않는 것을 내세운다. 그리고 계약을 어길 시에 영혼을 가져가기로 한다. 벌목꾼들은 고향집에 갈 때는 조심해서 가지만, 가족들과 만나 즐거운 시간을 보내면서 술도 마시고 긴장을 풀었고, 다음 날 새벽에 돌아오는 길에 이들 중 한 사람이 술이 취해서 그만 계약을 어기고 만다. 그리고 나무에 부딪혀 카누에서 모두 땅에 떨어진다. 하지만, 하느님의 이름을 부른 덕분에 악마에게 영혼은 빼앗기지 않았다고 한다. 전설의 끝부분은 각 전승마다 다르며, 어떤 전승에서는 이들이 무사히 숙소로 돌아가지 못했고 새해 첫날마다 사슬 끄는 무시무시한 소리와 함께 카누를 타고 하늘을 노 저어 가야 하는 저주를 받았다고도 한다.

리 떨어져 있다는 것, 그리고 우리는 몬트리올에 대해 전혀 몰랐고 가 보고 싶어하거나 그러지 않았단 걸 설명해 주기 위한 거야. 아무튼 어느 날씨 좋은 저녁 날, 나는 마르게리트 고모, 그러니까 우리 아빠의 여동생인 마르게리트 고모네 집에 산딸기를 담은 들통 하나를 들고 갔단다. 고모네는 얼마나 가난했는지 밥 먹을 때 그릇이 없었어. 그래서 요리한 걸 냄비째 가져와서 바로 식탁에서 퍼먹었단다! 우리는 수다를 떨고 또 떨었고, 내가 집에 돌아가겠다고 하기도 전에 이미 날이 깜깜해졌단다. 그때는 8월이었고, 날씨는 아주 좋았지! 난 마차고 뭐고 집까지 타고 갈 이동 수단이 없었어. 마르게리트 고모 집에 올 때는 아르튀르 고모부하고 같이 왔었거든. 그래서 난 걸어서 집에 돌아가야 했단다. 어휴, 그 깜깜한 데를 걸어서 5킬로미터를 가야 하다니! 나는 고모랑 집 현관 앞 갤러리*로 나갔어. 고모는 나보고 자고 가라고 했지만, 내가 그러기 싫다고 했어. 고모 집에서 너무 고약한 냄새가 났거든. 그런데 한 치 앞이 안 보이더구나. 정말이야! 난 문지방에서 있었고 마르게리트 고모가 랜턴을 하나 들고 있었는데, 그 랜턴은 나무판자로 된 갤러리 바닥이랑 나무 기둥들을 비추고 있었어… 하지만 갤러리에서 이어진 계단 아래 부분부터는 아무것도 보이지 않는 거야… 전혀 보이질 않았지! 고모한테는 말하지 않았지만, 사실 난 약

* 갤러리une galerie: 서양식 건축물에서 집 외벽을 둘러싸고 있는 복도 형태의 공간을 말한다. 빅토리아식이나 뉴올리언스식 집에 많이 쓰이며, 주로 현관과 연결된 휴식 공간으로 쓰인다. 이 복도형 공간은 천장은 있지만, 벽으로 막혀 있지 않고 난간만 설치해 놓는 경우가 많다. 현관 주변부만 이런 공간이 있다면 포치le porche라고 부르고, 그 공간의 길이가 좀 더 길어져서 집 전면 전체 혹은 더 나아가 집의 옆면까지도 이어진다면 갤러리라고 부른다.

간 졸아서 떨고 있었어… 어둠을 좋아한 적은 한 번도 없었으니까 말이야… 어, 난 원래는 그렇게 겁이 많진 않단다. 한 번도 겁쟁이인 적은 없었어, 하지만… 내가 아까 말했듯이, 이제 나는 숲 속에 난 오솔길을 걸어서 5킬로미터를 가야 했거든. 그 길에선 대낮에도 곰이랑 흔하게 마주칠 수 있었다고… 그리고 너한테만 솔직히 털어놓는 거다만, 나는 어둠이 내려서 깜깜할 때 집 밖에 있는 뒷간보다 더 멀리 가본 적이 없었단다! 마르게리트 고모는 나한테 이렇게 말했어. "조세파야, 네게 랜턴을 빌려주고 싶다만, 나한테 남은 게 이거 하나뿐이란다. 다른 두 개는 네 고모부하고 네 사촌 마누엘이 가지고 가버렸고, 이 랜턴은 내가 오늘 저녁에 닭장을 마지막으로 확인하려면 필요하거든…." 그래서 내가 이렇게 대답했지. "고모, 저는 랜턴 필요 없어요. 길 잘 알거든요!" 그리고 내가 무섭지 않다는 걸 보여 주기 위해서 층계를 다다닥 달려 내려가 어둠 속으로 들어갔단다… 물속에 들어가는 거 같았어… 고모의 랜턴 빛에서 멀어진 순간, 난 한기를 느끼기 시작했단다… 겨울의 한기랑은 달랐지. 그날은 완전 더워 죽을 정도였거든… 그건 마치… 내 안쪽에서부터 한기가 느껴지는 것 같았단다… 앞은 하나도 안 보였고, 심장이 고장 난 시계처럼 벌떡거렸지… 뒤돌아보니 마르게리트 고모가 나에게 손을 흔드는 게 보이더구나… 랜턴 빛이 빚어낸 커다란 그림자들이 여기저기를 날라다녔지… 젠장, 그게 얼마나 귀신 같아 보였다고! 간이 콩알만 해지는 것 같았어! 그러고 나서 고모가 집에 들어갔고, 난 혼자가 되었단다. 조용했지… 시골의 그러한 정적을 너에게 어떻게 설명해 줘야 할까… 네가 방에 혼자 누워 있고, 불이 다 꺼져 있을 때… 그때는 정적이 무섭단다. 그 정적 자체에 겁을 먹게 되는 거지… 하지만 네가 시골에서 집 바깥에 있고 그

정적 속에 있다면 말이야, 더 이상 그 정적은 무서운 게 아니란다. 그 안에 살고 있는 수천 수만의 바스락거리는 작은 소리가 무서운 거지… 그 정적 속에서도 늘 뭔가 들리는 게 있거든… 아무튼 난 길가에서 완전히 굳어 있었단다. 내 앞에 아무것도 없었고, 내 뒤에도 아무것도 없었고, 내 옆에도 아무것도 없었어… 그리고 내 머리 위로는 달도 뜨지 않은 텅 빈 하늘이 있었단다. 하늘은 완전히 비어 있었어! 하지만 그 빈 공간에서 들리는 소리들… 여기저기에서 들리는 소리들… 낙엽이 바스락대는 소리, 작은 나뭇가지들이 빠각하고 부러지는 소리… 뭔가… 뭔가가 바짝 마른 솔잎 위로 기어가는 소리. 어두웠기 때문에 그 소리는 어떤 의뭉스러운 짐승의 퉁퉁한 발바닥이 내는 소리랑 똑같이 들렸단다… 부엉이의 울음소리는 유령 소리 같았고, 정신나간 박쥐는 일직선으로 나는 게 아니라 온갖 방향으로 날라 다녔지. 아, 미친놈의 박쥐 새끼 같으니라고! 아! 그런데 쬐끄마한 빛이 하나 보였어… 그리고 둘, 다섯, 스물, 백 개의 빛이 보였지! 그건 반딧불의 행렬이 죄인의 저주받은 영혼을 찾아가고 있는 거였어. 그 영혼을 마지막 여정으로 데려가기 위한 거였지! 그래서 난 그곳에 있고 싶지 않았단다! 결국 내 눈은 어둠에 적응이 되었고, 길이 보이기 시작하더구나. 길은 노란색을 띤 두꺼운 리본 같았고, 다른 데보다 조금 더 연한 색으로 보였어… 난 내게 남아 있던 용기를 모두 끌어 모아서(내 생각엔 바느질용 골무 크기만큼도 용기가 모이지 않았던 거 같지만) 길을 걷기 시작했어. 어깨는 잔뜩 움츠리고, 수프 그릇마냥 눈을 커다랗게 뜨고 말이야. 심장도 마구 두근거리며 나대기 시작했어… 앗, 뭐지! 쥐인가? 토끼? 라쿤? 개? 양? 늑대? 곰? 앗, 또 뭐지! 난 내달리기 시작했단다… 반딧불의 행렬이 또 있었어… 세상에, 지금 웃는 소리가 들린 건가? 잉? 아직도 집이 멀었나? 바보 같긴, 방금 출발했잖아. 숨이 찼어… 할 수 없네, 이제 그만 뛰어야지! 누군가 날 때려눕힐 거면, 때려눕히라지, 적어도 누가 날 그러는지 알 수는 있겠지… 잉, 또 뭐야! 내 뒤에서 방금 뭔가 소리가 났는데, 다른 소리보다 더 컸다고… 그래서 내가 쳐다봤더니, 하얀 빛이 나는 뭔가가 길을 따라오고 있었어… 말들이다! 나에게 다가오고 있는 건 말들인 것 같았어! 맞아, 말이야! 살았다! 어쩌면 내가 아는 사람의 말들일 수도 있어! 좀 더 빨리 잠자리에 들 수 있겠다! 어! 뭐야, 저게? 말들은… 흰색이었고 고삐도 없었어! 마르셀, 네가 믿지 못하겠지만, 내가 지금 여기 있다는 사실만큼이나 진짜인 사실을 이야기하는 거란다. 둘, 넷, 여섯, 여덟. 모두 여덟 마리의 백마들을 봤단다. 그리고 그 말들은 자기들끼리 길을 뛰어가고 있었어! 여덟 마리의 그 커다란 백마들은 갈기가 어찌나 길었던지, 마치 날개가 달린 것처럼 보였단다! 그 말들은 무지무지 중요한 곳에라도 가는 것처럼 열심히 달리고 있었어… 히히힝 울면서 미친듯이 달리더구나… 말들은 점점 다가왔고, 땅이 말발굽으로 흔들렸지. 그 말들은 마치 달님의 빛을 받아 빛나는 것처럼 보이더구나. 하지만 달은 없었지. 아, 숨어야 해! 하지만 구덩이로 내려가는 게 너무 너무 무서웠어! 말들이 다가오고 있어! 말들이 오고 있어! 말들은… 정말… 아름다웠어! 아아아아아! 말들은 나를 지나쳐서 번개처럼 질주해 갔어. 히히힝 울면서. 말들의 귀는 바람에 흔들거렸고 코 주변에는 거품이 흘렀고, 눈은 몹시 흥분한 듯 보였지… 말들은 그냥 내 몸을 통과해서 지나간 것 같았어! 머리가 쭈뼛 서고 닭살이 돋았지… 오줌이 마려웠어, 그거 말고도 마려운 건 또 있었지… 말들은 내 앞쪽에 있던 구부러진 길을 따라 달려가더니 사라져 버렸어. 마치 그 굽은 길 다음에는 아무것도 없는 것처럼 말이야. 난 길 한가운데서 굳은 채로 서 있었지. 저 굽은 길 다음에 내가 뭘 발견하게 될지 너무 무서워서 더 이상 앞으로 나갈 수가 없었단다… 그런데 뒤로 가는 것도 할 수 없었으니까. 난 길 한가운데에 앉았고 갑자기 애처럼 하품을 했어.(난 애였지만, 그때까지 절대로 애처럼 하품한 적이 없었어. 난 너무나 잘난 체했거든!) 한밤중에 그런 일들을 목격하게 되면 말이야, 그것도 산속에서 혼자 말이야, 꽤나 무섭다구… 그리고 심각하게 고민하게 된다니까. 내가 정신적 내리막길에 있는 건 아닌가, 또 그 내리막길 끝에는 정신 병원이 기다리고 있는 게 아닐까 하고 말이야… 특히 울 엄마가 나한테 늘 말했거든, 내가 너무 꿈을 꾼다고. 그리고 언젠간 그 꿈들이 날 골탕 먹이고 말 거라고… 결국 엄마 말대로 올 게 왔네, 젠장! 적어도 내가 바이올린을 가지고 있었더라면 좋았을 텐데… 음악은 가끔씩… 그래 그건 넌 나중에나 그걸 이해하게 되겠지… 아무튼 그다음에 내가 뭘 했냐 하면, 아가! 난 자리에서 일어나 다시 길을 걸어갔단다. 그 구부러진 길 너머에는 아무것도 없었어. 나는 걷고, 걷고, 또 걸었어… 말들은 없었지. 나는 결국 내가 정말 꿈을 꾼 거였다고 생각하고는 모든 걸 잊어버리기 위해서 휘파람을 불기 시작했어. 그런데 갑자기 산 뒤쪽에서 엄청나게 큰 소리로 우르릉 쾅쾅 하는 소리가 났어… 저 산 뒤쪽에서 뒤섞이던 소리는, 여섯 개쯤 되는 벼락들이 서로 망치를 크게 휘두르며 싸우는 것처럼 들렸지… 그리고 아주 멀리, 그 산의 반대편에서 히히힝 우는 소리가 들렸어… 한 번이 아니라 여러 번 히히힝 우는 소리가 들렸지… 마치 다른 지방 어딘가에서 말들이 고통으로 신음하고 있는 것처럼 말이야… 그리고 고개를 들었더니 희누르스름한 빛*이 산 위의 나무들을 밝게 비추고 있는 것을 보게 되었어… "우리 집에 불이 났나?" 하고 생각했지. 그리고… 난 그 커다란 여덟 마리의 흰색 말들이 산 뒤쪽에서 나오는 걸 봤어… 그리고 그 말들이 히히힝 울고 앞발로 바닥을 걷어차면서 하늘로 오르는 걸 봤지! 말들은 몸에 사슬을 걸고 뭔가를 끌고 있었는데, 얼마나 안간힘을 쓰던지! 그렇게 안간힘을 쓰는 동물의 모습은 평생 본 적이 없었다니까! 마치 세상에서 가장 무거운 걸 끌기라도 하는 것 같아 보였지. 사슬들이 말의 몸을 파고들어 갔고, 피가 줄줄 흘러 거죽 위로 온통 퍼져 있었어…. 피가 흐르고 있는 상처가 보였고, 왜 그렇게 자신들이 아픈지 이해할 수 없어 광분한 동물의 미친 듯한 눈빛을 볼 수 있었지. 그러고는… 그 사슬들 맨 끝에… 붉은 덩어리가 나타났지. 달이었어! 그 말들은 산 뒤로부터 달을 끌어올리고 있었던 거야! 달은 커다랬어. 거의 산만큼 커다랬지! 그리고 붉었어! 8월의 만월은 엄청 무시무시하거든… 말들의 피가 달 위로 흘러 떨어졌고, 달은 오렌지에서 과즙이 흐르는 것처럼 그 피를 뚝뚝 흘리고 있었어… 달이 산 위에 완전히 둥그렇게 올라오자, 사슬은 끊어졌고 여덟 마리의 말들은 사방팔방으로 장미 꽃잎이 흩날리듯이 달려가 버렸지. 보름달은 그보다 더 사악한 것은 없을 것처럼 커다랗고 사악한 눈처럼 보였어. 난 큰 소리로 이런 건 싫다고, 그 보름달은 너무 아름다웠지만, 그렇다고 해서 불쌍한 짐승들이 그렇게 고통받아야 할 이유가 될 수 있는 건 아니라고 소리 지르며 엉엉 울기 시작했어… 더 이상 어둡지 않았어. 겨울밤에 눈이 그

* 희누르스름한 빛: 원본에서는 회색과 누런 색이 섞인 색의 빛une lumière gris-jaune이라는 표현을 썼다.

자체로 빛을 발할 때처럼 무척이나 밝았단다… 난 다시 길을 가기 시작했어… 난 기진맥진해 있었어. 달이 날 쳐다보는 것 같은 느낌이 들었지. 달은 내가 걷는 동안 그저 내 왼쪽에 뜬 채로 날 쳐다보고 있었지. 누군가 하늘에 대포를 쏴서 하늘에 커다랗게 붉은 구멍을 낸 거 같았어… 하여간… 앞이 보이니까 조금 겁이 덜 나더구나… 집에 거의 다 갔을 무렵, 멀리서 노래 같은 게 들렸어. 술에 취한 한 무리의 사람들이 부르는 애가(哀歌) 같았지… 난 길 뒤쪽을 쳐다봤어… 아무도 없었어. 그럼에도 불구하고 노랫소리는 점점 다가왔지. 정상적인 상황이라면 노래를 부르는 사람을 볼 수 있을 만한 지점까지 노랫소리가 가까이 다가왔을 때, 난 한 번 더 무서움에 휩싸였어… 아깐 백마들이 있었고, 이번엔 투명 인간들이라니… 왜 그랬는지 모르겠지만, 나는 고개를 위로 들었단다… 달이 아직 하늘에 있는지 확인하려고 그랬던 거 같아… (달이 노래하는 거라고 생각할 뻔했지) 그리고… 거기서 자작 나무 껍질로 만든 카누를 봤어. 산 뒤에서 나온 그 카누에는 여덟 명의 남자가 타고 있었고, 그들은 노래를 부르면서 하늘을 노 저어 가고 있었지. 불타는 듯한 붉은색 카누의 이음매는 별 모양을 닮아 있었어… 그 남자들은 카누에서 목청이 터져라 노래를 부르고 카리부* 술병을 치켜들고는 마셨지… 별안간 카누는 내 머리 위에서 딱 멈췄고,

* 카리부 술Caribou: "사슴"이라는 뜻의 이름인 이 술은 적포도주와 독주(위스키나 브랜디)를 섞어 만든 술이다. 동명의 술도 대량 생산되고 있지만, 퀘벡의 겨울 카니발에서 마시는 칵테일의 이름으로도 불리고 있다. 속설에는 아메리카 인디언들의 전통주의 영향을 받아 정착민들 중 사냥꾼들과 벌목꾼들이 카리부 사슴의 피와 위스키를 섞어 마신 것에서 유래했기 때문에 이런 이름이 붙었다고 한다.

난 옛날 이야기에 나오는 사람처럼 <노 저어 앞으로 나아가자!>** 라는 민요를 고래고래 부르고 있는 여덟 명의 노 젓는 사람들을 알아봤어. 티 펫 튀르종의 아들 윌리도 있었고, 가스파르 프티도 있었지. 가스파르는 양측성 폐렴에 걸려서 침대에 누워 있는 걸 내가 어제 봤는데, 뻔뻔스레 잠옷 차림으로 하늘에서 돌아다니고 있더군. 떡대가 큰 로랑 두아용도 있었어. 로랑은 본당 신부님의 형인데, 아주 매정한 형이라 지가 마음 내킬 때만 교구 일을 돕곤 했지. 또 조르주 알베르 프라트도 있었는데, 이 남자는 동네 이발사를 하면서 또 치과 의사도 겸하고 있었지. 우리 엄마 말로는 오드콜로뉴(향수)를 들이마시는 거 같은 남자라고 하지만, 뭐 어쩌면 그건 그냥 소문일 수도 있어. 그리고 로제르 룰로도 있었지. 로제르는 거렁뱅이였는데 한동안 보지 못했기 때문에 죽었다고 생각하고 있었지. 그리고 파트노드 집안의 쌍둥이 형제인 트윈하고 트윈이 있었어. 트윈 한 명은 애꾸였고, 또 다른 트윈은 한쪽 팔이 뭉뚱했단다. 그리고 뭐니 뭐니 해도 테디 베어 브라운이 있었어. 유일한 영국 사람인데, 우리 동네에서 본 적은 없지만 달에 불을 밝히는 사람이라고 알려져 왔던 사람이었지… 그 사람은 매일 오후가 끝날 무렵에 사라졌다가 달이 떴을 때 돌아오곤 했대. 달은 한 달 중에 오늘이 며칠이냐에 따라서 파리한 빛을 띠거나, 휘영청 밝게 되거나, 꽉 찬 만월이 되거나, 아니면 칼로 잘라 놓은 레몬 한 조각 모양이 되거나 했지… 이 여덟 명 모두 고주망태가 되어 있었는

** <노 저어 앞으로 나아가자! Envoyons d'l'avant nos gens!>: 퀘벡의 민요. 퀘벡 및 캐나다 지방에서는 벌목꾼들이 가을부터 봄까지 깊은 숲 속에 들어가 나무를 벌목한 후, 봄이 오면 카누나 벌목한 나무를 엮은 뗏목을 타고 가족들이 기다리는 도시로 돌아갔다. 이 노래는 이들이 귀향하는 길에 불렀던 것으로 추정된다.

데, 얼마나 즐겁게 놀던지 언제라도 금방 그 카누에서 떨어질 거 같았어. 울 엄마의 시누이랑 결혼했기 때문에 나한테는 약간 아빠 같았던 조르주 알베르 프라트가 카누에서 내 쪽으로 몸을 기울이고 소리 쳤지. “어이, 조사파! 우린 지금부터 생제롬의 〈셰 라 그로스 미눈〉* 에 갈 건데, 같이 안 갈래?” 그러고는 껄껄대며 웃었어… 그도 그럴게, 〈셰 라 그로스 미눈〉은 말이야… 내가 그런 데 가기엔 너무 어렸거든… 너도 나중에 이해하게 될 거야… 어쨌거나 그 사람들은 모두 즐거워하고 있었지, 정말이야! 그때, 테디 베어 브라운도 카누에서 몸을 기울여 나를 내려다보더니 영국식 액센트가 잔뜩 섞인 말투로 나한테 소리를 쳤지. “어이, 조사파! 너, 내 일을 받아 할 생각 없냐? 난 말이야, 달에 불 밝히는 게 너무 지겨워… 네가 원하기만 한다면 이 일을 너한테 줄게… 넌 네 바이올린으로 하면 되거든… 네가 하면 훨씬 좋을 거야. 왜냐하면 내가 달에 불을 밝히려면 개가 짖듯 울어야 하거든. 내 나이에 그렇게 하는 건 좀 웃기잖아, 유 노우?… 어때, 하고 싶니? 응? 오케이! 내일부터 네가 하는 거야. 나는 생제롬의 〈셰 라 그로스 미눈〉에 갈 거거든. 내일 나를 다시 못 보게 되면 말이야, 바이올린 연주를 해서 내 오랜 친구에게 불을 밝혀 주면서 날 생각해줘….” 불과 몇 초도 지나지 않아서 다시 〈노 저어 앞으로 나아가자!〉 노랫소리랑 크고 걸쭉한 웃음소리가 다시 들리기 시작했고, 카누는 다시 달 쪽으로 쏜살같이 나아가기 시작했어. 노를 저을 때마다 뒤집어질 듯이 흔들리면서 말이야. 그리고 난 왜 말들이 그날 저녁에

* 셰 라 그로스 미눈Chez la grosse Minoune: 말 그대로 번역하자면 “살찐 암코양이네”이다.

그렇게 힘들어했는지 이해하게 되었단다. 그건 테디 베어 브라운 때문이었지. 그 망할 놈이 지가 할 일을 내팽개쳐서 그랬던 거야! 그래서 나, 조사파 르 비올롱은 내가 죽는 날까지 성실하게 일할 거라고 되뇌었단다. 내가 살아 있는 한, 더 이상 말들로 하여금 산의 비탈길에서 달을 끄집어내게 하는 일은 시키지 않겠다고 맹세했지… 그리고 그때 이후로, 매일매일 내 바이올린 소리가 하늘로 올라갔고, 달은 평온하게 세상에 나올 수 있게 되었단다." 마르셀은 잠이 들었다. 그리고 행복한 마음과 걱정거리에 압도당한 마르셀의 머릿속에는 말들과 달들, 나무껍질로 만든 카누들, 그리고 바이올린 모양으로 생긴 랜턴들이 가득 차 있었다. 조사파 르 비올롱은 마르셀이 더 이상 자기 이야기를 듣지 않는다는 걸 확인하자 이야기를 끝마쳤다. "그리고 내가 너무 나이가 들게 되면, 어느 오후에 널 찾아가서 이렇게 이야기하마. "마르셀, 나 너무 피곤해." 그러면 네가 그 말을 이해해 주고, 네 평생토록 달을 소중히 여겨 주길 바라. 하늘을 나는 카누는 없을 꺼야. 왜냐하면 달이야말로 유일하게 네가 이 세상에서 확신을 가질 수 있는 것이니까 말이야." 플로랑스는 1층에 있는 식당 창문을 통해 조사파 르 비올롱의 이야기를 들었다. 조사파는 이야기를 끝내고 플로랑스에게 정중하게 큰 절을 했고 플로랑스는 미소로 조사파의 큰 절에 답했다.

로라는 나나와 함께 저녁을 먹었다. 로라는 갑자기 집에 사람들로 꽉 차는 걸 보고는, 어지럽다는 핑계를 대고 올케언니 곁으로 도망쳐 왔다. "숙모*, 여기서 숙모랑 좀 있어도 돼요? 사람이 너무 많으면 속이 안 좋아져요… 숙모도 그래요?" 뚱보 여자는 좀 차갑게 보이는 미소를 살짝 머금었다. "모두가 동시에 날 만나러 몰려오는 일은 한 번도 없었던 거 너도 알잖니…." "죄송해요, 그건 그렇네요. 숙모는 움직일 수가 없고, 방은 그다지 크지 않으니까요…." "로라야 여기 앉거라. 넌 지금 어지러운 거잖아…." 로라는 다리를 모으고, 가슴 위로 팔짱을 낀 채로 침대 위에 앉았다. "긴장을 좀 풀어 보려무나… 분명 속이 울렁거릴 텐데, 너는 네 아버지의 바이올린 현보다 더 팽팽하게 긴장하고 있는 것처럼 보이네!" 로라는 팔짱을 풀었지만, 다리는 여전히 서로 딱 붙여 모은 상태였다. "어휴, 정말! 로라야, 긴장 풀어! 거기 침대 위에 누워…." "어머, 숙모, 저 그 정도까지 아픈 건 아니에요…." "로라 카디외! 내 말 좀 들으렴! 네가 조금 있다가 다른 사람들처럼 저녁을 먹고 싶다면, 좀 쉬어야 한다니까…." 결국 로라는 침대에 몸을 뉘었지만, 더 불편해 보였다. "아버지랑 걸어서 온 거니?" "네." "지금 네 몸 상태론 많이 걷지 않는 게 좋을 텐데…." "아니에요, 그래서 몸이 안 좋은 게 아니에요. 걷는 걸 좋아하거든요. 그리고 걷는 게 저한테 좋고요… 그 때문이 아니고요, 저는 왜 제가 몸이 안 좋은지 알아요… 저 너무 많이 먹거든요. 그래서 그런 거예요. 아무 이유 없이 뚱뚱한 게 아니라니까요! 숙모가 제가 하루 동안 먹어 치우는 음식들을 보면 아마 두 눈을 믿을 수가 없을 거예요!" 뚱보 여자는 웃음을 터뜨

---

* 로라는 조사파의 딸이고, 뚱보 여자는 조사파의 누나 되는 빅투아르의 며느리이므로 (사촌 오빠의) 새언니나 올케언니라고 불러야 한다. 하지만 로라가 빅투아르를 할머니라고 부르기 때문에 뚱보 여자에 대한 명칭도 이상하게 되었다.

렸다. “너 지금 그걸 누구한테 말하는지 알고나 있는 거니? 나도 하루 종일 샐러드나 조금씩 갉아먹고 사는 사람이란 평판은 받아 본 적이 없는걸….” 로라는 올케언니에게 대답을 하기 위해 고개를 조금 들었다. “숙모랑은 다르다고요. 숙모가 제 나이였을 때 찍은 사진들 봤는걸요… 숙모는 적어도 스물두 살에 뚱뚱하진 않았잖아요… 저는요… 저 좀 보세요. 이렇게 계속 살이 찐다면 저 마흔 살에 어떤 꼬락서니를 하고 있겠어요?” 로라의 목소리가 갈라졌고, 눈에서는 눈물이 차오르고 있었다. 로라는 다시 베개 위로 머리를 내려놓았다. “요리에 미친 사람이랑 결혼하면 이 꼴이 된다니까요!” 뚱보 여자는 대답을 하기 전에 로라를 지긋이 바라봤다. “신랑이 해준 걸 꼭 다 먹어야 하는 건 아니잖아….” “숙모, 전 먹는 걸 좋아한다니까요! 그리고 피트가 해주는 음식은 정말 너무 맛있어요!” 로라의 남편인 피트 카디외는 몬트리올의 큰 호텔 중 하나인 윈저 호텔의 요리사 조수로 일했다. 그리고 피트의 요리 재능은 특히 소스를 만드는 데 있었다. 피트는 소스를 결코 망친 적이 없었고, 타의 추종을 불허할 만큼 능수능란하게 만들었기 때문에 금세 총괄 셰프와 호텔 매니저의 눈에 띄기 시작했다. 총괄 셰프는 피트가 있다는 것만으로 사실상 축복을 받은 것과 마찬가지였고, 매니저는 한 주 한 주가 지나면 지날수록 호텔 식당의 명성이 커져 가는 걸 너무나 기뻐하며 지켜보고 있었기 때문이었다. 사람들은 심지어 윈저 호텔에 바일랑쿠르 총괄 셰프의 소스를 먹기 위해 오기 시작했다. 바일랑쿠르 셰프는 게다가 자기의 그 대단한 특제 요리가 사실은 세 번째 주방 보조가 만든 것이라는 걸 털어놓지 않기 위해 아주 조심하고 있었다. 사실 바일랑쿠르는 피트의 재능을 우연히 발견했다. 모든 게 제대로 굴러가지 않았던 어떤 날, 바일랑쿠르는 주방 뒤에서 일하는 사람들에게 별로 긍정적인 답을 기대하지 않았지만 이렇게 물어볼 수밖에 없었다. “여기 누구 베아르네즈 소스 만들 줄 아는 사람 없나? 시간이 없는데, 저 망할 놈의 프랑스 놈들이 망할 놈의 스테이크에 그 소스 외에는 다른 소스를 처발라 먹을 생각이 없다네!” 피트 카디외가 수줍게 손을 들었다. “저 소스 잘 만듭니다! 저는 소스를 좋아하고, 만드는 것도 좋아합니다!” 바일랑쿠르 셰프는 몸은 이미 비만이고, 거의 대머리가 다 된 그 젊은 청년에게 왠지 모를 믿음이 갔다. 일에 대한 애정을 역력히 드러내며 자신이 요구했던 걸 다 해냈던 그 청년을 얼마 전부터 눈여겨보고 있었기 때문이었다. 그리고 피트의 베아르네즈 소스는 바일랑쿠르 셰프의 소스를 훨씬 능가하는 것으로 드러났다. 프랑스 사람들은 무척 만족해했고, 셰프에게 악수를 간청했다. 그리고 바일랑쿠르 셰프는 기분 좋게 그 인사치레를 받았고, 무척 기뻐하며 주방으로 돌아왔다. “자네가 만드는 소스들은 다 이렇게 맛이 좋은가?” “네. 전부 맛있습니다.” “좋아. 소스를 만들어야 할 때엔 자네를 시키지. 자넨 어디에서 왔나?” “생제롬에서 왔습니다.” “이전엔 어디에서 일했었지?” “라푸앵트 호텔입니다.” 바이랑쿠르 셰프는 하마터면 너털웃음을 터트릴 뻔했다. “생제롬의 라푸앵트 호텔에서 베아르네즈 소스를 배웠다고!” “아, 아닙니다. 라푸앵트 호텔 음식은 더럽게 맛없습니다! 소스는 책으로 배웠고, 집에서 연습해 봤습니다.” 사실 로라는 피트랑 서로 알게 된 이래로 계속 피트의 연습 대상이 되어 왔다. 피트는 이미 결혼 전에 매주 토요일마다 자기 애인을 레스토랑에 데려가서 핫치킨 샌드위치나 주중에 남은 재료들로 만든 클럽 샌드위치같이 끔찍하게 맛없는 걸 사 먹기 위해 안 그래도 수중에 얼마 없던 돈을 낭비하는 것 대신에, 오랜 시간 동안 요리책에 빠져들어 있다가 로라와 팔짱을 끼고 장을 보러 갔다. 장은 피트 스스로 봤다. 장보기에 관해서는 아무도 믿지 않았고, 특히 로라는 더더욱 믿지 않았다. 왜냐하면 로라는 돈을 좀 너무 아끼는 편이었고 늘 제일 좋은 식재료들은 사지 않는 경향이 있었기 때문이었다. 그리고 피트는 아주 행복하게 페르당델*의 노래를 큰 소리로 불러가며 부엌에서 오후를 보냈다. 그동안 로라는 여자 친구들이랑 영화관에 가거나, 아니면 그저 단순히 피트가 일하는 걸 홀린 듯이 바라보곤 했다. 그리고 식사 시간이 오면… 행복 그 자체였다. 로라와 피트는 밥을 먹으며 서로 바라봤고, 서로 미소 지었으며, 서로에게 뽀뽀를 날려 보냈다. 로라가 "이거 너무 맛있어!"라고 하면 피트는 이렇게 대답했다. "조용히 하고 먹기나 해!" 저녁을 먹고 난 후에 이 둘은 생제롬을 오랫동안 산책했고, 그들을 지나치는 사람들은 다들 팔꿈치로 옆 사람을 쿡쿡 찌르며 이렇게 말했다. "내가 보기에 저 두 사람은 죄를 범한 것 같은데… 아니면 죄를 저지르려고 준비 중인 거 같아…." 하지만 피트와 로라가 그 당시에 저지른 죄라고 해봐야 호기심 많은 사람들을 무척이나 실망시킬 종류의 죄였다. 그리고 그들이 결혼하자, 상황은 더 심각해졌다. 음식에 대한 그들의 갈망은 열 배쯤 늘어났고, 이들 둘은 진종일 매시간마다 먹었다. 사랑을 나누기 전과 나눈 후에도, 심지어 가끔씩은 침대에서도 음식을 먹었다. 피트 카디외는 윈저 호텔에서 일종의 소스 부문 명장이 되자, 광기 같은 것에 휩싸여서는 집에서 만들기

* 페르당델Fernandel: 페르낭 조제프 데지레 콩탕뎅Fernand Joseph Désiré Contandin의 예명. 페르낭델은 1903년에 마르세유에서 태어나 1971년에 파리에서 사망한 프랑스의 가수이자 배우이자 영화감독이다. 대표곡으로 <펠리시도 그랬지Félicie aussi>(1939)가 있다.

가장 간단한 소스에서 가장 복잡한 소스에 이르기까지 자신이 상상할 수 있는 온갖 소스를 시험해 보기 시작했다. 그리고 그렇게 만든 소스들 중에서 가장 잘 된 것들이 호텔 메뉴판에 실릴 수 있길 꿈꾸었다. 그러자 로라는 이미 뚱뚱했지만, 위험할 정도로 살이 더 찌기 시작했다. 로라가 남편에게 이에 대한 불평을 할 때마다, 남편은 어깨를 으쓱하거나 로라의 목에 뽀뽀를 해줬다. "난 네가 뚱뚱한 게 좋아. 그게 더 사랑스럽다고. 그리고 네가 나중에 나에게 만들어 줄 아기도, 삐쩍 말라서 해골바가지 같아 보이지는 않았으면 좋겠다고!" 피트는 가끔씩 저녁 늦게 로라가 제일 좋아하는 아몬드를 으깨 만든 마지팬 케이크를 호텔에서 가져다주었다. 그러면 이들 둘은 그 케이크를 먹기 위해서 아주 큰 행사라도 치르는 것처럼 부엌에 자리를 잡았다. 케이크 한 조각 먹고 우유 한 잔으로 입가심하고… 우유 한 잔 마시고 입가심으로 케이크 한 조각을 먹고… 그런 다음 그들은 당연하게도 속이 부대껴서 잠자리를 설쳤다. 하지만 몬트리올 윈저 호텔의 위대한 소스 장인이신 우리 피트 카디외 님께서는 이렇게 말씀하신 바 있다. "하룻밤쯤 못 잔 거야 언제든 회복할 수 있지만, 한 끼 못 먹은 건 정말 낭비라고!" 뚱보 여자는 물에 적신 수건으로 로라 얼굴의 땀을 닦아 주었다. "네가 그렇게 먹는 걸 좋아하면, 불평을 하지 말아야지…." 가브리엘이 자기 아내와 심지어 몇 달째 못 봤던 사촌 로라에게 인사도 없이 방에 들어왔을 때, 로라는 자신이 불필요한 존재인 것 같아 무거운 몸을 힘들게 침대에서 일으켰지만, 나나는 방에서 나가지 말라는 손짓을 했다. 그래서 로라는 올케언니 옆에 있는 침대에 계속 앉아 있었고, 가브리엘은 로라 뒤쪽으로 가더니 등을 돌리고 침대에 누웠다. 이 두 여자는 몇 분 동안 조용히 있었다. 로라는 사촌 오빠가 올케언니에게 말을 걸기로 맘을 먹기 전까지, 아니면 사촌 오빠가 코를 골기 시작하기 전까지는 올케언니가 입도 뻥끗하지 않을 거라는 걸 느꼈다. 하지만 몇 분 더 지나자 가브리엘이 한숨을 쉬고는 말했다. 가브리엘의 목소리는 기운이 없고 피곤해 보였다. "미안해, 지금 당장은 이야기 안 할래… 나 좀 취했거든. 그리고 아주 울적하고." 로라와 뚱보 여인은 서로 쳐다보고 의아해하며 눈썹을 치켜떴다. "한 삼십 분만 잘게. 그리고 좀 나아지면 그 담에 '안녕 로라! 너 잘 지냈니? 피트도 잘 지내?' 같은 말을 할 테니까." 가브리엘은 그 말을 하더니 바로 잠이 들었다. 로라는 올케언니의 침대에 누워 있는 내내, 언니에게 이것저것 털어놓고 싶다는 마음이 들었다. 목구멍까지 기어오른 말들, 너무나 오랫동안 마음에 담아 두었던 고백들이 있었다. 그리고 이해할 수 없는 의문점들이 있었다. 이 의문점들은 피트와 자신에 관련된 것이었는데, 한창 식사를 하고 있을 때마다 점점 더 자주 품게 된 의문점들이었다. 또 질문들도 있었다. 얼마 전부터 머릿속에 떠오르는 질문들이었는데, 스스로는 답을 낼 수 없는 것들이었다. 로라는 이런 것들을 올케언니에게 애원이라도 하듯이 두서없이 끄집어내 보일 뻔했지만, 가브리엘이 도착하자 금세 쓸데없는 수다, 그러니까 서로 할 말이 아무것도 없는 사람들이 나누곤 하는 부질없는 대화 속으로 도망쳤다. 로라는 더 이상 속내를 털어놓고 싶지 않았다. 왜냐하면 자기 등 뒤에서 한 남자가 자고 있었기 때문이고, 또 남자들은 고백하는 데 있어서 정말 고질적으로 흥을 깨트리는 족속이었기 때문이었다. 로라는 딱 한 번 피트에게 자신이 가진 의문점들을 말해 보려고 했지만, 피트는 손을 뻗으며 그녀의 말을 끊더니 이렇게 말하면서 그녀의 질문들을 원천봉쇄해 버렸다. "네가 의문을 가지기 시작하면 말이야, 우린 이 어려운 상황에서 벗어나질 못할 거라고. 나처럼 해봐. 하는 일에 집중해. 그리고 생각은 하지 말라고!" 그런데도 로라는 그녀의 피트를 사랑했고 그러한 자신의 사랑을 확신하고 있었다. 하지만 남편의 삶에서 요리가 차지하는 중요도가 점점 더 커져 가는 것이 꺼림직했다. 로라는 남편의 일에 대해 질투 같은 걸 하고 있었던 것이다. 그리고 원인이 무엇인지 자신이 파악할 수 없는 이런 상황에 어떻게 맞서 싸워야 하는 건지 전혀 알 수가 없었다. 로라가 무지막지하게 그리고 아주 빠르게 살이 찌는 건 바로 피트 때문이어서 그를 원망하는 걸까? 아니면 남편의 직업을 탓하고 있는 걸까? 그런데 피트가 신발을 만드는 사람이었다고 해도, 어쨌거나 로라의 타고난 먹성이 있으므로 그만큼 많이 먹지 않았을까? 나나가 이런 질문에 답을 할 수 없을지도 모르겠지만, 로라에게는 누군가에게 이런 것들을 말하기만 해도 엄청나게 위안이 될 터였다. 그러나 로라는 그렇게 질문하는 대신 올케언니에게 필요한 게 뭔가 없는지, 그리고 저녁 먹기 전에 담배 한 대를 피워도 될지 물어보는 자신의 목소리를 듣게 되었다. 그리고 뚱보 여자의 대답을 들었다. "아니, 아무것도 필요한 거 없어." 그리고 "아니, 안 돼. 네가 담배 피우면, 네 건강에도 안 좋고 네 아기한테도 안 좋단 말이야…." 나나 쪽에서도 줄곧 로라가 뭔가 이야기하고 싶어 한다는 걸 의식하고 있었지만, 만약에 로라가 말하고 싶은 마음이 충분하다면 저절로 말이 흘러나오지 않을까 생각했기에 로라에게 물어볼 엄두를 내지 못했다. 뚱보 여자는 로라가 말하길 기다리면서 무언가를 물어보는 듯한 눈빛으로 자신의 사촌 시누이를 가끔씩 바라보면서 대화를 이어 나갔다. 하지만 로라는 그 눈빛을 그저 잡담을 계속하자는 신호로 받아들였다. 그리고 에두아르가 몸을 좌우로 흔들면서 바보 같은 댄스 스텝을 밟으며 큰 소리로 "숙녀분들, 식사하세요!"라고 외치는 소리가 온 집 안에 울려 퍼졌을 때, 가브리엘은 펄쩍 놀라며 잠에서 깨서는, 고양이가 잠에 취해 둔해진 몸을 죽 펴듯이 기지개를 켰고 눈을 비비며 방에서 나갔다. 뚱보 여자는 가브리엘에게 말을 걸지 않았다. 그리고 이 소리 없는 부부 싸움을 뜻하지 않게 목격하게 된 로라는 그곳에 있는 게 더 거북해졌다. 뚱보 여자는 로라의 손을 토닥였다. "걱정 마, 로라야. 우리 남편이랑 난 결국에는 서로 말하게 될 거니까…." "숙모는 정말 운이 좋으시네요. 저는요, 피트랑 그럴 수가 없어요. 그 사람 인생에서 중요한 것은 모두 요리 그릇에 담겨 있거든요." 하지만 로라는 더 이상 말을 잇지 못했다. 식사 시간에 자신이 올케언니와 상관없는 문제들로 언니를 방해하는 건 아닌 것 같았기 때문이었다. 이 두 여자는 부엌에서 뭔가 재미있는 일이 벌어지면 가끔씩 웃기도 했지만, 절대로 서로 쳐다보지 않으며 조용히 밥을 먹었다. 왜냐하면 뚱뚱보들은 밥을 먹는 동안 결코 서로 쳐다보지 않기 때문이었다. 저녁을 먹고 나서 이들 둘은 열어 놓은 창문을 통해서 조사파르 비올롱이 꼬맹이 마르셀에게 해주는 달 밝히는 사람 이야기를 들었다. 뚱보 여자는 울음을 참지 못했다. 가브리엘은 자라면서 조사파 외삼촌이 해준 이야기에 푹 빠져 있었다고 종종 말해 줬다. 그 노인이 풀어 놓는 이야기에는 진실과 거짓, 정말로 평범한 시골의 삶과 환상과 경이에 대한 엄청난 욕구가 어찌나 긴밀히 섞여 있던지, 뚱보 여자는 매번 그 이야기를 들을 때마다 자신의 가슴이 더 빨리 뛰기 시작하는 걸 느꼈다. 그리고 하늘을 나는 카누를 타거나, 먹으면 엄청 웃음이 나지만 기억도 잃게 만드는 수녀님 방구 과자* 나라에 대한 이야기를 아주 행복해하면서 넋 놓고 들었다. 로라의 경우엔 마르셀이 부러웠다. 마르셀의 순수함, 그 천진난만함과 가슴 뭉클할 정도의 그 순진함이 부러웠던 것이다. "저도 저 이야기를 얼마나 믿었는데요! 저 이야기가 사실이면 좋겠다고 얼마나 바랐는데요! 만약 저 모든 게 사실이라면, 삶을 계속 버텨 나갈 이유를 주니까요!" 조사파 르 비올롱의 이야기가 끝나자 뚱보 여자는 로라 옆의 침대 위에 접시를 내려놓았다. "가끔 네 아버지랑 이야기를 하긴 하니? 네 아버지는 여러 가지에 대해 참 잘 아시거든…." "아버지가요? 울 아버지는 시인 같은 사람이라고요… 현실 감각이 하나도 없어요… 울 아버지는 달을 밝힐 수 있다고 하시지만, 바지 지퍼나 내린 채로 길 한복판을 걷는 사람이라고요! 그런 남자랑 뭔 말을 할 수 있겠어요! 아버지는 전설을 지어내고, 저는 문제거리들이나 생각해 내죠." 갑자기 로라는 말하기 시작했다. 얼마나 쉽게 말문이 트였는지, 로라 자신도 정말 어이가 없을 지경이었다. 로라가 미리 예감했던 것이지만, 모든 이야기가 뒤죽박죽 입 밖으로 튀어나왔다. 그리고 로라는 이야기를 하면 할수록, 자신의 문제들이 마치 새장에서 빠져나온 새처럼 자신을 벗어나 멀리 날아가 버리는 걸 느꼈다. "숙모님, 말을 하니까 정말 좋아요! 정말 좋네요!" "그래야지."

---

* 수녀님 방귀: 퀘벡에 있는 전통과자 중에 페트 드 쇠르Pets de sœurs, 즉 수녀님 방귀라는 이름의 과자가 있다. 수녀님이라는 이름이 붙은 것은 수도원에서 수녀님들이 파이를 만들고 남은 자투리 생지들을 활용해 땅콩잼을 바른 후 동그랗게 말아 오븐에 구운 과자에서 유래했기 때문이라는 설이 있다. 설이 있다.

"공연 시작 시간에 맞춰 가려면 아직 시간이 있어…." "마스타이! 나 싫다고 했잖아. 이제 더 이상 그 이야기 하지 마! 그리고 다음에는 뭔가 말하기 전에 두 번은 생각하고 좀 말하라고! 제르멘느를 놀리는 건 좋아. 하지만 그런 식으로 개를 괴롭히는 건 절대 안 된다고!" "가비야, 그냥 농담한 거란 말이야…." "그게 그저 농담이었다는 건 알아! 그래서 더 끔찍한 거라고! 맘 아프게 하려는 건 절대 아니었겠지만, 넌 늘 너무 지나치거든. 그래서 이번엔 너한테 아주 제대로 교훈을 가르쳐 주기로 결심한 거라고…." "나를 공연 못 보게 하면, 너도 동시에 못 보게 되잖아!" "바로 그거야! 네가 두 배로 더 죄책감이 들게 되면 좋겠거든…." 마스타이 조두앵은 호주머니에서 연극표 두 장을 꺼내 식탁 위에 올려놓았다. "어휴, 2달러 50센트나 된다고. 이런 빌어먹을! 다른 사람한테 줄 수 있지 않을까…" "누구한테? 공연은 30분 내로 시작할 거라고… 정신없이 서둘러야 하잖아… 아니, 안 돼, 안 된다고. 그냥 버려 버리라고…." 가브리엘 조두앵은 화장을 마치고 화장실에서 나왔다. 마스타이는 가브리엘이 이를 닦는 동안에 닫힌 문을 두고 이야기했었다. 가브리엘은 남편을 아래 위로 훑어보더니 아주 싫다는 표정으로 입을 삐죽거렸다. "자긴 아직 옷도 갈아입지 않았네!" 꽃무늬 원피스를 입은 가브리엘은 눈부시게 예뻤고 마스타이는 자신의 뿔난 마음이 햇빛에 눈 녹듯 녹아내리는 걸 느꼈다. "가비야, 우린 그냥 네 동생네 가는 거잖아… 그리고 어쨌거나 나는 더럽지 않단 말이야!" 마스타이의 목소리가 부드러워졌고 가브리엘도 그걸 알아차렸다. 가브리엘은 미소를 지으려고 슬슬 올라가고 있는 입꼬리를 꾹 눌렀다. "적어도 셔츠는 입어… 자기가 런닝 셔츠만 입고 길을 건너가는 건 보고 싶지 않단 말이야…." 마스타이 조두앵은 집에 발을 들여놓자마자 속옷만 입고 돌아다니는 나쁜 버릇이 있었다. 가브리엘은 아직 마스타이의 이러한 단점을 고치지 못했는데, 다른 자매들은 그게 엄청 큰 단점이라고 생각했지만, 리타 게랭 부인은, 그러니까 가브리엘의 엄마는 그런 사위를 재미있어했다. 엄마는 "자네는 엄마를 찾아 여기저기 다니지만, 찾지 못하고 있는 커다란 갓난아기 같아."라고 사위에게 말하곤 했다. 엄마가 묘사했던 사위의 이미지를 정확히 이해한 사람은 아무도 없었지만, 엄마한테는 그 이미지가 무척이나 우스운 듯 보였다. 마스타이가 새 셔츠를 입자, 가브리엘은 자기가 가진 브러시로 마스타이의 머리를 빗겨 주기 시작했다. 마스타이는 가브리엘이 이렇게 해주는 걸 특히 좋아했다. 그러자 마스타이는 부엌 의자에 앉아서 아내의 허벅다리를 자기 다리로 꼭 쥔 채로, 기분 좋아하며 신음 소리를 냈고 아내의 커다란 배에 양 팔을 두르고 어린아이 목소리로 말했다. 마스타이가 어린아이 목소리를 낼 때마다 가브리엘은 엄청 웃음을 터뜨렸고, 그 덕분에 마스타이는 그녀에게서 원하는 건 모두 얻어낼 수 있었다. "자기야, 자기의 사랑스런 강아지는 이제 용서해 주는 고야?" "우리 자기야는 너무 미남이라, 내가 눈이라도 완전히 멀어야 자기한테 화를 낼 수 있을 거라고!" 마스타이는 고개를 들어 턱을 가비 배 위에 올려놓았다. "택시 부르면 좋겠어? 극장까지 15분 이상 걸리지 않을 텐데…." 가브리엘은 브러시로 마스타이의 머리를 세게 내려쳤고, 마스타이는 아픈 것보다는 놀라서 소리를 빽 질렀다. "마스타이 조두앵, 나를 무슨 바보 칠면조 따위로 생각하는 거야? 널 용서했다고 말했지만, 그렇다고 해서 모든 걸 다 잊어버렸다고는 절대 말 안 했다고! 자기야, 라 푼이나 줄리에트 페트리에 대해서 이제 잊어 줘. 그래 봐야 아무짝에도 소용이 없을 테니까!" 그러고 나서 일어난 모든 일은 얼마나 갑작스러웠던지, 가브리엘이 반응을 보일 시간도 없었다. 마스타이가 말 그대로 전화기로 확 달려들더니 다이얼을 돌렸다. “어휴, 뭐하는 거야!” “택시 부르는 거야! 네가 극장에 가기 싫다고 해도, 난 극장에 가고 싶다고!” 마스타이는 택시 회사에 집 주소를 불러 준 후에 전화를 끊었다. 그리고 줄곧 부엌 식탁 위에 놓여 있던 연극표 두 장을 낚아채더니 현관으로 갔다. “자매들끼리 카드게임 잘 해. 뭐 장모님도 끼워드릴라면 그렇게 하고. 난 제르멘느 신랑에게 라 푼 공연 보러 같이 가자고 물어볼 테니까!” 가브리엘은 뛰어서 남편을 쫓아갔다. 이들 둘은 차례로 길을 건너갔다. 가브리엘은 양손으로 배를 받치고 있었고, 마스타이는 오른손에 표 두 장을 들고 흔들었다. “어디 한번 그래 보라고, 후회하게 될 테니!” 마스타이는 제르멘느의 집으로 이어지는 계단 발치에서 멈춰 서더니 아내를 마주 보았다. “이제 그만 좀 날 애 취급하라고, 제기랄! 내가 뭔가 네 맘에 안 드는 짓을 했다고 어린애 야단치듯 날 야단치지 좀 말라고! 난 애가 아니란 말이야, 가브리엘 조두앵 씨! 나한테서 사탕을 빼앗는다고 해서 내가 고분고분 말을 들을 거라 생각하지 말라고! 울 엄마가 나 어렸을 때 이미 다 해봤던 방법이고, 다 소용없었거든! 내가 이 표를 두 장 산 것은, 우리 둘 다 좋아할 거란 걸 알았기 때문이라고. 이런 제기랄! 네가 왜 그 즐거운 일을 못하게 막는 건지 이해할 수가 없다니까! 그래, 내가 네 동생의 그 알량한 감수성을 섬세하게 잘 맞춰 주지 못하긴 했어. 하지만 그렇게 심각하게 받아들일 일은 아니잖아, 젠장! 처제한테 가서 사과할게! 그러면 다 잊어버릴 거라고! 심지어 벌써 기억도 못하고 있을 게 뻔하다고! 자칭 “배우”이신 네 동생이라도 가끔씩은 말이야, 무슨 일을 너만큼 비극적으로 받아들이지는 않더라고….”

가브리엘은 층계에 앉아서 머리를 떨구고 있었다. 가브리엘의 남편은 그녀 옆에 앉았다. "저기 택시가 오네. 나랑 같이 갈 거야? 아님 내가 동서 데리고 간다?" 가브리엘은 남편 무릎에 한 손을 올려놓았다. "에르네스트 제부랑 가. 자기가 뭘 이야기하고 싶은 건지 알겠는데, 난 더 이상 외출하고 싶은 마음이 안 들어…." 마스타이는 화가 나서 벌떡 일어나더니 계단을 성큼성큼 뛰어올라 갔다. 그리고 벨도 누르지 않고 처제 집에 들어갔다. 가브리엘은 무릎 위에 팔을 올려놓고 머리를 괴었다. "네가 그렇게 짜증을 부렸는데, 내가 어떻게 같이 즐길 수가 있겠니!" 로즈 위메와 로즈의 남편인 롤랑은 제르멘느 로종의 집 쪽으로 천천히 길을 내려오고 있었다. 더위에도 불구하고 로즈 위메는 원피스 위로 풍성한 울 코트를 걸치고 있었는데, 그건 아마도 임신한 몸매를 감추기 위해서였을 것이다. 가브리엘이 층계에 앉은 걸 발견한 로즈는 깜짝 놀랐다. "어머나, 세상에! 쟤는 또 뭔 일이래!" 롤랑 위메는 하늘을 바라봤다. 아내의 가족들은 자신이 보기엔 너무 심할 정도로 극적인 면이 있었다. 그래서 새로운 비극이 생겨날 조짐이 보이는 지금 상황이 전혀 마음에 들지 않았다. 이 식구들에게 있어서 모든 일들이 엉엉 울거나 이를 박박 갈아 댈 대상이 되었다. 롤랑 위메가 이런 걸 제일 잘 아는 형편인 것은, 바로 집안사람들 중에서도 가장 극적인 여자인 로즈와 결혼했기 때문이었다. 로즈는 온갖 일을 비극적으로 받아들이고 일년 내내 그걸 곱씹으며 펑펑 울었지만, 그걸 해결하기 위해서 뭘 한 건 하나도 없었다. "어휴, 또 난리 치겠구먼! 아주 신이 나겠어!" 롤랑이 중얼거렸지만 아주 작은 소리로 말했기 때문에 아내는 그 말을 듣지 못했다. 바로 그때 택시가 제르멘느 집 앞에 와서 멈췄다. 마스타이와 에르네스트는 택시를 보고 손을 흔들면서 이

층 발코니로 나왔다. 로즈는 남편을 뒤로하고 발길을 서둘렀다. “지금 이게 다 무슨 일이니…” 로즈가 아주 낙담한 자기 동생이 앉아 있는 계단까지 올라갔을 때, 로즈의 제부 둘이 층계를 내려오기 시작했다. 마스타이는 가브리엘에게 말도 걸지 않고 빙 돌아서 내려가더니 택시를 탔고, 그 뒤를 에르네스트 로종이 뒤따랐다. 에르네스트는 지금 자신이 처한 상황이 파악 안 돼서 어벙한 표정이었다. 제르멘느 로종과 리타 게랭 그리고 피에레트도 뒤따라 발코니로 나왔다. 마스타이 조두앵은 택시 문을 쾅 하고 닫더니 “안녕, 여러분들! 재미있는 저녁 보내요!”라고 외쳤고, 택시는 출발했다. 가브리엘은 천천히 자리에서 일어나더니 층계를 조금 올라갔다. 로즈 위메는 가브리엘을 좇아 올라가면서 울먹였다. “아이구 맙소사, 저 화상이 또 너한테 뭔 짓을 한 거니? 어휴! 어떻게 정말 하나같이 개새끼들이니! 정말 다 똑같다고!” 롤랑 위메는 층계 밑에 서서 이 두 사람이 올라가는 걸 쳐다봤다. 그리고 발코니에 서서 두 딸을 기다리는 장모님에게 말했다. “동서들은 저녁에 놀러 나간 거예요? 리타 게랭은 어깨를 으쓱해 보였다. “그럼 뭐겠어? 자네가 보기엔 아이스크림이라도 사러 가는 걸로 보였는가? 바보 같긴!” 롤랑은 몇 발자국 뒷걸음질을 쳤다. “어, 그래요? 오늘 저녁엔 남자가 저 혼자잖아요! 여자들이랑 카드 게임하는 거 정말 싫다고요! 여러분들끼리 카드놀이 하세요, 전 차라리 술집이나 갈 테니까….” 롤랑은 부인의 경멸 섞인 눈총을 받아 가며 몽루아얄 대로 쪽으로 멀어져 갔다. 리타 게랭은 발코니로 딸 둘이 올라오자, 가브리엘을 안아 주었다. “카드 게임을 하는 대신에 같이 시간을 보내자꾸나. 발코니에 앉아서 말이야… 오늘 저녁은 꽤 따뜻하잖니… 피에레트야, 의자 좀 꺼내려무나. 언니들은 힘쓰면 안 되니까 말이야….” 가브리엘은 엄마가 건넨 손수건을 들고 큰 소리를 내며 코를 풀었다. 그리고 눈가의 눈물을 다 닦자 크게 한숨을 쉬었다. "제일 최악인 건, 저 망할 놈이 한 말이 옳다는 거라구요!"

레오폴드 브라사르는 아무 소리도 내지 않고 거실로 들어갔다. 거실은 깜깜했다. 레오폴드는 호주머니에 양손을 넣고 약간 머뭇거리며, 아내 모습이 제대로 보이진 않지만 어림짐작으로 아내의 실루엣만 보고 창가 쪽으로 다가갔다. 저녁 식사를 마치자마자 마리 루이즈는 아무 말 없이 자신의 왕국이며 피난처인 거실로 돌아갔다. 그러고는 램프에 불을 켤 생각도 하지 않고 창가에 들러붙었다. 마리 루이즈는 남편이 다가오는 소리를 듣지 못했고, 남편이 말을 걸자 조금 놀랐다. "왜 이렇게 어두운 데서 그러고 있어?" "이 집 안에 볼 만한 게 뭐가 있다고." "그럼 밖에는 뭐 볼 만한 게 있어?" 마리 루이즈는 레이스 커튼 안으로 머리를 좀 더 집어넣었다. "밖은 나랑 상관없잖아. 그래서 더 흥미가 생겨." 레오폴드는 아내의 어깨 위에 손을 얹었다. "오늘 아기 태동은 느꼈어?" 마리 루이즈는 징그러운 동물이 자신을 건드리기라도 한 듯이 남편의 손길을 뿌리쳤다."레오폴드, 나 좀 건들지 마! 인쇄소 냄새 난단 말이야…." 마리 루이즈는 입으로 손을 가져갔다. "왜 내가 역겹다고 솔직히 말하지 않고?" "그래, 레오폴드. 넌 내 속을 뒤집어지게 한다고." "어휴, 바보 같긴… 둘이서 같이 발코니에 앉을까 해서 너한테 온 건데… 파브르 길에 사는 주민들이 모두 발코니에 나와서 봄이 온 걸 축하하고 있단 말이야… 문을 꼭 닫고 있는 집은 이번에도 우리 집밖에 없단 말이야…." "다른 사람들은 축하할 일이 있나 보지. 하지만 우린 그런 거 없잖아." "마리 루이즈, 제발 좀… 발코니도 여기처럼 어둡고, 공기는 훨씬 신선하잖아… 지금 네 몸 상태로는…" "내 몸 상태에 대해 자기가 뭘 아는데…" "잘 알지는 못해도 어떤 여자가 어둠 속에서 거실에 처박혀 있다면, 그 여자는 뭔가 감추고 있는 게 분명하잖아!" 마리 루이즈는 남편을 향해 고개를 획 돌리고 말했다. "그래 맞아. 난 감출 게 있다고." 마리는 의자 등받이를 짚고 천천히 일어났다. "바로 이거 말이야!" 앞집 발코니에서 웃음소리가 들렸다. 하지만 마리 루이즈와 레오폴드는 최면이라도 걸린 듯이 서로의 눈을 똑바로 보며 서로에게 증오를 분출하느라 창문 쪽으로 고개를 돌리지 않았다. <언젠가 나의 왕자님이 오실 거야>*를 목청이 터져라 노래하면서 오른쪽 왼쪽으로 뽀뽀를 날려 보내며 계단을 내려가는 에두아르를 메르세데스와 베아트리스가 뒤따르고 있었다. 발코니 위에는 테레즈, 리샤르 그리고 필립이 미친듯이 웃고 있었다. 레오폴드는 밖을 내다보기 위해 아내에게서 시선을 아주 천천히 돌렸다. 그리고 따라 웃기 시작했다. "즐겁게 노는 재주가 있는 사람들이 있지." 마리 루이즈가 네다섯 번쯤 혀를 끌끌 찼다. "그럼 자기도 저 노래를 부르면서 층계를 내려가 보지 그래? 나 좀 웃게…." 레오폴드는 구두굽으로 리놀륨 타일 바닥에 쿵쿵 소리를 내며 거실을 나갔다. 그리고 복도 문 뒤에서 접이식 의자를 하나 꺼내서 발코니에 펴 놓았다. 레오폴드가 집 밖으로 나온 걸 본 에두아르는 바로 노래를 멈추더니 흥미진진한 눈으로 쳐다봤다. 에두아르는 새로 사귀게 된 두 여자친구에게 몸을 숙이고 말했다. "어머나, 아가씨들! 쥐구멍에 숨어 있던 쥐들

---

* <언젠가 나의 왕자님이 오실 거야Someday my prince will come> : 디즈니 애니메이션 <백설 공주와 일곱 난쟁이>(1937)의 삽입곡.

이 밖에 나왔네요! 곧 페스트가 퍼지겠어요!" 메르세데스와 베아트리스는 손으로 입을 가리고 웃었다. 레오폴드는 유쾌한 앞집 사람들을 보고 웃으며 담뱃주머니랑 파이프를 꺼냈다. "뭘 말했는데 저렇게 웃는 건지 궁금하네!" 그리고 메르세데스, 베아트리스, 에두아르는 아이들처럼 층계에 앉았다. 베아트리스는 조급해 보였다. "택시가 엄청 늦네. 어쩌지…" "베티, 그렇게 초조해할 거 없어. 아직 이른 저녁 시간이잖아…." 에두아르는 두 여자의 어깨를 감싸 안았다. "베티는 나랑 비슷하구나. 뭐든 이른 걸 좋아하네!" 테레즈와 사촌 형제 둘이 층계를 내려와 이모 삼촌들에게 다가왔다. 테레즈는 메르세데스와 베아트리스 사이에 있던 외삼촌을 밀어내고 자기가 그 자리에 앉았다. "왜 그렇게 웃으셨어요?" 에두아르가 테레즈 어깨를 살짝 두드렸다. "테레즈야, 넌 너무 어려서 이해 못 할 거야…." 화가 난 기색이 역력한 테레즈는 벌떡 일어나더니 양손을 꼭 쥐고 허리춤에 가져다 댄 채 말했다. "에두아르 외숙모! 난 외숙모가 생각하신 거 보다 훨씬 더 많은 걸 이해할 수 있거든요!" 에두아르는 계단에 주저앉아 깔깔거리고 웃었고, 두 젊은 여인들은 피식 피식 웃으며 팔꿈치로 서로를 찔러 댔다. 비록 그 말이 내포하고 있는 여러 가지를 이해하지 못했지만, 자기 말이 외삼촌을 기분 나쁘게 할 거라고 믿었던 테레즈는 그대로 말없이 서 있었다. "오늘 저녁에 저분들은 정말 바보 같네요. 별 거 아닌 일에도 막 웃고 그러네!" 테레즈는 자리에 다시 앉기 전에 손을 깔때기 모양으로 모아 입에 대더니 이렇게 말했다. "저, 오후에 어떤 남자 입술에 뽀뽀했어요!" 기대했던 효과는 나타나지 않았다. 베아트리스가 흥분하면서 벌떡 일어났다. "저기 오네! 저기 와!" 베아트리스는 파브르 길을 따라 내려오고 있는 택시를 손으로 가리켰다. "너무 늦지 않게 거기

도착하면 좋겠는데….” 에두아르는 주머니 손전등으로 주소를 확인하며 오고 있는 택시 운전사의 주의를 끌기 위해 팔을 크게 휘저었다. “아가씨들, 어쨌거나 라 푼이나 줄리에트 페트리는 공연 전반부에 절대로 안 나온답니다… 스타들은 그렇잖아요. 사람들을 고대하고 기다리게 한다니까요!” 택시는 도착한 지 몇 분 안 되어서 다시 출발했고, 테레즈는 메르세데스가 택시 안에서 에두아르에게 하는 말소리를 들었다. “조카 분이 정말 미인이 되겠어요!” 테레즈는 그 말에 기뻐하며 웃었다. 테레즈는 외삼촌의 대답을 듣지 못했는데, 아마도 들었다면 그 기뻐하는 마음이 사그라들었을 것이다. “네, 재는 미인이 될 거에요. 그리고 제가 보기에 재는 어중치기 바보가 될 거라고 생각해요!” 택시는 길포르 길 교차로에서 서쪽으로 꺾어졌고, 거의 다 닳아 버린 타이어에서 나는 소음과 함께 사라졌다. 에두아르는 메르세데스와 베아트리스를 새로운 운명으로 인도하고 있었지만, 이들 중 어느 누구도 이러한 일을 짐작하지 못했다. 베아트리스는 60년대 초반까지 앞으로 20년 동안 몬트리올 밤세계 사람들의 총아가 되며, 도시 역사상 그 어느 누구보다도 가장 찬사받고 가장 많은 보석을 휘감은 창녀로서, 파티에서 군림하며 온갖 호사를 누릴 운명이 기다리고 있었다. 베아트리스는 언제나 요구하는 게 많았고 가끔씩 짓궂기까지 했다. 그리고 유행에 따라 딱 필요한 만큼만 몸매를 가다듬었고, 그 외의 시간에는 아주 마른 몸매를 유지했다. 베아트리스를 티 루 2세라고도 부를 수 있겠지만, 베아트리스에게는 영어 억양이 없었고 특히 거만을 떨지 않았다.(베아트리스가 금세 알아차린 사실은, 이 세상의 거물들이 돈을 더 후하게 지불할지언정 섹스는 잘 못한다는 것이었다. 그래서 부티는 덜 나지만 발정 난 수토끼같이 훨씬 더 정력적인 사업가들 위주로 손님을 받았다.) 딱 한 번밖에 입지 않은 드레스들을 남에게 줘 버릴 정도로 돈이 많은 적도 있었고(어느 날인가 베아트리스는 마리 앙투아네트의 전기를 우연히 읽게 되었고, 자기 옷들이 옷장에서 색이 바래 가는 걸 바라만 보고 있느니 차라리 마리 앙투아네트처럼 하자고 결심했다) 또 가끔씩은 네모반듯한 도미니옹 광장에 있는 노숙자들처럼 돈이 없을 때도 있었다. 베아트리스는 그 광장의 노숙자들에게 애정을 가지고 있었다. 노숙자들도 역시 그녀를 좋아했지만 아주 솜씨 좋게 그 애정을 감추면서, 비록 지금은 받지 못하고 있지만 언젠간 반드시 수중에 들어오게 될 다음번 횡재를 기다렸다. 메르세데스의 경우에는 여가수로서 아주 짧게나마 눈부시게 빛나는 경력을 쌓게 된다. 그녀가 가수로서의 경력이 짧아진 이유는 안타깝게도 그녀가 욕조에서 말 그대로 "피 목욕"을 당하고 죽었기 때문이었다. 사실 에두아르는 라 푼에게 최근 들어 고용된 탭 댄서 덕분에 테아트르 나시오날의 무대 출입 허가를 얻게 되었고, 핀 뒤마가 그 무대 옆에서 그들을 기다리고 있었다. 핀 뒤마는 순회공연을 하는 무용수들의 매니저라고 자칭했지만, 실제로 그녀는 도덕적 거리낌이라고는 전혀 없는 매춘부 소개인이자 퀘벡의 창관, 제일 싼 곳에서 제일 비싼 곳까지 그리고 가장 은밀한 곳에서 가장 시끌시끌한 곳까지 모든 창관에 신선한 살덩어리를 공급하는 여자였다. 핀 뒤마는 에두아르가 별 뜻 없이 순진하게 그녀 앞으로 데려온 상품들의 가치를 바로 알아볼 것이며, 그 두 친구들을 몬트리올 밤세계의 여왕들로 만들기 위해 재빨리 낚아챌 것이다. 주머니를 탈탈 털린 세 명의 병사들과, 라 퐁텐 공원에서의 산책은 이런 식으로 몬트리올이라는 도시에게 십 년 동안 사랑에 관한 노래들을, 그리고 이십 년 동안 은밀하고도 눈부신 사랑을 제공하게 될 것이다. 레오폴드는 파이프 담배를 기분 좋게 빨면서 그들의 모습을 바라봤다. 무척 안심이 되는 담배의 좋은 향기는 그를 조금씩 에워쌌고, 몸이 가벼워지는 것을 느꼈다. 하지만 시간이 얼마 지나지 않아 레오폴드의 등 뒤에 있던 문이 슬그머니 열렸다. 문 열리는 소리가 들렸지만 레오폴드는 뒤돌아보지 않았다. 마리 루이즈가 무슨 비밀이나 고백이라도 털어놓는 것처럼 아주 조그마한 목소리로 말했다. "레오폴드, 흔들의자 좀 가져다줘. 거실은 너무 덥네." 길 건너편에서 필립은 코를 열심히 파다가 테레즈한테 뭔가를 질문했는데, 그 질문 때문에 테레즈 얼굴이 빨갛게 되었다. "테레즈, 그게 진짜야? 오후에 어떤 남자 입술에 뽀뽀했다는 거?"

알베르틴, 조사파 르 비올롱 그리고 로라는 빅투아르가 라디오 뉴스를 듣는 동안 설거지를 했다. 알베르틴은 녹초가 된 듯이 보였고 얼굴 위로 굵은 땀방울이 흘러내렸다. "바르틴, 설거지는 놔뒀다 내일 해도 되잖아…." "내일이라고요… 뭔 말도 안 되는 소릴 하세요! 내일이 되면 모든 걸 또다시 시작해야 한다고요, 외삼촌! 저녁에 설거지를 하지 않으면, 내일 아침에 그걸 하려고 평소보다 더 일찍 일어나야 한다고요…." "애들한테 일을 좀 도우라고 하면 어때? 테레즈는 꽤 컸는데 말이야…." "테레즈는 꽤 컸지만 아시다시피 집안일을 도우려고 하질 않아요. 뭐 가끔은 돕지만. 게다가 걔가 날 평가하는 것 같은 느낌이 늘 들거든요. 그래서 가끔은 걔가 없는 편이 좋아요…." "바르틴아, 모두가 널 평가하고 있다는 생각 좀 그만 하려무나…." "날 평가하지 않는다는 게 정말이라면 저도 그런 생각을 안 하겠죠! 저녁 먹는 동안에 모두들 어떻게 하는지 제가 안 본 줄 아세요? 네? 외삼촌,

저도 제 원칙이 있어요. 그래서 그 두 창녀들에게 밥을 차려 주고 싶지 않다고 했고요. 그런데 제가 돌려받은 건 가족들의 빈정거림과 허튼 소리였어요! 저는 제 나름의 원칙을 가지고 있다는 이유로 비웃음을 샀다고요! 그래서 아주 거지 같은 질문들을 제 스스로에게 하게 되었죠! 이제 우리가 집에서 존중받기 위해서 창녀를 식사에 초대해야 하는 지경까지 이른 거라면, 앞으로 또 어떻게 될 건지 참 궁금하네요! 외삼촌이 답해 주실 수 있어요?" 알베르틴은 성질을 북북 내며 이미 미지근한 온도였던 설거지물에 또 주전자 한가득 펄펄 끓는 물을 부어 버렸다. "쓸데없이 뜨거운 물에 데이지 말거라!" "그리고 외삼촌이 마르셀 머릿속에 집어넣으시는 온갖 미치광이 같은 생각도 말이에요… 아까 외삼촌이 걔한테 달 밝히는 사람 이야기를 해주시는 거 들었어요…. 외삼촌은 그게 말이 된다고 생각하세요? 걔는 겨우 네 살인 꼬맹이라고요, 잊지 마세요. 그리고 걔는 자기한테 해준 이야기를 전부 다 믿는단 말이에요! 지난주 토요일에 외삼촌이 걔한테 수녀님 방귀 과자 나라 이야기를 해주셨죠? 수녀님 방귀 과자가 기억을 잃게 한다는 이야기요. 그리고 일요일 아침에 걔가 저한테 이러더군요. 지난 밤에 수녀님 방귀 과자가 자기를 공격해 와서 신발이 어디 있는지 모르겠다고요. 어휴, 네 살짜리가 벌써 날 우습게 여긴다고요!" "바르틴, 네가 조금만 더 유머 감각이 있었다면…" "유머 감각이라고요! 이치에 맞지 않는 어리석은 이야기들이 아이들을 거짓말쟁이로 만든다고요! 제가 보기에도 우리 삶은 무료하긴 하지만, 그렇다고 해서 인생 종칠 일을 일부로 꾸며서 거기에 얹을 필요는 없다고요!" 조사파 르 비올롱은 조카랑 더 이상 토론을 하지 않기로 마음먹었다. 알베르틴은 대화가 시작된 후 한 마디도 말하지 않은 로라 쪽으로 고개를 돌렸다. "그리고 로라 너 말이야. 넌 네 아빠가 너한테 꾸며 낸 이야기를 해주시는 건지, 아니면 진실을 이야기해 주시는 건지 어떻게 분간하니?" 로라는 접시의 물기를 닦던 손을 잠시 멈췄다. 생각을 좀 해보는 듯했다. 마침내 로라가 아주 확신에 찬 목소리로 한 말은 알베르틴의 질문에 아무런 대답도 되지 않았다. "고모, 저는 그걸 가려내는 데 관심 없어요. 그리고 아빠가 해준 이야기 속으로의 여행이 제가 사는 데 가끔 힘이 될 때도 있어요. 알베르틴은 펄펄 끓는 물에 손을 다시 집어넣었다. "좋아, 알았어. 이해했다구. 내가 미친년이네. 다들 꿈 꾸세요, 꿈을 꾸시라고요. 언젠가는 나처럼 땅바닥에 두 발을 제대로 디디고 현실적으로 사는 쪽이 더 나았을 거라고 생각하게 될 거니까!" 조사파르 비올롱과 로라는 어깨를 으쓱하면서 서로 쳐다봤다. 식탁 옆에서 빅투아르는 매일 저녁마다 늘 하듯이 라디오에 귀를 찰싹 붙이고 있었지만, 소리를 듣고 있진 않았다. 오후에 했던 긴 산책이 그녀를 훨씬 더 피곤하게 만들었지만 빅투아르는 그걸 인정하고 싶지 않았고, 자신의 심장이 좀 너무 빨리 뛰는 것 같았다. "어휴, 저 바보 같으니라고! 결국 나한테 화를 터트리고 말겠지!" 빅투아르는 흔들의자 등받이에 늘 올려 두는 숄을 집어 들고는 추워하면서 어깨를 감쌌다. "나도 저녁을 직접 퍼다 나르지는 말았어야 했어… 그 놈의 자존심이 문제라고!" 집에 창녀가 두 명 와 있는 상황은 예상 밖의 효과를 불러왔다. 알베르틴은 화를 냈지만, 빅투아르는 거기서 재미를 조금도 느끼지 못했다. 평소대로라면 딸을 화나게 만드는 건 빅투아르의 커다란 즐거움 중의 하나였다.(빅투아르는 노쇠하기도 했고 또 몸도 불구였기 때문에 비록 집에서 일어나는 모든 일에서 제외되어 있었지만, 알베르틴을 화나게 하는 것은 자신이 아직 존재하고 있다는 걸 딸에게 상기시키는 그녀 나름의 방식이었다.) 그런데 오늘 저녁에는 저녁 식사를 하는 동안, 이런 것이 아마도 처음일 것 같은데, 빅투아르는 불쌍한 알베르틴에게 연민을 느꼈다. 알베르틴은 메르세데스와 베아트리스를 어찌나 혐오하고 싫어하는 티를 내며 바라보는지, 밥 먹다 언제라도 체할 거 같았다. “내가 너무 빨리 늙어 가고 있나 봐. 너무 물러졌네. 바르틴은 동정이 가질 않는다고, 늘 문제거리를 찾아다니는걸!” 삼십 분 전부터 소파에서 자던 마르셀은 자다가 조금 움직였고 의미를 알아들을 수 없는 말들을 웅얼거렸다. 그중에서 빅투아르가 알아들었다고 생각한 단어는 “달”하고 “마알”이었다. 빅투아르는 오후에 봤던 환영이 생각났다. 더 이상 거기에 대해서 생각하고 싶지 않았다. 절대로 생각하고 싶지 않았다. 조사파 르 비올롱은 빅투아르가 미치지 않았다고 생각하게끔 만들며, 절반쯤은 안심시켜 주기는 했지만… 발코니에 있던 그 나이든 여자는 정말 상냥해 보였다… 그리고 그 여자는 마르셀을 무척 부드러운 눈으로 바라봤다… 그리고 그 가족 같은 모습은… “내가 너무 피곤했던 거야! 그래, 그래서 그런 거야! 그런 걸 보느니, 차라리 이제 더 이상 밖에 안 나갈 거야! 절대로 안 나간다고!” 그런데 그 환영에 대한 생각에 갑자기 공포심이 몰려왔고, 그녀를 공포에 빠뜨렸다. 얼마나 무서웠는지 빅투아르는 자신이 이제 죽을 거라고 생각하며 가슴에 손을 얹었다. “아냐! 아냐! 여기 갇혀 지내고 싶진 않다고! 싫어!” 가브리엘은 아내 발치에 앉아 있었다. 그리고 아내에게 자신이 어떤 오후를 보냈는지 이야기해 줬다. 윌리 윌레트랑 있었던 일들, 너무 많이 마신 맥주들, 전쟁에 대해 품었던 의혹들, 자신이 그곳에서 도망친 일, 그리고 끝으로 베아트리스와 만난 일까지 이야기했다. 뚱보 여자는 남편의 머리를 부드럽게 쓰다듬으며 남편의 말을 모두 들었다. 가브리엘이 말을 끝마치자, 뚱보 여자는 아이에게 하듯 부드럽게 남편에게 말하기 시작했다. 몇몇 단어들을 강조해 말할 때마다 손가락으로 남편의 관자놀이나 목을 꾹꾹 눌렀고, 그녀는 목소리뿐만 아니라 양손을 써서 남편의 모든 의혹들을 쫓아버렸으며, 나약한 건 알지만 그래도 그녀가 너무나 사랑하는 그의 영혼을 위로해 주었고, 그를 치유하기 위해서 그녀 자신이 가진 문제나 두려움들을 감췄다. 가브리엘은 뚱보 여자의 무릎 위에 머리를 올려놓은 채 결국 잠이 들었다. 나나는 그제서야 말을 멈추고는 고개를 돌려 창을 통해 보이는 하늘의 한쪽 귀퉁이를 지나고 있는 달을 바라봤다. 그녀의 호흡이 거칠어졌다. 울음소리가 목을 통해 흘러나오려는 듯했다. 소파 등받이에 머리를 기댔다. "아카풀코!" 배 속 아기가 배를 찼고, 뚱보 여인은 아파서 비명 소리를 참을 수가 없었다. 가브리엘이 깜짝 놀라며 잠에서 깨어났다.

피에레트 게랭은 아직도 숨이 차서 헉헉댔다. 피에레트는 자기의 절친인 테레즈에게 좋은 소식을 전하려고 뛰어왔기 때문이었다. 하지만 놀랍게도 테레즈는 그 소식을 듣고도 크게 흥분하지 않았다. 오히려 눈썹을 찌푸리고 아주 싫은 표정을 지어 보였다. "테레즈, 너 왜 그래? 좋은 소식 알려 줬더니. 누가 보면 내가 네 뺨이라도 때린 줄 알겠어!" "피에레트, 그게 좋은 소식인지 아닌지 아직 잘 모르겠어서 그래…." "넌 말이야, 이도 똑바로 나 있고, 모두들 네가 이쁘다고 하잖아! 만약에 네가 나처럼 이 사이가 벌어졌더라면 그렇게 이야기하지는 않았을 거야!" 테레즈와 피에레트는 층계 발치 부분에 앉았다. 피에레트는 신경질적으로 원피스 끝부분을 만지작거렸다. 피에레트 게

랭을 별로 좋아하지 않던 리샤르와 필립은 피에레트가 다가오자 도망쳤고, 어른들이 나오기 전에 발코니에 커다란 의자들을 내놓기 위해서 위로 올라갔다. “내 이야기 좀 들어 봐, 피에레트. 틀니 같은 거 난 역겹다고 생각해. 너 지금부터 평생 동안 그 커다란 걸 입 안에 넣고 지낼 거야? 그거 씻으려면 입에서 꺼내야 하잖아, 그리고… 으엑… 생각만 해도 소름이 돋는다….” 피에레트는 원피스 끝단을 가지고 노는 걸 멈추고 애원하는 눈빛으로 친구를 바라보았다. 피에레트가 바랐던 것은 힘내라는 말이나 고개를 끄떡여 긍정을 해주거나 등을 토닥여 주거나 그런 것들이었지만, 테레즈는 그 대신에 온갖 수단을 동원해 피에레트의 의욕을 꺾어 놓고자 했다. “하지만 테레즈, 적어도 이빨은 똑바르게 되잖아!” 테레즈는 대답하기에 앞서서 자리에서 일어나더니 친구에게 등을 돌리고 계단을 몇 칸 올라갔다. “어쨌든, 너 하고 싶은 대로 해. 하지만 언제든 입에서 뚝 떨어질 수도 있고, 또 자러 갈 때는 침대 옆에 물 한 컵 떠 놓고 그 안에 넣어 놓는, 가짜 이빨을 한 여자애를 내 친구로 할 생각 없다고!” 테레즈는 물컵 안에 들어 있는 할머니의 틀니를 자주 봤다. 그 물컵은 빅투아르가 침대 옆 테이블에 늘 놓아 두곤 했었다. 그래서 테레즈는 틀니를 하는 모든 사람들이 잠을 자기 위해서는 틀니를 빼놓아야 할 거라고 상상했다. 테레즈는 아무런 미련도 없이 친구를 버려두고는 발코니에 있는 두 명의 사촌들에게 다시 합류했다. 필립은 아빠의 흔들의자를 너무 앞뒤로 세게 흔들었기 때문에, 등받이가 이따금씩 벽돌로 된 벽이랑 부딪히며 둔탁한 소리를 냈다. 리샤르는 할머니의 접이식 의자에 앉아 이제 막 잠이 들기 시작했다. “절친 피에레트는 어쩌고? 걔가 덧니로 누나를 물었어?”
“걱정 마, 필립. 이제 곧 피에레트는 널 물어뜯지 못하게 될 거니까!”

피에레트는 풀이 죽어 집으로 돌아가는 길에 개 한 마리와 우연히 마주쳤다. 누르스름한 색의 커다란 개였는데, 숨을 헐떡거리는 아주 못생긴 개였다. 그 개는 확고한 태도로 흔적들을 쫓아가며, 마치 잡아먹기라도 할 듯이 탐욕스레 보도 블록의 냄새를 맡았다. 그리고 쫓아가던 흔적과 다른 냄새를 맡았을 때는 성을 내며 콧김을 훅훅 내뿜었다. 그리고 그 흔적을 다시 찾았을 때는 만족스레 그르릉거리는 소리를 조그맣게 냈다. 피에레트는 뒷짐을 지고는 조심스레 그 누런 개에게 다가갔다. "멍멍아, 너 참 커다랗다! 그리고 디게 못생겼네! 먹을 걸 찾는 거니? 저기 이층에 꼬마 여자애가 있는데… 개 좀 한 번이나 두 번쯤 꽉 물어뜯어 주면 좋겠네… 걘 좀 마르긴 했지만, 그래 주면 내게 도움이 될 거 같아…." 피에레트는 개한테 좀 너무 지나치게 다가갔고, 그 개는 갑자기 미친 듯이 짖어 댔다. 몇 초 후에 피에레트는 자기 셋째 언니 제르멘느가 사는 집 계단을 뛰어올라 갔고, 엉엉 울면서 엄마 품속에 뛰어들었다. 리타 게랭은 발코니 바닥에 마시던 콜라병을 내려놓았다. "그래, 또 다른 비극이 일어났구나… 저 개가 널 보고 짖은 거니? 그래? 거 참 안됐구나. 내가 너한테 여러 번 말했지, 모르는 개한테 다가가지 말라고… 그렇게 원피스에다가 코 풀지 마, 그거 내가 새로 빨아 준 옷이잖아!" 리타 게랭은 피에레트에게 손수건을 건넸고, 피에레트는 코를 실컷 풀었다. "좀 전에 저기서 네 절친인 테레즈랑 이야기하는 걸 봤는데… 설마 내가 너한테 틀니를 해주기로 약속한 걸 말하러 간 건 아니겠지? 좀 전에 내가 너한테 그렇게 말한 건, 너한테서 좀 벗어나 보려고 했던 거짓말이야. 왜냐하면 네가 그 망할 놈의 이빨 때문에 날 꽤나 볶아 댔잖니! 피에레트야, 넌 열한 살밖에 안 됐다고. 네 이빨들이 다시 똑바로 설 시간이 아직 많이 남았단 말이야… 네 이빨을 뽑게 하진 않을 거야, 그건 확실해. 네 나이에 그런 걸 시키는 건 정말 범죄가 될 거라고! 그러니 내가 너한테 한 말을 아무에게도 옮겨선 안 돼, 사람들이 날 미친 사람 취급할 거라고! 다른 사람들처럼 열일곱 살이 될 때까지 기다리렴!" 그 개는 피에레트가 사라지자 계속해서 자기 갈 길을 가기 시작했다. 개가 쫓고 있던 흔적은 페인트칠을 한 지 얼마 안 된 쇠울타리 앞에서 갑자기 끊겼다. 개는 쇠울타리를 따라 서너 번을 왕복하면서 들어갈 수 있는 구멍이 없나 확인했다. 그러고는 문 앞에 납작 엎드려서는 애원하듯이 양쪽 앞다리 위에 머리를 올려놓았고, 엄마를 잃어버린 강아지처럼 낑낑거리기 시작했다. 하지만 그건 순전히 가식이었다. 겉으로는 애원하고 불쌍한 척했지만, 머릿속으로는 살육과 살해에 관한 온갖 생각들이 들끓었다. "나와, 이 망할 고양아. 겁날 게 없다면 나오라고! 가증스러운 겁쟁이같이 네 몸을 사리느라 숨어 있지 말고, 네가 용기 있다는 걸 나한테 보여 주라고! 그럼 내가 네 두 번째 눈깔도 터트려 버리고 널 죽이기 위해 네 목에 달려들 거야! 널 끝장내야 한다고, 그리고 네가 확실히 죽었는지 확인해야 한다고. 그렇지 않으면 말이야, 내가 널 아는데, 넌 금세 나아서 또 내 등 뒤에서 계속 날 성가시게 굴겠지! 오늘 저녁엔 널 완전히 끝내 버리기 위해 내 영역을 내버려 두고 왔지만, 그럴 만한 가치가 있다고! 네가 고양이들의 천국에서, 아니 고양이들의 지옥이겠지, 쥐들과 개들이 널 사냥하고, 죽이고, 삼키고 나서 또 영원히 그 일들을 반복하는 지옥 어딘가에 가 있다는 확신이 들 때가 되어야 내 영역이 안전해질 거니까 말이야!" 필립은 발코니 난간 아래로 몸을 기울였다. "테레즈 누나! 우리가 오후에 봤던 저 망할 놈의 개새끼가 여기까지 우릴 따라왔어…." 하지만 테레즈는 필립의 말을 듣고 있지 않았다. 테레즈는 몇 분 전부터 길 맞은편에 있는 층계들 중 하나의 밑에 짜그라져 있는 그림자를 바라보고 있었다. 처음엔 브라사르 씨나 푸아트뱅 씨의 그림자라고 생각했지만 브라사르 씨는 발코니에서 파이프 담배를 피우고 있었고 푸아트뱅 씨는 몇 주 전부터 병원에 입원해 있었다… 저 그림자가 했던 몸짓, 그러니까 웬 남자가 머리를 손으로 쓸어 넘기는 저런 방식의 몸짓은 테레즈의 심장을 철렁하게 만들었다. "그 사람이야! 여기까지 날 쫓아왔어…!" 행복과 공포가 뒤섞인 채로 온몸을 훑고 지나갔고, 테레즈는 덜덜 떨기 시작했다. "맙소사. 내가 뭘 해야 하지? 누군가에게 말을 해야 할 텐데… 아니야… 아니라고… 위험하진 않잖아… 그리고 흥분되는 걸… 내가 해준 뽀뽀가 좋았고, 그걸 더 해주길 바라는 거야…. 더 해주길 바란다고! 내가 저번처럼 저 사람 목에 매달릴 거라고 생각한다면, 기다리라고 하지 뭐. 나쁜 새끼 같으니라고… 정말 미남이지만, 그래도 난 내가 원할 때에는 아주 독립적인 사람이고 싶다고!" 테레즈는 조용히 웃기 시작했고 필립은 놀라서 테레즈를 쳐다봤다. "누난 저게 웃겨? 여기까지 우릴 따라왔는데?" 테레즈는 숨 넘어갈 정도로 웃었다. "너도 봤어?" "누난 재 울음소리 못 들었어? 난 재가 뭘 원하는지 알아… 희생양을 죽이려고 기다리고 있는 거야…." 공포에 질린 테레즈는 황급히 집으로 들어갔다. 맞은편 층계 아래에서는 제라르 블레오가 울고 있었다.

그날 저녁 아홉 시쯤, 조사파 르 비올롱과 가브리엘은 뚱보 여자가 발코니에 나가는 걸 도왔는데, 생각했던 것보다는 그렇게 어렵지 않은 일이었다. 뚱보 여자는 소파에서 혼자 일어날 수 있었고, 조사파와 가브리엘의 어깨 위로 팔을 두른 채 조금씩 발을 내딛으며 천천히 방을 가로질러 갔다. 아마도 그녀의 다리보다는 그녀의 의지가 발걸음을 옮기는 그녀를 더 지탱해 주었을 것이다. 뚱보 여자는 마르셀이 주먹을 꽉 쥐고 자고 있는 식당 소파 앞에서 잠시 휴식을 가졌다. 그리고 흔들의자에서 꾸벅꾸벅 졸고 있던 시어머니에게 미소를 지어 보였다. "발코니에 가서 앉으려고요, 꽤 기쁘네요!" 빅투아르는 트림하고, 기침하더니 목을 흠흠 가다듬었다. "아무래도 내가 졸았나 보네… 자러 가는 게 낫겠어… 너무 춥지만 않다면 발코니에서 밤을 보내지 그래… 잘 싸매고 앉아서 숨을 크게 쉬어 봐. 건강에 좋을 거야!" 조사파 르 비올롱, 가브리엘, 뚱보 여자는 이제 천천히 복도를 걷기 시작했다. 뚱보 여자는 꿈을 꾸는 것 같았다. 그녀는 종종 꿈속에서 자리에서 일어나서 집 안을 걸어 다녔다. 둥둥 떠다녔다는 표현이 더 맞을 것이다. 뚱보 여자는 집에 있는 모든 방에 들어가 뭔가 바뀐 게 없는지 확인했고, 가족들 모두를 마치 자기 아이라도 되는 것처럼 뽀뽀를 해줬다. 이번에는 꿈꾸는 게 아니었지만 그럼에도 불구하고 둥둥 떠 있는 듯한 가벼운 느낌이 발코니로 향하는 기나긴 행진을 하는 그녀를 지탱해 주고 있었다. 하지만 집 안의 모든 것들이 자신의 기억보다 훨씬 작았다. 방들도, 가구도 그리고 심지어 빅투아르의 방과 에두아르의 방 사이의 복도에 큰 자리를 차지하고 있었던 거대한 라디에이터까지도 작아 보였다. 천장도 기억보다는 훨씬 낮아 보였다. "어쩌면 내가 너무 살이 쪄서 그런 것일지도…." 필립과 테레즈는 뚱보 여자를 보러 왔고 최선을 다해 그녀를 응원했다. "외숙모, 힘내세요! 이렇게 하실 만한 가치가 있어요. 밖은 정말 날씨가 좋거든요…." "엄마, 도와드릴까요? 뭔가 도와드릴 게 있어요?" 알베르틴은 구시렁대면서 뚱보 여자를 뒤따랐다. "설마 그렇게 하고 밖에 나가려는 건 아니지요? 잠옷 차림이잖아요! 게다가 그 몸 상태로 말이에요! 우릴 뭐라고 생각하겠어요? 다들 또 우릴 집시로 오해할 거라니까요!" 빅투아르도 알베르틴을 바짝 좇아오더니 딸내미 등짝을 두드렸다. "이런 젠장, 바르틴! 새아기 좀 내버려 둬라! 집시로 오해받는 게 재가 방구석에서 너무 심심해서 죽은 걸 내일 아침에 발견하는 것보다는 훨씬 낫지 않니!" 로라 카디외는 배를 두 손으로 받치고 이 긴 행렬의 끄트머리에 섰다. 마침내 발코니로 이어지는 현관문 앞에 도착했고, 뚱보 여자는 잠깐 쉬겠다고 말했다. "잠시만 숨 좀 돌릴게요. 걸어 본 지 정말 오래 되었네요…." 뚱보 여자는 남편과 시외삼촌의 목에 계속 매달려 있었지만 밖을 바라보기 위해서 목을 죽 늘여 뺐다. 조급한 마음에 심장이 빠르게 두근거렸다. "예뻐요… 이파리가 아직 자라나진 않았지만, 머지않아 자라나겠죠… 사월의 냄새랑 오월의 냄새가 동시에 나는 것 같아요!" 배 속에서 아기가 또다시 움직였다. "우리 강아지야, 얼마 안 남았어. 이제 곧 엄마가 산책을 끝낼 거야. 신선한 공기를 실컷 마시는 게 얼마나 좋은 건지 너도 이제 알게 될 거야!" 뚱보 여자는 몇 발자국을 더 걸어서 발코니에 발을 들여놓았다. 깜짝 놀라 잠에서 깬 리샤르는 엄마를 발견하고 행복해하며 비명을 질렀다. 리샤르는 자리에서 일어나더니 엄마의 배에 바짝 붙었다. "엄마, 여기 앉으세요… 여기 앉아… 몸은 괜찮으세요? 몸 괜찮아?" 리샤르는 이렇게 말하면서 좀 망설였고, 말을 좀 버벅거렸다. 뚱보 여자는 부드럽게 미소를 지었다. "코코야, 반말로 할 건지, 존댓말로 할 건지 네가 알아서 정하려무나! 그래도 같은 말을 두 번이나 하는 건 좀 그만둬 줘!" 가브리엘과 조사파는 뚱보 여자를 가브리엘의 커다란 흔들의자에 앉혔다. "자리는 괜찮아요?" "어디 불편한 데는 없고?" "뭐 필요한 거 없어요?" "베개 하나

가져다줄게….” “리큐르 한 잔 조금 마셔 보면 좋지 않겠어?” 심지어 알베르틴까지도 뚱보 여자 쪽으로 몸을 숙이고 말했다. “오후에 제가 라로즈 병맥주 하나 작은 걸로 사 놨거든요….” 주변이 다시 조용해지자 뚱보 여자는 한가로이 거리를 바라봤고, 발길을 서두르는 이 봄날의 저녁 모습과 그 느낌 속에 푹 빠질 수 있었다. 그녀는 구석에 있는 가장 작은 그늘까지도 주의 깊게 바라보았다. 그리고 어두웠음에도 불구하고 각자 자신들의 발코니에서 그녀를 살펴보고 있는 모든 이웃들의 얼굴을 알아보았다. 또 오월이 약속하는 것들과 사월이 남긴 것들을 가슴 한가득 들이마셨다. 시간은 멈춰 있었고, 더 이상 아무것도 움직이지 않았다. 그러고는 조사파 르 비올롱이 이러한 정취를 깨뜨릴까 걱정이 되는 듯, 작은 목소리로 바이올린 연주를 하겠다고 제안했다. 조사파 주변에 있었던 모든 사람들의 얼굴이 동시에 환해졌다. “아가, 뭘 연주해 줄까? 〈유모레스크〉? 〈타이스의 명상곡〉? 아니면 지그 춤곡이나 릴 춤곡을 해줄까….” “외삼촌, 오늘 오후에 제가 〈타이스의 명상곡〉을 부탁드렸지요. 그거 해주세요….” 필립이 외삼촌할아버지의 바이올린을 찾으러 뛰어갔다. 그리고 〈타이스의 명상곡〉이 파브르 거리 위로 날아올랐다. 연주가 약간 삐걱대긴 했지만 얼마나 진정성 있게 연주했는지 잘못 연주된 음까지도 영혼을 움직였고, 슬픔을 소용돌이 속으로 쫓아내 버렸다. 그다음엔 〈유모레스크〉였다. 이 곡은 조사파 르 비올롱이 잘 아는 곡이었고 연주도 더 잘했다.

그리고 〈목 매달아 죽은 사람의 릴 곡〉*과 〈지그 춤을 추는 사람을 위한 지그 곡〉이 이어졌다. 그 외에도 그가 시골의 마법사로 불릴 때 자주 연주하던 곡들이 이어졌다. 그리고 그 곡들은 지상의 온갖 비참한 일들과 세상의 모든 불행들을 단 하룻밤 만에 전부 잊어버리게 만드는 것이었다. 빅투아르는 젊었을 때처럼 발을 구르며 박자를 맞추기 시작했고, 가브리엘은 자기 아버지가 가르쳐 준 대로 입으로 바이올린 소리를 흉내 내며 노래를 부르는 튀를뤼트**를 했다. 알베르틴은 마르셀을 깨우러 갔는데, 마르셀은 아직도 꿈속인 줄 알았고 뒤플레시가 언제라도 자기 무릎 위로 올라와서 고양이 말로 "냐 돌아왔냐! 냐 돌아왔냐! 예전보다 더 멋져졌다냐!"라고 말하길 기다렸다. 도시에서 태어난 진짜배기 첫 세대인 테레즈와 리샤르 그리고 필립에게 음악이란 라디오에서 흘러나오는 것이지 자신들이 알고 있는 사람들의 입과 손과 발을 써서 나오는 것이 아니었기 때문에, 이런 음악을 듣자 매료되고 사로잡혔으며 할머니가 발 박자를 맞추는 사람이고, 외삼촌 할아버지가 발코니의 마법사라는 사실을 발견하고 무척 기뻐했다. 뚱보 여자 또한 예전처럼 〈체리가 익어갈 무렵〉을 불렀다. 그녀가 가을에 집에서 빨간색 케첩이나 초록색 피클을 만들 때 그 노래를 부르면 파브르 거리의 모든 사람들이 그녀의 노랫소리를 듣곤 했었다. 길

* 릴Reel 춤곡: 릴은 지그처럼 스코틀랜드와 아일랜드 전통 춤곡의 일종이며 이 역시 템포가 빠르다. 보통 4/4 박자이다. 퀘벡의 민요에도 중대한 영향을 끼쳤다고 한다.

** 라 튀를뤼트La turlute: 퀘벡에서 민요를 부를 때 사용하는 가창 기술 중 하나이다. 바이올린 소리나 플루트 소리를 입으로 흉내 내며 노래 부르는 것을 말하며, 주로 후렴구 멜로디 부분을 장식하는 데 쓰인다. 퀘벡 여가수인 라 볼뒥La Bolduc의 히트곡 〈네 사랑은 말이야, 나의 카트린Ton amour, ma Catherine〉(1930)에 쓰인 덕분에 많이 알려지게 되었다.

건너편에서 마리 루이즈 브라사르가 그녀 자신도 모르게 남편 손 위에 자신의 손을 얹었다. "고향 생각 나네! 이제 새장에 갇혀 있는 듯한 느낌은 더 이상 안 들어!" 리타 게랭과 리타의 임신한 딸 셋은 발코니에서 내려왔고, 그 뒤를 피에레트가 뒤따랐다. 그들은 층계 위에 앉았다. 클레르 르미외는 거대한 흰 고래 같은 남편에게 맥주와 감자칩을 준 다음에 남편을 집 안에 내팽겨쳐 놓고 집 밖으로 나와서 그들에게 다가갔다. 마리 실비아는 가게 유리창에 "내일 아침 7시까지 영업 종료"라고 쓴 작은 메모를 붙이고 하루 종일 입어서 후줄근해진 토요일용 원피스를 입은 채 길을 건너왔다. 그리고 모든 사람들이 함께 〈감미로운 시간〉*을 몸을 좌우로 흔들어 가며 부른 후에, 갑자기 뚱보 여자가 발코니 난간 아래로 몸을 숙이고는 이렇게 외쳤다. "이리 올라오세요! 올라오세요! 수다 떨러 오세요!" 뚱보 여자는 제르멘 로종, 로즈 위메, 가브리엘 조두앵, 클레르 르미외 그리고 심지어 자기 집 발코니를 떠나지 않고 있었던 마리 루이즈 브라사르까지도 차례차례 쳐다봤다. "저도 여러분들처럼 곧 출산할 예정이에요… 이리 오세요, 우리 이야기 좀 해요…." 게랭 집안의 세 자매들이 제일 먼저 뚱보 여자가 있는 발코니로 올라가기로 결심했고, 그다음에 클레르 르미외가 바로 그 뒤를 이었다. 마지막으로 움직인 사람은 마리 루이즈 브라사르였다. 마리는 처음엔 자기 집 발코니에서 떠나고 싶지 않다는 손짓을 하다가, 심지어 집에 들어가 버리려고 자리에서 일어나기까지

* 〈감미로운 시간Heure Exquise〉(1930): 베를렌느Verlaine가 쓴 동명의 시(1870)에 멜로디를 붙인 가곡들도 있지만, 여기서는 프란츠 레하르의 오페레타 〈즐거운 미망인〉(1905)에 삽입된 곡을 니농 발랭Ninon Vallin과 앙드레 보제André Baugé가 불러 큰 인기를 끌었던 노래를 말한다.

했지만 뚱보 여자가 그녀를 지목해서 말을 걸자("브라사르 부인, 부인도 오세요. 우리 아직 서로 잘 모르잖아요….") 그 말을 따를 수밖에 없었다. 하지만 마리는 길을 건너면서 그래도 모직 조끼를 팔에 걸치고 자신의 부른 배를 감추려고 애썼다. 임산부들에게 자리를 내주기 위해 발코니가 스리슬쩍 비워졌다. 뚱보 여자의 가족은 집 안으로 들어갔고, 금세 조사파의 바이올린 소리가 식당에서 들렸다. 〈여름 보름달에 대한 릴 춤곡〉이었다. 마리 실비아는 파브르 길을 내려가며 발코니 아래나 울타리 뒤에서 자기 고양이의 모습을 찾으며 중얼거렸다. "뒤플레시! 뒤플레시!" 그리고 리타 게랭은 피에레트를 꿍무니에 붙이고 자기 집 발코니로 돌아갔다. 고드부와 제라르 블레오는 꼼짝도 하지 않았다. 그리고 그들의 웃음소리와 속삭이는 소리, 그리고 손으로 입을 막아서 어느 정도 소리를 줄인 놀라움의 비명 소리가 발코니에서 들려왔다. 모두 일곱 명이었다. 이들 중 여섯 명이 이십 대 초반이었고, 앞으로 출산하면서 어떤 일들이 벌어질지 전혀 모르고 있었다. 그리고 그들의 엄마뻘 나이인 나머지 한 명이 그들에게 출산에 대해 설명해 주었다.

로즈와 비올레트 그리고 모브는 뜨개질을 했다. 그녀들이 있는 발코니는 어둠에 잠겨 있었지만, 그녀들의 손은 저절로 규칙적인 리듬을 타고 정확하게 움직이고 있었다. 그들의 엄마인 플로랑스는 이제서야 겨우 잠재울 수 있었던 상처 입은 고양이 한 마리를 무릎 위에 올려놓고 있었다. 플로랑스는 위에서 들리는 일곱 명의 여자들의 이야기를 들으며 미소 지었다. 고드부는 뭔가 석연치 않은 느낌이 들어 어둠 속을 열심히 살펴봤지만 아무것도 보이지 않았다. 발코니는 비어 있었지만, 마치 자신을 비웃는 듯 그 망할 놈의 고양이 냄새가 밤 공기 속에 떠다니고 있었다.

낯선 동네로의 이주

◆

나에게 문학 작품을 읽는다는 것은 낯선 세계로의 여행을 뜻했다. 어린 시절, 마룻바닥에 배를 깔고 누워 떠듬떠듬 읽기 시작한 문장을 통해 느닷없이 들어가게 된 책 속 낯선 세계에서 느끼는 경이로움, 그리고 잠시라도 집중력이 떨어지면 그 세계로부터 매몰차게 쫓겨나게 되어 섭섭하고 아쉬웠던 경험은 내 기억 속에 강렬하게 남아 있다. 그리고 아마도 그 기억 덕분에 외국 문학 작품까지 읽게 되었던 것 같다. 외국 문학작품을 읽으면 어린 시절처럼 일순간 낯선 세계로 이주하게 되고, 한국과는 다른 그곳의 풍경과 관습을 발견하고 신기하고 가슴 설레는 경험을 할 수 있었기 때문이었다. 『옆집 뚱보 아줌마가 임신했대요*La Grosse Femme d'à côté est enceinte*』의 세계에 처음 발을 들여놓았을 때에도 이런 낯설음에 대한 경험은 마찬가지였다. 캐나다 퀘벡주에 있는 몬트리올시의 플라토 몽루아얄이라는 동네에서, 그것도 1942년 5월 2일 반나절 동안에 생긴 일이라니 이 얼마나 낯선 상황인가.

그 당시의 플라토 몽루아얄은 산업혁명의 여파로 지방에서 상경한 프랑스어권 캐나다인 노동자들의 집단 거주지가 있는 곳이었다. 그들은 몬트리올의 산업 전반과 각계 기관에서 커다란 권력과 재력을 가지고 있던 영어권 캐나다인 밑에서 저임금 노동자로 일했으며, 직장이든 상점이든 영어만 사용하게 강요받고 있었다. 심지어 몬트리올 시내의 광고판이나 간판은 모두 영어로 표기되었으며, 백화점에서 프랑스어를 사용한다는 이유로 물건을 사지 못한 채 쫓겨나는 경우도 있었다. 노동직 근로자였던 이들은 영어를 제대로 배울 기회가 없었기에 서툰 영어를 구사할 수밖에 없었고, 그 서툰 영어는 일상 생활에서도 녹아들어 영어와 퀘벡식 프랑스어가 뒤섞인 지역 사회 계층어인 "주알le joual"이 등장하게 되었다. 그리고 미셸 트랑블레는 기존 문학계에서 터부시되던 이 "주알"을 작품 속에 녹여 낸 대표적인 작가들 중 하나이기도 했다. 『옆집 뚱보 아줌마가 임신했대요』에서도 "주알"은 사용된다. 그러나 "주알" 자체가 구어로만 존재했기 때문에, 등장인물의 대화 인용문 속에서만 찾아 볼 수 있다. 또 이 시기는 제2차 세계 대전의 여파로 무려 10만에 가까운 남성들이 유럽으로 떠나기 시작했던 때이기도 했다. 작품 속에서 잠시 언급되지만, 1942년 캐나다에서는 제2차 세계 대전 참전을 위한 징집제에 대해 찬반을 묻는 국민투표가 있었으며, 퀘벡주만이 징집제에 대해 반대한다는 결과가 나왔다. 사회적으로는 식민지 초기부터 영향력을 굳건히 유지하고 있던 가톨릭 교회가 지방행정과 의료분야, 교육에 깊이 관여하고 있었던 시기이기도 했다. 모든 학교는 가톨릭 교구가 관리했으며, 가톨릭 교리에 어긋나는 책과 영화들은 검열을 거쳐 금서로 지정되거나 편집되었고, 한 가정의 어머니들이 좀 더 많은 아이들을 낳을 수 있도록 교구 사제가 감독했다. 이러한 영어권 캐나다인과 가톨릭 교권의 영향력은 1960년대에 일어난 "조용한 혁명"을 맞이하며 줄어들게 된다. "조용한 혁명"은 사회 정치 및 경제 구조의 근대화를 통해 계층간 불만을 해소하고, 종교의 사회 정치적 영향력을 배제하며, 프랑스어 보존을 중심으로 한 퀘벡만의 고유한 문화 정체성을 도모하고자 노력하는 사회적, 정치적, 경제적, 문화적 변화를 말한다. 물론 이 작품의 배경이 되는 1942년의 몬트리올은 아직 "조용한 혁명" 이전 시기이다. 아직 불평등과 교조주의가 만연하고, 남성들이 부재하던 시기였던 것이다.

이와 별개로 『옆집 뚱보 아줌마가 임신했대요』의 독특한 구성 방식은 그 자체로 독자들로 하여금 낯선 경험을 하게 한다. 일반적인 소설처럼 한 등장인물이 여러 사건을 만나며 이야기를 꾸려 나가는 방식이 아니라, 수많은 등장인물들이 그들 나름의 하루를 보내는 모습들이 각각 한 문단씩을 차지하며 서로 교차되며 소개되고 있기 때문이었다. 예를 들어 첫 문단이 현대판 "모이라이(그리스 신화의 운명의 여신들)"라고 할 수 있는 뜨개질하는 세 자매, 로즈, 비올레트, 모브와 그들의 엄마인 플로랑스가 아침부터 발코니에 앉아 수다를 떨며 뜨개질하는 장면이 나왔다면, 그 다음 문단은 "무지개 레스토랑"을 운영하는 마리 실비아의 모습을 보여 주고, 그 다음은 마리 실비아가 '모시고' 사는 고양이 뒤플레시가 꾼 꿈 이야기를 풀어놓는다. 그리고 또 다른 인물들의 이야기가 계속해서 이어진다. 소설의 마지막에 또다시 뜨개질하는 세 자매와 그들의 엄마가 등장하여 동네 주민을 살피는 모습을 보여 주며, 액자와 같은 형태로 이야기를 마무리 짓는다. 독자들은 이런 서술방식으로 수많은 사람들의 짧은 에피소드가 담긴 작은 타일 한 조각을 매 문단마다 하나씩 수중에 넣게 되고, 작품이 진행되는 데 따라 천천히 그 조각들을 플라토 몽루아얄이라는 커다란 바탕에 붙여 나가게 된다. 그리고 마지막에 이르러 플라토 몽루아얄에 사는 동네 사람들의 이야기라는 하나의 거대한 모자이크 그림을 마침내 발견하게 된다. 이런 경험은 아무도 모르는 낯선 동네에 처음으로 이주해 가서 느끼게 되는 것에 빗대어 설명할 수 있을 것이다. 이주 초반부에는 이름도 잘 알지 못하고 얼굴도 잘 구별하지 못하는 동네 주민들을 길에서 마주치고 앞뒤 맥락도 모르는 채 그들의 행동을 그저 목격하게 되지만, 시간이 지나 동네에 익숙하게 되고 서로 교류하게 되면서 그들의 이름과 인생을 나름대로 파악하게 되고, 또 더 나아가 그들 중 어느 누구 하나의 사정을 알고 보면 미워할 수 없다는 생각을 하며 투덜거리기도 하며 동네에 정을 붙이는 경험 말이다.

옆집에 사는 뚱보 아줌마, 나나

♦

『옆집 뚱보 아줌마가 임신했대요』의 번역을 맡았을 때, 가장 고민이 되었던 부분이 제목을 원 제목 그대로 두어야 하는가 하는 문제였다. 이름도 모르는 옆집 뚱보 아줌마의 임신 여부를 말하는 것이 과연 흥미 있는 일일까 하는 의문이 들었기 때문이었다. 게다가 이 옆집 뚱보 아줌마에게는 이름이 없었기 때문에 더욱 더 답답했다. 물론 이 책 이후에 후속편들이 계속 이어지면서 "뚱보 아줌마"의 애칭이 "나나"라는 것이 결국 밝혀지고, 2019년에 나온 개정판 속에서 "나나"라는 이름을 발견할 수 있어서, 본 번역본에서도 개정판에 사용된 이름을 본문에 채용했다. 그런데 사실 "나나"라는 프랑스어 이름은 고유명사만이 아니라 "여자"라는 뜻의 일반 명사이기도 하기 때문에 애초에 작가가 정해 두었던 "뚱보 아줌마"의 무명성이 가지는 의미는 계속 유지하게 된다.

앞서 잠시 언급한 것처럼 미셸 트랑블레는 『옆집 뚱보 아줌마가 임신했대요』(1978)의 출간 후에 매번 2년의 기간을 두고 연속적으로 후속편들을 발표한다. 『생장주 학교의 테레즈와 피에레트』(1980), 『공작부인과 평민 남자』(1982), 『에두아르가 보내온 소식』(1984), 『상현달』(1989), 『아름다움의 대상』(1997)로 이어진 이 연작 소설들은 이후에 『플라토 몽루아얄 연대기*Chronique du Plateau-Mont-Royal*』라는 이름의 책으로 묶여 출간된다. 이 책은 플라토 몽루아얄의 주민들 이야기를 1942년부터 1963년에 이르기까지의 긴 세월에 걸쳐 담고 있다. 상술하자면, 첫 번째 작품인 『옆집 뚱보 아줌마가 임신했대요』가 1942년 5월 2일 반나절을 이야기하고 있다면, 두 번째는 1942년 6월 1일 월요일에서 6월 4일 목요일까지의 사흘간의 이야기를, 세 번째는 1946년 8월에서 1947년 5월까지 10개월간의 이야기, 네 번째 권에서는 1947년 5월에서 6월까지의 2개월의 기간과 1976년 8월 한 달의 이야기가 교차하고, 다섯 번째에서는 다시 1952년 6월 20일 하루에 있었던 일을, 마지막 권에서는 1963년 일 년이라는 긴 기간을 다룬다.

한국어에서 일반적으로 "연대기"는 역사적으로 중요한 사건들과 영웅들에게 그 초점을 맞추어 시간의 흐름에 따라 작성한 기록을 의미하지만, 이 작품을 포함한 『플라토 몽루아얄 연대기』에 속한 작품들은 역사적으로 중요하지 않은 소시민들의 소소한 일상을 시간의 흐름에 따라 풀어내고 있다. 그리고 등장인물 대부분이 가정주부들, 성소수자, 아이들, 성매매 여성들과 같이 사회에서 소외된 사람이거나 사회적 약자들로 구성되어 있으며, 이들이 겪는 현실 세상의 끔찍함조차도 마치 흔한 일상의 한 부분으로 그려지고 있다는 점이 이들 작품의 특징이다. 물론 이러한 특징은 『옆집 뚱보 아줌마가 임신했대요』에서도 잘 나타난다. 또한 이렇게 "뚱보 아줌마"를 무명씨로 남겨 놓은 덕분에, 독자들은 자유롭게 "뚱보 아줌마"를 자신의 동네에 사는 그 어느 "여인"의 모습과 겹쳐 보거나 아니면 그 당시 퀘벡 플라토 몽루아얄에 사는 노동자 계급 가족의 한 어머니의 모습으로 상상할 수 있게 되었다.

이 "여인"은 작품 말미에 작은 승리를 이룬다. 뚱뚱한 몸집으로 임신을 해 쉽게 잃을 수도 있는 배 속 아기를 보호하기 위해 늘 침대와 의자에서 지내던 "뚱보 아줌마" 혹은 "나나"는 어느 순간 큰 결심을 하고 발코니로 나선다. 그리고 그 곳에서 출산의 경험이 없는 젊은 산모들을 모아 놓고 자신이 예전에 겪었던 출산의 경험을 들려주며 도움을 주는 모습은, 무명을 벗어나 자신의 목소리를 내어 작은 변화를 일구어 내는 순간을 상징적으로 보여 주고 있는 것이다.

★★★ 사진출처

아래 목록의 사진자료는 캐나다 몬트리올시 아카이브 (Archives de la Ville de Montréal)를 통해 구입한 것입니다.
https://archivesdemontreal.ica-atom.org/

<10p>

https://archivesdemontreal.ica-atom.org/uploads/r/ville-de-montreal-section-des-archives/4/2/42044/VM98-Y_4P015.jpg

<21p>

https://archivesdemontreal.ica-atom.org/vm94-z2229-01
https://archivesdemontreal.ica-atom.org/uploads/r/ville-de-montreal-section-des-archives/4/2/42226/VM98-Y_5P059.jpg

<53p>

https://archivesdemontreal.ica-atom.org/uploads/r/null/1/7/176866/P127D1_043.jpg

<83p>

https://archivesdemontreal.ica-atom.org/vm105-y-1-0389-001
https://archivesdemontreal.ica-atom.org/vm105-y-1-0389-003

<157p>

https://archivesdemontreal.ica-atom.org/vm094-z385-02

<217p>

https://archivesdemontreal.ica-atom.org/vm105-y-3-237-010
https://archivesdemontreal.ica-atom.org/uploads/r/ville-de-montreal-section-des-archives/4/8/48071/VM94-Z178-3.jpg

<245p>

https://archivesdemontreal.ica-atom.org/vm105-y-3-012-013

Remerciement spécial à la contribution de l'AIEQ